野性的呼喚

——傑克·倫敦小說選

THE CALL OF THE WILD

The Selected Stories of Jack London

Jack London

傑克·倫敦——著　劉曉樺——譯

目次

野性的呼喚

第一章　踏入蠻荒

「原始渴望蠢蠢欲動，
奔放之心拉扯習性枷鎖；
自冬眠之中，
桎梏的野性再次復甦。」❶

巴克不會讀報，否則牠會知道一場災難正在延燒。不只是牠，從普吉灣到聖地牙哥，美西沿岸每一隻強壯的長毛耐寒水犬全都大難臨頭。這一切都起因於探險家在北極那片黑暗之地找到一種黃色的金屬，船運和運輸公司又竭力宣揚這個新發現，因此成千上萬的民眾前仆後繼湧進北方——而這些人需要狗，需要孔武有力、吃苦耐勞，還能抵禦冰霜的長毛犬。

聖克拉拉谷陽光充沛，巴克就住在這裡的一棟大宅院裡。這是米勒法官的家，房子遠離街道，半藏於林間，從路上隱約可見房屋四周寬闊涼爽的走廊。門口鋪有碎石車道，在白楊樹高大的林蔭之下，蜿蜒穿過廣闊的草地，直通屋前。屋後的景觀比屋前更寬闊，十幾名馬伕和小廝在雄偉的馬廄內天南地北地閒嗑牙；爬滿藤蔓的傭人小屋成排羅列，一望無際的庫房整整齊齊地一字排開。除此之外，還有長長的葡萄藤架、綠油油的牧場、果園、莓園、自流井❷用的幫浦，還有一個用水泥建成的泳池，供米勒法官家的少爺們早上晨泳，炎熱的午後泡水消暑之用。

這片宏偉的莊園全由巴克統領。牠出生於此，在這兒已住了四年。沒錯，這裡還有其他的狗，這片莊園佔地廣大，不可能只有牠一條狗。但是其他狗都不足為道，牠們來來去去，要不住在擁擠不堪的犬舍，要不就是像那隻日本巴哥「多茲」和墨西哥無毛犬「伊莎貝兒」一樣，隱居在屋宅深處；牠們倆是對奇怪的生物，難得見到牠們把鼻子伸出門外，四條腿也少有落地的時候。莊園裡另外還有一群短毛獵狐梗，起碼二十隻，只要看見多茲和伊莎貝兒在女僕部隊手持掃把和拖把的武裝保護下，貼在窗口打探，牠們就會發出摧心裂膽的狂吼。

但巴克並非寵物狗，也不是犬舍狗，莊園上所有領地都屬於牠。牠可以和法官的兒子一起跳進泳池戲水，跟他們出外打獵，也可以在清晨或薄暮時分，伴護法官的女兒茉莉和愛麗絲出門散步。漫漫冬夜裡，牠躺在法官的腳邊，書房的壁爐在他們身後熊熊燃燒。牠讓法官的孫子騎在背上，跟他們一起在草地上打滾，或護衛他們去馬廄旁的噴水池邊探險，有時甚至跑到更遠的小牧場或莓園。巴克飛揚跋扈、昂首闊步地走在短毛獵狐梗之間，更完全無視多茲和伊莎貝兒的存在。牠是王——米勒法官

---

❶出自於奧哈拉（John Myers O'Hara）的〈祖〉（Atavism）。

❷自流井的水源來自天然的地下水，因地下水的壓力而使水自然升至地表。

土地上所有爬的、走的、飛的生物都要對牠俯首稱臣，人類也不例外。

巴克的父親「艾莫」是一頭巨大的聖伯納犬，從前總是寸步不離地陪在法官身旁，現在這個位置交由巴克繼承。巴克的體型不若父親魁梧，只有一百四十磅重——因為牠的母親「雪普」是頭英國牧羊犬，體型較為嬌小。儘管如此，一百四十磅的身材加上優渥的生活與眾人的尊敬，使牠自然散發著一股尊貴之氣，自己更是儼然以帝王自居。這四年來牠過著富足的貴族生活，心高氣傲，甚至有些自負，就像那些井底之蛙般地市井鄉紳，見識淺薄卻自命不凡。所幸，牠還不至於讓自己變成一條嬌生慣養的寵物狗。牠熱愛打獵和各種戶外活動，保持精實的身材，練出一身強健的肌肉。而對這種耐寒的水犬而言，牠對游泳的喜好更是再適合不過的養生之道。

時值一八九七年的秋天。當克倫代克的淘金潮❸把人們從世界各地吸引到冰天雪地的北極時，巴克過的正是這樣的生活。但是巴克不看報紙，也不知道園丁的助手之一「馬諾」是個居心不良的朋友。馬諾有個無法戒除的惡習，他沉迷於中國樂透❹；不只如此，他賭博時還有個致命弱點，就是相信包牌必勝。這個信念注定他在賭桌上一輩子也不可能翻身，因為有錢才能包牌，而園丁助手的工資光是要養活一家妻小都捉襟見肘，何況賭博。

馬諾出賣巴克的那晚，法官正與葡萄乾製造協會的成員開會，法官的兒子則忙著組織一個運動俱樂部，所以沒人看見他和巴克穿過果園，巴克也以為他們不過是出來散散步。除了一名行跡鬼祟的男人外，沒有其他雙眼睛看見他們走到一個叫做大學公園的小車站。馬諾和那人交談片刻，錢幣在兩人之間叮噹作響。

「東西綁好再交貨啊你！」那陌生人沒好氣地斥責。馬諾聽了，便用一條結實的粗繩在巴克的項圈下繞了兩圈。

「你繩子一扭就可以勒住牠。」馬諾說。陌生人確認後咕噥了一聲。

巴克靜靜地、莊嚴地任馬諾綁上繩子。當然，事情有些不尋常，但牠早已學會信賴熟人，也承認人類擁有牠望塵莫及的智慧。然而，繩子一交到那陌生人手上，巴克立刻兇惡地大聲咆哮。牠只是在暗示牠的不悅，對於高傲的巴克來說，暗示就等同命令。不料結果卻大出牠意料之外，頸間的繩索居然一下收緊，勒得牠無法呼吸。牠火冒三丈，猛力朝那人撲去，卻在半途中反被一把扼住咽喉。那人手腕熟練地一扭，把牠扔了出去，摔得牠四腳朝天。他又立即毫不留情地拉緊繩子，巴克暴怒掙扎，齜牙吐舌，寬闊的胸膛劇烈起伏，卻仍舊喘不過氣。這輩子還沒人敢對牠如此無禮，牠也從沒這麼憤怒過，不過牠已經眼冒金星，全身虛脫，無力反抗。火車進站時牠已失去知覺，只能任由兩人將牠丟進行李車廂之中。

之後，牠只矇矇朧朧感到舌頭傳來一陣又一陣的劇痛，從顛簸之中，牠感覺得出自己是置身於某

---

❸克倫代克淘金潮發生於 1896 到 1899 年間，吸引超過十萬的淘金客前往北加拿大育空地區的克倫代克淘金。

❹中國樂透是一種源自於中國，當時在加州被認定為非法的賭博遊戲。玩法為在八十個中國字中下注，看會隨機抽中哪二十個國字。賭徒有十次機會，依據他猜中的數量按比例領取彩金。

種運輸工具內。火車通過平交道時響起刺耳的汽笛聲，巴克終於知道自己置身何處。牠時常和法官一塊兒出遊，不可能認不出坐在行李車廂裡的感覺。牠睜開雙眼，這名遭人綁架的國王眼中射出熊熊怒火。陌生男子又朝牠的咽喉撲來，但是巴克比他更快，下顎一闔，便咬住那人手掌，打死不放，直到被繩子勒到再次失去知覺。

「啊！這條瘋狗！」那人恨恨咒罵。行李員聽到騷動，前來查看。那人藏起傷手，向行李員解釋：「我幫老闆把牠帶到舊金山去，聽說那兒有個高明的獸醫可以治好牠的毛病。」

抵達舊金山後，在一家濱海酒館後方的小房間裡，那人滔滔不絕地抱怨自己那晚火車上的經歷。

「我這差事只拿五十塊，」他牢騷道，「下次就算給我一千塊現金也打死不幹！」

他手上包著一條血跡斑斑的布巾，右邊褲管也一路從膝蓋裂到腳踝。

「另外那個傢伙拿到多少錢？」酒館老闆問。

「整整一百塊！」他回答，「一毛也不少。所以行行好嘛，多賞我一些！」

「那就總共是一百五十塊了。」酒館老闆算了一下，「牠絕對值這個價錢，否則就是我傻了。」

綁架犯解開血跡斑斑的布條，看著自己傷痕累累的手，「萬一我得了恐水症❺……」

「那表示你天生倒楣啊！」酒館老闆放聲大笑，隨即補上一句，「來吧，在你搭車離開前幫我個忙！」

儘管頭昏腦脹，喉嚨和舌頭又都疼痛難耐，被勒到只剩半條命的巴克依舊拼死反抗。但牠一遍又一遍被摔翻在地，一次又一次被勒到快要窒息。最後，他們終於成功解下牠頸間沉甸甸的黃銅項圈，然後鬆開縛繩，粗暴地把牠關進一個像是籠子的板條箱裡。

巴克躺在箱子裡，度過接下來的漫漫長夜，平復心中的怒火與受傷的自尊。牠不了解這一切是怎麼一回事，這些陌生人想拿牠做什麼？為什麼他們要把牠關在這個狹小的箱子裡？牠想不出原因，但隱隱有種大禍臨頭的預感。夜裡好幾次聽到門「喀啦」一聲打開，牠立刻一躍而起，期望看到法官，或至少是法官的兒子出現，可每次映入眼簾的，都是酒店老闆的那張臃腫的肥臉，手裡拿著微弱的燭火盯著牠看。而每一次醞釀在巴克喉間的喜悅吠聲，最後也只能化為憤怒的咆哮。

不過酒館老闆沒有找牠麻煩。次日清晨，四名男人進來搬走木箱。看到他們蓬頭垢面、衣衫襤褸，和凶神惡煞的神色，巴克心裡斷定一定是來了更多的施虐者。牠在箱內怒吼咆哮，但他們只是發笑，不停用棍子戳牠。牠撲上前想咬棍子，隨即領悟到這正是他們想看到的反應，於是忿忿躺下，任由他們將木箱抬進一輛馬車之中。此後巴克和囚禁牠的木箱不斷轉手，先是被貨運公司的職員看管，之後又被送進另一輛馬車，接著是一輛載滿各式箱子和包裹的貨車將牠運到渡輪上，下了渡輪後又被送到一個大型火車站，最後安置在一輛特快列車內。

接下來的兩天兩夜，特快車都由一輛隆隆作響的火車頭拖著前進。巴克整整兩天兩夜沒吃沒喝，

❺狂犬病的病徵之一為恐水，在此意指感染狂犬病。

盛怒之下，牠一看到押運人員就厲聲咆哮，於是他們便開始報復牠、戲弄牠。看到牠一面發抖、一面口吐白沫地衝撞箱子木板，他們便哄堂大笑、大聲譏諷。這些人像惹人厭的野狗般不停鬼吼鬼叫，一下學狗吠，一下學貓叫，甚至還拍動手臂學雞啼。巴克知道這一切都很愚蠢，正因如此，牠更覺得尊嚴受辱，憤怒在牠體內不斷膨脹。牠不在乎飢餓，但是缺水使牠痛苦異常，也使牠的怒火燒到最高點。現在的巴克情緒緊繃敏感，虐行加上腫脹乾渴的喉嚨和舌頭，讓牠幾乎就要失去理智。

慶幸的是，牠脖子上的縛繩已經解開。那些傢伙先前是靠著繩子才佔了上風，現在繩索拆了，牠非得好好教訓他們一頓。牠打定主意，絕不讓他們再在牠脖子繫上另一條繩索。兩天兩夜來牠沒吃沒喝，兩天兩夜來牠受盡屈辱和折磨，憤怒在牠體內積累，誰先碰上牠，誰先倒楣！牠的雙眼通紅，從尊貴的國王搖身一變成為兇殘的惡魔。這改變如此巨大，不僅法官看到也認不出來，就連那些押運人員在西雅圖將牠匆匆卸下時，也不禁如釋重負。

四名男人小心翼翼地將板條箱從馬車搬進一座圍著高牆的狹小後院。一名身材結實、穿著領口都已鬆損的紅衣男子走了出來，跟馬伕簽收貨品。巴克有預感這名男人就是接下來要虐待牠的人，於是不停瘋狂地衝撞木板。男人露出陰險的笑容，拿出一把手斧和一根棍子。

「你不是要現在放牠出來吧？」馬伕問。

「我就是。」紅衣男子回答，同時舉起手斧，試探地往木箱一砍。

搬運木箱的四個人瞬間往後跳開，爬到院子高大的牆頭上，準備安心欣賞這場好戲。

巴克衝向破裂的木板，死命地咬住搖晃。箱子外，斧頭落到哪兒，裡頭的牠就衝到哪。牠狂吠嗥叫，愈是氣急敗壞地要出來，紅衣男人的動作就愈慢條斯理。

「來吧，你這紅眼惡魔！」他邊說邊劈出一道足夠讓巴克鑽出的裂隙，同時丟下斧頭，將木棍交到右手。

巴克鬃毛直豎，口吐白沫，血紅的雙眼閃耀著瘋狂的光芒，弓起身體準備奮力一躍，看起來真就像個紅眼惡魔。牠一百四十磅的身體積滿兩天兩夜來被幽禁的憤怒，朝那人直撲而去。就當牠雙顎要咬到對手身上時，半空中牠突然受到猛烈一擊，痛楚使牠全身一震，牙齒不自禁地狠狠咬緊，痛得牠頭皮發麻。巴克翻滾落地，背側重摔地上。牠這輩子從沒挨過棍子，所以不明白發生了什麼事。牠半吠半嗚咽地怒吼一聲，馬上翻身跳起，朝那人撲去，結果又吃了一棍，重摔在地。這次牠總算明白是那根木棒在作祟，然而牠已陷入瘋狂，避也不避，連連進攻，但每次都被棍子打了回來，重跌在地。

在一次格外猛烈的重擊之後，巴克勉強爬起，卻覺得頭暈目眩，全身乏力。牠一跛一跛地蹣跚上前，鮮血從鼻子、嘴巴和耳朵汩汩湧出，美麗的毛皮如今血跡斑斑。男人上前，不慌不忙地又在牠鼻子上重重一擊。巴克痛不欲生，現在才知道先前受過的痛苦根本微不足道。牠發出一聲獅吼般地狂烈怒吼，朝男人撲去。紅衣男子將棍子交至左手，右手冷不防攫住牠下顎，同時向斜後方狠狠一拽。巴克在空中轉了一圈半，頭和胸部重栽落地。

巴克最後一次進攻時，男人發出他刻意保留的致命一擊。巴克終於仆倒在地，完全失去知覺。

「哇塞！他馴狗的方法還真不是蓋的！」牆頭上的一人興奮高喊。

「當然，杜魯瑟每天都馴馬，星期天還馴上兩次呢！」馬伕爬上馬車，一面揚鞭，一面回答，說完便駕著車離去。

巴克恢復知覺，力氣卻還沒。牠躺在原地，恨恨地瞪著那名紅衣男子。

「『叫牠巴克就會回應。』」紅衣男子喃喃唸出酒館老闆的託運信。「好啦！巴克，乖男孩！」他轉向巴克，用和善的口氣繼續說，「我們不打不相識，現在不如忘了剛才的事，握手言和。你學到教訓了，我也是。以後只要你乖乖聽話，我就保你諸事順心。但如果你敢造反，我可是會把你打得肚破腸流，明白嗎？」

他說話的同時，還大喇喇地拍了拍巴克前一刻才被他毒打的腦袋。雖然巴克立刻反射性地豎起鬃毛，但牠還是忍了下來，沒有任何反抗。那人拿了盆水來，牠大口牛飲，之後又從他手上一塊接著一塊狼吞虎嚥了一頓生肉大餐。

巴克敗得一蹋糊塗（牠知道），不過牠並沒有就此屈服。這一次的經驗——一次就夠——使牠領悟，面對手持棍棒的人類牠毫無勝算。牠學到了一課這輩子永遠不會忘記的教訓，那根棍子是神的啟示，帶領牠進入原始法則的世界，牠也只能妥協接受。然而生存的現實遠比那天的教訓更嚴厲，從此之後，牠不僅毫不畏縮地面對殘酷的現實，體內的天性更被喚醒，開始用潛藏的狡獪本能生活度日。

日子一天天過去，陸續又來了更多的狗，有些被裝在箱子裡，有些被綁在繩子上。有些溫馴乖巧，有些像牠初來時連連咆哮。牠看著牠們一隻隻臣服於紅衣男子的統治之下，一遍遍觀望那殘暴的場面，每看一次，那教訓就又更深刻一分。現在牠知道，拿著棍子的人類是執法者，是必須遵從的主人，但牠不見得要討好他。牠確實見過有些被打敗的狗會搖尾乞憐，舔那人的手，牠卻從沒如此低聲下氣過。牠也見過有條狗既不諂媚也不服從，結果就這麼給活活打死。

有時會有陌生人來找紅衣男子談話，神情或興奮或諂媚，各種千奇百怪的姿態都有。錢幣轉手後，那些陌生人便會帶走一、兩隻狗，從此再也沒回來過，巴克不禁猜想牠們的下落。牠對未來感到強烈的恐懼，每次都慶幸被選上的不是自己。

但牠的時刻終究還是來了，帶走牠的是名矮小乾癟、說著一口彆腳英文的男人，而且滿口怪異粗俗的感嘆詞，巴克一個字都聽不懂。

「我的老天呀！」他一看到巴克便大聲驚呼：「這條狗不得了！呃，多少錢？」

「三百塊，我可是半買半送啊！」紅衣男子立刻回答，「反正你花的是公家錢，沒人會說話！是不是，佩爾特？」

佩爾特咧嘴一笑。他心想，現在狗隻的價錢因需求大增而水漲船高，對一匹好牲口來說，這個價錢並不為過。買了這條狗，加拿大政府不會當冤大頭，急件的派送速度也只會加快。佩爾特懂狗，他一看到巴克，就知道牠是千中選一，不，萬中選一的靈犬！他心裡暗暗評論。

巴克看見兩人交換錢幣，因此當牠和另一條性情善良、脾氣溫和的紐芬蘭犬「可麗」被那名乾癟的矮人帶走時，一點都不驚訝。這不僅是牠最後一次見到那名紅衣男子，當牠和可麗從獨角鯨號的甲板上望著逐漸遠去的西雅圖時，這也是牠最後一次凝視溫暖的南國。牠和可麗被佩爾特帶到下方的船艙，交給一名叫做法蘭斯瓦的黑臉巨漢。佩爾特是法裔加拿大人，膚色已十分黝黑，但法蘭斯瓦是法裔加拿大人和印第安原住民混血，比佩爾特還要黑上兩倍。巴克以前從沒見過他們這種膚色的人（命中注定牠以後還會見到更多）。儘管牠對他們沒什麼感情，仍然漸漸對他們心生一股尊敬之意。牠很快就知道佩爾特和法蘭斯瓦為人正直，沉著冷靜，公正無私。他們深諳狗的習性，絕對不會上狗的當。

巴克和可麗被帶往獨角鯨號的底艙，加入另外兩條狗的行列。其中一頭是來自斯匹茲卑爾根的雪白大狗，是一名後來隨著地質調查團前往北極荒地的捕鯨船船長帶上船的。這條白色大狗表面和善，其實居心叵測，臉上衝著你笑，肚子裡卻另有盤算。巴克在船上的第一餐就被牠偷吃了。就在巴克撲上前，打算狠狠教訓牠時，法蘭斯瓦的鞭子已先揮過空中，打在犯人身上。只是這時巴克的食物除了骨頭外，其他全沒了。經過這次的事件後，巴克便認定法蘭斯瓦是個公正的人，這名混血兒開始獲得巴克的尊重。

另一條狗既不向人示好，也不接受別人的好意，更沒有偷取菜鳥食物的意思。牠陰鬱、孤僻，直接向可麗表示牠唯一要求的就是離牠遠一點；明白的說，是敢來煩牠的絕不會有好下場。牠叫做「大維」，每天好吃好睡，呵欠連連，對甚麼事都意興闌珊，就連獨角鯨號穿越夏洛特皇后灣，像中了邪似地天旋地轉、顛簸翻騰時，牠也恍若未覺。當巴克和可麗嚇得心驚膽戰，情緒愈來愈激動時，牠也只是厭煩地抬起頭來，瞥了牠們一眼，然後打個呵欠，又倒頭睡去。

日復一日，夜復一夜，輪船在推進器不知疲憊的震動中不斷前進。雖然每天的生活一成不變，但巴克還是能清楚感受到氣溫持續降低。終於，在一天早晨，推進器靜下來了，獨角鯨號瀰漫一股興奮的氣氛。牠感覺得到，其他狗也是——牠們察覺事情即將有所改變。法蘭斯瓦綁好牠們，把牠們帶到甲板上。巴克一踏上冰冷的甲板，腳掌就陷入一種泥巴般又白又軟的東西裡。牠嚇得噴了口氣，猛然縮腿跳回。更多白粉從天而降，牠甩了甩，抖落那些東西，又隨即有更多落在身上。牠好奇地嗅了嗅，伸出舌頭舔一舔。那東西像火一樣灼熱，隨即化為烏有。牠滿頭霧水，再試一次，結果還是一樣。旁人見了哈哈大笑，牠覺得羞愧難當，還是不明所以，畢竟，這是牠的第一場雪啊！

第二章　棍與齒的法則

巴克在岱牙海灘的第一天宛如惡夢，時時刻刻充滿意外與驚嚇。牠被猝然拉出文明的心臟地帶，丟入原始的蠻荒中心，這兒的生活不再慵懶，想在和煦的陽光下無所事事地漫步遊蕩，根本是痴心妄想。這片土地既不寧靜，也不悠閒，沒有一刻安全。放眼所及盡是混亂與動盪，危機四伏，時時都必須提高警覺。因為這裡的人和狗與城裡的人和狗大不相同，一個個全是窮兇惡極的傢伙，目無法紀，唯一服從的是棍與齒的法則。

牠以前從沒見過狗像狼一樣打架，而牠第一次的體驗便留下永生難忘的教訓；沒錯，那不是牠的親身體驗，如果是的話，牠早就一命嗚呼，哪有從教訓中取益的機會。受害者是可麗。那時隊伍在一間木料倉庫附近紮營，向來和善的可麗一如往常地主動向一頭哈士奇示好。那隻哈士奇的體型雖然不及可麗一半大，但也有一匹成狼的大小。牠毫無欲警地縱身一躍，鋼鐵般的利齒狠狠往可麗臉上咬落，得手後立刻跳開，來去如風。可麗的臉就這麼從眼睛到下巴上撕裂了一道長長的傷口。

這是狼族戰鬥的方式：一擊即退。不僅如此，轉眼間，突然跑出三、四十隻的哈士奇，一聲不響地圍住對戰者，圍成一個死寂的圓圈。巴克不明白瀰漫在牠們之間的那份沉默與熱切是什麼，也不懂牠們為何露出一副垂涎三尺的饑渴模樣？可麗撲向敵人，對方同樣一擊即退，之後用胸部擋下可麗第二波的攻勢，緊接著用一計怪招絆倒可麗，讓牠摔倒在地。可麗再也無法回到同伴身邊。那些圍觀的哈士奇等的就是這一刻，牠們一面瘋狂咆哮，一面步步逼近。可麗被淹沒在那群鬃毛直豎的狗身之下，痛苦哀嚎。

事情來得如此突然，毫無預警。巴克被眼前情勢嚇呆了，楞楞看著史匹茲垂著腥紅色的舌頭彷彿奸笑，法蘭斯瓦揮舞斧頭，衝進混亂的狗群之中，還有三名手持木棍的男人幫他驅散狗群。他們動作迅速，可麗倒下不到兩分鐘，他們便用棍子趕跑了所有的攻擊者。但可麗已了無生氣，靜靜躺在血跡斑斑的凌亂雪地上，幾乎可說是給撕成了碎片也不誇張。那名混血黑人站在可麗身旁，忿忿地破口大罵。這個畫面日後常浮現巴克夢中，讓牠睡不安穩。原來這裡就是這樣一個地方，沒有公平，只要倒下，就沒機會再爬起。很好，牠現在知道了，牠永遠也不會讓自己倒下。史匹茲又露出那個咧嘴吐舌的賊笑，從這刻起，巴克就對牠深惡痛絕，恨不得能置牠於死地。

牠還沒從目睹可麗慘死的震驚中恢復，馬上又受到另一個打擊。法蘭斯瓦居然在牠身上綁上皮帶和扣鎖；是背帶，牠在家裡看過馬伕在馬身上套過類似的馬具。而且就像牠過去看著馬匹被趕去工作一樣，牠也被派去做工，拖著法蘭斯瓦駕駛的雪橇到山谷邊緣的森林，載滿柴薪返回。雖然被當成駝獸一事狠狠傷了牠的自尊，但牠也沒有傻到要反抗。這一切對牠來說是那麼新奇而陌生，牠決定聽天由命、全力以赴，認真把工作做到最好。法蘭斯瓦十分嚴厲，只要一聲下令，牠們必須立刻遵從，他的鞭子也讓牠們不敢有所違抗。大維是一頭經驗老道的後衛犬，只要巴克一犯錯，牠就咬牠的後腳教訓牠。史匹茲是領袖犬，跟大維一樣身經百戰。因為巴克不在牠伸牙可及的地方，所以只能不時對巴克咆哮、厲聲斥責，或老練地用體重拉扯韁繩，把巴克拉向牠該走的方向。要巴克學會這些技巧，簡直是易如反掌。牠在兩名隊友和法蘭斯瓦的教導下進步神速，還沒回到營地，牠便已經學會聽到「嗬」就停，聽到「走」就前進，轉彎時要大幅度轉彎，載滿貨物的雪橇衝下斜坡時則要和後衛犬保持距離，以免相撞。

「這三條狗不得了啊！」法蘭斯瓦跟佩爾特說，「特別是那隻巴克，真是聰明！沒看過學這麼快的狗！」

佩爾特想加快送件的速度，所以下午又帶了兩條狗回來，一隻叫做「比利」，一隻叫做「喬」。牠們是兩兄弟，血統純正的哈士奇。雖然是同母所生，個性卻像白晝和黑夜般南轅北轍。比利最大的弱點是牠善良過頭，喬則恰恰相反，脾氣火爆反覆，動不動就目露兇光，厲聲吠叫。巴克視牠們為隊友，大維把牠們當空氣，史匹茲則分別給了牠們下馬威。比利對史匹茲搖尾乞憐、巴結討好，但發現拍馬屁也起不了作用後，便夾著尾巴逃之夭夭。史匹茲追上前去，用牙齒狠狠咬牠腰側，牠便哀嚎連連（還是一副討好乞憐的模樣）。但喬可沒那麼好欺負，無論史匹茲再怎麼想繞到牠身後偷襲，喬都跟著兜圈，與牠正面相對。喬鬃毛豎直，耳朵向後緊貼，齜牙裂嘴，厲聲咆哮，尖牙快速開闔，眼中射出兇暴的光芒，猶如血戰與恐懼的化身。牠的模樣恐怖到連史匹茲也不得不放棄教訓牠，為了掩飾自己的狼狽，史匹茲又回頭去找那一點攻擊性也沒有，老是哭哭啼啼的比利，硬是要把牠逼退到營地邊緣才肯罷手。

到了傍晚，佩爾特又帶回一條狗，一隻瘦長枯槁的老哈士奇，一張臉上布滿戰鬥留下的疤痕，僅剩的獨眼射出嚴厲的警告光芒，要人不尊敬也難。牠叫做「索列克司」，意為怒漢。如同大維，牠什麼都不求，什麼也不給，什麼也不期待。牠從容不迫地走進狗群之中，就連史匹茲也沒去找牠麻煩。索列克司有個特別的古怪脾氣，不幸被巴克發現了，就是牠不喜歡旁人靠近牠瞎眼那側。巴克無心摸到牠這片逆麟，索列克司馬上把牠掀倒在地，在牠肩膀上開了一道足足有三寸長，而且深及見骨的傷口，牠這才明白自己輕率間犯了什麼無心之過。從此之後，巴克便曉得要避開牠瞎眼那側，牠們之間再也沒生過甚麼嫌隙。索列克司跟大維一樣，只有一個願望，就是別人通通不要去煩牠。巴克後來才曉得，牠們兩個心裡其實都對拉橇的工作懷抱著熱切的抱負。

那晚，巴克夜不成眠。那頂亮著燭火的帳篷在白色的原野中閃耀著溫暖的光芒，牠理所當然地走了進去，誰知佩爾特和法蘭斯瓦卻立刻破口大罵，還用餐具丟牠。巴克嚇傻了，好一會兒才從震驚中恢復，狼狽地逃回外頭的冰天雪地。帳篷外，寒風呼嘯，吹得牠渾身發痛，冷冽的狂風如毒液般鑽進牠肩上的傷口，讓牠痛不欲生。牠躺在雪地上，試著入睡，但不多久又冷得渾身發抖。牠淒惶地在帳篷間徘徊遊蕩，卻發現到處都一樣冰寒刺骨，沒有一處溫暖的地方。不管走到哪都有野狗咆哮，不過牠只要豎起鬃毛，大聲吼回去（牠學得很快），牠們就乖乖退開，不敢再找牠麻煩。

終於，牠想到一個主意，決定繞回去察看隊友怎麼應付。沒想到牠們全不見了！牠又回到營地，四處尋找隊友，卻無功而返。牠們在帳篷裡嗎？不，不可能，否則牠也不會被趕出來。那牠們會在哪兒？巴克夾著尾巴，止不住地打顫，漫無目的地沿著帳篷兜圈，看起來無比淒涼。突然間，牠前腳下的雪地一軟，身子直往下沉。牠感覺有東西在牠腳下蠕動，大驚之下，牠飛快往後一躍，腳底下那個看不見的東西嚇得牠鬃毛直豎，瘋狂咆哮，直到聽見底下傳來一聲友善的吠叫牠才恢復鎮定。牠走回去查看，一靠近洞口，便有一股熱氣直衝鼻孔，在雪堆下舒舒服服蜷成一球的正是比利。牠輕輕哀了一聲，身體興奮地又扭又搖，展現善意。為了討好巴克，牠甚至還大膽地用又濕又熱的舌頭舔起巴克臉頰。

巴克又學到了一課，原來這就是牠們的方法。巴克信心滿滿地選了個好地方，卻手忙腳亂、浪費許多力氣才挖好洞穴。體溫在瞬間溫暖這個狹小的空間，牠終於可以安穩入睡。這一天辛勞漫長，儘管巴克睡得香甜，惡夢還是不斷驚擾牠。牠不住掙扎，發出低沉的咆哮。

直到聽見營地甦醒後的吵雜聲後，巴克才睜開雙眼。起初，牠不知道自己置身何方。昨晚下了一整夜的雪，牠被淹沒其中，雪牆自四面八方壓迫著牠，一陣恐懼掃過全身——那是野獸對於陷阱的恐懼，也是牠從過去的文明回到遠祖生活的徵兆。從前，牠不只是一隻過著文明生活的狗，還是一隻過度文明化的狗，從沒見過陷阱，所以也無從恐懼。但此刻，牠全身的肌肉本能地陣陣抽搐，肩頸上的鬃毛直豎，牠發出淒厲的長嚎，縱身一躍，跳進眩目的白晝之中，雪花如飄忽的雲朵四散飛濺，還沒站穩，牠就看見白晃晃的營區展開在眼前。牠立刻記起自己置身何處，那晚和馬諾出門散步，到前一晚牠挖洞睡覺間的種種經歷也瞬間回到腦中。

法蘭斯瓦一看見牠，便開心地大聲歡呼：「我就說嘛！」雪橇駕駛向佩爾特大喊，「這巴克學什麼都快！」

佩爾特肅穆地點了點頭，身為加拿大政府的信差，肩上背負派送急件的重責大任，他急著要找到最好的狗，而巴克令他喜出望外。

一個鐘頭內，又有三條哈士奇加入隊伍，現在隊上總共有九條狗。十五分鐘後，牠們身上全綁好背帶，踏上路徑，朝岱牙谷飛奔而去。巴克很高興能上路，雖然辛苦，但牠發現自己不討厭工作。牠意外發現隊上瀰漫著一股熱切的活力，而牠也深受感染。更讓牠更吃驚的是大維和索列克司的轉變，一套上背帶，牠們就搖身變為截然不同的兩條狗，原有的消極頹廢和漠不關心，轉眼消失無蹤。牠們變得機敏、主動，一心要把工作做好。只要一有任何耽擱或騷動，凡是耽誤到工作的事，牠們都會大發雷霆。拉橇這件苦差事彷彿是牠們存在的最高意義，不僅是牠們生活的唯一目標，更是唯一能讓牠們開心的事。

大維是後衛犬（又稱做橇前狗），在牠前方的是巴克，再前面是索列克司，隊上其他的狗依序往前排成一列，直到最前方的領袖犬——史匹茲。

巴克是刻意安插在大維和索列克司之間，讓牠有機會好好學取經驗。不只巴克是高徒，牠們倆也是名師，只要巴克一犯錯，牠們便立刻用牙齒教訓牠。大維公正睿智，從不無故囓咬巴克，但必要時，也絕不心軟猶豫。由於法蘭斯瓦的鞭子也站在大維那邊，巴克知道與其報復，還不如改正自己的錯誤省事許多。有一回，雪橇才暫停片刻，牠便和韁繩纏在一起，耽誤了出發的時間，大維和索列克司立刻撲上前，好好教訓了牠一頓，結果卻讓韁繩打結得更嚴重。之後巴克就知道自己必須隨時提高警覺，保持韁繩的直順。一天尚未結束，牠便勝任愉快，不再出錯。不只同伴停止責罵，法蘭斯瓦的鞭子也愈來愈少響起，就連佩爾特都讚揚牠的表現，舉起牠的腳，細心地替他檢查腳掌。

那是一趟艱辛的旅程，雪橇必須爬上岱牙谷，通過牧羊營地，穿越史考爾斯和森林邊界，橫越冰河和深達數百呎的雪堆，然後翻越奇爾庫特大分水嶺；這座雄偉的大分水嶺矗立於海水和淡水之間，守衛著荒涼孤獨的北方大地。他們飛奔向下，經過一連串由死火山口形成的湖泊，當晚便趕至班奈特湖旁的一座大營地。上千名淘金客在那裡造船，準備春天時破冰航行。巴克在雪地挖了個洞，牠累了一天，一躺下便呼呼大睡，隔天天還沒亮，牠和隊友又被早早叫起，綁上背帶，向著寒冷的黑暗出發。

那一天牠們跑了四十哩，路上的積雪紮實，跑起來並不費力，可是接下來的幾天，牠們踏上人跡未至的荒野，必須自己破冰開路。狗兒更加賣力，進度卻更為緩慢。依照慣例，佩爾特跑在隊伍前方，用網織雪鞋先將積雪踏平，節省狗隊的力氣，法蘭斯瓦則在後方操控舵桿❶控制雪橇行進。兩人有時會交換工作，但那種時候並不多。佩爾特急著趕路，對自己豐富的冰雪知識也無比自豪，因為他的知識攸關生死，秋季的冰層很薄，水流湍急之處尚未結冰，一旦走錯路，可能要賠上全隊的性命。

日復一日，拖拉韁繩的苦工彷彿永無止盡。隊伍總在天沒亮時就拔營，曙光乍現時，他們已跑了好幾哩，等到天黑後才會紮營。狗兒們吃完少少的魚後便在雪地鑿洞入眠。巴克飢腸轆轆，牠每天只分到一磅半的鮭魚乾，根本不夠牠吃。牠一直忍受挨餓的痛苦，其他狗因為體重較輕，天生下來就適合這種生活，一天只要一磅魚就足夠填飽肚子。

牠很快就擺脫過去講究的舊習。原先的牠吃相文雅、細嚼慢嚥，但不用多久，牠就發現同伴只要吃完自己的份，就會來搶奪牠的配食。就算牠打跑兩、三個也沒用，食物還是會被其他傢伙趁亂吞下肚。為了避免這種情形再發生，牠開始跟大家一樣狼吞虎嚥。而且牠也挨不住餓，開始同流合汙，偷搶別人的食物。有一條新來的狗叫做派克，擅長摸魚和順手牽羊。牠趁佩爾特轉身時巧妙地偷走一條培根，巴克隔天立刻依樣畫葫蘆，而且一口氣偷走一整塊豬肉，引起好大一陣騷動。但佩爾特完全沒懷疑到牠頭上，反而是另一隻笨手笨腳、做壞事老是被逮個正著的蠢蛋達布成了替死鬼，被狠狠懲罰了一頓。

第一次偷東西就成功，正是巴克能在艱險的北極環境生存的標誌，顯示牠有足夠的適應力，能自我調整，適應多變的環境，缺乏這種能力牠很快就會悲慘喪命。不過，這更顯示了牠的道德感正一步

❶雪橇前方用來操控方向的桿子。

步瓦解。在這種殘酷的競爭環境下，講求道德不僅是白費力氣，更會扯牠後腿。在通行愛和友誼的南國，尊重私人財產和個人情緒當然不成問題，但在這片極北之地，法則是由棍子和利齒所訂立，在意禮教情感愚不可及，不入境隨俗牠絕對難以立足。

這並非巴克推想而知的結論，牠只是隨著環境適應，不知不覺間習慣了新的生活方式。從前的牠無論勝算多寡，都不曾在打鬥中落荒而逃，但那名身穿紅衣、手持棍棒的男人把一種更基本、更原始的法則打進牠體內。在過去文明的日子裡，牠可能為了道德的理由——比方說為了守護米勒法官的馬鞭——而死。現在，為了保命，牠會屏棄道德，而這正是牠已完全野蠻化的證明。牠並非因為好玩才行竊，而是為了填飽咕嚕作響的肚子，也因為牠尊重棍與齒的法則，所以不明目張膽公然搶奪，而是狡猾地暗地偷竊。簡而言之，牠的所作所為都是因為「做」要比「不做」容易生存下去。

巴克進展（或該說退化）的速度飛快。牠的肌肉變得如鋼鐵般堅硬，尋常的痛楚牠根本不放在眼裡。牠現在全身上上下下，裡裡外外都能發揮最大的效率，無論多難吃或多不好消化的食物牠都來者不拒，而一旦吞下肚，牠的胃液就會榨出最後一滴養分，再讓血液運送到牠身體每一部分，滋養強韌結實的體魄。牠的視覺和嗅覺變得異常敏銳，聽力更是銳利到即便在睡夢中，也能聽見最細微的聲響，並分辨出那是和平或危險的訊息。牠還學會怎麼用牙齒咬掉凍結在趾間的積冰，學會口渴而水面結冰時，要先用後腳直立站起，再舉起結實的前腳，用力踏破冰層汲水。牠最厲害的本事，是光聞前夜晚風的氣味，便能預測隔日天氣。無論空氣多平靜，牠也能找到背風的位置，在樹旁或堤岸掘好洞穴，即使稍後狂風大作，牠也能安安穩穩不受侵襲。

牠不僅從經驗中學習，體內死去已久的本能也再度甦醒。好幾世代以來的馴化特質漸漸從牠身上消失。牠模糊憶起牠這支種族的初始時代，那時的野狗會成群穿過原始森林，撲殺獵物。牠輕輕鬆鬆就學會狼族用牙齒撕咬和一擊即退的戰鬥方式；在許久許久以前，那些被遺忘的祖先都是如此戰鬥。它們迅速喚醒了蟄伏在牠體內的舊有習性，那些深深烙印在牠們血液之中的技能，如今也成為牠的技能，巴克得來全不費功夫，彷彿牠一直以來都擁有一般。每當牠在寂靜的寒夜昂首向天，像狼一般對著繁星長嗥時，是牠那些早已化為塵土的遠祖穿越年歲，透過牠昂首長嗥。牠的歌也是牠們的歌，傳達牠們的悲痛，傾訴無情、寒冷和黑暗的意義。

就這樣，彷彿提醒塵世不過是場傀儡戲，那首古老的歌謠流竄牠全身。牠又回到屬於牠的地方，而這一切都是因為人類在北方找到一種黃色的金屬，因為馬諾這名園丁助手的工錢不夠養活他一家大小。於是，牠又回到這片故土。

第三章　原始野獸

巴克體內有一頭強悍的原始野獸。這頭野獸一心想稱王，而日復一日，艱困勞苦的拉橇生活只讓牠日益茁壯——悄悄地、不露痕跡地成長茁壯。新生的狡獪讓巴克變得沉著、自制。牠忙著適應新生活，時時提高警覺，一刻不得鬆懈，不只不主動挑釁，還盡可能避開衝突。牠深思熟慮，不輕易做出魯莽或衝動的舉動。無論和史匹茲之間有多大的深仇大恨，牠都絕不流露半點不耐之色，避免所有衝突的可能。

但另一方面，或許因為史匹茲也看出巴克是個危險的對手，所以從不錯過任何一個示威的機會。牠甚至自己發展出一套方法霸凌巴克，樂此不疲地向牠挑釁。再這樣下去，不拼出個你死我活，事情永遠不會有結束的一天。若非發生了件不尋常的意外，對決可能在旅程之初就爆發了。這天傍晚，隊伍在拉巴基湖畔落腳，搭了一個克難又慘不忍睹的營地。雪花瘋狂飛舞，寒風猶如白熱的刀刃切開空氣，黑暗迫使他們必須摸黑前進。情況糟得無以復加，他們身後聳立著一座垂直險峻的岩壁，佩爾特和法蘭斯瓦不得不在結冰的湖面上紮營生火，而且先前為了減輕裝備重量，他們在岱牙就把帳篷給丟了，所以現在只剩睡袍可保暖。他們撿了幾根漂流木來生火，但冰面被火一燒就融化，反而又把火給澆熄，最後他們只能在黑暗中解決晚餐。

巴克在一塊可以遮風蔽雪的岩石下挖好自己的窩，因為那兒實在太溫暖舒適，當法蘭斯瓦就著營火解凍好魚肉，喚牠去吃時，牠甚至不想離開。等巴克吃飽歸返時，卻發現自己的窩已給霸佔了去。牠一聽到那聲警告的低吼，就知道入侵者是史茲匹。到目前為止，巴克一直竭力避免與仇敵正面交鋒，但是這次太過分了，牠體內的野獸發出怒吼，猛力朝史匹茲撲去。這個舉動讓巴克自己和史匹茲都大吃一驚；特別是史匹茲，因為這些日子的相處經驗再再告訴牠，牠的對手已變成了個不折不扣的懦夫，只是靠著牠巨大的體型及重量才能在那逞威風。

兩條狗一起從搗爛的窩跳出，嚇了法蘭斯瓦一大跳：「啊！」他對巴克大喊，「揍牠！揍牠！給牠點顏色瞧瞧！那個不要臉的小偷！」

史匹茲求之不得。牠鬥志高昂，一邊怒吼咆哮，一邊來回兜圈，伺機進攻。巴克的鬥志絲毫不輸史匹茲，而且和牠同樣謹慎，不停來回繞圈對峙，想抓住制敵先機。就在這時，奇變陡生，牠們的王位爭奪戰因此被推至久遠的未來，還要經歷無數漫長的苦役才會再度展開。

驀然間，傳來一聲佩爾特的咒罵與棍子重擊骨頭的聲響，痛苦地嚎叫緊接而起，混亂隨即爆發，營地上突然湧現一群形跡鬼祟的毛怪——是一群飢餓的哈士奇。這群野狗的數量約有八十到一百隻，牠們從附近的印第安營區嗅出他們的氣味，趁巴克和史匹茲打鬥時悄悄掩進，一看見兩名人類提著結實的木棍衝進牠們之中便張牙舞爪地反擊。食物的香味誘得牠們獸性大發，佩爾特發現其中一隻野狗把頭埋在食物箱中狼吞虎嚥，棍子便狠狠往牠枯瘦的肋骨打去，整箱食物跟著傾覆在地。轉眼間，二十來隻餓壞的野獸爭先恐後地撲上去搶食麵包和培根，棍子打在身上也恍若未覺。牠們一面對著如雨點般落下的攻擊狂吠怒號，一面發了瘋似地狼吞虎嚥，直到最後一點殘渣也不剩。

雪橇犬也被嚇得一股腦兒竄出睡窩，卻發現自己被兇惡的敵人團團包圍。巴克從沒見過這種模樣的狗，每條狗都瘦得骨頭彷彿就要破膚而出。牠們只是一具具披著鬆垮毛皮的骷髏，雙眼閃耀陰森炙熱地光芒，口水不斷從尖利的獠牙滴落。餓到發狂的狗群模樣駭人，勢不可擋。雪橇犬抵擋不了牠們的攻勢，在第一波攻擊時就被橫掃至懸崖邊緣。三頭哈士奇圍攻巴克，傾刻間，牠的頭和肩膀就被撕得血肉模糊。整個營區陷入混亂。比利一如往常地哀嚎連連；大維和索利克司雖然一身是傷、血流如注，仍英勇地並肩奮戰。喬猶如惡鬼，牙齒猛力咬進一隻哈士奇的前腿，喀擦一聲咬斷牠的腿骨。就連派克這個懶鬼也跳上一隻瘸腿的哈士奇身上，牙齒用力一咬一扯，咬斷牠的咽喉。巴克咬中一隻口吐白沫的敵人喉頭，利齒狠狠刺進牠的頸靜脈，鮮血狂噴四濺。受到嘴中溫暖的血腥味刺激，牠獸性大發，又朝另一個敵人撲去，卻在同一時間感到自己的喉嚨被狠狠咬了一口。是史匹茲，牠竟然趁機窩裡反，從旁偷襲牠。

佩爾特和法蘭斯瓦將野狗驅離營地後，便趕緊跑去搭救雪橇犬。餓獸被兩人擊退，巴克趁機脫身。但安心不了多久，那群哈士奇又向食物箱進攻，佩爾特和法蘭斯瓦不得不再回頭搶救糧食，哈士奇再次轉向攻擊雪橇犬。比利被嚇到狗急跳牆，猛然衝破餓獸包圍，逃到冰上；派克和達布跟著牠突圍，其他隊員也緊跟在後。巴克回過神，正準備跟著隊友衝出去時，眼角餘光卻瞥見史匹茲朝牠直撲而來，擺明了要撂倒牠。巴克知道，只要自己一倒地，哈士奇一定會立刻蜂擁而上，屆時牠必死無疑。於是牠奮力擋下史匹茲的攻擊，轉身就跑，加入湖上的逃難隊伍。

稍後，九隻雪橇犬聚集森林，尋找避難容身之處。雖然擺脫了追兵，但牠們各個淒慘不堪，每條狗身上都至少有四、五道傷口，有些傷勢十分嚴重：達布的一條後腿受到重傷；在岱牙最後加入隊伍的哈士奇「桃莉」喉嚨被撕裂了一大道創口；喬少了一隻眼；而溫和懦弱的比利的耳朵被咬個稀爛，一整晚哭個不停。天亮時牠們小心翼翼、一跛一跛走回營地，雖然那群掠奪者已消失無蹤，但兩名人類的心情還是惡劣至極，因為他們一半的食物都沒了，雪橇繩和帆布罩也全被咬得支離破碎——事實上，不管能吃、不能吃的一律沒逃過野狗的嘴巴。牠們吃了一雙佩爾特的莫卡尼靴❶、皮製韁繩，甚至連法蘭斯瓦的鞭子都沒放過，鞭稍給足足咬掉了兩吋。他愁容滿面地望著鞭子怔忡出神，回過神後，才去檢查負傷慘重的雪橇犬。

「啊，我的朋友！」他柔聲說，「你們都給咬慘了，不知道會不會染上狂犬病？說不定你們通通都會發瘋。我的天啊，佩爾特，這下該怎麼辦？」

---

❶一種印第安人製的鹿皮無跟軟靴。

信差沒把握地搖搖頭，到道森❷還有四百哩路要趕，他可擔不起隊伍間爆發狂犬病。經過兩個小時的咒罵不休，費力綁好背帶後，這群傷兵再次上路。這是到道森前最艱險的一段路，也是最難走的一段路，狗隊只能辛苦奮戰。

三十哩河波瀾壯闊，奔騰的河水擊敗嚴寒，只有在漩渦和水流平靜之處結了一些冰。他們費了六天的苦工才跑完這可怕的三十哩路。路況艱險，每一步都有性命之憂。在前方探路的佩爾特好幾次壓垮冰橋，掉入冰洞之中，每一次都是靠他手中的長桿橫攔洞口才僥倖得救。此時天氣嚴寒，溫度計顯示氣溫為華氏負五十度❸，每次從冰河上岸後他都必須要盡快生火，烤乾衣物，否則一樣會送命。

但沒有事情可以讓佩爾特退縮。就是因為他大無畏的精神，才被政府選為信差，負責送遞急件。他無懼危險，堅決地昂著乾癟的小臉走進這片冰天雪地，從清晨奮鬥到夜晚。他沿著隨時會塌陷的河岸冰緣蜿蜒前進，冰層在他腳下凹陷斷裂，霹啪作響，他們不敢多作逗留。有一次大維和巴克連著雪橇一起掉落冰層，等到被拉上來的時候，牠們已經被凍個半死。按照慣例，火是一定要生的，否則牠們小命不保。牠們身上紮紮實實結了一層冰，佩爾特和法蘭斯瓦要牠們不斷繞著火堆跑，好讓身上的積冰融化。因為跑得離火太近，牠們的毛還焦了一層。

還有一次是帶頭的史匹茲掉落冰洞，到巴克之前的隊伍全被一起拉下去。巴克前掌抵在滑溜的冰洞邊緣，使盡吃奶的力氣往後拉。牠腳邊的冰開始顫抖，一條條裂痕向外蔓延。但是牠後面還有大維，大維一樣拼命往後拉，再後面的雪橇上還有法蘭斯瓦，他用力到覺得自己的肌肉就要撕裂。

還有一次，隊伍前後兩側的冰緣碎裂，除了爬上懸崖之外無路可走。法蘭斯瓦束手無策，只能祈禱奇蹟出現──而佩爾特居然真的奇蹟似地爬上崖頂。他將皮帶、雪橇繩和背帶串成一條長繩，先將狗兒一隻一隻拉上去，再拉起雪橇和行李，法蘭斯瓦押後。之後他們又必須找路下崖，最後也是靠著那條長繩才成功。到了晚上，他們終於回到河面，一整天只跑了四分之一哩。

當隊伍到達胡太林卡冰面堅硬的地方時，巴克已經累壞了，其他的狗也一樣。但是佩爾特為了趕上落後的進度，催促狗隊日夜趕路。第一天跑了三十五哩抵達大鮭河，次日又跑三十五哩到小鮭河，第三天趕了四十哩，五指河就在眼前。

巴克的腳掌不若哈士奇結實堅硬，從牠的野生遠祖被居住在洞穴或河邊的原始人馴化以來，已經過無數世代，牠的腳掌早已軟化。牠一整天都得忍痛跛行前進，晚上營一紮好，牠就像死狗般倒頭栽下，就算再餓也不肯起身去吃牠的那份魚，法蘭斯瓦只好將魚送到牠面前。除此之外，每天晚餐後，雪橇駕駛還會替牠按摩腳掌半小時，甚至貢獻出他莫卡尼靴的靴頭替巴克做了四隻雪鞋，大大舒緩了巴克的痛苦。有天早上法蘭斯瓦忘了幫巴克穿鞋，巴克就躺在地上耍賴，四條腿在空中揮舞哀求，不給牠穿鞋牠就不肯起身。看牠這副模樣，佩爾特乾癟的臉上也不禁露出笑容。但隨著路途推進，巴克

---

❷道森（Dawson），加拿大育空地區的城鎮。八〇年代晚期克倫代克興起淘金熱時，此處曾繁榮一時。

❸華氏冰點為三十二度，因此華氏負五十度為冰點下八十二度。華氏轉換為攝氏的公式為：攝氏＝（華氏-32）×5/9。

的腳掌也愈來愈堅韌，因此鞋子磨破後就丟了。

一天早上，隊伍在裴利忙著整裝出發時，向來中規中矩的桃莉突然發狂，發出一聲摧肝裂膽的長聲狼嚎，嚇得狗群寒毛直豎，魂不附體。桃莉突然朝巴克直撲而去，巴克從來沒看過狗發狂，照理說不會害怕那模樣，但牠察覺出發生了什麼可怕的事，因此驚慌地拔腿就跑。桃莉口吐白沫，氣喘吁吁地緊追在後，兩隻狗始終相距一步之遙。巴克嚇得魂飛魄散，拔足狂奔，桃莉想追也追不上；但牠發了瘋似地窮追不捨，巴克也同樣擺脫不了牠。巴克衝進島上的樹林，朝低緩那頭奔去，牠橫越覆滿碎冰的後溪逃上第二座島，然後是第三座島，接著又繞回主河，情急之下直接跑上河面。牠一路頭也不回，聽見桃莉的咆哮就近在耳後。牠聽見法蘭斯瓦在四分之一哩外的地方喊牠，於是轉身折返，依舊跑在桃莉前頭，痛苦地大口喘息，只能把希望放在法蘭斯瓦身上。雪橇駕駛的手上握緊斧頭，等巴克一跳過他身邊，斧頭便霍然落下，狠狠砍在瘋桃莉的頭上。

筋疲力盡的巴克搖搖晃晃地倒在雪橇旁，大口地喘息。史匹茲眼見機不可失，立刻撲向巴克，接連兩次咬住無還手之力的對手。巴克被牠咬得皮開肉綻，傷口深及見骨。法蘭斯瓦的鞭子見狀抽下，巴克滿意地看著史匹茲挨鞭，全隊還沒有一隻狗受過如此嚴厲的鞭刑。

「史匹茲這個惡魔，」佩爾特說，「牠總有一天會宰了巴克。」

「拜託，那個巴克還比牠要惡上兩倍咧！」法蘭斯瓦回應，「我常留意巴克，確定得很。我告訴你，總有一天牠會發起狠來，狠狠咬爛史匹茲，把牠的骨頭吐到雪地上。絕對，我跟你保證！」

從那時開始，巴克和史匹茲之間正式開戰。身為全隊公認的領袖，史匹茲覺得自己的領導地位嚴重受到這隻怪異的南方狗威脅。巴克確實與眾不同，史匹茲牠看過無數南方狗，但沒有一隻在路上或營區裡是有用的。牠們天性孱弱，一個個不堪苦工、冰雪和饑餓的折磨死去。巴克是個例外，牠不只熬過這些考驗，甚至還日漸茁壯。牠的力量、野蠻和狡獪和哈士奇不相上下。除此之外，牠也同樣具有領袖風範，而牠最危險的地方，就在於那名紅衣男子用木棒給了牠一課深刻的教訓，把牠稱王的盲目和衝動都打得無影無蹤。牠狡獪非常，具有不亞於那份原始野性的耐心，靜候自己的時機到來。

領導權的爭霸戰無可避免，總有一天會到來，巴克也期待這一天。牠想要成為領袖犬，因為那是牠的天性，也因為拉橇和背帶帶來的那份無以名之，又無法理解的驕傲緊緊抓著牠——就是這份驕傲讓雪橇犬不管工作再苦，也堅持要做到最後一口氣，就算失去性命也在所不惜。若解下牠們的背帶，牠們會心碎不已。大維會如此深以自己後衛犬的身份為傲，索列克司會如此賣力工作，也是出於同樣原因。這份驕傲讓牠們在拔營時自動凝聚一心，將牠們從暴躁乖戾的野獸變成賣力、熱情又不畏艱險的隊伍。只是這份驕傲在入夜紮營後旋即消失無蹤，狗兒們又恢復往常的焦躁孤僻、陰鬱不滿。也是這份驕傲支撐著史匹茲，讓牠有權在工作時教訓犯錯、偷懶或在清晨拔營時想逃跑的雪橇犬。同時這份驕傲也讓牠害怕巴克，害怕牠有一天會取而代之，成為領袖犬。現在，這也是巴克的驕傲。

巴克開始公然挑戰史匹茲的領袖地位。每當史匹茲要處罰偷懶的雪橇犬時，牠就挺身而出——而且是蓄意的。有一晚下了一場大雪，天亮後那隻摸魚大王派克沒有出現，安穩地躲在雪地下一吋的睡窩裡。法蘭斯瓦連聲呼喚，卻始終不見牠的蹤影。史匹茲大發雷霆，火冒三丈地在營地間跑來跑去，又聞又挖每一個可疑之處。派克聽到牠的厲聲咆哮，更是怕到躲在洞裡簌簌發抖，不敢出來。

但牠最後還是給挖了出來。史匹茲撲過去要修理牠，就在這時，巴克也勢若猛虎地撲上前，擋在兩條狗之間。因為事出突然，巴克的動作又太狡猾迅速，史匹茲避之不及，一下被掀翻在地。本來還渾身發抖，可憐兮兮的派克看到巴克公然叛變，膽子也跟著大了，居然飛身撲向摔倒在地的領袖犬。早已不知公平競爭為何物的巴克跟著撲到史匹茲身上。法蘭斯瓦見景雖然笑了起來，但仍公平處置，鞭子重重抽在巴克身上。即便如此，也無法讓巴克從被他壓在腳下的對手身上離去。法蘭斯瓦只好祭出鞭柄，把巴克打得眼冒金星。鞭子一下下往牠身上招呼，巴克不得不退，史匹茲也抓住空檔在旁修理了屢次作怪的派克。

接下來的幾天，眼看道森愈來愈近，巴克依舊不改其色，繼續插手干涉史匹茲對犯人的懲處。但牠做得巧妙，只在法蘭斯瓦沒看見時動手。由於巴克暗中造反，其他雪橇犬抗命的情況也愈來愈嚴重。大維和索列克司不為所動，不過隊上其他狗愈來愈無法無天。事態一發不可收拾，隊上爭執不斷、吵鬧不休，無時無刻都有狗鬧事。這一切都是巴克搞的鬼，法蘭斯瓦被牠搞得焦頭爛額。這位雪橇駕駛提心吊膽，因為這兩隻狗決一死戰只是遲早的事。不只一晚，雪橇犬的打鬥聲把他從睡夢中驚醒，他匆匆爬出被窩，就怕是巴克和史匹茲在打架。

然而對決的時機一直沒有到來，狗隊在一個沉悶的午後到達道森，戰爭依舊沒有爆發。道森不僅人聲鼎沸，還有不計其數的狗。巴克發現牠們全都在工作，彷彿狗工作是再天經地義不過的事。從早到晚，長長的雪橇隊伍在主街上跑上跑下，到了夜裡鈴鐺聲仍然不絕於耳。牠們拖著搭建木屋的木料和柴薪運送到礦區，所有在聖克拉拉谷由馬匹負責的工作，在這兒都由狗來做。巴克在這裡時常遇見其他的南方狗，牠們多是野生的哈士奇狼犬，每一晚，固定九點、十二點、三點時，牠們總會高歌一首夜曲，那是一種陌生又神祕的吟誦，巴克欣然加入合唱。

北極光在空中冷冽閃耀，繁星隨著雪光起舞，大地麻木凍結於冰雪之下。這首哈士奇之歌要歌頌的，或許原本是生命的反抗，然而狗群低聲唱和，伴隨一聲聲嘆息啜泣的長音，聽起來更像在泣訴生存的艱難。這是一首古老的歌，如同牠的種族一樣古老——這是大地初現時的第一支歌，那時的曲調總是悲傷，歌裡包含了世世代代的哀愁。巴克莫名地深深被這悲嘆撼動，當牠跟著呻吟悲泣時，那歌聲裡藏著多少生活的痛苦，而那也是牠野生遠祖經歷過的痛苦。歌聲中還包含了牠們對神祕的寒冷和黑暗的畏懼。牠深深地撼動，代表了牠已跨越那些受火光和屋頂庇護的光陰，回到嚎叫歲月的原始之初。

到達道森的七天後，隊伍又沿著騎警營的陡坡奔下育空的雪徑，朝岱牙和鹽水出發。佩爾特此行要送的急件比來程更為緊急，加上受到驕傲驅使，決心要創下今年的紀錄，因此更加加緊腳步。許多條件都有利於他，過去七天的休息讓狗兒們都恢復了精力，無論身心都處於巔峰狀態。而且來時走過的路徑已被後來的旅人踏實，再次上路會好走許多。另外，警方在途中安排了兩、三處休息站，裡面備有人和狗的糧食，讓隊伍的行裝可以簡便許多。

第一天牠們趕了五十哩路，抵達六十哩河；第二天飛快穿越育空，到達裴利。但是他們並非一帆風順便取得這個輝煌的成績，雪橇犬間的爭執讓法蘭斯瓦頭痛不已，巴克暗中領導的叛變破壞了隊伍的團結，狗隊在韁繩上的動作不再一致。受到巴克的鼓勵，這些叛徒開始展開各種小規模的叛亂。史匹茲不再受到敬重，牠們以前對牠的敬畏消失無蹤，紛紛開始挑戰牠的權威。一晚，派克搶走史匹茲一半的魚，在巴克的保護下狼吞下肚。另一晚，達布和喬聯手反抗史匹茲，逼牠不得不放棄懲罰牠們。就連善良溫馴的比利也沒那麼好欺負了，不像以前一樣動不動就哀嚎。只要一靠近史匹茲，巴克絕對是一副齜牙裂嘴、怒吼連連、鬃毛直豎的威嚇模樣。牠簡直是把史匹茲壓著打，總是大搖大擺、氣焰囂張地在牠的鼻子前耀武揚威。

紀律的紊亂影響了雪橇犬間的關係，牠們以前不會像現在這樣爭吵不休，老是把營地搞得像鬼哭神號的精神病院一樣。雖然無止盡的打鬥吵得大維和索列克司心浮氣躁，牠們依舊不為所動。法蘭斯瓦氣到滿嘴聽不懂的外國髒話，在雪地上暴跳如雷，猛揪自己頭髮。他的鞭子不斷在狗群之中啪啪作響，還是無濟於事。只要他一轉身，牠們又開始造反。史匹茲有法蘭斯瓦給牠撐腰，其他隊友則有巴克這個靠山。法蘭斯瓦知道一切都是巴克搞的鬼，巴克也知道他知道，但牠太聰明了，再也沒被當場逮個正著。牠一樣認真拉雪橇，而且愈來愈喜歡牠的工作，原本的苦差事，現在已經變成一樁樂事；而狡猾地煽動隊員打架，攪亂韁繩更是讓牠樂不可支。

到了塔奇納河口，一晚的晚餐後，達布在雪地裡挖出一隻雪兔，牠不過遲疑片刻，兔子就逃之夭夭。下一秒，整支雪橇隊都開始瘋狂吠叫，緊追在兔子之後。幾百碼外有一處西北警局的營地，那裡有五十隻哈士奇，也一齊加入追逐戰之中。那隻兔子往河流下游疾速逃竄，拐入一條小溪，遠遠跑在凍結的河床前方。牠輕盈地飛掠在雪面之上，狗群則用蠻勁全力鏟開雪地，窮追不捨。巴克一馬當先，領在最前頭，六十隻狗轉過一彎又一彎，就是抓不著那隻兔子。巴克俯低身子，熱切哀吟，雄偉的身軀如閃電般衝刺，在蒼白的月光下奔馳縱躍，那隻雪兔則如一抹慘白的鬼影在前方不斷飛躍。

對於鮮血的渴望、殺戮的歡愉，以及驅使人類定期從喧鬧的城市走入森林，只為了用鉛彈獵殺動物的慾望——這些古老的本能刺激，巴克全都感受到了，只是這分感受此刻變得更為強烈。牠遙遙領在隊伍前方，追捕那隻野生動物。牠想用自己的牙齒咬死那塊活生生的鮮肉，將牠的口鼻和雙眼浸濡在溫暖的血液之中。

這是生命所能達到的狂喜巔峰，即便生命本身也無法超越。生命的弔詭之處莫過於此，這份狂喜在一個人最活躍的時候出現，卻又令人完全忘記自身的存在。這份令人忘我的狂喜在藝術家的腦中出現時，靈感便像火焰一樣熊熊包圍著他；出現在士兵身上時，他就在烽火連天的戰場上瘋狂砍殺，下手無情。這份狂喜現在也出現在巴克身上，讓牠渾然忘我地領導狗群，一面發出古老的狼嚎，一面在月光下追捕眼前活蹦亂跳、敏捷逃脫的獵物。牠的天性在體內深處大聲迴響，這份天性比牠的生命更久遠，早在時間之初便已存在。牠完全被生命的波濤和生存的浪潮所支配，每一處肌肉、每一個關節，每一條肌腱都沉浸於喜悅之中，因為活著而熾烈燃燒，在奔跑中盡情展現。巴克在星光下狂喜飛躍，越過那了無生氣的死寂大地。

縱使在亢奮之中，史匹茲也依舊維持著冷靜與算計。溪流大轉彎之處有塊突出的狹陸，牠離開狗群，抄捷徑繞到前方等待巴克。巴克沒留意史匹茲的行蹤，牠轉過彎，鬼魅般地雪兔仍在牠前方輕巧飛躍，就在此時，另一道更大的白色鬼影從上方的河堤跳到兔子正前方。是史匹茲！兔子轉身不及，白晃晃的尖牙在半空中一口咬碎牠的背脊，發出像人類受到遇襲時那樣淒厲的慘叫。這是靈魂從生命之巔墜入死神魔掌時發出的吶喊，巴克身後的狗群一起發出鬼哭神號般地歡欣合唱。

巴克一聲不吭，牠不再壓抑，猛然朝史匹茲撲去。兩條狗肩撞肩，但巴克的力道過猛，反而錯失準頭，沒咬中史匹茲的咽喉。牠們在白末般的雪地中滾了一圈又一圈，史匹茲立刻站穩腳步，好像壓根沒被撞到一般。牠狠狠撕裂巴克的肩膀，隨即跳開，一面撤退，一面尋覓更好的立足點，同時又用牠陷阱般的鋼齒狠狠咬了巴克兩次，齜牙裂嘴地厲聲咆哮。

在那瞬間，巴克明白了，對決的時候到了，這一戰至死方休。牠們不斷兜圈對峙，咆哮連連，耳朵緊貼在後，目光炯炯地搜尋有利的機會。這個景象好熟悉，巴克一下全記起來了——記起這片雪白的森林、雪白的大地，雪白的月光，還有戰鬥的刺激。這片銀白色的寂靜之中瀰漫著鬼魅般地肅穆，空氣中聽不見任何聲響，就連一點細微的聲音也沒有——萬物靜止，連葉子也停止顫抖。狗群的呼吸在冰冷的空氣中緩緩盤旋上升，這群桀敖不馴的半狼半狗，不出片刻已把兔子吃乾抹盡，然後屏氣凝神，圍成一圈，將巴克和史匹茲包圍其中。牠們和周遭環境一樣靜默無聲，雙眼閃著不懷好意的光芒，吐出的氣息在空中裊裊上升。這幅景象對巴克來說一點也不陌生，一切都是那樣理所當然，毫不稀奇。

史匹茲是個身經百戰的戰士。從斯匹茲卑爾根到北極，從加拿大到極北荒地，無論在任何狗群中牠都能佔穩王位，知道該怎麼統馭牠們。戰鬥時不管多憤怒，牠都不會讓怒火蒙蔽牠。牠渴望狠狠撕裂、摧毀牠的敵人，但也沒忘記敵人的仇慨之心和牠一樣強烈。在還沒準備好擋下敵人的衝撞前，牠絕對不會輕舉妄動。在還沒接下敵人第一波攻勢、熟悉對手招式前牠也絕不先出招。

巴克想把牙齒深深刺進那隻大白狗的脖頸，卻始終無法得手，牠的牙只要一沾上柔軟的皮肉，就立刻被史匹茲的尖牙擋下。利牙對上銳齒，巴克的嘴被咬得皮開肉綻，鮮血汩汩湧現，但牠就是無法攻破對手的防線。牠重振旗鼓，如疾風般迅速繞圈，將史匹茲包圍其中。牠一次又一次朝那雪白的咽喉撲去，只要咬斷那兒，牠的對手就再也無法呼吸。史匹茲卻總能反擊成功，咬中一口後立刻跳開。巴克改變策略，正面衝撞史匹茲，但這次只是佯裝要直取牠的咽喉；就在即將得手之際，牠頭猛然一縮，向旁一甩，原來牠是要用肩膀衝撞史匹茲的肩膀，猛力將牠撞翻。結果，反而是巴克的肩膀被撕裂，史匹茲沒事的靈巧跳開。

戰局至今，史匹茲毫髮無傷，巴克已全身浴血，不住大口喘氣。戰事愈演愈烈，外面還有一圈狼群安靜地、虎視眈眈地等著要了結倒下的輸家。就當巴克氣喘吁吁時，換史匹茲進攻了，巴克被打得站也站不穩。有一次巴克絆了一下，外圈那六十隻狗馬上「唰」地站起，但牠在半空中穩住身子，那圈狗又坐下等待。

巴克還擁有一項成大事者必備的特質，那就是想像力。除了仰賴本能戰鬥，牠也懂運籌帷幄。這次牠再進攻，假裝又要使出先前肩撞肩的老招，但在最後一瞬身子一低，緊貼雪地，牙齒咬上史匹茲的左前腳，腿骨應聲而碎。大白狗現在只剩三條腿，巴克打算再進攻三次就要解決牠，於是故計重施，咬斷史匹茲的右前腿。史匹茲無視腿上傳來的痛楚和愈來愈渺茫的勝算，瘋狂掙扎，不讓自己倒下。牠看見包圍在外的那圈狼群，牠們安靜無聲，目露兇光，口水順著舌頭滴淌，銀白色的氣息在空中漂浮，一步步慢慢向牠逼近。牠過去也曾見過狼圈朝著輸家圍攏，只是這一次被打敗的是牠。

牠毫無勝算。慈悲是屬於氣候和煦的南方大地，敵人絕不可能放過牠。巴克已經準備好要發出最後一擊。狼圈不斷圍攏，直到牠感覺哈士奇的呼吸就在身邊。巴克看見牠們圍在史匹茲的身後和兩側，身子伏得低低的，目光緊鎖著那條大白狗，蓄勢待發。那一瞬間，世界彷彿靜止了一般，每條狗都像石化般動也不動，只有史匹茲不住顫抖，長毛聳立，蹣跚地來回踱步。牠威嚇怒吼，好像這麼做就能嚇走逐步逼近的死神。巴克再度撲上前，得手後立刻跳開。這次正中肩膀，史匹茲終於消失在狼圈之中。那黑色的圍圈在月光流瀉的雪地下迅速縮成一個黑點，巴克傲然而立，冷眼旁觀。勝者為王，牠體內的那頭原始野獸完成了殺戮，牠滿足了。

第四章　成為領袖犬

「看吧！我就說嘛！史匹茲是惡魔，但巴克可是惡魔中的惡魔啊！」翌晨，法蘭斯瓦發現史匹茲下落不明，巴克又滿身是傷時如是說。他把巴克拉到火旁，藉著火光查看傷勢。

「那個史匹茲下手可真狠。」佩爾特一邊檢查巴克身上撕裂的傷口，一邊說。

「巴克比牠狠上兩倍咧！」法蘭斯瓦應道，「現在我們可以好好趕路了。史匹茲不在，這下麻煩都沒了！」

佩爾特開始收拾營地的裝備堆上雪橇，雪橇駕駛則替狗兒們套上背帶。巴克朝史匹茲的領袖犬位置衝去，但法蘭斯瓦沒注意到他，反而將索列克司帶去巴克夢寐以求的位置。依他看來，索列克司是剩下來的狗中最適合當領袖犬的。巴克憤怒地撲向索列克司，逼牠退開一旁，自己站了過去。

「你看！你看！」法蘭斯瓦大喊，樂不可支地拍打自己的大腿，「你看那個巴克，牠宰了史匹茲是要接收牠的位置啊！」

「走開，小鬼！」他斥責，但是巴克不肯讓步。

法蘭斯瓦不理會巴克威嚇的咆哮，抓住牠的頸背，把牠拖到一旁，又換上索列克司。那隻老狗可不喜歡這個位置，也清楚表示自己畏懼巴克，不過法蘭斯瓦依舊堅持己見。只是他一轉身，巴克就又擠開索列克司，索列克司也毫無反抗之意。

法蘭斯瓦勃然大怒：「好啊，你欠修理就是了。」他大聲喝叱，手裡提著一根粗棍回來。

一看到棍子，巴克就想起那名紅衣男子。於是牠緩緩後退，看見索列克司又被帶上前也不再嘗試攻擊。牠仍未死心，在棍子所及的範圍之外不斷繞圈，憤怒咆哮。牠一面兜圈，一面目不轉睛地盯著棍子，好在法蘭斯瓦揮落棍棒的瞬間及時閃開。牠已經學乖了！

駕馭繼續手邊的工作，他呼喊巴克，要將牠綁回大維前方的老位置。巴克向後退了兩、三步。法蘭斯瓦跟上，巴克又後退。法蘭斯瓦以為巴克是怕挨揍，所以僵持幾次後便扔開棍子。但巴克不是怕挨打，他公然造反是為了奪取王位。那寶座本就屬於牠，那是牠贏得的，牠絕不屈從於領袖犬之外的任何位置。

佩爾特也上前幫忙。他們兩人追巴克追了一個小時，怎麼用棍子威嚇揮舞，都給巴克閃開了。他們破口大罵，從巴克祖宗八代一路問候到牠還沒出世的後代子孫，連牠身上的每一根毛和體內每一滴血都給罵得一無是處。巴克咆哮以對，保持距離，不讓兩人靠近。牠沒逃走的打算，只是沿著營地不斷踩圈子後退。牠的意圖再清楚不過，只要他們滿足牠的要求，牠就會乖乖回去。

法蘭斯瓦束手無策，只好席地而坐，搔了搔頭。佩爾特看了手錶一眼，罵了聲髒話。時間飛逝，他們一個小時前就該上路了。法蘭斯瓦又抓抓頭，不好意思地朝信差一笑。佩爾特聳聳肩，他們認輸了。法蘭斯瓦走到索列克司站立之處，叫巴克過來。巴克笑了，露出狗的笑容。不過牠還是保持距離，不肯上前。法蘭斯瓦解開套在索列克司身上的韁繩，把牠放回牠的老位置。除了巴克之外，狗隊全都綁好背帶，在雪橇前排成一條整齊的直線，準備好上路出發。法蘭斯瓦將最前方的位置留個巴克，他又喊了一聲，巴克再度露出笑容，還是不肯上前。

「你把棍子放下啊！」佩爾特說。

法蘭斯瓦聽話照做。棍子一放下，巴克立刻衝上前來，露出勝利的笑容，抬頭挺胸地站在隊伍最前方。法蘭斯瓦替牠套上韁繩，雪橇開始滑動，兩名男人跟在一旁奔跑，隊伍終於又踏上河道。

雪橇駕駛本就對巴克讚譽有加，說牠是惡魔中的惡魔，而這一天尚未結束，他便發現自己還是低估了巴克。躍出第一步，巴克便扛起了領袖犬的責任，無論是需要判斷情勢，或需要敏捷思考與行動時，牠都表現得比史匹茲更加優秀，法蘭斯瓦從沒見過能跟史匹茲媲美的領袖犬。

巴克尤其勝過史匹茲的，是牠更知道該怎麼訂立規矩，使隊友服膺的手段也更加高明。大維和索列克司不在乎更換領袖犬，那不關牠們的事。牠們只在乎自己的工作，只要不妨礙到牠們賣力拖拉韁繩，牠們根本不在乎發生了什麼事。只要能維持秩序，就算是比利那個溫吞鬼來當領袖犬也無所謂。但隊上其他的狗在史匹茲王朝的最後幾天變得野性大發，難以控制，現在看到巴克要整頓牠們，不由倍感訝異。

像是排在巴克後方的派克，除非被逼，否則牠連一盎司的力氣都不肯多出，動不動就發抖裝病偷懶。但在第一天結束之前，牠出的力氣已經比牠這輩子加起來的還要多。上路後的第一晚，脾氣暴烈的喬，就在營地被巴克狠狠教訓了一頓——這件事史匹茲從來沒成功過。巴克只是用牠體重的優勢把喬壓在地上，悶得牠無法呼吸。直到牠不再反咬，苦苦哀求後巴克才終於罷手。

隊伍的步調迅速整頓妥當，恢復以往的團結，像過去一樣，大家同心協力，動作整齊劃一，縱躍時彷彿只有一隻狗跳起。在林克急湍又有兩隻當地土生土長的哈士奇加入狗隊，分別叫做提克和庫那，巴克馴服牠們的速度令法蘭斯瓦嘖嘖稱奇。

「不會再有像巴克這樣的狗了！」他高喊，「不會有的！就算花一千塊買牠也不冤啊！我的老天！佩爾特，你說是吧？」

佩爾特頷首。雪橇隊現在的速度遙遙領先記錄，而且一天比一天超前。路況十分良好，路面結實堅硬，沒有鬆軟的新雪讓他們舉步維艱。天氣也沒那麼冷了，自從先前氣溫驟降到華氏負五十度後，氣溫就一直就停在那。佩爾特和法蘭斯瓦兩人輪流交替跑路和駕駛的工作，狗隊也一路前奔，鮮少停下休息。

跟先前相比，三十哩河的河面現在結滿了冰。他們來時花了十天才穿越，此行只花了一天。還有一次，他們一口氣從拉巴基湖急奔六十哩，直達白馬急湍。穿越馬歇湖、塔吉胥湖和班奈特湖這片綿延七十哩的湖群時，隊伍的速度之快，負責跑路的那人還可以用繩子把自己綁在雪橇後方，讓雪橇拉著他跑。第二個星期的最後一晚，隊伍便攻上白山隘口，之後藉著山腳下司卡桂城和港口船隻的燈火跑下通往海灘的斜坡。

這趟旅程破了紀錄，十四天來他們每天平均跑上四十哩。到了司卡桂城，整整三天佩爾特和法蘭斯瓦都大搖大擺、神氣活現地在主街上走來走去。請他們喝酒的邀約如潮水般湧來，狗隊也成為馴狗人與趕狗人至高崇敬的注目焦點。直到之後來了三、四名西部來的壞胚，揚言要將鎮上洗劫一空，結果反而被射得像胡椒罐一樣渾身窟窿，大家的話題這才轉到其他英雄上。隨後官方命令下來了，法蘭斯瓦把巴克叫了過來，抱著牠哭得淚眼婆娑。這是巴克最後一次見到佩爾特和法蘭斯瓦，就像過去的其他人一樣，他們從此走出巴克的生活。

一名蘇格蘭混血兒接收了巴克和牠的隊友，連同其他十二支狗隊，巴克再次踏上前往道森的艱辛旅程。牠們再也不是輕裝上路，也不用趕著打破記錄，因為牠們現在是郵局的送件隊，日復一日不斷重複同樣的苦工，拖著沉甸甸的雪橇橫越雪地，上頭載滿了從世界各地捎來的信息，要送給北極暗影底下淘金的人們。

巴克不喜歡這份差事，牠仍舊盡心盡力地做，像大維和索列克司一樣為自己的工作驕傲。不管隊友是否具備相同的榮譽心，牠都不改初衷，認真監督牠們工作。日子變得單調乏味，每天只能像機器一樣重複例行公事。生活一成不變：廚子每天早上在固定的時間起床，升好營火吃早餐，有些人開始收拾營區，有些人幫狗綁好背帶，天還沒亮就摸黑上路。天一黑便紮營，有些人負責搭建小帳篷，有些人砍柴、削松枝鋪床，其他人則取水或冰來準備晚餐。此外還要餵狗，這對雪橇犬來說是一天中最棒的時刻，不過吃完魚後，和其他一百多隻狗四處遊蕩上一個小時也很有趣。牠們之間有的是狠角色，可是經過三場激烈的打鬥後，巴克輕鬆取得領袖地位，之後只要牠豎起鬃毛、露出利齒，牠們就會乖乖讓路。

不過巴克最愛的還是躺在營火旁，後腿縮在身體下，前腳伸直在身前，抬起頭，瞇起迷濛的雙眼凝視跳動的火焰。有時牠會想起陽光遍灑的聖克拉拉谷和米勒法官的大房子，想起那座水泥泳池和那隻墨西哥無毛犬伊莎貝兒和日本巴哥多茲。但牠更常想到的，是那名紅衣男子、可麗的死，以及和史匹茲的那場惡鬥。牠也會想起牠吃過的美食或想吃的食物。牠不是想家，那片陽光之地已經模糊而遙遠，這些記憶並不會動搖牠。更強烈召喚牠的，是基因中的記憶，讓牠對從沒見過的事物也升起一份似曾相識的熟悉感。那些記憶中的本能（祖先在許久前養成的習慣，習慣又演變成本能）原已衰退，如今又在牠體內甦醒活躍。

有時，牠躺在那兒，瞇起眼，恍惚地凝望火光，眼前的火焰彷彿變成另一團火，牠躺在另一堆營火前，看著另一個不同的混血兒在牠面前烹煮食物。這個人的腿短了些，手比較長，健壯的肌肉糾結賁起，而非圓鼓鼓地腫脹。這人一頭濃密凌亂的長髮，額頭自眼睛開始往後傾斜，直到頭頂。他口中發出奇怪的聲響，似乎很怕黑，不時往黑暗偷瞄。他的雙手垂在膝蓋和腳掌之間，手裡抓著一隻棍子，棍子的末端綁著一塊沉重的石頭。他幾乎衣不蔽體，只有一條破破爛爛、被火燒過的皮布披在背上。他身上體毛濃密，整片胸膛、肩膀，一直到手臂和大腿外側都蓋著一層厚厚的毛髮。他站立的時候雙膝彎曲，上身無法挺直，只能前傾。他渾身散發一種活力，或該說是像貓一樣的彈力。他時時保持高度警戒，彷彿總是提心吊膽，恐懼所有看得見和看不見的東西。

某些時候，這個多毛人也會蹲在火旁，把頭埋在兩腳間睡覺。這時候，他的手肘會放在膝上，雙手抱頭，像要用那雙毛茸茸的胳膊擋雨一樣。火堆外，黑暗包圍大地，巴克看見其間有許多發亮的煤炭，兩兩成雙——總是兩兩成雙。牠知道那是巨獸的眼睛，牠可以聽見牠們的身體壓碎樹叢和在夜裡發出的聲響。巴克懶洋洋地瞇眼注視火光，在育空河畔做著白日夢。那些聲音和景象讓牠從背脊一路到肩頸的長毛筆直豎起，最後忍不住壓抑地低聲哀鳴或吼叫幾聲，這時混血的廚師便會對牠喊：「嘿，你！巴克！起來了！」另一個世界於是消失無蹤，現實世界回到眼前。牠站起身，打個呵欠，伸伸懶腰，彷彿剛剛真的做了個夢一樣。

這是趟艱苦的旅程，雪橇犬拖著堆積成山的信件，沉重的工作使牠們筋疲力盡。到達道森時牠們都消瘦許多，虛弱不堪，起碼需要休息個七天十天。但兩天內牠們又載滿要送至外界的信件從騎警營啟程，一路跑下育空河岸。狗兒疲憊不堪，駕駛也抱怨連連，雪上加霜的是每天都在下雪，代表路徑上會積滿鬆軟的新雪，增加地面的摩擦力，狗兒必須出更大的力氣才能拉動雪橇。幸好駕駛很善待狗兒，一路上都悉心照料牠們。

每一晚，他們都先將狗照料好才吃飯，檢查完狗的腳掌後才睡覺。可憐狗兒們的體力依舊每況愈下。從冬天開始，牠們總共拉著雪橇跑了一千八百哩，就連最頑強的狗也禁不住這一千八百哩的勞累。但巴克撐下來了，雖然牠也筋疲力盡，仍嚴格維持隊上紀律，鞭策隊友繼續工作。比利每一晚都在睡夢中低聲哀嚎，喬的脾氣更是前所未見的暴躁。而不管是不是瞎眼那側，索利克司都不允許任何人靠近。

其中最痛苦的是大維，牠不知道生了什麼病，變得愈來愈陰沉煩躁。隊伍一紮營，牠立即就地築窩，再也不肯起身，駕駛還得拿食物過去餵牠。背帶只要一解開，牠馬上躺下，不到隔天清晨上工前絕不起身。有時跑到一半雪橇突然停止，或起步時韁繩猛然拉緊時，牠都會發出痛苦的嚎叫。駕駛為牠檢查，但什麼毛病也沒有。牠的病引起所有雪橇駕駛的興趣，他們吃飯時談論這件事，睡前抽最後一根煙時也談論這件事。有一晚他們甚至舉行了一次會診，把大維從窩裡帶到火堆旁，在牠身上又壓又戳，直到牠哀嚎了許多次後才罷手。牠體內一定出了什麼毛病，但是他們摸不到任何斷骨，查不出病因。

到了凱西爾沙洲時，大維虛弱到不停在韁繩內跌倒。那名蘇格蘭混血兒發令停止雪橇，把牠帶出隊外，讓前頭的索列克司取代牠的位置。駕駛是要大維休息，讓牠自由跟在雪橇之後。即使病重，一被牽開，大維還是勃然大怒，韁繩一解開便怒吼連連，看到索列克司被帶到牠長久以來盡心賣力的位置上時，更是心碎地嗚咽起來。牠對韁繩和工作深以為傲，就算快病死了，也無法忍受另一隻狗接替牠的位置。

雪橇起步後，牠跟在雪橇旁，在路徑旁的軟雪中蹣跚前行，不斷用牙齒攻擊索列克司，想把牠撞倒，擠進索列克司和雪橇之間，跳回屬於牠的位置上。牠不停哀鳴吠叫，混血駕駛想用鞭子趕走牠，可針扎般地鞭笞動搖不了牠，駕駛也不忍再加重手下力氣。路徑上的積雪明明比較堅硬，好跑許多，大維不願跟在雪橇後方，乖乖跑在路上。牠堅持跌跌撞撞跟在雪橇旁，那兒的積雪鬆軟，跑起來很是費力。終於牠筋疲力竭，摔倒在地。牠爬不起身，只能看著長長的雪橇跑過身旁，揚起片片雪花，發出哀傷的嚎叫。

牠使出最後一分力氣，搖搖晃晃地起身，蹣跚跟在雪橇後方。雪橇再度停止，牠踉蹌走過雪橇，站到索列克司身旁。駕駛停駐片刻，向後面的人借火點燃煙斗，然後又走回原位，揚鞭策狗。但一反常態地，狗兒輕輕鬆鬆便跨出腳步，牠們察覺事態有異，不安地轉過頭，卻被眼前景象嚇得呆立在地。駕駛也吃驚地闔不攏嘴，雪橇竟半分也沒前進。他呼喚同伴前來查看，原來是大維咬斷索列克司的兩條韁繩，直挺挺地站在雪橇前的老位置。

大維用眼光哀求駕駛讓牠留下。駕駛左右為難，不知該如何是好。他的同伴說，若不讓雪橇犬工作，牠們會心碎而死。眾人開始回憶起自己聽過看過的例子，七嘴八舌地說起有些狗因為年紀太大或傷勢過重，再也無法工作時，會因解職心碎而死。眼看大維只剩一口氣了，出於憐憫之心，駕駛決定不如讓牠死得其所。於是牠又被套上韁繩，像過去一樣驕傲地拉著雪橇，但牠不時因內傷而不由自主慘叫出聲。好幾次牠摔倒在地，只能被韁繩拖著走，有一次甚至被雪橇輾過，之後只能一跛一跛地跟在後方。

就這樣撐到了下一個營地。駕駛在營火旁幫牠做了個窩。隔天早晨，牠實在虛弱到無法上路，但到了要綁背帶的時候，牠仍試著要爬到駕駛身旁。牠巍巍顫顫地起身，搖晃一下又摔倒在地。之後索性像蟲一般蠕動身體慢慢爬向背帶，伸出前腳，拖著身體，一吋一吋地緩緩前進。牠的力氣離牠遠去，隊友最後一次看到牠，就是牠躺在雪地氣喘吁吁、渴望地凝視牠們的模樣。就連狗隊穿過河邊的樹林後，都可以聽見牠悲痛欲絕的哀嚎。

雪橇驟地停止。那名蘇格蘭混血兒慢慢走回營地，人群安靜了下來。槍聲響起，蘇格蘭混血兒匆忙折返，鞭子劃過空中，鈴鐺再度響起。雪橇攪起地上白浪，但巴克知道，每條狗都知道，在河邊的那片樹林之後，發生了什麼樣的事。

第五章　雪地上的苦役

離開道森三十天後，巴克和牠的隊友拖著鹹水郵橇隊到達司卡桂城。牠們全都筋疲力盡、虛脫乏力，狀況差到不能再差。巴克原本一百四十磅重的體重，如今只剩一百一十五磅，其他隊友雖然體重本來較輕，相形之下卻瘦得更多。過去最會裝病的摸魚大王派克，老把腳傷裝得活靈活現，現在腳是真的跛了，連索列克司也瘸了腿，達布因為扭傷的肩胛骨牠痛苦不堪。

狗兒的腳痠痛不已，跳也跳不動，撲也撲不起，踏在路徑上的每一步都異常沉重。牠們步履蹣跚、搖搖晃晃，每走一天，疲倦就加深一分。牠們沒生病，只是累壞了。那份疲憊並非來自短時間的過度操勞，那只要幾個小時就能恢復。牠們會如此疲憊，是因為幾個月來的連日苦役，一點一滴把牠們的力氣消耗殆盡，直到最後一滴精力也被榨得一乾二淨，連恢復元氣的力量都不剩。牠們的每一塊肌肉、每一根纖維、每一個細胞全已油盡燈枯。這不是沒有原因，不到五個月來，牠們已經跑了兩千五百哩，而且最後的一千八百哩只休息了五天。抵達司卡桂時，誰都看得出來牠們舉步維艱，勉強才拉緊韁繩，下坡時，最多也只能盡量不要擋到雪橇去路。

「跑啊！你們這群可憐的跛腳狗！」當狗隊踉蹌走下司卡桂城的主街時，雪橇駕駛鼓勵牠們，「這是最後一趟了，然後我們就可以好好休息，好不好？我保證一定給你們放大假。」

駕駛信心滿滿，確信接下來可以好好休養一段時日；他們自己也只休息兩天，便跑完一千兩百哩的路程，辛苦許久之後偷閒片刻也是天經地義。但有太多男人湧進克倫代克，也有太多情人、妻子和親人留在故鄉，他們只能依靠信件傳達思念之情，也難怪郵件堆積的高度直逼阿爾卑斯山。除此之外，官方命令也下來了，一大批剛從哈德遜灣運來的犬隻被派來取代那些已無用武之地的雪橇犬，這些老將必須另行處置，既然狗值不了多少錢，不如一口氣直接賤價拋售。

三天過去，巴克和牠的隊友依舊疲憊無力、虛弱不堪。到第四天早上，兩名美國來的男人用極低廉的價格買下狗隊和全部裝備。那兩人分別叫做霍爾和查爾斯。查爾斯是個中年白人，一雙眼睛空洞無神、淚水汪汪，兩撇鬍子倒是尖挺，和藏在鬍鬚下疲弱的雙唇形成強烈的矛盾對比。霍爾年紀較輕，是個十九、二十歲的小伙子，腰帶上插了一把柯爾特左輪手槍和一把獵刀，皮帶上還掛滿彈匣。這條腰帶是他全身上下最引人注目的地方，光看這點就知道他是個初出茅廬的新手，一點經驗也沒有。這兩人顯然出現在他們不該出現的地方，為什麼會跑來北方探險，真是個令人無法參透的謎團。

巴克聽見他們討價還價，看見錢在政府專員和那兩人之間轉手，於是牠知道那位蘇格蘭混血兒和郵車駕駛，將和佩爾特、法蘭斯瓦以及其他消失的人一樣，永遠離開牠的生命。牠和隊友被帶往新主人的營地，映入眼簾的卻是一幅懶散骯髒的景象；帳篷只搭了一半，髒碗盤堆積如山，所有裝備歪七扭八，凌亂不堪。牠看見一名女人，那兩個男人叫她瑪賽迪絲。她是查爾斯的太太，霍爾的姐姐——

還真是個模範家庭啊！

巴克憂心忡忡地看著他們拆除帳篷，把東西放到雪橇上。他們忙得不可開交，但毫無效率可言。帳篷亂七八糟地捲成一團，比捲好後應有的體積還大上三倍；錫盤還沒洗乾淨就打包起來。瑪賽迪絲焦慮地在兩名男人間來回踱步，嘴裡叨唸不休，一下叮囑這，一下又告誡那。男人將行囊放在雪橇前方，她就插口說應該放到後面才對。但收到後頭，另外在上面堆了其他行李後，她才還發現有東西沒收拾；而且除了那袋行李外，其他地方都滿了，無處可放，只好又七手八腳把東西全拿下來。

旁邊的帳篷走出三名男人，一看到這情景便擠眉弄眼地咧嘴大笑。

「你們的行李乖乖不得了啊！」其中一人說，「我是沒資格多嘴啦，但如果我是你們，絕不會一路帶著那頂帳篷。」

「胡說！」瑪賽迪絲一聲嬌斥，兩手優雅地一陣揮舞，以示驚慌，「少了帳篷我睡哪兒啊？」

「春天已經到了，天氣只會愈來愈暖。」那人回答。

瑪賽迪絲堅決地搖了搖頭。查爾斯和霍爾將最後一批物品堆到小山般的行李上。

「雪橇載得動這麼多東西嗎？」其中一人問。

「為什麼不行？」查爾斯沒好氣地反問。

「喔，沒什麼沒什麼。」那人趕緊好聲好氣地解釋，「我只是好奇，因為看起來有些頭重腳輕的。」

查爾斯轉過身，盡可能地將皮繩向下拉緊，捆好行李，繩子卻依舊鬆鬆垮垮。

「不用擔心，那些狗當然可以拖著這麼一大車玩意兒爬上一整天山，你們說是不是？」第二個人譏諷道。

「那當然。」霍爾禮貌地回答，但口氣有些僵硬。他一手握住舵桿，另一手揚起長鞭。「跑啊！」他大喊，「快跑！」

狗隊拉著胸帶奮力一躍，雪橇紋風不動。牠們努力片刻後便放棄掙扎，雪橇太重了，牠們實在拖不動。

「這些懶鬼，看我怎麼教訓你們。」霍爾大聲斥喝，鞭子就要往牠們身上抽去。

瑪賽迪絲趕緊驚聲制止：「喔，霍爾，你不能這麼做！」她抓住鞭子，想將長鞭奪下，「牠們太可憐了！我要你發誓，你一路上都不會對牠們動粗，要不，我就不走！」

「妳很了解狗是吧！」她弟弟譏諷，「我告訴妳，這事妳最好別管。牠們懶得要命，不給點苦頭吃，牠們是不會乖乖聽話的。狗就是這樣，隨便問一個人都知道。不信的話妳去問那些人。」

瑪賽迪絲懇求地望著他們，美麗的臉上寫得清清楚楚，她不忍看狗兒受苦。

「如果你真想知道，我告訴你，牠們現在一點力氣也沒有！」其中一人回答，「牠們全累壞了，走也走不動，需要好好休息。」

「休息個屁！」霍爾掀動無鬚的雙唇罵了一聲。聽見弟弟咒罵，瑪賽迪絲又悲痛地「噢！」了一聲。

不過她是個護短的姊姊，馬上替自己弟弟說話：「別管那傢伙。」她尖聲道，「你才是駕駛，你覺得該怎麼做就怎麼做。」

於是霍爾的鞭子再次落到狗兒身上。狗兒們頂住胸帶，腳掌深深踩進紮實的雪地，俯低身子，卯足了勁往前拉，但雪橇仍像拋錨似地動也不動。試了兩次之後，牠們佇立原地，不住喘息。無情的鞭聲又猛烈響起，瑪賽迪絲再次插手，她跪在巴克前面，眼中噙滿淚水，張開雙臂摟住牠脖子。

「你們這些可憐的小傢伙，可憐吶！」她同情地大聲哭喊，「你們為什麼不多出些力呢？這樣你們就不會挨打了呀！」巴克不喜歡她，可也覺得自己處境已經慘到不能再慘，懶得反抗她，反正就把她當作是這悲慘工作的一部分吧！

其中一名旁觀者一直咬牙忍耐，克制自己不要出口譏諷，現在真的忍無可忍，開口說：「我一點也不在乎你們的死活，但為了那些狗，我只想告訴你們，雪橇的滑橇一下就會結冰，黏在地上，要是你們先把雪橇搖鬆，牠們會輕鬆許多。你把全身的重量壓在舵桿上，左右搖晃，就可以把滑橇搖鬆。」

他們又試了第三遍，這次霍爾遵照建議，先把凍結在雪地上的滑橇搖鬆。塞得滿滿的笨重雪橇終於開始前進，巴克和隊友在雨點般的鞭笞下瘋狂奔竄，跑了幾百碼後，路轉了個彎，朝主街陡然下降。想穩住一台頭重腳輕的雪橇需要經驗豐富的駕駛，而霍爾不是。狗隊才轉彎，雪橇就翻了，沒綁緊的貨物散了一半。但狗隊沒有停止，傾覆又變輕的雪橇在牠們身後跳上跳下，牠們受夠了差勁的待遇和不合理的載貨量，巴克氣瘋了，開始拔足狂奔，隊上的其他狗也跟著牠跑。霍爾大叫：「停！

停！」可是牠們充耳不聞。霍爾的的腳絆了下，被拖倒在地，翻倒的雪橇就這麼從他身上輾了過去。狗隊橫衝直撞，沿著主街把剩下的家當灑落一地，整個司卡桂城像開嘉年華會一樣熱鬧喧騰。

好心的居民幫忙把狗攔下，撿起散落的物品，還建議他們，如果想順利到達道森，行李得丟一半，而狗要增一倍。霍爾和他的姊姊、姊夫心不甘情不願地聽從建議，搭起帳篷，準備清點裝備。從行李中翻出罐頭時大家都笑翻了，因為在雪地上長途旅行，罐頭食物是想也別想的奢侈品。「這些毛毯夠開一家旅館了咧！」其中一名幫忙的路人笑道：「就算只留一半還是太多，最好通通丟掉。還有那頂帳篷和整疊碗盤都扔了吧——反正也沒人會洗。我的天啊！你們以為自己是在坐臥車嗎？」

他們乖乖聽話，不是必需的物品通通狠心丟棄。看見衣服被人一袋一袋扔在地上，瑪賽迪絲忍不住放聲大哭，每丟一件她就要哭嚎一次。她雙手環抱膝頭，傷心欲絕地搖晃身子，堅決地說就算為了十二個查爾斯，她也不會再前進一步了。她到處哀求，最後終於死心，擦乾眼淚，自己動手整理，甚至把必要的行李也扔了。她正在氣頭上，自己的東西丟完後仍餘怒未消，又像龍捲風般捲去男人那兒，襲擊他們的行李。

收拾完行李之後，雖然裝備少了一半，剩下的份量還是令人望而生畏。查爾斯和霍爾在傍晚時分離開了一趟，帶了六條外來犬回來。這六隻狗加上隊上原本的六隻雪橇犬，以及創紀錄的那次旅程中在林克急湍加入的兩隻哈士奇提克和庫那，現在隊上總共有十四隻狗。雖說那些外來犬一上岸就接受訓練，卻仍不成氣候。六條狗中有三隻是短毛獵犬、一隻紐芬蘭犬，剩下兩隻則是雜種狗。這些新來的菜鳥什麼都不懂，巴克和隊友對牠們不屑一顧。儘管巴克很快就教會牠們該站在哪個位置、有哪些事情不能做，卻無法教會牠們該做什麼。牠們無法適應韁繩和雪徑，除了那兩隻雜種狗，剩下的四隻狗都因流落到這陌生的野蠻之地和惡劣待遇而迷迷糊糊、恍惚失神；而那兩隻雜種狗沒有失神，是因為牠們只是徒具骨架的空殼，根本毫無神智可言。

新來的狗不濟事，無可期待，老將們又被先前兩千五百哩馬不停蹄的旅程累得筋疲力盡，這支隊伍可說是前景堪慮。儘管如此，那兩名美國人仍是精神抖擻、志得意滿，因為他們有十四條狗，看上去多威風啊！他們看過其他雪橇隊穿山越嶺，前往道森，或從道森來到此地，可從來沒看過哪隊雪橇隊用了十四頭雪橇犬。不過在北極跋涉旅行，不用十四頭雪橇犬拉雪橇是有道理的——因為沒有一輛雪橇可以運載餵飽十四隻狗的食糧。但查爾斯和霍爾不明就裡，以為有枝鉛筆就能規畫行程，只要寫下一隻狗要吃多少，總共有幾隻狗，要跑幾天，就能把一切安排妥當。瑪賽迪絲從他們肩膀後方瞄了一眼，似懂非懂地點點頭，這哪有什麼難的嘛！

一直到隔日接近中午時分，巴克才浩浩蕩蕩地帶領隊伍跑上主街。狗兒一個個無精打采，無論是巴克或隊友都已經筋疲力竭，只能拖著虛脫的身子上路。牠已經來往鹽水和道森之間四次之多，又厭又倦之下，想到又得踏上同樣的路途就痛苦萬分。牠完全無心於工作，每條狗都是。新來的狗膽小害怕，老狗則對自己的主人一點信心都沒有。

巴克隱隱感到這三人不可信賴。他們什麼也不會，隨著日子一天天過去，更清楚顯現他們完全沒有學習能力。不管做什麼都馬馬虎虎，不懂秩序也毫無紀律，光是要搭起一個亂七八糟的營地就要耗掉大半夜，早上也要花上半天收拾營地，才將行李放到雪橇上。但行李又不好好放，隨隨便便地亂堆一氣，以至於剩下來的時間就不斷在停止雪橇、重新安置行李中度過。有些日子裡，他們一天連十哩都跑不到，其他時候連出發都辦不到，而根據狗糧計算而出的時程，他們甚至連預定行程的一半都還沒走到。

狗糧短缺只是遲早的事，明知如此，他們還是不懂節制，餵食過量的食物，加速消耗，讓缺糧的日子更快到來。那些外來犬的消化系統尚未經過長期飢餓的鍛鍊，無法從最少的食物中榨出最多養分，因此食欲旺盛。除此之外，看到那些疲憊不堪的雪橇犬拉車時有氣無力，霍爾便斷然決定那些算好的配糧太少了，所以愈餵愈多，以為牠們只要吃飽就會有力氣。最糟的是，當瑪賽迪絲發現用她美麗的大眼噙著淚水、顫聲向霍爾乞求，也不能誘騙他給狗多一些食物時，便偷偷從魚袋中偷魚出來餵狗。其實巴克和其他雪橇犬需要的不是食物，而是休息。雖然行進緩慢，牠們拖在身後的沉重貨物依舊嚴重耗損牠們的體力。

很快地，狗糧不足的日子來了。霍爾有天猛然驚覺他的狗糧已經去了一半，但他們只走了四分之一的路。在這片荒野上，不管是想靠人情或金錢，都無法取得更多狗糧。他們只好減少每天的配食，增加每天的路程。他的姊姊和姊夫都贊成他的計畫，不過這如意算盤卻被他們沉重的裝備，與自身的無能給拖垮：給狗吃少一點很簡單，但要狗跑快卻絕無可能；加上他們自己的無能，沒辦法一早就啟程，更是壓縮到上路的時間。他們不只不知道要怎麼讓狗幹活，更不知道該怎麼驅策自己工作。

第一個倒下的是達布。這可憐的笨賊，儘管偷東西老是被抓到受罰，但牠一直盡忠職守，扭傷的肩胛骨既沒治療也沒好好休養。牠的情況一天比一天糟糕，霍爾最後用他的柯爾特左輪手槍了結了牠。這地方有句俗語：照哈士奇的食量餵食外來犬只會把牠們餓死，而在巴克底下的六條外來犬還只吃哈士奇一半的食量，所以牠們只有死路一條。第一隻餓死的是那頭紐芬蘭犬，接著是那三隻短毛獵犬；另外兩隻雜種狗頑強地多撐了幾天，最後仍難逃一死。

到了這時，南方人那些爽朗愉悅、溫文爾雅的特質，在這三人身上不再復見，北極之旅的風光和浪漫早已不知消失何處。極地的環境殘忍嚴苛，把他們的男子氣概和女性特質消磨得一乾二淨。瑪賽迪絲不再為狗兒哭泣，光是自艾自憐、和弟弟與丈夫吵架就佔去她全部心神。他們永遠吵不累，悲慘的境遇使他們愈來愈容易怒火攻心，而脾氣愈是煩躁，日子就愈難過。有些人是經歷勞累的旅途和肌肉痠痛的折磨，還能保有耐心、維持親切的態度，好聲好氣地說話，但這完全沒發生在這兩男一女身上。他們耐性盡失，只剩暴躁和痛苦。他們的肌肉也痛，骨頭也痛，連心都痛。因為如此，他們說話也愈來愈尖酸刻薄，從早到晚沒一句好聽話。

只要瑪賽迪絲一給他們機會，霍爾和查爾斯必定吵得面紅耳赤。他們都深信自己做的遠比分配到的工作還要多，而且一逮到機會就要宣揚，絕對不會隱忍。瑪賽迪絲有時候站在她丈夫那邊，有時又倒戈偏袒弟弟，結果就是一場永無止盡、好比煙火一般火光四射的家庭衝突。他們可以從誰該去砍柴生火（這只關查爾斯和霍爾的事）一路吵到家族裡的其他人：爸爸、媽媽、叔叔、表兄弟姊妹，甚至是幾千里以外的親戚，有些甚至根本已不在人世。而霍爾的藝術眼光或他舅舅寫的社會劇，和砍柴有何關連無需細究，因為那已超出人類智慧理解的範圍之外。接著，爭吵又繼續朝著查爾斯的政治偏見前進。至於為什麼查爾斯姊姊那張天花亂墜的嘴巴會和在育空這兒生火有關，也只有瑪賽迪絲一人清楚。她對這主題滔滔不絕發表了一篇長篇大論，還順便不經意地提到丈夫家族中其他幾項討人厭的怪癖。就在他們爭吵的同時，火依舊沒生起來，營地只搭了一半，當然更別提要餵狗了！

除此之外，瑪賽迪絲還開始一種特別的抱怨——一種女性特有的抱怨。她美麗嬌弱，一直以來都像公主一樣被捧在掌心，但現在丈夫和弟弟對待她的態度跟騎士精神一點也沾不上邊。她習慣裝出一副無助的模樣，讓別人好生伺候著她，但這兩名男人現在都已經泥菩薩過江，哪還顧得了她，因此對她只有滿肚子的埋怨。而既然責難男人是女人的基本特權，那不如索性讓他們的生活變成人間煉獄。她不再替狗兒著想，加上全身上下又痛又累，她便堅持要坐在雪橇上，讓狗拉著走。她確實是美麗嬌弱，卻依舊有紮紮實實的一百二十磅——對那些已經餓到頭昏眼花又虛弱不堪的狗來說，這實在是異常沉重的最後一根稻草。她坐了好幾天的雪橇，直到狗隊無力拉動，摔倒在轠繩之中，再也無法前進一步。查爾斯和霍爾求她下來自己走，他們好話說盡，瑪賽迪絲只是一個勁兒地哭，胡攪蠻纏地向老天泣訴他們的殘酷。

有一次，他們終於忍無可忍，硬把她從雪橇上架下來，但之後再也不敢那麼做。瑪賽迪絲像被寵壞的小孩一樣賴在地上耍賴。他們置之不理，繼續前進，她還真一點起身的意思都沒有。霍爾和查爾斯向前走了三哩，無可奈何之下，只能卸下行李，回去找瑪賽迪絲，把她抱回雪橇之上。

自己都悲慘落魄，狗隊受的苦他們當然更不會放在心上。霍爾有個理論，認為一個人要經過磨練才會變得堅強，只不過這理論他只用在別人身上。他向姊姊和姊夫宣揚這理念，也無法奏效，因此便改用棍子向雪橇犬傳教。到達五指河時，狗糧完全沒了，一名牙齒掉個精光的印第安老嫗跟他們交易，說要用幾磅的冷凍馬皮，交換霍爾屁股上那把和大獵刀作伴的柯爾特左輪手槍。馬皮是很糟糕的替代食物，是從六個月前餓死的馬身上剝下來的。冷凍馬皮硬得有如鐵條，狗兒吞進肚子後，只會消化成又薄又沒營養的皮條和毛球，擾亂腸胃又無法吸收，吃了反而更難受。

巴克像被困在惡夢之中，只能踩著蹣跚的步伐，帶領隊伍前進。牠有力氣拉的時候就拉，沒力氣的時候便就地躺下，直到鞭子或棍子打得他不得不起身。所有的剛強、光彩都從牠美麗的皮毛上消失無蹤。牠身上的長毛糾結邋遢，了無生氣地黯然垂落，挨棍的地方覆滿乾涸的血跡。牠的肌肉消磨殆盡，只剩下一結一結的筋絡，鬆垮皺折的皮膚下骨頭根根分明。這景象慘不忍睹，但巴克是不會被擊垮的，紅衣男子早已證實了這一點。

巴克如此，其他的隊友亦然。牠們現在都不過是會移動的骷髏，包括巴克在內，一共是七條遊魂。因為日子太過悲慘，鞭笞和棍打已經不痛不癢。挨打的痛楚就像牠們眼睛所見、耳朵所聽的一切，全都麻木而遙遠。牠們連半條命，不，四分之一條命都不剩，只是幾根殘破的骨頭，偶爾閃爍幾下微弱的生命之光。休息時，牠們彷彿死狗般躺在轠繩之中，生命之火蒼白虛弱，幾近熄滅。等到棍子或鞭子打在牠們身上，生命之光才又慘澹地閃了下。牠們再度踉蹌站起，搖搖欲墜地艱苦前行。

有一天，溫馴的比利倒下後再也站不起來，這時霍爾已經把他的手槍賣了，所以直接用斧頭砍下比利的頭，再把屍體從轠繩中拖出來，扔到一旁。這一幕巴克看到了，其他隊友也看到了，牠們知道這件事很快也會發生在自己身上。隔天庫那也一命嗚呼，只剩五條狗在苟延殘喘。喬現在兇也兇不起來，派克又跛又瘸，恍恍惚惚，只剩一半的意識，連想裝病偷懶都沒辦法。獨眼的索列克司仍對工作盡忠職守，只是傷心自己沒力氣拉動雪橇。冬天沒跑那麼多路的提克（因為是新手）相較之下體力好些，所以更常挨打。巴克依舊站在領袖的位置，但是再也不施管紀律——牠也沒打算施管紀律。大半的時間，牠都因為過度虛弱而兩眼昏花，只能依靠殘存的視覺和腳下微弱的觸感前進。

這是個美麗的春日，而不管是人是狗都未曾察覺。每一天，太陽愈來愈早昇起，愈來愈晚下山，凌晨三點就嶄露曙光，到了晚上九點還透著薄暮的微光。白晝漫長，陽光明亮地教人睜不開眼。冬季裡鬼魅般地死寂，被春天萬物甦醒的呢喃所取代，每吋土地都傳出蠢蠢欲動的窸窣聲，滿載生命的喜悅。在那漫漫長月裡，生命蟄伏靜止，如死去般紋風不動，直到此刻才又重新復甦。松樹湧出樹脂，柳樹和白楊綻放嫩芽，灌木和藤蔓染上新綠，蟋蟀夜夜鳴唱，到了白天，地上各種爬行、蠕動的生物紛紛投進陽光的懷抱，松雞和啄木鳥活力十足地在森林裡咕咕作響、敲敲打打。松鼠們嘰嘰喳喳，鳥兒嗚囀啁啾。從南方飛來的野鳥在頭頂上排成一道靈巧的人字形，劃破青空。

一道道涓涓細流滑下山坡，積雪下的泉水演奏著淙淙樂曲。冰封的萬物開始一點一滴融化、彎折，發出劈啪的爆裂聲。整個育空地區掙扎著要掙脫禁錮了它一整個冬天的冰雪，河水在下方舔舐冰層，太陽自上方吞食積雪。結凍的河面開始出現氣孔，裂紋向四面八方蔓延，薄冰也片片墜入河裡。甦醒的萬物綻放鼓動，展現頑強的生命力。陽光耀眼，微風輕嘆，在這片美景之下，這兩男一女和雪橇犬隊卻像走向死亡般，舉步維艱，緩緩前行。

狗兒們跌跌撞撞，瑪賽迪絲坐在雪橇上哭泣，霍爾有氣無力地連連咒罵，查爾斯的雙眼盈滿憂愁的淚水，這支隊伍就這樣巍巍顫顫地走進約翰．桑頓位於白河河口的營地。隊伍才停下，狗兒們全像死了般倒地不起。瑪賽迪絲擦乾眼淚，望向約翰．桑頓。查爾斯因為全身僵硬，他只能緩緩地坐在一截圓木上休息。上前攀談的是霍爾。約翰．桑頓那時正削著用樺木做成的斧柄，斧柄就快完工，他邊削邊聽，不時嗯個幾聲回應。霍爾向他徵詢意見，他便給幾個簡潔的建議，不過他心裡清楚，像他們那種人，就算給了忠告，他們也肯定不會採納。

「之前的人都說路徑底部的冰層已經開始融化，叫我們最好不要再往前走。」桑頓警告霍爾不要再冒險走上融冰時，霍爾這麼回答，「他們說我們到不了白河，但我們現在還不是到了。」說到最後一句話時，他語氣裡帶著一絲勝利的嘲諷。

「他們說的是真的！」約翰．桑頓回答，「冰面隨時都有可能崩垮，只有笨蛋──帶著瞎運的笨蛋才過得了河。我可以肯定地告訴你，就算把阿拉斯加所有的黃金送給我，我也不會拿自己的性命開玩笑，冒險走到冰上。」

「好吧！那是因為你不是笨蛋。」霍爾說，「沒差，反正我們一定要去道森。」他揮動鞭子，「起來，巴克！嘿！起來啊！快走啊！」

桑頓繼續削著手裡的木頭。他曉得要阻止笨蛋做蠢事只是白費力氣，反正這世界也不會因為多幾個、少幾個笨蛋而有什麼分別。

但是狗隊並沒有聽命站起。從很久以前開始，牠們沒等到挨揍決不肯起身。鞭子無情揮落，約翰．桑頓緊抿雙唇，強迫壓抑心裡那股衝動。索列克司是第一個爬起來的，其次是提克，喬也接著一面痛苦嚎叫一面起立。派克吃力地掙扎起身，接連兩次爬到一半又摔倒在地，第三次才終於勉強站住。巴克根本連試都不試。牠安安靜靜地躺在倒下的地方，鞭子一鞭鞭落在牠身上，但是牠既不哀嚎也不掙扎。好幾次桑頓都差點開口，最後又打消念頭。他眼裡漫起一層薄霧，鞭子未停，他終於忍不住站了起來，猶豫不決地來回踱步。

這是巴克第一次抗命，光是這點就足夠讓霍爾火冒三丈。他扔下長鞭，抄起慣用的棍子，將沉重的打擊如雨點狠狠砸在巴克身上，牠仍舊無動於衷。就像其他的同伴，牠要站還是可以勉強站起，但和牠們不同的是，牠已經下定決心，不肯起來。牠隱隱有種大難臨頭的預感，抵達河畔時這個預感就已經很強烈了，至今仍未消失。牠先前整天踩著逐漸消融的薄冰前進，現在主人又要牠再踏上去，牠覺得災難隨時會降臨，所以打死不肯動身。況且，牠已經受了太多苦，疲倦已極，那些打在身上的棍子其實已經不太痛了。棍子繼續落下，牠體內的生命之火閃耀了一下又變得微弱，眼看就快熄滅。牠有種奇怪的麻木感，牠知道自己正在挨打，可是那感覺卻好遙遠。最後一絲的痛覺也離開牠了，雖然牠還可以聽見棍子打在牠身上的微弱聲響，牠卻一點感覺也沒有，彷彿那不再是牠的身體。

突然間，約翰．桑頓毫無預警地發出一聲野獸般模糊難辨的嗥叫。他撲向揮舞棍子的霍爾，霍爾就像被一棵傾倒的大樹撞到般，踉蹌退開。瑪賽迪絲放聲尖叫，查爾斯憂愁地看著這幅畫面，擦了擦水汪汪的雙眼，卻因渾身僵硬而動彈不得。

約翰．桑頓擋在巴克身前，努力控制自己，氣到說不出話來。

「如果你敢再動那隻狗一下，我就宰了你！」他最後終於壓抑怒火，忿忿開口。

「牠是我的狗！」霍爾回答。他揩去嘴角的血跡，走了回來，又說：「讓開，要不我要動手了。我們一定要去道森。」

桑頓擋在他和巴克之間，一點讓路的意思也沒有。霍爾拔出腰間的長獵刀，瑪賽迪絲還在尖叫，她又哭又笑，一副歇斯底里、徹底發狂的模樣。桑頓用斧柄朝霍爾的指節一扣，獵刀應聲落地。霍爾要撿，指節卻又挨了一下。隨後，桑頓俯身，自己將獵刀拾起，俐落兩下割斷巴克的轡繩。

霍爾戰意全消。而且他的雙手，或該說他的兩條手臂被姊姊緊緊拽住，想打也打不了。反正巴克也快死了，沒辦法拉動雪橇，所以他不再堅持。幾分鐘後，他們離開河堤，朝下游出發。巴克聽見隊伍離開，便抬起頭來張望。現在換由派克領隊，索列克司押後，之間是喬和提克。牠們一跛一跛地蹣跚前進，瑪賽迪絲仍坐在堆滿行李的雪橇上，霍爾緊握舵桿，查爾斯跌跌撞撞跟在後方。

巴克望著隊伍，桑頓在牠身邊跪下，用他粗糙的大手溫柔地替牠檢查有沒有任何斷骨。等他檢查完畢，確定巴克除了多處瘀傷和瘦的嚇人外沒什麼大礙時，雪橇已在四分之一哩開外的地方。他們一人一狗看著雪橇橫越冰面，陡然間，雪橇末端一沉，彷彿陷進什麼凹槽。不多久，霍爾死命緊抓不放的舵桿突然飛到空中，瑪賽迪絲的尖叫遠遠傳來。他們看見查爾斯一個轉身，想要往回跑，但太遲了，整塊冰層坍崩陷落，剎那間，所有人狗消失無蹤，只剩一個吞食大洞。

路徑底部的冰層完全塌陷。

約翰・桑頓和巴克四目相交。

「你這可憐的傢伙啊！」約翰・桑頓說。巴克舔了舔牠的手。

第六章　深愛一個人

去年十二月，約翰．桑頓凍傷了腳，同伴把他安頓妥當，確保他留下後能舒舒服服養傷，才繼續出發至上游取木筏，打算等積雪完全消融後再溯溪前往道森。桑頓救下巴克時他的腳還有點跛，但隨著天氣回溫，他也完全康復，能正常行走了。在這長長的春日之下，巴克一整天就躺在河堤邊，看著眼前河水奔騰流逝，懶洋洋地聽著鳥兒啼囀、大自然歌唱，慢慢恢復元氣。

在辛苦跋涉了三千哩，能好好休息一番是再好不過。巴克也必須承認，隨著傷口癒合，肌肉逐漸隆起，骨頭上又開始長肉，自己也愈來愈懶散。不只巴克，約翰．桑頓、史琪和尼格全都一樣游手好閒，成天無所事事，就等著木筏回來載他們前往下游的道森。史琪是一隻小型愛爾蘭雪達犬，很快就跟巴克結為好友。當時巴克奄奄一息，壓根沒力氣反抗牠的好意。有些狗具有醫生特質，史琪便是其中之一。牠像貓媽媽清理小貓般，仔仔細細幫巴克把傷口舔抹乾淨。每天早上巴克吃完早餐後，牠便開始執行指派給自己的任務，到後來巴克甚至會主動找牠，就像牠主動去黏著桑頓一樣。尼格也很友善，只是性情比較內斂。牠是一頭大黑狗，擁有一半警犬、一半獵鹿犬的血統。牠的一雙眼總是笑瞇瞇，脾氣溫順得不得了。

讓巴克驚訝的是，這些狗都沒表現出吃醋的模樣。牠們似乎也感染了約翰．桑頓的善良和寬厚。隨著巴克一天天康復，身材愈來愈壯碩，牠們開始拉著牠一起玩各種可笑的遊戲，連桑頓也忍不住加入。就這樣，巴克一面嘻笑玩樂，一面養傷，生命也就此進入一個嶄新的階段。這是牠第一次感受到「愛」，純粹、熾熱的愛。即便過去在米勒法官那棟位於陽光普照的聖克拉拉谷的家，牠也不曾有過這種感受。沒錯，牠會和法官家的少爺一起打獵散步，但那是一種合作的同伴關係。陪伴法官的孫子時，也不過是耀武揚威的守護者。而牠和法官本人之間，則是一種高貴莊嚴的友誼。但牠現在感受到的這份愛狂熱而熾烈，是約翰．桑頓激發了牠這份感情。牠崇拜他，為他瘋狂。

這個人救了牠，牠自然感念在心，更重要的是，他是個完美的主人。其他人是出於責任感和金錢利益，才關心牠們這些雪橇犬的福祉。但是桑頓將牠當作自己的小孩，因為他就是無法不關心牠。他悉心照料牠們，從來不會忘記親切地迎接、鼓勵牠們，時常與牠們促膝長談（他稱這叫做「閒扯淡」）；而且他也和狗兒們一樣樂在其中。他老愛粗暴地夾住巴克的頭，把自己的頭靠在巴克頭上，使勁前後搖晃，用各種渾名叫牠，巴克知道這些都是愛的表現。牠不知道世上還有什麼能比這些粗魯的擁抱、喃喃的咒罵和用力的搖晃更讓牠開心。每當桑頓猛力搖晃牠時，巴克都開心到覺得自己的一顆心要被搖出身體了。桑頓一放手，巴克便會一躍而起，咧嘴大笑，眼裡閃耀著千言萬語，振動喉嚨發出咕嚕咕嚕的聲音，立定原地，動也不動。這時約翰．桑頓總會誠心讚嘆：「天啊！你什麼都會，只差不會說話啊！」

巴克自己也有一套展現愛意的小把戲——只是這把戲看上去似乎有些危險。牠常常用力咬住桑頓的手，在他手上留下好一陣子都消不去的齒痕。但就像巴克了解桑頓的咒罵其實是疼愛的表現，桑頓也明白假咬是巴克擁抱他的方式。

更多時候，巴克是用崇敬來展現牠的愛意。只要桑頓摸摸牠或跟牠說話，牠就欣喜若狂。但牠不會主動去找桑頓撒嬌，牠不像史琪，三不五時就把鼻子塞到桑頓的手心下，頂來頂去，直到桑頓拍拍牠、哄牠才滿意。牠也不像尼格，不時大步走到桑頓身邊，把牠的大頭放到桑頓的膝蓋上。巴克只要遠遠待在一旁，仰慕地凝望桑頓就心滿意足。牠可以在桑頓腳邊躺上好幾小時，機警地殷切仰望，仔細端詳他的臉，熱切地捕捉他每個動作、每個表情。有機會的話，牠還會躺在更遠的地方，從旁或後方注視他的輪廓和偶爾舒展身體的動作。他們之間有一種感應，巴克凝望桑頓時，桑頓總會感到一股無形的力量，轉頭互望。一人一狗安靜對視，看著對方眼裡無盡的心意。

巴克獲救後，有好長一段時間都不喜歡桑頓離開自己的視線。桑頓只要前腳一離開帳篷，巴克後腳便立刻跟了上去，直到他歸返。牠到北方後換過太多主人，每個都像過客般來去匆匆，牠很害怕沒有主人會永遠留在牠身邊。牠怕桑頓會像佩爾特、法蘭斯瓦和那名蘇格蘭混血兒一樣，永遠從牠生命中消失。就算夜晚入睡時，這份恐懼也會在夢裡糾纏著牠，揮之不去。這種時候牠會甩開睡意，頂著寒風躡手躡腳走到帳篷邊，站在那兒靜靜傾聽主人的呼吸。

牠對約翰·桑頓的熱愛，似乎顯示了牠又再次受到文明的影響，表現出溫馴的一面；其實不然，北國激發出的原始野性依然在牠體內奔騰活躍。所有狗兒在人類篝火和屋頂下培養出的忠誠和奉獻，巴克通通都有，但牠也依然保有野性和狡獪。牠是荒野的一部份，而非帶著好幾世代文明烙印的溫馴南方狗。牠是自荒野而來，和約翰．桑頓一起坐在火堆邊。因為那份滿滿的愛，牠無法偷這個人的東西，但是對其他人、其他營地，牠下手沒有半點猶豫。也因為牠的狡獪，牠總是能逃過監視的耳目，全身而退。

牠全身上下刻滿了其他狗的齒痕。牠的威猛不減，但戰鬥技巧更為精練。史琪和尼格脾氣都太過溫順，跟牠們吵都吵不起來——何況，牠們都是約翰．桑頓的狗，牠不可能傷害牠們。換作是陌生的狗，不管牠是什麼血統或有多麼英勇，都將立刻在巴克底下俯首稱臣，否則牠會發現自己餘生都要面對一名可怕的敵人。巴克下手毫不留情，牠深諳棍與齒的法則，絕不放過任何一個有利的機會，也不會饒恕任何被牠逼上絕境的敵人。牠從史匹茲、警犬和郵橇隊的雪橇犬那兒學到，這世上並沒有什麼中庸之道，你要不稱王，要不就任人宰割。展現慈悲是軟弱的表現，慈悲不存在於原始生活之中，那會被誤解為恐懼，而誤解會招致死亡。在這裡，你不殺死對方，就等著被殺；你不吃對方，就等著被吃。這條鐵律和時間的存在一樣久遠，無可撼動，巴克心悅臣服。

巴克，比牠自身的年歲更古老。牠連結了現在與過去，永恆透過牠的身軀，強而有力地鼓動；牠也跟著這韻律搖擺，如同潮汐與四季隨著它更迭起伏。和約翰．桑頓一起坐在火光旁的牠，是一隻胸寬牙白的長毛狗，但在牠身後，還跟隨著形形色色的狗影，有些是半狼半狗，也有些是純正的野狼。

牠們急切地鼓舞牠、催促牠，和牠一同品嚐著嘴裡的肉香，渴望牠滑下咽喉的水，和牠一起聞嗅風中的氣息，跟著牠一起傾聽，也將森林裡各種野獸發出的聲音傳達給牠。牠們支配牠的心情，指引牠的一舉一動，陪著牠一起躺下，一塊兒睡覺，一同作夢，甚至進入牠的夢裡，成為夢境的一部份。

這些暗影橫蠻地召喚著牠。日復一日，人類和人類對牠的索求漸漸離牠遠去。森林深處有個聲音不斷迴響，牠常常聽見這聲音，既神秘、又刺激，還那麼充滿誘惑。牠感到有股力量逼迫牠轉身離開火堆，離開周遭平整的土地，朝森林飛奔，沒止盡地向前。牠不知道自己要跑去哪兒，也不知為什麼要去；牠從沒認真思索過，只知道那聲音在森林深處迴響著，命令著牠。每當牠跑到那片人跡未至的鬆軟土地，來到那片蒼翠綠蔭裡時，對約翰．桑頓的愛總又把牠拉回火邊。

牠只在乎桑頓，其他人類無足輕重。路過的旅人偶爾會稱讚牠、拍拍牠，但牠總是不為所動。如果對方太過熱情，牠就起身離開。當桑頓的同伴——漢斯和比特——划著那艘被期待已久的木筏回來時，巴克對他們同樣不屑一顧，直到牠發現三人關係親密後，才勉強容忍他們，而且表現出一副接受他們的好意是什麼天大的恩賜一般。他們和桑頓一樣心胸寬大，生活樸實，喜好自然。雖然思緒單純，但對周遭一切觀察入微。在木筏經過道森鋸木廠旁的大漩渦前，他們就已經摸透巴克的脾氣，不再堅持要和牠建立起和史琪與尼格一樣親暱的關係。

然而巴克對桑頓的愛卻是一天比一天強烈。那一年的夏季旅途中，除了桑頓外，沒有人可以在巴克背上放上包袱。只要桑頓下令，不管是多困難的要求，巴克都一定使命必達。有一天，他們拿了賣木筏的錢離開道森，準備前往塔納納河的上游，途中三人三狗坐在一座懸崖頂上歇腳。崖壁陡峭，朝著底下三百呎的裸露岩床垂直下墜。約翰・桑頓坐在懸崖邊，巴克蹲在他身旁。桑頓突然突發奇想，把漢斯和比特叫來，說他想做一個實驗。「跳！巴克！」他一聲令下，手朝峽谷揮去。下一秒，只見他抓住飛身而起的巴克，一人一狗在懸崖邊緣扭成一團，漢斯和比特趕緊把他們拉回到安全之處。

「太恐怖了！」三人好一陣子說不出話來，等到回過神後比特如是說。

桑頓搖搖頭：「不，是太精彩了，不過的確也很嚇人。你們知道嗎？我有時還挺害怕的！」

「有牠在，我可不敢動你一根汗毛。」比特說，朝巴克的方向點了點頭。

「沒錯！」漢斯附和，「我也不敢。」

年底前，他們抵達瑟科市，比特的憂慮在此處成真。「黑仔」波頓是名性情乖張的兇神惡煞，他在酒吧裡故意找一名新來傢伙的麻煩，桑頓好意上前排解。這時的巴克還是老樣子，躺在角落，頭擱在腳掌上，注視主人的一舉一動。突然間，波頓毫無欲警地一記直拳就向桑頓肩頭揮去。桑頓被打得重心不穩，轉了好幾圈，最後抓住了酒吧扶手才不至於跌倒。

在場的群眾隨即聽到一聲吼叫，那聲音已不是「嗥吠」兩字可以形容，說是「怒號」更為恰當。他們看見巴克從地上一躍而起，朝波頓的喉嚨直撲而去。要不是波頓本能地舉手一擋，當場就要送命。但他還是被那股大力撞倒在地。巴克撲上前，壓在他身上，牙齒才從他手上鬆開，又要去咬他的咽喉。這次波頓來不及阻擋，喉嚨被撕開一大道裂口。圍觀的群眾一湧而上，趕緊把巴克攆走。當醫生來替波頓止血時，巴克依舊在旁兜圈踱步，憤怒嗥叫。牠三番兩次想闖進去，總被一列棍子嚇阻在外。隨後當場舉行了一場「礦工會議」，大家決定這條狗是被波頓激怒才暴起傷人，因此判巴克無罪開釋。這件事之後，巴克聲名大噪。從那天起，牠的名字便傳遍阿拉斯加所有的營地。

那年秋天，牠又救了桑頓一次，不過這次情況大不相同。那時桑頓、漢斯和比特三人駕著一艘窄長的撐船，準備渡過四十哩溪的一段險惡急流。漢斯和比特沿著河岸跟隨小船，在林間拉起一條麻繩，以便需要時煞住小船。桑頓留在船上，撐著一根竹篙領船前進，並不時朝岸上大喊行進方向。巴克也留在岸邊，憂心忡忡地跟著船跑，目光一刻沒離開主人身上。

有一處水流特別湍急，岩石自水面下的暗礁突出。桑頓撐著竹篙渡溪，漢斯鬆開繩索，抓住麻繩末端沿著河岸奔跑，要等桑頓通過礁石後再把船拉住。船一通過礁石，便被一股足夠推動水車的激流衝往下游。漢斯想用繩子要煞住小船，但他力道太急又太猛，小船一下翻覆，頓時船底朝天，沖回岸上。桑頓被拋出船外，眼看就要被捲入最危險的一段激流，那裡水勢凶猛，從來沒有人能成功游返。

巴克立刻縱身一躍，跳進河裡。牠游了三百碼，在一處急湍的漩渦中追到桑頓。牠一感到桑頓抓住牠的尾巴，便卯足全力，以驚人的力量朝岸邊游去。可是朝河岸前進的進度異常緩慢，往下游沖去的速度卻驚人地快。下游傳來浪濤的致命怒吼，奔騰的激流撞上齒梳般地巨石，濺起無數碎浪和水花，聲勢驚心動魄。河流在前方陡降，吸力大得嚇人，桑頓知道上岸是不可能了。他猛然擦過一塊礁石，又是一塊。大力撞上第三塊礁岩後，他放開巴克，雙手抓住滑溜的岩石表面，努力提高音量，蓋過轟隆的水聲，放聲大吼：「走，巴克！快走！」

巴克控制不了方向，只能任由河水將牠沖往下方。牠死命掙扎，卻怎麼都游不回桑頓身邊。牠聽見桑頓一遍一遍不停重複命令，便奮力將上半身挺出水面，頭仰得老高，彷彿要看桑頓最後一眼，然後順從地掉頭往岸邊游去。牠奮力划水，就在牠筋疲力盡、即將滅頂之時，比特和漢斯終於把牠拉上岸來。

他們知道在激流的衝擊下，桑頓抓著滑溜的石頭撐不了多久，所以往上游飛快跑去，看見朋友在遠遠地下方漂流。他們將拉船的麻繩綁在巴克肩頸，小心不讓繩子勒住牠或妨礙牠游泳，然後將牠放進溪裡。巴克奮勇往溪水中心游去，方向卻偏了。牠發現錯誤時為時已晚，雖然桑頓只距牠五、六步之遙，牠卻只能無力地任由水流將牠沖走。

漢斯連忙收緊繩子，把巴克當船一樣勒住。繩索在急流的衝擊下緊緊攫住巴克，巴克被扯進水底，直到身體碰到河岸才被拉出水面。牠小命去了大半，漢斯和比特趕緊衝上前，幫牠做人工呼吸，把水擠出體外。巴克搖搖晃晃地站起，卻又不支倒地。桑頓微弱的呼救傳進他們耳裡，雖然聽不清楚呼喊的內容，但他們知道他就撐不住了！主人的呼救彷彿電流般竄過巴克全身，牠一躍而起，趕在兩人之前跑向岸邊，到方才下水之處。

繩索又繫回巴克身上，牠再次被垂放進溪裡。這次牠直直向前游去。牠已經錯了一次，不會再錯第二次。漢斯緊緊拉住麻繩，不讓繩子有一點鬆弛。比特則在一旁確保繩索直順，不會糾纏打結。巴克朝著桑頓筆直游去，接著一個轉身，用特快車的速度朝主人衝去。桑頓看巴克像撞搥似地逼近，就在即將撞上之際，他伸出手，摟住巴克鬈毛蓬亂的脖子。漢斯馬上繞著樹身勒緊麻繩，巴克和桑頓頓時被拖進水裡，又勒又嗆，險些窒息。一人一狗載浮載沉，一下人上狗下，一下人下狗上，一路拖過崎嶇不平的河底，給石頭和斷枝撞得傷痕累累，最後終於成功上岸。

漢斯和比特讓桑頓俯身向下，把他的腹部放在一根浮木上來回滾動，好擠出肚子裡的積水。桑頓醒轉，睜開眼第一件事就是尋找巴克的身影。他看見尼格站在巴克軟綿綿又了無生氣的身體旁，發出聲聲長嚎，史琪也伸出舌頭，猛舔巴克濕淋淋的臉和緊閉的雙眼。桑頓自己也被撞得傷痕累累，但他不顧自己傷勢，走到巴克身邊，小心翼翼地替牠檢查，發現牠斷了三根肋骨。

「這樣吧！」桑頓宣布，「我們就在這紮營。」他們於是落腳河畔，直到巴克的骨頭癒合，可以旅行後再重新上路。

那年冬天，巴克在道森又有一次驚人之舉，雖然這次沒那麼英勇，卻使牠的名聲在阿拉斯加的名人榜扶搖直上。這次的功績尤其讓桑頓三人開心，因為他們正打算來一次長途旅行，前往東部人跡未至的處女地，而巴克替他們贏得旅行迫切需要的物資。事情要從黃金酒店裡的一番談話說起，這裡的男人們老愛吹噓自己的愛狗，巴克因為名頭響亮，自然而然成為人們比較的對象。桑頓被激得不得不出聲替牠辯護，順便再吹捧了巴克一番。半個小時後，有人宣稱他的狗可以拉動一輛載滿五百磅重物的雪橇，而且還可以拉橇前進；第二人立刻跳出來吹牛說他的狗可以拉動六百磅，接著又有第三人說七百磅。

「我呸！」約翰．桑頓說，「巴克可以拉一千磅咧！」

「要拉動喔！而且要走上一百碼喔！」麥修森說。他是波南札的金礦大王，也是他說他的狗可以拉動七百磅的雪橇。

「當然拉得動，絕對可以走上一百碼。」約翰．桑頓冷冷回答。

「這樣的話……」麥修森故意說得慢條斯理，好讓在場所有人聽得清清楚楚，「我賭一千塊美金，賭巴克辦不到。錢在這！」他邊說邊「砰」地一聲，摔了一袋和波隆納香腸一樣大的金沙到吧台桌上。

現場鴉雀無聲，如果桑頓是在吹牛，現在牛皮也吹破了。他感覺一股熱血直衝腦門，這下可被自己的舌頭整慘了，因為他也不知道巴克拉不拉得動一千磅，那可是半噸重啊！那龐大的數字使他不得不油然而生怯步之意。他是很相信巴克的力氣，腦子裡也常想牠應該拉得動這麼重的重量，只是以前從沒認真考慮過這個可能性。現在十幾雙眼睛盯著他，靜靜等他回答。但最重要的是，他根本掏不出一千塊！漢斯和比特也更不用說。

「我現在門外就有一輛雪橇，上面正好裝了二十袋五十磅重的麵粉。」麥修森又咄咄逼人地說，「放馬過來啊！」

桑頓沒有回答，他啞口無言，茫然地望過一張又一張臉孔，腦袋一片空白，沒辦法思考。他目光四下搜尋，想看看有沒有什麼東西可以幫他轉動思緒。突然，吉姆．歐布萊恩的臉孔吸引了他的注意，他是馬斯札敦的金礦大王，也是桑頓的舊伙伴。桑頓彷彿接獲上天的旨意，毅然決然做出一個他作夢也沒想過的決定。

「你可以借我一千塊嗎？」桑頓囁嚅問。

「當然！」歐布萊恩回答，他在麥修森的袋子旁扔下一個幾近爆滿的錢袋。「不過約翰，老實說，我也不太相信那條狗做得到咧！」

黃金酒店的人一下離開桌邊，全跑到街上見證這場賭局，連賭桌上的人也趕來湊熱鬧下注。好幾百人裹著毛皮大衣戴著手套，籬笆似地在雪橇旁圍成一圈。麥修森那輛載有一千磅麵粉的雪橇已經停在那兩小時，在如此的低溫下（華氏負六十度），雪橇的滑橇很快就凍結在堅實的雪地上。有人把賭注提高一倍，賭巴克無法拉動雪橇。但「拉動」兩字的定義引起一陣爭執，歐布萊恩認為桑頓有權先將滑橇敲鬆，再讓巴克「拉動」靜止的雪橇；麥修森則堅持那兩個字，應該是包括巴克從結凍的雪地將雪橇拉鬆。大部份的旁觀者都和麥修森同一陣線，使巴克落敗的賠率一下拉高到一賠三。

沒有人賭巴克贏，沒有人相信牠做得到。桑頓自己也是趕鴨子上架，一顆心怔忡不安。而現在親眼看到雪橇，發現拉橇的狗隊共有十隻狗，就更覺得巴克要獨自拖動雪橇是不可能了。麥修森得意地說：

「一賠三！」他揚言道，「我再加碼一千塊，桑頓。怎麼樣，敢不敢？」

桑頓臉上露出強烈的疑慮，但鬥志也同樣被大大激起。他不顧勝算大小，不去考慮可能不可能，對震耳欲聾的喧鬧聲只是充耳不聞，把漢斯和比特叫到身邊，三個人的荷包都乾場癟平，只湊得出兩百塊。他們手頭拮据，這已是他們全部的財產，但還是毫不猶豫地跟麥修森的六百塊對賭下去。

眾人解開雪橇前的十隻雪橇犬，只有巴克還綁在自己的背帶上，套到雪橇前方。牠也被熱烈的氣氛所感染，察覺到自己將要替約翰．桑頓完成一件大事。牠一站出來，雄偉的樣貌便在人群間激起一陣喃喃低語。大家對牠的模樣不住讚嘆，牠現在正值顛峰，身上沒有一絲贅肉，一百五十磅的體重完全展現出這副身材該有的氣派和活力。牠的毛如絲綢般閃耀生輝，即便在平時裡，自脖頸披散於兩肩的鬃毛也總是半立半挺，似乎隨著牠的每一個動作波浪起伏，彷彿體內滿溢的活力讓每一根毛都有了自己的生命。牠的身形勻稱，寬闊的胸膛和孔武的前腳一點都不顯得巨大突兀，皮膚下透著緊實的肌肉，摸過的人都宣稱巴克像鋼鐵一樣堅硬，於是賠率又降到一賠二。

「天啊！先生！天啊！」新發跡的金礦鉅子，斯庫庫姆的金礦大王結結巴巴地說，「我願意出八百塊買牠！不用等賭賽開始，我現在就出八百塊！」

桑頓搖搖頭，走到巴克身邊。

「你不能靠近牠啦！」麥修森抗議，「空出地方來，讓牠自己發揮。」

人群安靜下來，現在只隱約聽見賭徒們高喊一賠二的吆喝。每個人都承認巴克是條非凡的神犬，但是二十袋五十磅重的麵粉實在太重了，沒有人肯為牠解開錢囊。

桑頓在巴克身邊跪下，雙手捧住巴克的頭，臉貼著臉。他不像平常玩鬧時那樣搖牠，或愛憐地喃喃咒罵，而是在巴克耳邊低語：「你愛我，巴克，記得你是愛我的。」他說。巴克壓抑住躍躍欲試的心情，低吼回應一聲。

群眾好奇地在旁觀望。事情愈來愈神秘，好像變成了一場魔術秀。桑頓一起身，巴克就啣住他戴著手套的手，咬了一下後才不情不願地慢慢放開。這就是牠的回答！雖然牠無法說話，牠還是能夠表達牠的愛意。桑頓退開。

「開始吧，巴克！」桑頓喊道。

巴克先是拉緊韁繩，然後又鬆開幾吋。這是牠之前學到的方法。

「右！」桑頓的命令尖銳響起，劃破周遭緊張沉默的氣氛。

巴克拉向右方，到了最後一瞬猛地奮力一拉一衝，隨即用牠一百五十磅的體重穩住雪橇。整車雪橇都在晃動，滑橇下傳出輕微的碎裂聲。

「左！」桑頓喝令。

巴克又向左方重複一次先前的動作。輕微的碎裂聲現在變成爆裂巨響，雪橇的滑軸開始轉動，滑橇向旁側滑開了幾吋。雪橇動了！眾人屏息以待，緊張到都忘了自己要呼吸。

「走！現在！」

桑頓的命令如槍響般劃破空氣。巴克拉緊韁繩，傾力前進。牠的身體因用力緊縮，肌肉在絲綢般的長毛下宛若有了自己的生命，糾結賁張。牠壯闊的胸膛貼著地面，埋首前進，四腳在地上瘋狂飛刨，爪子在結實的雪地上劃出兩道平行的深溝。雪橇搖搖晃晃，不住顫抖，往前動了幾分。這時候，巴克的腳突然滑了一下，有個人忍不住大聲呻吟。雪橇向前傾晃，不停一陣一陣地快速抽搐。但雪橇其實沒有完全靜止過，……半吋……一吋……兩吋……雪橇前進得愈來愈穩，只要開始移動，便有了動能，巴克抓緊機會，拉著雪橇穩穩前進。

人們猛然倒抽了口氣，這才又重新開始呼吸，完全沒發現自己屏息了好一陣子。桑頓跑在後方，用簡短的字眼給巴克打氣。一百碼的距離早已量好，隨著巴克愈來愈接近標示終點的柴堆，歡呼聲也愈來愈響亮。巴克經過柴堆，聽令止步。現場歡聲雷動，所有人都瘋狂揪扯身上的衣物，連麥修森也不例外。帽子和手套在空中飛舞，大家看到手就握，也不管對方是誰，街上亂烘烘吵成一片。

桑頓默默在巴克身旁跪下，用頭抵著巴克的頭，前後搖晃牠。趕上前的群眾聽見他咒罵巴克，語氣又是激動又是愛憐。

「天啊先生！我的老天爺啊！」斯庫庫姆的金礦大王氣急敗壞地高喊，「我用一千塊跟你買，先生！一千塊啊——不，我出一千兩百塊，先生！」

桑頓起身，他的眼眶濕潤，淚水滑落臉頰。「先生，」他對斯庫庫姆的金礦大王說，「我不賣。你去死吧！我跟你無話可說。」

巴克咬住桑頓的手，桑頓不住前後搖牠。圍觀者恭恭敬敬、默契十足地同時退開，不再上前打擾。

第七章　野性的呼喚

巴克五分鐘內就替約翰．桑頓贏得一千六百塊美金，讓主人不僅可以還清部份債務，也可以和同伴去追尋東方傳說中的失落金礦。那金礦的歷史和這片土地一樣悠久，許多人都曾前去探尋，但只有少數人成功，多的是從此下落不明的人。這座失落的金礦被濃濃的悲劇色彩所圍繞，裹著層層神秘面紗。沒人知道第一個發現者是誰，最早的傳說也沒提及到他，只說那兒有一間古老的破敗小屋。有些臨死的人握著金塊發誓，說只要找到小屋就能找到金礦，而且那兒金塊的純度遠比任何北方已發現的金塊還要高。

至今，仍沒有人能活著找到寶藏，而死者已逝，約翰．桑頓、漢斯和比特帶著巴克和其他六條狗，毅然踏上未知的路徑，往東方而去，希望能完成前人未能達成的夢想。儘管前人之中不乏許多和他們同樣優秀的隊伍，但最後都終告失敗。他們趕著雪橇，沿著育空河走了七十哩，向左轉入斯圖爾特河，經過梅歐和麥奎斯遜後繼續前行，直到斯圖爾特河變成一條涓涓小溪，蜿蜒穿過這塊大陸的背脊，那些高聳入雲的山峰。

約翰．桑頓不管對人或自然都無欲無求。他不害怕荒野，只要帶上一把鹽和一把來福槍便可以深入荒山野嶺，高興往哪走就往哪走，愛待多久就待多久。他從容不迫，像印第安人一樣沿途打獵，若無斬獲，就學印第安人繼續旅行，反正遲早會獵到食物。在這段偉大的東方之旅，菜單上唯一的食物是鮮肉，雪橇上載的是槍彈和工具，旅程的期限則是無。

對巴克來說，沒有什麼比這種生活更開心了，每天就是打獵、釣魚，在陌生的土地上自由遊蕩。有時，他們會馬不停蹄，走過一天又一天，一連走上好幾個星期；有時又會隨處紮營，一停就停上幾個禮拜。狗兒們遊手好閒，男人用火焰的熱氣在冰凍的淤泥和沙礫上燒出一個又一個孔洞，洗刷數不盡的髒碗髒鍋。他們有時挨餓，有時大快朵頤，全憑打獵的運氣和收穫豐碩與否決定。夏季來臨，人和狗便背起行囊，搭著木筏划過山中的藍色湖泊，或用從森林鋸下的木頭做成小船，沿著不知名的河流前進。

日子來了又去，他們前前後後蜿蜒穿越許多人跡未至的蠻荒地帶。這裡杳無人煙，但若失落金礦的傳聞屬實，那麼他們就不是踏上這片土地的第一人。他們在夏季的暴風雪中翻山越嶺，在森林線和長年積雪的禿嶺上頂著午夜陽光簌簌發抖。他們還曾穿越蚊蟲和蒼蠅遍布的夏日山谷，在冰河的暗影間採集和南方一樣鮮嫩美麗的草莓和花朵。那年秋天他們走進一座奇異的湖國，那兒荒涼寧靜，雖有野禽出沒的蹤跡，卻沒看見任何動物，也發現任何生命的跡象——只有冷風陣陣呼嘯，陰影處冰雪凍結，浪潮悲傷地拍打著淒清的海灘。

還有一年，他們整個冬天都在同一條荒廢的路徑上徘徊。有一回，他們在森林裡發現一條小路，沿途的樹幹上刻有記號。路徑很古老，他們以為失落的小屋就在前方。但他們找不到小路的起點與終點，不知它從何開始，也不知在哪結束。而是誰在樹上做的記號？他的動機為何？同樣也是無解的謎團。還有一次他們意外走到一間廢棄已久的打獵小屋，小屋經過歲月侵蝕已破敗不堪。約翰・桑頓在腐爛的毛毯碎片間找到一管長筒燧發槍。他知道這是哈德遜海灣公司❶早期製造的槍械，過去在西北部隨處可見。那時這把槍的價值高到可以交換一捆與槍身等高的水獺皮。這是他們僅有的收穫——除此之外，沒有一點蛛絲馬跡顯示是誰蓋了這間小屋，他又為什麼把槍留在毛毯之間。

春天又到了，經過漫長的旅程後，他們終於找到了。但他們找到的不是那間失落小屋，而是在一座寬闊的谷底發現一處淺灘，那裡滿地都是黃澄澄的金沙，用淘洗盤篩過之後，盤底有如鋪了一層金黃色的奶油般閃閃發亮。他們不再尋找小屋，在這裡，他們每天就可以淘出價值好幾千塊的純淨金沙和金塊。他們日日工作，將黃金收進鹿皮袋裡，一袋五十磅，如柴薪般一袋袋堆在雲杉小屋外。他們像巨人般勤奮作工，時光一天一天飛逝，寶藏愈疊愈高，恍如夢境。

除了不時幫桑頓將殺死的獵物拖回營地外，狗兒們無事可做。巴克有許多時間窩在火旁打盹，那短腿毛人的影像更常出現了。反正現在無事可做，巴克便常常在火旁瞇眼沉思，跟著那毛人一塊兒在牠記憶中的故土漫遊。

❶哈德遜海灣公司（Hudson's Bay Company），是一家英國毛皮交易公司。

在另一個世界裡，最明顯的特徵似乎是恐懼。毛人在火堆旁睡覺時，巴克發現他總是把頭埋在膝間，雙手交疊頭頂，睡得極不安穩，不時一躍而起，膽戰心驚地偷瞄黑暗深處，順手替篝火添加柴薪。有時他們一起在海灘上散步，毛人會邊走邊撿沙灘上的貝殼來吃，眼光不住四下打量，觀察周遭有沒有任何潛藏的危險，兩條腿準備隨時邁步狂奔，落荒而逃。他們無聲無息地在森林裡爬行，巴克跟在毛人腳邊，一人一狗都保持高度警戒，耳朵抽動，鼻孔翕張，時時留意周遭的風吹草動。那人的聽力和嗅覺都和巴克一樣敏銳，還能跳上樹木，用手臂在樹枝間盪來盪去，穿梭自如，速度與在陸地上移動無異。有時候兩棵樹相隔十幾呎遠，他也可以輕易盪過去，從沒失手摔落過。事實上，樹就像他另一個家，跟待在地上一樣自然。巴克記得有幾晚，毛人在樹上熟睡時，牠就在樹下替他守夜。

和那毛人的幻影緊密相連的，就是從森林深處傳來的呼喚。那呼喚令牠蠢蠢欲動，坐立難安，同時在心底升起一股奇異的欲望。牠感到一陣模糊又甜蜜的喜悅，意識到自己體內有著一份狂野的渴望，但牠對這份渴望一無所知。有時候牠會跟隨呼喚，一路追尋至森林，彷彿那呼喚是有實實在在的形體。牠一面走，一面隨心所欲地輕吠或重嚎，有時又將鼻子鑽進森林裡冰涼的苔蘚或長滿雜草的黑土，肥沃的泥土氣息讓牠止不住地開心噴氣。有時牠又會連續好幾個小時蟄伏在佈滿菌類的傾圮樹身之後，睜大眼睛、張大耳朵，觀察周遭的每一絲風吹草動。牠躲在那兒，或許是想嚇嚇那個呼喚——雖然牠根本不知道那呼喚是什麼東西，也不知道自己為什麼會做出這些舉動。牠只是有這股衝動，也不在乎自己為什麼要這麼做。

無可抗拒的衝動驅使著巴克。即便躺在營地，慵懶地在溫暖的陽光下打盹時，牠也會突然抬頭，豎起耳朵仔細聆聽。隨即一躍而起，一溜煙地跑開，穿過樹林邊的小路，越過遍地黑色植被的原野，一口氣跑上好幾個鐘頭。牠愛沿著乾涸的河道一路狂奔，也愛潛入森林窺探禽鳥。有時候，牠會花上整天的時間，躺在矮樹叢裡看松雞一面咕咕叫，一面趾高氣昂地跳來跳去。但牠特別喜愛在夏日午夜的微光下奔馳，靜聽森林漸遠漸弱的呢喃。像人類看書一樣，巴克也在解讀各種聲音和符號，不停尋找那個發出神秘呼喚的東西——不論牠清醒或沉睡，那東西無時無刻都在呼喚著牠，要牠歸返。

一天晚上，巴克突然從夢中驚醒，一躍而起，眼裡閃耀著熱切的光芒，鼻孔掀動，直豎的鬃毛陣陣波浪起伏。森林裡又傳來那呼喚（或該是說其中一種音調，因為牠聽過許多不同音調的呼喚），但從來沒像這次一般清晰、肯定。那是一聲長嚎，有點像又不全然像哈士奇發出的聲音。儘管陌生，但牠知道這是自己過去聽過的聲音。牠躍過沉睡中的營地，無聲無息地掠過樹林。愈靠近呼喊，牠就走得愈慢，步步戒慎小心。最後，牠走進林間的一方空地，看見一匹瘦長的灰狼挺直腰桿，坐在地上，仰天長嘯。

雖然巴克一點聲音也沒出，那匹狼仍發覺牠的存在，於是停止嚎叫，想找出入侵的陌客。巴克半蹲著，俯低身子大步地走進空地。牠的肌肉緊繃，尾巴挺立，四條腿異常謹慎地一步一步前進。牠的所有動作都交雜著威嚇和友善，那是野獸相遇時表示和平的特殊方式，雖然不是進攻姿態，但仍充滿威脅。但那匹狼一看見巴克就轉身跑開，巴克拔足狂奔，緊追在後，發瘋似地要追上對方。巴克將那匹狼趕進一條小溪的河床，一堆漂流木擋住了去路，那匹狼無處可逃，便像喬和其他所有被逼到死角的哈士奇一樣，以後腿做軸，猛然轉身，一面咆哮，一面豎起鬃毛，牙齒咬得喀喀作響。

巴克沒有攻擊，只是不斷在灰狼前面打轉，友善地攔住牠。那匹狼滿心疑懼，畢竟巴克的體型足足有牠三倍大，牠的頭只勉強搆得著巴克的肩膀。牠看準時機，突圍而出，再次展開追逐。巴克幾次追上那匹狼，又讓牠衝了開去。若非灰狼身上有病，巴克無法這麼輕易追上牠。灰狼一路狂奔，巴克迎頭趕上，口鼻逼近牠腰腹。灰狼再次做出困獸之鬥，猛一轉身，逮到機會便火速逃開。

不過巴克的固執終究讓牠得償所願，那匹狼察覺巴克無意傷害牠，便和牠互相嗅了嗅鼻子。一狼一狗釋出善意，有些緊張又有些靦腆地打鬧——猛獸收起兇狠的本性後便是這副模樣。嬉鬧一會兒後，那匹狼輕巧地大步跑開，但腳步很慢，顯然是要巴克跟牠去某個地方。巴克跟上前，與牠肩併著肩向前奔馳，穿過幽暗的微光，沿著河床向上跑，一路跑到溪水湧現的山峽，接著又越過荒涼的分水嶺。

牠們跑下分水嶺另一面的斜坡，來到一片寬闊的平地。廣袤的森林和溪流展開眼前，牠們從容穿過無垠地森林，一小時又一小時不斷奔跑。太陽在空中攀升，天氣愈來愈暖。巴克滿心狂喜，牠知道自己終於回應了那呼喚，跟著牠森林裡的兄弟，一起跑向那呼聲的源頭。過去的記憶急速湧現，牠為此悸動不已，就像過去為了那些古老的生活暗影激昂不已一樣。牠依稀記得牠在另一個世界做過相同的事，牠再度回到寬闊的原野，腳下踏著柔軟的大地，頭上頂著遼闊的天空，自由自在地盡情奔馳。

牠們在一條小河旁邊駐足飲水。一停下，巴克便又想起約翰．桑頓。牠就地而坐，那匹狼開始向呼喚的源頭走去，隨即又掉頭折返，回到巴克身邊，抽動鼻子聞嗅，彷彿要鼓勵牠般做了許多動作。但巴克卻轉過身，慢慢循著原路回去。牠的狼兄弟跟在牠身邊跑了將近一個鐘頭，一路不斷輕聲哀鳴。然後牠坐了下來，鼻子指向天空發出悲涼的長嚎。隨著巴克堅決的腳步遠去，嚎聲也愈來愈微弱，直到完全消失遠方。

巴克衝進營地時，約翰．桑頓正在吃午餐。巴克激動不已，開心地撲到桑頓身上，將他撞倒在地，腳在他身上扒來扒去，拼命用舌頭舔他的臉，還用牙齒輕嚙他的手——這就是桑頓所說的「愚蠢的把戲」。約翰．桑頓也大力搖晃巴克，愛憐地喃喃咒罵牠。

接下來的兩天兩夜，巴克一步也沒踏出營地，不讓桑頓離開牠的視線。牠跟著桑頓一起工作，看著他吃飯，晚上還盯著他鑽進被窩，早上再盯著他掀開毛毯。可是兩天過後，森林的呼喚又召喚著牠，而且比過去都還要強烈。那份蠢蠢欲動再回到巴克身上，牠無法不想起那個形單影隻的狼兄弟、想起分水嶺後的那片含笑大地，想起和同伴併肩跑過的蒼鬱森林。於是牠又回到森林，只是狼兄弟再也沒有出現，而儘管他徹夜不眠地豎耳聆聽，悲涼的長嚎也不再響起。

牠開始整晚露宿於營地之外，一離開便幾日不歸。有一次牠又越過小河源頭的分水嶺，走進那片森林和溪流遍佈的平原。牠在那兒徘徊了整整一禮拜，想要尋找同伴的最新行跡，卻一無所獲。牠用那不知疲倦的輕快步伐前行，餓了便獵食裹腹。牠在一條流往海洋的大河中捕食鮭魚，在這同一條河邊，牠還殺死了一頭大黑熊。那時候，黑熊跟牠一樣在捕魚，卻給蚊蟲叮瞎了眼，無助地逃進森林，瘋狂地團團打轉。儘管如此，那仍然是一場惡戰。這場惡戰把巴克體內剩下的凶性都給激發了出來。兩天後，牠回到留下獵物的地方，發現十幾匹狼正在爭奪牠的戰利品。牠把牠們像糟糠似地揮開，逃竄的狼群有兩匹逃離不及，留下來，結果是牠們無法再活著去爭奪什麼。

巴克從來沒有這麼強烈渴望鮮血過。牠是一個殺戮者，牠狩獵，活生生的動物就是牠的食物。牠獨來獨往，自食其力。這是個只有強者才能生存的世界，但牠僅靠著自己的力量和勇氣，就在這弱肉強食的嚴酷環境下安然存活。牠對自己的一切都無比自豪，而這份自豪有如傳染病般，散佈到牠的身體各個部位，牠的一舉一動和每一塊肌肉都在在顯露這份驕傲。牠的行為舉止就如吐出的話語，清楚表達了牠的倨傲。原本就耀眼非凡的毛皮現在更顯華美燦爛，若非嘴巴和眼睛上那幾絡棕毛和胸膛上的白毛，牠很容易被誤認為是一頭巨狼——而且比體型最大的狼種都還要龐大。牠從聖伯納犬的父親那裡繼承了巨大的身型和重量，體型則來自牧羊犬的母親遺傳；口鼻部像狼一樣尖長，但又比任何的狼都還要大，連頭顱也比一般的狼更巨大寬闊。

牠擁有狼和野獸的狡獪，也擁有牧羊犬和聖伯納犬的智慧，這兩者再加上從艱苦中學得的經驗，把牠塑造成一個難以對付的可怕對手。就像於任何一隻在荒野流浪的猛獸，牠吃肉，牠的食物就是一隻隻活蹦亂跳的動物。現在的牠正值生命的顛峰，全身上下精力充沛。每當桑頓的手輕輕撫摸牠的背脊，就有一陣劈哩啪啦的爆裂聲響起，那是因為牠的每一根毛都因摩擦而釋放潛藏的磁性。牠全身上下、頭腦和身體、神經組織和纖維，都被調撥到最敏銳的程度，各部位間又存在著完美的平衡和協調。牠眼觀四方、耳聽八方，反應的速疾如閃電。哈士奇跳躍、防禦和攻擊的速度已是迅捷無比，而巴克比牠們還快上兩倍。牠只要看見一個動作、聽見一個聲音，甚至能在別的狗還沒察覺前便已迅速反應。牠在瞬間便能完成察覺、判斷和反應三個步驟；這三件事其實是依序發生，但因間隔的時間如此微小，才顯得像是同時發生。牠的肌肉充滿力量，如鋼弦一樣一觸即發。活力有如奔騰的洪水流貫全身，那份純然的狂喜幾乎要把牠漲裂，將源源不絕的活力流注全世界。

「這世上再也不會有像牠一樣的狗了。」有一天，當他們看著巴克大步走出營地時，約翰．桑頓這麼說。

「大概是上帝造牠時造壞了吧！」比特說。

「沒錯，我也這麼認為！」漢斯附和。

他們看見巴克大步走出營地，卻沒看見牠一走進森林就馬上起了劇烈的變化。牠立刻變成原野的一部份，不再昂首闊步，而是躡手躡腳，像貓一般輕悄前進，化為陰影間忽隱忽現的倏忽鬼影。牠知道該怎麼遮掩自己的行蹤、該怎麼像蛇一樣肚子貼在地上爬行、該怎麼騰躍襲擊。牠能夠捕捉鳥巢裡的松雞，殺死沉睡中的野兔。那些花栗鼠只要遲一秒上樹，就會被牠凌空捉住。對牠來說，池塘裡的魚游得不算快，修補水壩的水獺也並不機警。但牠並不嗜殺成性。牠喜歡享用自己獵殺到手的食物，所以牠只為食而殺。正因如此，牠會出於好玩之心，偷偷潛近松鼠身旁，在快捉到牠們的時候又故意放走，讓牠們一面竄上樹頂，一面驚恐地厲聲慘叫。巴克樂在其中！

秋天時，大批大批的麋鹿成群出現，緩緩向南遷徙，準備在地勢較低、氣候較溫暖的山谷過冬。巴克已殺死了頭離群的小鹿，不過牠強烈渴望一場更大、更兇狠的惡鬥。終於，牠在小溪源頭的分水嶺上碰到機會。那天，一頭大公鹿領著約二十多隻鹿，穿越那片森林和溪流遍佈的平原。為首的公鹿脾氣暴烈，足足有六呎多高，正是巴克渴望已久的強勁對手。那頭公鹿前後搖擺牠如樹枝般多叉地鹿角——總共有十四根叉枝，左右兩端相距七呎多寬。牠一看見巴克就發出一聲怒吼，小眼睛裡燒起惡毒的光芒。

公鹿的腰前突著一支箭翎，更加說明了牠的兇猛。透過在原始世界狩獵習得的能力，巴克知道牠要先設法讓那頭公鹿離開鹿群。這可不是件簡單的任務，牠得在公鹿面前不斷打轉，又跳又吠，還得跟巨大鹿角和鹿蹄保持距離，否則一被掃到可是小命不保。面對尖牙利齒的威脅，那頭公鹿不能轉身離開，那將令牠顏面掃地。牠火冒三丈，但只要開始進攻，巴克就巧妙地撤退，佯裝逃脫不了，引誘牠繼續前進攻擊。不過當公鹿一離開鹿群，就會有兩、三隻較年輕的公鹿折回來攻擊巴克，讓受傷的公鹿趁機重返隊伍。

所有野生動物都具有一股耐性，如同生命本身一樣頑固堅持、不知疲倦。就是這份耐性支持蜘蛛守護牠的網，讓獵豹縮起身子，靜靜蟄伏守候，無論多久都同樣紋風不動。這份耐性在野獸狩獵其他動物時尤其顯著。如同此刻的巴克，牠耐心地跟在鹿群兩側，阻礙牠們行進。年輕的公鹿被牠激怒，母鹿替小鹿的安危惶惶不安，那頭受傷的公鹿更是暴跳如雷。這種情況持續了半天，巴克化為重重幻影，從四面八方進攻，如一道凶猛的旋風包圍鹿群。巴克把牠的目標拉離鹿群，使牠無法重返隊伍。獵物的耐心本就不如狩獵者，那頭受傷的公鹿逐漸失去耐性。

白日將盡，太陽慢慢往西北方沉落（黑夜又重返北國，秋夜長約六小時），年輕的公鹿愈來愈不願意回頭幫助牠們被敵人盯上的首領。冬天即將來臨，牠們憂心忡忡，一心想早日趕赴緯度較低的地方。但這隻野獸拖慢了牠們的腳步，且一點罷手的意思也沒有，如幽魂般揮之不去。況且，受威脅的並非整個鹿群或小鹿的生命，牠的目標只有一個，和牠們自己的生命相比，別人的性命又算什麼？最後，牠們終於願意犧牲首領。

黃昏來臨，那隻老公鹿垂首佇立原地，注視牠的同伴——那些曾與牠溫存的母鹿、曾疼愛過的小鹿，曾統領過的公鹿，一起搖搖擺擺、迅速消失在朦朧的微光之中。牠無法跟上，因為有頭殘酷的惡徒不放牠走，不斷齜牙咧嘴地在牠前方來回跳動。老公鹿重一千三百磅，也曾威風凜凜地享受過好長一段爭強鬥勝和充斥挑戰的生活。可到了生命盡頭，要奪走牠性命的，卻是個頭甚至不及牠膝蓋高的傢伙。

從那一刻起，巴克日夜守在牠的獵物身旁，不給牠一點兒喘息的機會。巴克不讓老公鹿吃一片樹葉或一點樺樹和柳樹的嫩芽；穿越小溪時，也絕不給受傷公鹿喝水的機會，讓牠抒解焚灼的乾渴。窮途末路之下，公鹿常被逼得放蹄狂奔。碰到這種時候，巴克不會嘗試阻擋牠，只是在牠後頭輕快地跳來跳去，得意洋洋地看著獵物被自己玩弄於股掌之間。只要公鹿站定不動，巴克就在一邊躺下，但只要牠想吃想喝，巴克立即猛烈進攻。

鹿角下的巨大頭顱垂得愈來愈低，腳步也愈顯蹣跚、孱弱。牠開始一站就站上好久，鼻子貼著地面，耳朵喪氣地無力低垂，巴克因此有更多時間可以好好喝水休息。當牠鮮紅的舌頭垂在嘴外喘氣，雙眼緊盯著公鹿時，巴克隱約能感到周遭事物正在變化。牠可以感到土地上出現一種新的騷動，就像那群麋鹿走進這片土地的同時，別種生命也跟著進來了。森林、溪流和空氣似乎都因為它們的出現而騷動。給牠捎來信息的不是景象、不是聲音，也不是氣味，而是一種微妙的感覺。牠什麼也沒聽見、什麼也沒看見，仍感覺有什麼事不一樣了，有什麼奇怪的東西正在這片土地上漫遊。牠決定解決手上這件任務後，就要好好查探一番。

終於，在第四天結束之際，牠打倒了那頭公鹿。牠在屍體旁留了一天一夜，吃完就睡，睡醒又吃。休息過後，牠感到神清氣爽，活力充沛，便掉頭朝營地和約翰．桑頓的方向歸返。巴克踩著輕快的步伐慢跑前進，時間分分秒秒過去，牠一點也沒迷失在紛雜的路徑裡。牠穿過陌生的荒野，朝著返家之路筆直前進。牠的方向感之準確，換是人類和指南針都要相形見絀。

牠愈往前走，前方的新騷動就愈顯強烈。前方有種生物正在四處走動，但他們與過去整個夏天在那兒出沒的生物都不相同。這感覺不再模糊神秘，鳥兒吱吱喳喳談論，松鼠悉悉窣窣地交頭接耳，就連微風也輕聲低語。有幾次牠停下腳步，大口吸進早晨的清爽空氣，從空氣中嗅出訊息，於是加快腳步，奔躍前進。牠有種大難臨頭的緊迫感，又說不定災難根本已經降臨，由此牠的腳步更加謹慎，一路越過最後的分水嶺，奔下山谷，直奔營地。

距離營地尚有三哩時，牠脖子上的鬃毛突然顫抖豎起，因為牠看見眼前出現了一條新路，而這條路直直通往約翰・桑頓所在的營地。巴克加快腳步、繃緊神經，動作迅捷而隱密，警戒地留意各種透露故事全貌——除了結局之外——的蛛絲馬跡。牠的鼻子嗅出許多訊息，知道先前曾有許多生物經過這裡，而牠現在正跟在他們後方。森林裡那種意味深長的死寂讓牠提高警覺，鳥兒飛遁，松鼠躲匿，牠只看見一隻毛色光滑的灰松鼠趴在一根死灰色的樹幹上，偽裝成樹瘤，假裝是樹幹的一部份。

當巴克如鬼影般悄悄掠向前方時，牠的鼻子突然被一旁的氣味吸引，彷彿有股明確的力量抓住牠，使勁一扯。牠跟隨那股新氣味走進灌木叢，卻發現尼格側倒在地，看來是牠用盡力氣把自己拖到那兒後才斷氣的。一隻箭貫穿牠的身體，箭頭和箭翎突出身體兩側。

再往前一百碼，巴克看見桑頓在道森買的一條雪橇犬。牠橫在路中央，全身不住抽搐，還在垂死掙扎。巴克腳步不停，繞過同伴，繼續前進。營地那兒傳來各種微弱的聲音，一起一落地低聲吟頌。巴克肚子緊貼地面，匍匐到營地邊緣，發現漢斯仆倒在地，像豪豬般全身插滿箭羽。那瞬間，巴克馬上向雲杉小屋瞄了一眼，這一眼使牠肩頸上的鬃毛直豎。一股無法遏制的憤怒貫穿全身，牠甚至沒發現自己發出大聲咆哮。牠的怒吼凶猛淒厲，這是牠最後一次讓情感壓倒狡獪和理性；因為深愛著約翰・桑頓，牠才會這般失去理智。

依哈茲土人在雲杉小屋的廢墟上跳舞狂歡時，突然聽見一聲可怕的怒吼，隨即看見一隻從沒見過的野獸朝他們直撲而來。是巴克，牠像一道猛烈的颶風席捲而至，發了瘋地要摧毀他們。牠撲向為首的人——依哈茲族的酋長，狠狠撕裂他的喉嚨，破裂的頸靜脈像噴泉般湧出大把鮮血。這樣還不夠，牠拋下那人，繼續張牙舞爪地進攻，飛身一躍續撕開第二個人的喉嚨。牠勢如破竹，躍進土人之間，摧枯拉朽地又撕又咬，毫無罷手之意，完全無視雨點般落下的箭簇。事實上，因為牠的動作快到不可思議，加上那些印第安人又擠成一塊兒，因此他們射出的箭反而根根招呼到自己人身上。有個年輕獵人凌空朝巴克投了一隻長矛，結果卻穿過另一名獵人的胸膛。長矛的力道猛烈，甚至貫穿那人的背脊。依哈茲人嚇得魂飛魄散，驚恐萬分地逃進森林，邊逃邊高呼自己遇上了邪靈。

巴克的確是惡魔的化身。牠憤怒地緊跟在後，就算依哈茲人逃進森林，牠也照樣趕盡殺絕，把他們當鹿一樣拖倒在地。對依哈茲族來說，這是惡夢般的一天。他們在荒野上潰不成軍，失散流離，一週後，生還者才在一處地勢低平的平原重新聚集，清點死傷人數。而巴克因為追累了，便返回杳無人跡的營地。他發現比特才剛從睡夢中驚醒，身上還裹著毛毯就慘遭毒手。桑頓絕望的掙扎痕跡清楚地刻在地上，巴克仔細聞嗅，一點氣味也不放過，一路追蹤到一座深潭邊。史琪躺在那兒，頭和前腳浸在水裡，盡忠守護主人到最後一刻。那池潭水被洗礦槽❷攪成一團灰撲撲的泥漿，完全看不出裡頭藏了什麼，但巴克知道約翰．桑頓就倒在裡頭。牠跟著氣味找到水邊，但到了這裡後氣味就斷了蹤跡。

整整一天，巴克不是鬱鬱寡歡地窩在池邊，就是不停地在營地徘徊。牠知道死亡會停止一切，帶走生命，牠知道約翰．桑頓已經死了。牠心頭彷彿破了個大洞，只覺得無比空虛。那種空虛有點像飢餓，卻不是食物能夠填補的。好幾次，牠停下腳步，凝視著那些依哈茲土人的屍體沉思，只有這種時候牠才會暫時忘了空虛的痛苦，並油然而生一股自豪之情——牠以前從未如此為自己驕傲過。牠殺了人，那是最高貴的一種獵物，而且牠是在棍與齒的法則面前殺死他們。牠好奇地嗅著這些屍體，他們那麼容易就死去，就連殺死一隻哈士奇都比殺他們困難。如果不是那些箭、矛和棍棒，他們完全不是牠的敵手。從此之後，牠知道了，除非他們手裡拿著箭、矛和棍棒，否則人類根本不足為懼。

夜幕低垂，一輪滿月越過樹梢，高掛空中，照耀大地，萬物沐浴在慘澹的微光裡。隨著黑夜降臨，原先在池邊傷懷的巴克突然又活躍起來，森林裡傳來另種新的騷動，和依哈茲土人造成的騷動大不相同。牠起身，聽著、嗅著。遠方傳來一種細微而淒厲的嗥叫，隨即又響起同樣淒厲的和鳴。時間一分一秒流逝，那嗥聲愈來愈近，愈來愈響亮。如過去一樣，巴克知道那是長存在牠記憶之中，曾在另一個世界裡聽到過的聲音。牠走到空地中央，凝神傾聽。就是這呼喚！這高低起伏的呼喚比從前更誘人，更驅使著牠。這是牠首次決定要順從這呼喚。約翰．桑頓已從這世界消失，牠與人類間最後的聯繫也跟著斷了，人類或人類對牠的索求再也不能束縛牠。

就像依哈茲土人為了獵食跟隨鹿群遷徙般，狼群也跟著鹿群穿越那片森林和溪流遍佈的原野，走

❷放有河床砂石、泥漿的方形管子，可過濾河水，留下金沙和金塊。這種大型裝置是特別為了淘金所設置。

進巴克的山谷。在月明如水的曠野，牠們像銀色的洪水奔流而至，而巴克就佇立在曠野中央，如雕像般屹立、靜止，等著牠們到來。牠佇立的身影是如此巨大、沉穩，狼群不由得敬畏地靜默良久，然後，一隻大膽的狼朝牠撲去，巴克反擊，一口咬斷牠的脖子，接著又像方才般靜立不動。受傷的狼在牠身後痛苦打滾。隨後另外三匹狼如閃電般接連進攻，但同樣一隻隻都被巴克打退，撕裂的喉頭或肩膀上湧現汨汨鮮血。

狼群被巴克激怒，瞬間一湧而上。牠們亂紛紛地擠在一塊兒，個個都急著想要打倒獵物，結果反而擋住彼此去路，亂成一團。巴克靠著奇快的速度和敏捷反應佔穩上風，牠用後腿做軸，不停往四面八方撲咬，迅速地旋轉攻防，築成一道無法攻破的防線。但為了防止敵人自後方暗算，牠不得不後退腳步，經過池畔，一路退到河床之上，直到身後抵到一堵人類為了採礦而開鑿的高聳石岸。當牠退到石岸的角落，如今牠三面都有了屏障，終於可放心進攻。

巴克勢如猛水，半個鐘頭後，野狼敗北退陣。牠們舌頭垂在嘴邊，白牙在月光下閃爍著陰森森的光。有些狼躺倒在地，頭抬得老高，耳朵向前直豎；有些則原地站立，靜靜凝視牠，還有些啜飲起池水。一匹瘦長的灰狼小心翼翼地上前示好，巴克認出牠就是曾經並肩跑過整整一天一夜的兄弟。那隻狼輕輕哀了一聲，巴克也哀聲回應，一狗一狼互相碰了碰鼻子。

隨後，一匹瘦骨嶙峋、滿身戰痕的老狼走上前，巴克齜牙咧嘴，喉間滾動著戒備的濁音，可到了後來還是和牠嗅了嗅鼻子。那匹老狼坐下，向著月亮仰天長嘯。其他的狼隻也紛紛坐下，加入嚎叫的行列。此刻，巴克終於清楚聽到那呼喚。牠跟著坐下，發出長嚎。嚎叫完後，巴克走出角落，那群狼圍住他，半友善半粗魯地聞著牠。狼群的領袖一面吠叫，一面跑進森林。狼群尾隨在後，一起發出合唱。巴克跟著牠們，和牠的狼兄弟並肩前進，又跑又叫。

巴克的故事到此畫下句點。沒有幾年的功夫，依哈茲土人就注意到灰狼群裡起了變化。他們看見有些狼的頭、嘴之上夾雜著幾綹棕毛，胸部正中間還長著一道白毛。但更引人注意的，是依哈茲土人口中所說的一隻「魔狗」。這隻魔狗總是跑在前方，統領狼群。他們十分畏懼這隻魔狗，因為牠比他們更狡詐，總是趁著嚴冬到他們營裡偷竊，破壞他們的陷阱，殺死他們的狗，還擊敗他們最英勇的獵人。

不僅如此，傳說的內容愈來愈慘烈。獵人開始一去不復返，等到被族人發現時，咽喉已被殘酷撕裂，屍體周遭的雪地裡留有狼的腳印，但卻比任何一種狼的腳印都還要巨大。依哈茲人每年秋季都隨著麋鹿群遷徙，但有一座山谷是他們萬萬不敢踏進的。而當婦女們圍著火堆，聊起那座被惡靈佔據的山谷時，總不免悲從中來。

然而，依哈茲土人不知道的是，每年夏季都有一名訪客拜訪那片山谷。那是一頭毛澤光亮、似狼非狼的龐然大物。牠獨自越過那片含笑大地，走進森林裡的空地。在那裡，腐爛的鹿皮袋裡流出金黃色的細流，然後又緩緩滲入土裡。地上荒草叢生，植被掩蓋了熠熠生輝的金光，連陽光也被阻擋其外。那頭野獸會在那兒沉思片刻，發出一聲長長的悲嚎，然後再轉身離去。

然而，牠不總是獨來獨往。每當漫長的冬夜來臨，狼群跟著獵物走進低平的山谷時，便可在蒼白的月色或泠泠的極光下，看見牠跑在狼群前方。牠巨大的身軀躍過同伴，宏亮地唱著一首屬於古老世界的歌，一首狼群之歌。

白牙

第一部

第一章　獵食

幽暗的雲杉林在冰封的河岸兩側森然而立，一陣風颳過，剝去森林潔白的霜衣。逐漸黯淡的天光下，枝條傾倚，顯得陰森不祥。無邊的寂靜佔領這片土地，大地一片荒蕪，了無生氣，鴉雀無聲。景色寂寒，連悲傷都不足以形容其淒清。儘管天地間隱含笑意，這笑容卻如司芬克斯❶的微笑般陰鬱，如冰霜般嚴厲，殘酷而無情。這是亙古以來偉大而沉默的智慧在嘲笑生命的徒勞。這就是荒野，冷酷無情的北國寒荒。

然而，還是有生物大膽踏足這座國度，一支狼群般地狗隊在冰封的河道上辛勤跋涉。霜雪覆蓋牠們挺立的長毛，呼出的氣息和水沫一離開口鼻就凍結，落在周身的毛上，結為冰霜。每條狗身上都綁著皮革背帶，韁繩連著身後拖曳的雪橇。雪橇是由結實的樺樹樹皮打造而成，沒有滑橇，底部完全伏貼在雪地之上，前端像捲軸般翹起，以便將前方如浪潮般波濤起伏地鬆軟積雪壓實。雪橇上除了牢牢繫著一個狹長的方形箱子外，另外還有一些物品——幾條毛毯、一把斧頭、一只咖啡壺，還有一個平底鍋；不過最顯眼、佔去最多空間的還是那只長箱。

一名男子領在狗隊前方，儘管穿著寬底雪鞋，他仍走得吃力異常。雪橇後方的男人也同樣舉步維艱。雪橇上的箱子裡躺著第三名男人，他的苦難已經結束了——他已被荒野征服、擊潰，無法再有任何動作或掙扎。荒野不喜歡騷動，而生命對它就是一種冒犯，因為有生就有動。荒野一心摧毀任何活動：它凍結河水，不讓它們流入大海；逼出樹汁，直到樹木從樹皮到堅韌的樹心徹底冰凍。但荒野最兇殘的，還是對付人類的手段——因為在所有生命中，人類是最好動的，無時無刻都在造反，違背荒野那「一切活動終將止息」的訓誡。

然而，雪橇前後仍各有一名氣息尚存的男人緩緩移動著，他們不屈不撓，對荒野毫不畏懼。他們身上都裹著毛皮和經過鞣製的軟皮衣，呼出的氣息在他們的睫毛、臉頰和嘴唇上凍結成冰，以致面孔難以辨認，彷彿戴著鬼魅般的面具，在幽冥地府的喪禮上扮演送葬者的角色。但在面具之下，他們不過是入侵無情荒土的凡夫俗子，兩名獻身於龐大冒險的渺小探險家，穿越這片有如天外深淵般荒蠻死寂的殘酷大地。

他們不發一語，一個勁兒地走著，把體力用在前進上。寂靜從四面八方壓迫而至，那壓迫感就像潛水者在水底深處感到的強力水壓一樣真切，深深影響著他們的心情。這片土地用無邊無際的曠野和

❶根據希臘神話，司芬克斯（Sphinx）是一個恐怖的妖怪，女頭女胸，狗身蛇尾，鳥翼獅爪，能發人聲。司芬克斯匍匐於一塊巨石之上，向過路者提出謎語，凡不能解其謎者當遭吞噬；若有人能破其謎，司芬克斯當即自毀身死。

無法違逆的天意粉碎他們的意志，將他們的自我逼至心靈最深、最遠地隱密角落。宛如從葡萄的果實搾出汁液一般，它搾出人類靈魂中所有虛妄的熱情、自滿與膨脹，直到人類看清自己的有限和缺陷，明白自己不過是渺小的塵埃，憑藉那無濟於事的狡獪和微不足道的智慧，在大自然種種盲目而強大的力量中求生。

一個小時過去，又是另一個小時。此時節白晝短暫，天際不見太陽的蹤影，蒼白的天光逐漸黯淡。就在這時，凝滯的空氣中突然傳來一聲遙遠微弱的呼喊。呼號聲陡然拔高，刺耳尖銳。這緊繃的顫抖號叫持續了一陣，然後才慢慢消失。若不是這呼號聲中清楚帶有悲傷的殘暴和飢渴的慾望，聽起來就像是迷失的靈魂痛苦悲泣。雪橇前方那人轉過頭，與後方押隊男子四目相會，兩人隔著中間狹長的方形箱子，點了點頭。

第二聲呼號響起，如尖針般刺破寂靜。兩人同時發現聲音是從後方傳來，來自他們方才橫越的雪地某處。第三聲呼號緊接而至，同樣從後方傳來，來自第二聲的左方。

「他們是衝著我們來的，比爾。」前方那人說。

他的聲音粗啞空洞，顯然是費了番力氣才擠出聲音。

「沒肉吃啊！」他的同伴回答，「我已經幾天連隻兔子的影子都沒見到了。」

交談到此為止，之後兩人便提高警覺，豎起耳朵，凝神留意背後接連不絕的獵食呼喚。

夜幕低垂，他們趕著狗隊進入河畔的一片雲杉林，在那裡搭了個營。他們將棺木放在營火旁，充作桌椅。狗隊裡那幾隻狼般地雪橇犬聚在火堆另一側，自顧自地吵鬧咆哮，顯然沒有走進黑暗之中的打算。

「亨利，我覺得這些狗今天好像特別不想離開營地吶！」比爾說。

亨利蹲在火邊，將一塊冰放入咖啡壺裡，點了點頭，但沒答腔。等到他在棺木上坐下，開始吃起東西後才開口：「牠們知道哪裡安全，」他說，「那些狗寧願留在營地裡搶食物，也不願出去遊蕩，以免給抓去打牙祭。牠們聰明得很呢！」

比爾搖搖頭：「這可難說。」

同伴好奇地看向他：「這還是你頭一回說牠們不聰明。」

「亨利，」比爾慢條斯理地嚼著豆子，說，「你有沒有留意到我餵狗時牠們吵成什麼樣子？」

「牠們確實比平常鼓譟。」亨利承認。

「我們有幾隻狗，亨利？」

「六隻。」

「這個嘛，亨利……」比爾停頓片刻，好讓接下來的話聽起來更鏗鏘有力，「沒錯，我們有六條狗，所以我從袋子裡拿出六尾魚，一條狗餵一尾。然後呢，亨利，我卻不夠一尾魚。」

「你數錯了。」

「我們有六條狗。」比爾心平氣和地重複一遍，「我拿出六尾魚，但是獨耳沒吃到，我只好又從袋子拿一隻魚餵牠。」

「我們只有六條狗。」亨利說。

「亨利，」比爾說，「吃到魚的確實有七條狗，但或許不全都是狗。」

亨利放下食物，隔著火光數起狗來。

「只有六隻啊！」他說。

「我看到有一隻從雪地跑掉了。」比爾說得斬釘截鐵，「我餵的時候有七隻。」

亨利同情地看著他，說：「我真希望這趟旅程趕緊結束。」

「你這話什麼意思？」比爾質問。

「我的意思是這趟路快把你逼瘋了。你看到幻覺了。」

「我也這麼想過。」比爾嚴肅回答，「所以我一看到牠跑走，便馬上看向雪地，雪地上確實有牠的腳印。然後我再回頭清點時就只剩下六隻狗了。腳印現在還留在雪地上，你想看嗎？想的話我可以指給你看。」

亨利沒有回答，只是默默咀嚼食物。吃飽後，他又吞下最後一杯咖啡，然後才用手背抹了抹嘴，說：「所以你覺得……」

黑暗中突然傳來一陣長長的哭嚎，傷心欲絕地嚎叫打斷亨利，他住口聆聽，手臂朝傳來嚎聲的方向揮了揮，說：「……是牠們其中之一？」

比爾點點頭：「很有可能。你也發現我們的狗亂成什麼樣子了。」不絕於耳的哭嚎和陣陣呼應地嚎叫，將死寂的荒野變得有如一座鬼哭神號的瘋人院。嚎叫聲自四面八方響起，狗兒驚恐地縮成一塊兒，依偎火邊，還因為距離營火太近，把毛都給燒焦了。比爾在點燃煙斗前又往火裡丟了塊木柴。

「你好像有點沒精打彩。」亨利說。

「亨利……」比爾沉思片刻，抽了一會兒煙才開口，「亨利，我在想，他比我們倆都幸運的多。」

他用拇指指向屁股下的棺木；他話中的「他」便是這棺木中的第三者。

「你和我，亨利，我們兩個死後如果屍體上能蓋著些石頭，不讓狗給啃了就已經是幸運大吉。」

「但是我們不像他一樣有人脈、有錢，什麼都有。」亨利回答，「長途送葬可不是什麼你我負擔得起的玩意兒。」

「亨利，你知道我真正想不透的是什麼嗎？像他這樣的男人在老家八成是個什麼貴族之類，吃穿不愁，生活安逸的，幹嘛跑來這個連上帝都遺棄的世界盡頭？真是搞不懂。」

「如果他安份待在家的話，大可活個長命百歲。」亨利也附和。

比爾張了嘴，但最後還是欲言又止，只是指了指四面八方壓迫他們的黑暗之牆。伸手不見五指的漆黑之中什麼也看不見，只有一雙雙炭火般燒亮的眼睛。亨利的頭朝第二雙、第三雙眼點了點，他們的營地被一圈森冷的眼珠包圍，一雙雙如鬼火般倏忽移動，忽隱忽現。

狗兒愈來愈焦躁不安，一陣突如其來的驚恐席捲而至，牠們瘋狂竄到火堆旁，哭號著蜷在男人腳邊。混亂中，一條狗被擠到營火邊緣，皮肉給燙著了，又痛又怕地慘叫一聲，空氣中剎時瀰漫起狗毛燒焦的味道。這騷動令包圍營地的那圈眼睛不安地移動了會兒，甚至退開了些，但等狗安靜下來後，它們又停駐原地。

「亨利，我們的運氣還真背，子彈快沒了。」

比爾抽完煙斗，幫同伴在雲杉枝上攤開毛床和毛毯，樹枝是晚餐前就先鋪好在雪地上的。亨利咕噥了聲，開始解開莫卡尼靴的鞋帶，「你說你還剩下多少彈匣？」他問。

「三發。」比爾回答，「真希望還有三百發，這樣我就可以好好教訓牠們。該死的東西！」

他忿忿地對那些寒芒閃現的眼睛揮舞拳頭，然後把靴子好好放在營火前。

「還有這波寒流最好趕快結束，」他又說，「已經連著兩星期都只有華氏負五十度了。喔，我希望我根本沒有上路！亨利，前途吉凶未卜啊！我就是感覺有哪兒不對勁。唉，既然都在發夢，我得說我更希望這趟旅程已經結束了，你和我現在正好好坐在麥加利堡❷的壁爐旁打克里比奇牌戲——我真這麼希望。」

亨利又咕噥一聲，爬進床內。半夢半醒間，同伴又喚醒了他。

「我說亨利啊，我在想一件事，關於跑來偷吃魚肉的那小賊，你說我們的狗為什麼半點大氣也不吭呢？我實在想不透。」

「你想太多了，比爾。」亨利睡眼惺忪地回答，「你以前不會這樣。現在就乖乖閉嘴睡覺吧！早上起來又是好漢一條啦！你是肚子不舒服，才會在那兒胡思亂想。」

兩人肩併著肩，蓋著同一條毯子，帶著沉重的呼吸睡著了。火光逐漸熄滅，圍著營地的那圈眼睛愈收愈緊，愈收愈緊，狗兒們害怕地擠在一塊兒，每當有其中一雙眼睛靠近，牠們就發出威嚇的嗥叫。有一次牠們吠得太大聲，把比爾都吵醒。他小心翼翼地爬出床外，沒驚動同伴，朝火堆扔了幾塊木柴。火光又旺盛了起來，那圈虎視眈眈地眼睛往後退開。他隨意瞄了一眼擠成一團的狗群，突然，他用力揉了揉眼，目光炯炯地看著牠們，然後爬回被窩。

「亨利，」他喚道，「喔，亨利！」

亨利從睡夢中醒來，呻吟了一聲，問：「怎麼了？」

「沒什麼。」比爾回答，「只是我們現在又有七條狗了，我剛數過。」

亨利咕噥一聲當作聽見，然後又陷入夢鄉，鼾聲雷動。

翌晨，亨利先起床，接著把比爾叫醒。雖然已是清晨六點，不過還要三個小時天才會亮。亨利在黑暗中準備早餐，比爾捲起毛毯，整理雪橇，將東西綁好。

「我說亨利啊，」比爾突然問，「你說我們有幾隻狗？」

---

❷麥加利堡（Fort McGurry），是哈德遜灣公司於一八七〇年所創立的交易站，位於加拿大的艾伯塔省。

「六隻。」

「錯啦！」比爾得意洋洋地宣布。

「又是七隻？」亨利問。

「不，五隻。少了一隻。」

「見鬼了！」亨利大聲咒罵，拋下手邊的早餐，急忙趕上前來數狗。

「你說得對，比爾，」他說，「小胖不見了！」

「而且就像塗了油的閃電，一溜煙就消失無蹤，一點行跡都沒留下。」

「牠死定了！」亨利說，「牠們會把牠生吞活剝。我敢打賭，牠被牠們吞下喉嚨時還在慘叫，該死的！」

「小胖一直都是條笨狗。」比爾說。

「但沒有一隻狗會笨到跑去自殺。」他打量剩下的隊伍，飛快把每條狗的個性評估一遍，又說：「我賭沒其他的狗會這麼做。」

「是啊，就連用棍子也無法將牠們趕離營火旁，」比爾附和，「反正我老是覺得小胖怪怪的，就是有哪兒不對勁。」

而這句話呢，就是不幸喪命於北國雪徑的狗兒的墓誌銘——跟其他眾多喪命於此的人類和狗兒被下的註解般，一樣簡陋。

第二章　母狼

吃完早餐、將簡單的營地裝備綁上雪橇後，兩名男人背離溫暖明亮的火光，踏進黑暗之中。那悲傷欲絕地長嚎再次響起，越過漆黑與寒冷，呼喊著對方，此起彼落。片刻後，嚎聲停止了。九點時，天色終於亮了起來，到正午時分，南方的天空變成溫暖的玫瑰色，映在彎弧的地平線。地平線上日正當中，地平線後卻是另一片北國風光。不過玫瑰色的光芒沒多久便開始消退，只剩下灰茫茫的天光點亮白晝，而這黯淡的天色過了下午三點也逐漸轉黑，北極的夜幕便這麼落在寂靜的大地上。

夜色降臨後，左、右、後方的狩獵嚎聲也逐漸逼近——這些近距離的嚎叫，讓在風雪中辛苦跋涉的狗兒驚駭萬分，恐慌如浪潮般席捲而至。

看到狗隊驚慌失措，將狗綁回韁繩上時，比爾終於忍不住開口：「牠們就不能到別處去獵食嗎？拜託滾遠一點，別再來煩我們了！」

「牠們真的快把狗逼瘋了。」亨利同情地說。

兩人隨即恢復沉默，直到營地搭好前沒再說過一句話。

亨利正彎下腰來，要把冰塊丟進煮沸的豆子鍋裡時，突然響起一陣重擊聲，接著是比爾的驚呼，隨後狗群間也傳來淒厲的慘叫。亨利大吃一驚，連忙挺直腰桿，卻只來得及瞥見一道模糊的身影掠過雪地，消失在黑暗裡。再來映入眼簾的是站在狗群中的比爾，他一手提著結實的棍子，一手拿著只剩魚尾的鮭魚乾，臉上得意與沮喪之情參半。

「被搶了半尾，」比爾說，「可我也狠狠打了牠一棍。你有聽到牠慘叫嗎？」

「牠長什麼樣子？」亨利問。

「沒瞧清楚。但有四條腿、一張嘴、全身毛茸茸的，看起來就像頭狗。」

「一定是隻被馴養過的狼，我猜。」

「他媽的肯定是！不管牠是何方神聖，至少都曉得要在餵食時過來偷魚。」

是夜，吃完晚餐後，兩人同樣坐在狹長的棺木上吞雲吐霧。那圈森冷的眼睛又包圍營地，而且比昨晚更靠近。

「真希望能出現一群麋鹿之類的，這樣牠們就會滾得遠遠的，不再煩我們。」比爾說。

亨利咕噥了聲，不是全然同意。兩人就坐在那兒，亨利巴巴瞪著火光，比爾則瞪著火光後那一雙雙在黑暗中炯炯燒灼的眼珠，兩人整整十五分鐘沒再開口。

「真希望我們已經快到麥加利堡了。」比爾打破沉默。

「你給我閉嘴，別再發夢了！」亨利勃然大怒，脫口就罵，「你是肚子在搞怪，所以才在那裡胡思亂想。去給我喝一匙蘇打❶，這樣你就會舒服許多，也不讓人看了就討厭！」

隔天清晨，亨利被比爾的連聲咒罵給吵醒。亨利用手肘撐起上身，看見營火已添了新柴。狗兒窩在火堆旁，而他的同伴就站在狗群中揮舞手臂，痛罵不休，一張臉扭曲猙獰。

「嘿！」亨利大喊，「又怎麼了？」

「蛙仔不見了！」比爾回答。

「不會吧！」

「就跟你說不見了！」

亨利從毛毯間一躍而起，衝進狗群中。他仔細地數著狗，然後和同伴一起詛咒那又奪了他們一條狗的荒野惡勢力。

「蛙仔是我們最強壯的一隻狗。」好一會兒後，比爾終於開口。

「而且絕對不笨。」亨利補上一句。

這是兩天來的第二段墓誌銘。

他們悶悶不樂地吃完早餐，將剩下來的四隻狗綁上雪橇。這一天跟前幾天並無二致，兩人在冰天雪地中無言地蹣跚前進，除了那些窮追不捨的嚎叫之外，天地無聲，萬籟俱寂。雖然不見那些跟蹤者的蹤影，但兩人知道牠們緊追在後。傍晚時分，就在夜幕即將降臨之際，追兵照例逼近，嚎叫聲又更

❶蘇打水過去常被用來治療各式腹痛。

近了些。狗群跟著激動浮躁、驚恐莫名，慌亂之中把韁繩纏得亂七八糟，兩名男人意志更加消沉。

「好了，這樣一來，你們這些蠢傢伙就不用擔心啦！」夜晚大功告成後，比爾抬頭挺胸，志得意滿地說。

亨利放下手邊的烹飪工作，前來查看。他的同伴不只把狗綁好了，而且還是用印地安人的綁法，在每條皮帶上加了根木棍。他在每條狗的脖子上都緊緊繫上一條皮帶，短到狗兒就算扭過頭也咬不到。此外，他又在皮帶上綁了一根四、五呎長的結實木棍，木棍的另一端用另一條皮帶綁在插在地上的木樁。這樣一來，棍子兩端的皮帶狗都咬不到。

亨利見景，嘉許地點了點頭。

「只有這樣才能綁住獨耳。」他說，「要不牠的牙齒比刀子還利，轉眼就可以輕鬆將繩子咬斷。明天早上一隻狗都不會少，太好了！」

「最好是。」比爾接口，「明天如果再少有一隻，我就不喝咖啡了。」他說得斬釘截鐵

「牠們鐵定是知道我們沒子彈。」睡前，亨利指著那圈虎視眈眈環伺他們的寒芒說，「如果我們開個幾槍，牠們就會知道要怕。牠們一晚靠得比一晚近，你看！你視線先離開火光一陣子，然後再定睛瞧去——就在那兒！看到了嗎？」

只要仔細凝視其中一雙在黑暗中閃爍的眼睛，那畜生的形體就會慢慢浮現，有時甚至可以看到身影移動。兩人就這麼觀察在火光邊緣移動的模糊形體，自得其樂了好一陣子。

突然間，狗群中響起一陣聲響，吸引了兩名男子注意。獨耳突然開始急促地殷殷哀鳴，扯著棍子想往黑暗裡衝，還不時地用牠的尖牙啃咬木棍。

「你看，比爾！」亨利低聲道。

火光之中浮現一個動物的形體，一隻狗般模樣的動物鬼鬼祟祟地潛近。牠膽大心細，戒備地觀察男人的動靜，注意力卻集中在狗身上。獨耳死命拉扯木棍，一心想朝入侵者撲去，嘴裡不住殷切哀鳴。

「那個笨蛋獨耳看起來不怕牠的樣子。」比爾壓低嗓子說。

「是匹母狼。」亨利也低聲回應，「難怪小胖和蛙仔會自投羅網。牠是狼群的誘餌，把狗騙出去後，其他的狼便一湧而上，大快朵頤，把狗啃個精光。」

火光劈哩啪啦響了一陣，一根木柴大聲碎裂。那隻奇怪的動物聽到立刻跳開，躲回黑暗之中。

「亨利，我在想。」比爾說。

「想什麼？」

「我想，被我用棍子打到的就是牠。」

「那還用說。」亨利應道。

「還有，」比爾又說，「這傢伙似乎對火很熟悉。這很可疑，太奇怪了。」

「牠確實比尋常的狼懂得更多的樣子。」亨利同意，「要不是有經驗，狼怎麼會知道要在餵食時間混進狗群？」

「老維蘭曾經有條狗和狼跑了，」比爾邊思索，邊大聲說道，「我早該想到的。結果牠後來跟著狼群跑到小枝地那兒的馴鹿場，被我給射殺了。老維蘭哭得像娃娃，說他三年沒看過牠了，原來一直跟狼在一起。」

「我猜這回也是如此。比爾，那匹狼其實是狗，不知道從人手中吃過多少次魚了。」

「只要有機會，我一定讓這披著狼皮的狗變成一頓烤肉大餐。」比爾信誓旦旦地說，「我們禁不起再損失任何一條狗啦！」

「但你只有三發彈匣。」亨利不贊成他的主意。

「我會等個萬無一失、一發必中的機會。」比爾回答。

翌晨，亨利在同伴的鼾聲中重新添加柴火，料理早餐。

「你睡得也太沉了！」亨利叫醒比爾，要他起來吃早餐，「我還不敢吵你咧！」

比爾睡眼惺忪地吃起早餐。他注意到自己杯子是空的，一隻手便往咖啡壺伸去。但是壺在亨利身旁，離他太遠，他搆不著。

「我說亨利啊，」他有些慍怒地道，「你是不是忘了什麼？」

亨利煞有其事地看了看四周，然後搖搖頭。比爾舉起空杯。

「你今天沒咖啡喝啦！」亨利說。

「咖啡沒了嗎？」比爾緊張地問。

「不是。」

「怕對我胃不好？」

「不是。」

一股熱血衝上比爾的腦門，比爾登時氣得面紅耳赤。

「那你最好給我解釋清楚，我洗耳恭聽！」他說。

「打仔不見了。」亨利回答。

比爾像認栽似地，緩緩轉過頭清點狗的數目。

「怎麼可能？」他冷冷地問。

亨利聳聳肩：「不知道，八成是獨耳把繩子咬斷的；打仔自己不可能掙脫得了——起碼這點是確定的。」

「那個該死的傢伙！」比爾嘴裡咒罵，臉上卻絲毫沒有生氣的樣子，字字陰鬱地，「牠咬不到自己的皮帶，就乾脆咬斷打仔的。」

「不過打仔這下是清閒了。我看牠這時候早已經被啃得一乾二淨，散落在狼群的肚裡，跟著牠們跑過這片荒地。」亨利替最新丟的狗下了這段墓誌銘。「喝點咖啡吧，比爾！」

比爾卻搖了搖頭。

「喝啊！」亨利舉起咖啡壺央求。

比爾把杯子推到一旁：「如果我喝，就是不講信用的混蛋！我說過如果再丟狗，我就不喝咖啡！君子一言，駟馬難追。」

「這咖啡他媽的好喝耶！」亨利引誘他。

不過比爾吃了秤鉈鐵了心，他什麼飲料也不配，用喃喃咒罵把食物沖下喉頭，把所有麻煩都怪到獨耳頭上。

「我今晚會把牠們每隻綁得遠遠的。」兩人一面上路，比爾一面說。

走了一百多碼後，前方的亨利突然覺得雪鞋踢到了個東西，他彎下腰，撿起物品。此時天色尚黑，他看不出什麼名堂，但那觸感不容懷疑。他往後一拋，東西撞到雪橇，一路彈跳，比爾用雪鞋把東西踩住。

「或許你會需要那玩意兒。」亨利說。

比爾放聲驚呼。那是打仔僅存的「遺物」——那根綁在牠身上的木棍。

「牠們把牠吃乾抹淨了，」比爾說，「這根木棍像哨子一樣乾淨溜溜，連兩端的皮繩都沒放過。牠們也太餓了，亨利，說不定旅程結束前，我們兩個也會被吃掉。」

亨利挑釁似地一聲冷笑：「雖然我沒被野狼追殺過，但我碰過更糟的情況，現在還不是好好的。光是這群麻煩的畜生還傷不了你啦！我跟你保證，小鬼。」

「我不知道，這可難說。」比爾喃喃道。他有種不祥的預感。

「唉唷，反正等我們到了麥加利堡你就知道。」

「我可沒你那麼肯定。」比爾堅持。

「你知道自己有什麼毛病嗎？你現在的臉色白的跟鬼一樣。」亨利訓斥，「你需要的是奎寧❷，我們一到麥加利堡，我就馬上替你灌藥，灌到你好為止。」

比爾咕噥了聲，對亨利的診斷表示反對，然後便陷入沉默。又是同樣的一天，九點天亮，正午時分，南方的地平線因不見蹤跡的太陽溫暖起來，到下午天色又轉陰冷，三小時後便入夜了。

就在太陽短暫現身又消失後，比爾抽出綁在雪橇繩下的來福槍，說：「你繼續走，亨利，我要去探探。」

「你最好還是跟在雪橇旁邊，」亨利反對，「你只有三發彈匣，誰知道會發生什麼事。」

「現在是誰在呱呱叫了？」比爾得意洋洋地說。

亨利沒有答腔，獨自拖著沉重的腳步繼續前進，但不時回過頭來，向吞沒同伴的那片灰冷荒地投以焦慮的眼光。一個小時後，比爾抄捷徑回來了。

「牠們散得很開，到處都是。」他說，「牠們一面跟著我們，一面尋找其他獵物。懂嗎？牠們認定

---

❷奎寧（Quinine），原主要用於治療瘧疾，也可用於減緩因低溫引發的顫抖。

了我們是牠們的囊中物，只是還不到出手的時機。在此同時，只要找到任何能吃的東西，牠們都很樂於享用。」

「你該說是牠們是『自以為』我們是牠們的囊中物。」亨利厲聲駁斥。

比爾無視於他的反對，又說：「我看到其中幾匹狼，個個瘦不拉嘰。我猜除了小胖、蛙仔和打仔之外，牠們已經幾個星期沒進食了。只是狼群數量太多，三隻狗也塞不了牙縫。牠們瘦得前胸貼後背，肋骨像洗衣板一樣根根分明。牠們快狗急跳牆了！我跟你保證，牠們快瘋了，我們得小心點。」

幾分鐘後，換到雪橇後方押隊的亨利發出一聲低沉的警告口哨。比爾轉過頭去，無聲無息地停下狗隊。雪橇後方，於方才經過的最後一個彎道附近，可以清楚看見一隻毛茸茸的玩意兒正鬼鬼祟祟地快步移動。牠的鼻子貼著地面，跑步的姿勢很特別，有點像滑行，看起來毫不費力。雪橇一停止，那隻動物也停下腳步，抬起頭，鼻孔掀了掀，冷靜研究他們的氣味。

「是那匹母狼。」比爾低聲道。

狗兒就地躺下。比爾穿過狗群，加入站在雪橇後的同伴，兩人一起觀察那頭已經追了他們數日、還摧毀了半數狗隊的詭譎生物。

那隻動物停下腳步，仔細探查，然後又上前幾步，再駐足打探，如此停停走走，直到牠和兩名人類只距離短短百碼之遙。牠佇立在一簇雲杉樹旁，舉首昂鼻，眼耳併用，打量這兩個死盯著牠不放的人類。牠像狗一樣，用一種古怪又帶有渴望地眼神打量他們，只是牠的渴望中沒有半點狗的情感。那是一種出於飢餓的渴望，像牠的獠牙般地殘酷，若冰霜似地無情。

牠的體型比一般的狼要來得大，枯瘦的骨架顯示出牠是同類中體型最大的一隻。

「站起來的時候，肩頭高度大概有兩呎半，」亨利觀察道，「我賭牠八成有五呎長。」

「以狼來說牠的毛色還真怪。」比爾說，「我以前從沒看過紅色的狼，看起來像肉桂色。」

不過，那當然不是一匹肉桂色的狼。牠的毛皮確實是狼的色澤，主要是灰色，又隱隱閃耀著一抹紅色的光彩。那道紅影倏忽不定，忽隱忽現，像是幻覺般，一會兒顯然是灰色，一會兒又透著難以言喻的紅。

「牠看起來就像一隻大哈士奇雪橇犬嘛！」比爾說，「如果牠開始搖起尾巴，我也不覺得奇怪咧！」

「哈囉，你這頭哈士奇！」他大叫，「過來，不管你叫什麼名字，來！」

「牠完全不怕你啊！」亨利大笑。

比爾威脅地揮手大叫，那隻動物卻沒有半點恐懼之意。牠唯一的改變，就是戒心愈來愈強。牠依舊冷冷地、飢渴地盯著他們；他們是肉，而牠很餓，如果牠夠膽的話，非常樂意上前吃掉他們。

「聽著，亨利，」比爾心生一計，不由自主地將音量壓低說道，「雖然我們只有三發彈匣，但是我不會失手的，絕對一發即中。我們不能錯過這好機會。牠拐了我們三條狗，我們應該結束這一切，你說呢？」

亨利點頭同意。比爾小心翼翼地將槍從雪橇下抽出來，才要放到肩上，手卻頓時僵在空中。因為在那一瞬間，那隻母狼跳離路徑，鑽到雲杉林裡，消失個無影無蹤。

兩人面面相覷。亨利心領神會地吹了聲長長口哨。

「我早該料到的！」比爾把槍放回去，大聲責怪自己，「當然啦，一匹狼如果都懂得在吃飯時間混進狗群之中，當然也認識槍啦！我告訴你，亨利，找我們碴的肯定就是這傢伙！要不是牠的話，我們現在還有六條狗，不會只剩三隻！我告訴你，亨利，我要去逮牠。牠太聰明了，不會給我公然射殺牠的機會。所以我要去守株待兔，攻牠個措手不及，不成功我就不叫比爾！」

「你可別為了牠跑遠。」亨利警告他，「如果狼群群起圍攻，你的三發子彈也只解決得了三頭畜生。那群野獸餓瘋了，只要牠們出擊，絕對會逮住你，比爾。」

這天晚上，他們早早搭營，三條狗的腳程不若六條狗，跑不快也走不遠，而且顯然也已經筋疲力盡。比爾和亨利也早早就寢，不過上床前比爾還是先將每條狗牢牢綁好，並確保牠們咬不到彼此的繩子。

但狼群愈來愈大膽，睡夢中的兩人屢屢被吵醒。狼群靠得如此之近，狗兒都嚇瘋了，兩人也被迫必須時常起來添加柴火，把危險的掠奪者阻擋在安全的距離之外。

「我聽水手說過鯊魚跟船的故事。」有一回比爾添完柴薪，要爬回毛毯內時說，「我說啊，這些狼就像陸地上的鯊魚，比我們還懂得追蹤。牠們跟著雪橇可不是為了跑步強身，遲早會攻擊我們，而且一定會得手，亨利。」

「聽聽你說的，牠們已經抓住你兩條腿啦！」亨利厲聲訓斥，「會說這種話，就表示你已經輸一半啦！你看看你，已經一半在牠們肚子裡了。」

「比你我有本事的人還不是難逃牠們狼口。」比爾回嘴。

「喔，閉上你的鳥嘴，我會被你氣死！」

亨利忿忿翻身，背過比爾，訝異著比爾沒學他一樣怒氣沖天地回嘴。這不是比爾，他總是輕易地被尖銳的話語激怒。亨利沉思了好一會兒才終於入睡。當他睡眼惺忪，意識朦朧之際，心中仍想著：

「比爾現在悶得很，這錯不了，我明天得好好給他打氣一番。」

第三章　飢餓的吶喊

這天一開始就有好預兆，夜裡一條狗也沒丟，兩人精神一振，愉快地踏上旅程，朝寂靜寒冷的黑暗出發。比爾似乎忘了前一晚的不祥預感，正午時，雪橇在一段崎嶇的路上翻倒，他不僅沒氣惱，甚至還能開起雪橇犬的玩笑。

整個隊伍人仰馬翻，雪橇四腳朝天傾覆在地，卡在樹根與巨岩之間，比爾和亨利不得不解開狗兒的背帶，將繩子理順。正當兩人俯身要扶正雪橇之際，亨利發現獨耳打算趁亂開溜。

「喂！你！獨耳！」亨利大喊，挺直腰桿，轉身望向那條狗。

獨耳置之不理，身上還拖著韁繩，就這麼跑過雪地。母狼在隊伍方才走過的路上等著牠。但一接近母狼，獨耳又突然變得小心翼翼。牠慢下腳步、提高警覺，碎步前進，最後止步，臉上寫滿謹慎、猜疑，又忍不住滿懷渴望地打量母狼。母狼咧開嘴，不過不是要威嚇，而是討好似地朝獨耳微笑。牠擺出一副淘氣的樣子，朝著獨耳前進幾步又停住。獨耳又踏前幾分，防備之意仍是不減，尾巴和耳朵依舊挺立，頭也昂得高高的。

獨耳想跟母狼嗅嗅鼻子，但母狼卻像要捉弄牠，又像嬌羞似地退開。獨耳前進一步，母狼就後退一步，引誘牠遠離人類同伴的保護。一聲模糊的警告掠過牠聰明的腦袋，牠回頭看向傾倒的雪橇、同伴，還有那兩名呼喚牠的人類。

但無論牠腦中閃過什麼念頭，都在那隻母狼的注視下煙消雲散。母狼衝上前，飛快地跟獨耳嗅了嗅鼻子，立即又在獨耳湊上的前一刻靦覥退開。

此時，比爾想起了他的來福槍。可是，槍被卡在傾覆的雪橇下，等到亨利幫他扶正雪橇後，獨耳和母狼已經太過靠近，而且離他們太遠，實在不值得冒險開槍。

為時已晚。獨耳將為了牠的錯誤付出代價。比爾和亨利眼睛一花，只看到獨耳猛然轉身，拔足向他們奔來。須臾間，雪地上突然冒出十幾匹狼，攔腰衝來，截斷獨耳的去路。那批瘦骨嶙峋的灰狼在雪地上團團圍住獨耳，母狼的嬌羞和淘氣之色頓時消失無蹤，發出一聲怒吼，直朝獨耳撲去。獨耳用肩膀將牠撞開。儘管退路被截斷，牠仍未放棄要趕回雪橇邊。牠改變路線，打算繞圈子回去。時間分分秒秒流逝，愈來愈多匹狼加入追逐。母狼就在獨耳身後，只要飛身一躍，就可以撲到獨耳身上。牠停在原地，蓄勢待發。

「你要去哪？」亨利猛然拉住比爾胳膊，大聲質問。

比爾甩開亨利：「我無法在這兒袖手旁觀，」他說，「只要我在，牠們就別想再搶走我一隻狗。」

說完，他拿著槍，撲進路旁的灌木叢裡。比爾的打算很明顯：獨耳現在正以雪橇為圓心，拼命兜圈子逃命。比爾準備搶在追兵之前，在圈上替牠打開一道缺口。在這樣的光天化日之下，他手裡又有來福槍，那些狼群或許會給嚇退，那獨耳即可逃出生天。

「我說比爾，」亨利在他身後大喊，「小心一點！不要冒險！」

亨利在雪橇上坐下旁觀。他無事可做，也無能為力。此時比爾已消失在他視線之內，然不時可以看見獨耳的身影閃現在灌木叢和零散的雲杉木之間。亨利認為獨耳是準死無疑了。儘管這條狗知道自己命懸一線，拼命竄逃，可牠跑在外圍，狼群們則跑在距離較短的內圈，獨耳絕對不可能比牠的獵殺者搶先一步，趕在牠們之前突破包圍，回到雪橇旁。

三方迅速交會。亨利知道在雲杉和灌木叢之後的那片雪地上，狼群、獨耳和比爾立刻就要相遇，只是沒想到會這麼快。一切發生地那麼突然，他聽到一聲槍響，第二聲、第三聲接連響起。比爾的子彈沒了。接著他聽到震天價響的怒吼與狂吠，聽得出來，其中參雜著獨耳痛苦害怕的慘叫，被攻擊的狼隻也發出狼嚎。然後結束了。咆哮停止，哀嚎聲也安靜下來，死寂再次籠罩這片孤寂大地。

亨利在雪橇上坐了好久，他不用起身查看，也知道發生了什麼事。他很清楚，一切彷彿發生在他眼前一樣。他一度起身，匆匆抽出綁在雪橇上的斧頭，可最後還是重新坐下。這段期間，他大多只是獨坐沉思，僅剩的兩條狗縮在他腳邊瑟瑟發抖。

許久之後，他終於失魂落魄、疲憊不堪地站了起來，把狗綁回雪橇，並將一條拉繩扯上肩膀，陪狗一同拉橇。他沒有走多遠，天色一暗便急急紮營，收集了大把柴薪，餵好狗，煮好飯，吃了自己的晚餐，在火堆旁鋪好床。

但他沒法好好享受他的床鋪，就在閉上眼睛前，那群狼已經逼近到安全範圍內。現在他不用凝神才能瞧清牠們，牠們就緊緊包圍著他，包圍著營火。透過火光，他可以清楚看牠們或躺或坐，或貼在地上匍匐前進，或無聲無息地來回遊蕩。有些狼甚至睡著了。他看見野狼東一隻、西一隻，像狗一樣蜷在雪地上睡去。他無法入眠，牠們倒是睡得香甜。

他讓營火保持熊熊烈焰，因為他知道，現在唯一擋在他血肉之軀，和牠們飢腸轆轆的獠牙間的，就是這把火了。他的兩條狗緊緊貼在身邊，一邊一隻，依偎著他，尋求庇護，不斷呻吟哀哭，只要有狼挨近就死命咆哮。而且只要狗一吠，整圈狼群都會醒來，一隻隻站起身，試探地圍攏上前，齊唱似地高聲咆哮、激動吠叫。不久，狼群再度躺下，東一隻、西一隻地接連睡去。

狼圈一寸一分地不斷圍攏，四面八方都有狼群匍匐前進，緩緩逼近，最後，終於近到只要一撲就能撲到亨利身上。這時，亨利會從火裡抽出一根樹枝，逼退牠們。凡是哪隻大膽靠近的畜生被他瞄準的樹枝擊中，一定會又怒又懼地大聲嚎叫，再迅速退開。

翌晨，睡眠不足的亨利雙眼圓睜，神色憔悴至極。他在黑暗中煮了早餐，九點曙光乍現時，那群狼退散了。亨利在漫漫長夜中擬了一個計畫，天一亮，便開始著手動工。他先是砍下幾株樹苗，綁在直立的樹幹上，架成一座鷹架。然後用雪橇繩充作拉索，在兩隻狗的幫助下把棺材拉到鷹架頂端。

「比爾被牠們吃了，或許我也難逃一劫，不過年輕人，我不會讓你落在牠們手中的。」他對樹墳上的屍體說。

完工後，他啟程上路。兩隻狗也明白自己的安危，取決於能否盡快趕到麥加利堡，因此自動自發地拉著減輕許多的雪橇衝刺。狼群現在更加明目張膽，從容不迫地跟在狗隊後方兩側，鮮紅的舌頭垂在嘴外，每走一步，骷髗般地腰側就露出波浪起伏的肋骨輪廓。牠們一隻隻骨瘦如柴，骨架上只披了一層薄薄的皮，黏著幾束肌肉。看牠們瘦成這副模樣，亨利也不禁訝異牠們居然還有力氣站立，沒有癱倒雪地裡。這也稱得上是奇蹟了。

他不敢趕路趕到入夜。正午時，太陽溫暖了南方的地平線，蒼白的金黃光芒上緣甚至還高高推至天際。亨利覺得這是某種預兆——白晝將愈來愈長，太陽將回到這片北國荒地。不等天黑，趁著振奮人心的陽光還沒消褪前，他便趕緊紮營。灰茫的天色和昏暗的薄暮還會徘徊幾個鐘頭，他利用這段時間收集好大量柴薪。

恐怖的黑夜再次降臨，除了飢餓的狼群愈來愈膽大放肆，睡眠不足也開始侵蝕起亨利。他躺在火邊，毯子裹在肩上，斧頭夾在膝間，兩隻狗緊緊挨在他身體兩側，忍不住直打瞌睡。睡夢中，他一度醒來，看見一匹狼就在他前方不到十二呎處，那是一頭大灰狼，狼群中最大的一隻。當他盯著牠看的時候，那匹狼還像狗一樣舒舒服服地伸了個懶腰，在他臉前打了個大大地呵欠，用一副「你是我的」的眼神瞪著他。好似他不過是一頓推遲的晚餐，很快就會送上餐桌。

整群狼都是這般信心確鑿。亨利數了數，整整二十匹狼不是飢腸轆轆地盯著他，就是安安穩穩地睡在雪地上。牠們讓他想起圍坐在餐桌前，等著開動的小孩，而牠們的食物就是他。只是他不知道牠們何時才會開動，又會怎麼吃了他。

當他往火裡添加柴薪時，突然發現他對自己的身體升起一股從未有過的欣賞之意。他看著自己屈伸作動地肌肉，興致盎然地打量靈活的手指。他藉著火光一遍又一遍慢慢彎曲手指，有時一次彎一隻，有時五指一起迅速握放。他研究起指甲的組成，時而用力、時而輕柔地戳壓指尖，估量各種力道的觸感。這副身軀多麼精巧啊！它的運作是如此美麗、流暢、精密，他突然對自己的身體深深著迷，但隨即又驚恐萬分地瞥向那群滿心期待、包圍在外的狼群。他登時像當頭棒喝般，醒悟他這美妙的身體——這副活生生的血肉之軀——不過是一團被餓獸追捕的鮮肉，即將被牠們貪婪的獠牙碎屍萬段。如同他以兔肉和麋鹿為食，他在牠們眼中，也不過是用來填飽肚子的食糧。

他從半夢半醒間醒來，看見那隻紅色的母狼就在他面前，離他不到六呎遠。牠坐在雪地上，靜靜看著他，目光是那麼熱切。兩條狗在亨利腳邊哀嚎咆哮，可是牠完全不為所動。牠定定看著亨利，亨利也與牠對視了半晌。她沒有散發半分威脅的訊息，只是極度渴切地凝視他。亨利知道，這渴望有多熱切，牠就有多餓。他是食物，光看著他就足以食指大動。母狼張著嘴，饞涎滴淌，愉快地一面等待，一面舔起自己的胸肋。

恐懼猛地流竄亨利全身。他急忙從火堆中抽出一根樹枝丟向母狼。不過，他才伸出手，手指都還沒搆著武器，母狼就已經跳回安全地帶。亨利恍然大悟，母狼對被東西扔砸並不陌生。母狼一邊後退一邊咆哮，露出白森森的獠牙。牠的渴切消失無蹤，取而代之的，是恨不得將亨利生吞活剝的怨毒。

亨利渾身發抖，瞥向握著樹枝的手，發現緊握的手指是多麼靈巧精緻，它們能配合起伏不平的樹枝表面，上下扣住粗糙的木頭，小指頭還因為太靠近樹枝著火的部分，立刻敏感地自動退縮，避開灼熱處。在那一瞬間，他也同時預見了那敏感、靈巧的手指，將被母狼的白牙撕個粉碎。他從沒像現在這般熱愛自己的身體過，但再過不久，他就要失去它了。

他整晚拿著燃燒的樹枝逼退餓狼。每當他不由自主打起瞌睡時，便會被兩條狗的哀嚎和咆哮吵醒。天終於亮了，不過這是第一次晨曦沒能驅散狼群。亨利等著牠們離開，牠們硬是堅守崗位，得意洋洋地繼續包圍他和營火，認定他已插翅難飛。亨利因晨光生出的勇氣，不禁動搖了起來。

他一度狗急跳牆，企圖直奔上路。可在離開火光保護的瞬間，一頭膽子最大的餓狼立即撲上前來。所幸牠沒抓準距離，跳得不夠遠。亨利往後躍回火旁，狼的下顎在他大腿前六吋啪地闔上，他這才沒丟了小命。其他狼群見狀，全起身向他湧去，他手忙腳亂地四處丟擲火把，才將狼群趕到安全範圍之外。

如今，即便在光天化日之下，他也不敢離開營火砍柴。幸而二十呎外就有一棵枯死的雲杉，他花了半天把火堆朝樹邊推去，手中無時無刻莫不握緊燃燒的柴捆，拼命朝敵人揮舞。一到樹邊，他立刻觀察周遭的林木，盤算著要將樹往柴薪最多的方向劈倒。

這一晚和前晚並無二致，唯一改變的是亨利的睡意愈來愈濃。狗兒的咆哮逐漸失效，再也喚不醒他。更何況，牠們的呼號一刻也沒停過。他的意識麻木昏沉，再也無法分辨吠聲的變化，聽不出音調與緊張程度的差異何在。半夜裡他突然驚醒，看見那匹母狼只離他不到一碼遠。他的手一直沒放開樹枝，眼見母狼就在面前，便機械式地把著火的樹枝筆直朝她猙獰咆哮的嘴巴塞去。母狼一下跳開，淒厲慘叫。他開心地聞著毛肉燒焦的味道，看著母狼在二十呎外猛力甩頭，怒吼狂號。

這一次，在他再度打起瞌睡前，亨利把一節燃燒的松木塊綁在右手。他閉上雙眼，沒多久火焰燒到手上，他一驚而醒。接下來的幾個小時，他不斷重複這個動作，一被驚醒，就揮舞火枝，驅退狼群，接著往火裡添加柴薪，重新綁好手上的木塊。事情原本進行得很順利，直到有次木塊都沒綁好，他已閉眼睡著，木塊也隨即掉了。

他跌入夢境。他感到自己置身麥加利堡中，那兒溫暖又舒適，他正在與贊助商❶玩克里比奇牌戲❷。狼群似乎包圍了堡壘，每扇門外都可聽見牠們的嚎叫。他和贊助商不時停下牌戲，一面側耳傾聽，一面取笑狼群白費力氣，想要破門而入。突然——這個夢也太怪了——突然響起一陣撞擊聲，門「砰」地打開。他看見狼群如洪水般湧入寬敞的大廳，直撲到他和贊助商身上。門被撞開的那刻，狼群的嚎叫頓時變得震耳欲聾。那叫聲令他煩躁不已，他的夢似乎正和什麼合而為一——他不知道那是什麼，只知道耳邊不斷傳來嚎叫。

---

❶資助雪橇隊旅費或配備的金主。
❷一種二至四人玩的紙牌遊戲。每人發牌六張，先湊足一百二十一分或六十一分者為贏家。

然後他醒了，發現那嚎叫並不是夢。他四周盡是震耳欲聾的咆哮和吠叫。狼群朝他直撲而來，爬滿他全身上下。其中一隻狼咬住他的手臂，他本能地往火堆跳去，才一動作，就感到腿被獠牙狠狠撕裂。惡戰展開，他凍得像石塊般的手套暫時保護了他的雙手，他劖起一把燒紅的木炭，往四面八方撒去，營火剎時間如火山爆發般烈焰四濺。

然而這樣撐不了多久。他的臉給熱氣燙出水泡，連眉毛和睫毛都燒焦了，雙腳也愈來愈無法忍受火焰的高溫。他雙手各拿著一根著火的樹枝，跳到火堆邊緣。狼群退散了，燒紅的木炭往四面八方落下，落地之處的積雪燒得嘶嘶作響，每隔不久就可以看到野狼因為踩到木炭，痛得直跳腳，發出聲聲怒吼。

他拿著樹枝，朝離他最近的敵人揮舞，然後將手上還冒著煙的手套插進雪地之中，雙腳不停踱步，好讓燒燙的腳冷卻下來。他的兩條狗都不見了，他知道牠們已經成為狼群延宕多日的饗宴，小胖是牠們的第一道菜，而未來的幾天之內，他可能會是上桌的最後一道佳餚。

「我還沒落在你們手裡！」他一面吼叫，一面惡狠狠地對著那群餓獸揮舞拳頭。他的吼叫激怒了狼群，咆哮聲此起彼落，那匹母狼一聲不響地溜到他對面近處，飢渴地看著他。

他又想到的一個新主意，於是開始動手，把營火擴大成一個大火圈。完工後，他蜷在火圈裡，為了不讓融化的積雪凍傷，他將睡具壓在身下。當他的身影消失在火焰的屏壁後，狼群紛紛好奇地走到火圈邊緣，想知道他怎麼了。牠們先前一直不肯靠近火焰，現在卻貼著火緊緊圍成一圈，像狗一般在陌生的溫暖火光前眨眼呵欠、伸展枯瘦的身子。母狼坐下，鼻子高高昂起，直指寒星。牠發出聲聲長嚎，狼群一隻隻加入牠。最後整批狼群都坐在雪地上，鼻子指向天際，大聲發出飢餓的吶喊。

破曉了，天邊開始透出魚肚白。火光轉暗，燃料就要燒光了，需要去收集更多柴薪。亨利企圖走出火圈，狼群見狀立刻一湧而上。現在燃燒的樹枝只能讓牠們退到一側，卻無法嚇退牠們。他想驅散狼群，卻徒勞無功。就當亨利想棄械投降，準備退回火圈中心時，一匹狼撲了上來，不過沒撲準，四腳落在木炭上。那匹狼淒厲地慘叫一聲，一面怒吼，一面踉蹌退回雪地，讓腳掌冷卻下來。

男人蜷著身子坐在毯子上。他傾著身子，肩膀鬆垮垂落，把頭埋在雙膝之間。他已經放棄掙扎了。他不時抬起頭來，發現火勢逐漸轉弱。那圈火焰和炭塊開始出現空隙。空隙愈來愈大，一截一截的火光愈來愈短、愈來愈微弱。

「我想你們現在什麼時候要進來吃掉我都可以，」他喃喃道，「反正我要睡了。」

他一度醒來，透過火圈的缺口，看見那匹母狼就在面前癡癡地凝望他。

他不多久又醒轉一次，那感覺彷彿已經過了幾小時之久。這段期間內，周圍發生了某種神秘的改變——奇異到讓他猛然驚醒。他起初無法理解究竟發生了什麼事，然後他瞭解了，狼群離開了，只剩下眼前足跡雜沓的雪地，顯現牠們先前有多逼近。睡意又向他襲來，他的頭再度向膝間點落，隨即猛然抬起。

他耳邊傳來男人的叫喊聲、雪橇的震動聲、背帶的拉扯聲，還有狗兒熱切拉橇的嗚咽聲。四輛雪橇從河床那兒來到林間營地，六名男人站在熄滅的火圈中心，又戳又搖縮成一團的亨利，想把他叫醒。亨利像個醉漢般看著他們，滔滔不絕地發出語無倫次的夢囈：「紅色的母狼……在餵食的時候混進狗群來……先是偷吃狗糧……然後開始吃狗……然後比爾也被牠吃了……」

「愛爾佛瑞德老爺呢？」其中一人在他耳邊大吼，用力搖晃他。

亨利緩緩搖頭：「他沒有沒吃掉……他睡在最後一個營地的樹上。」

「死了？」男人高聲問。

「嗯，他在棺材裡。」亨利回答，不耐煩地一扭肩，掙開質問者的手，「不要管我啦！我累死了……晚安，各位。」

他的眼睛眨了眨，旋即閉上，下巴再度垂落胸前。就連他們把他平放到毯子上時，他依舊鼾聲雷動，劃破冰冷的空氣。

但，空氣中還有別的聲音，那聲音既遙遠又微弱。遠處，狼群又發出飢餓的吶喊，牠們錯失了男人這餐鮮肉，只好尋覓其他獵物去。

第二部

第一章　狼牙之戰

最先聽見人聲和雪橇犬哀鳴的是母狼，第一個離開那名困在火燼中的人類的也是母狼。狼群不甘心就這麼放棄追捕多時的獵物，還多徘徊了半晌，直至喧鬧聲清晰可聞，才隨著母狼的腳步跑開。

率先跑在狼群前方的是一頭大灰狼，牠是狼群的首領之一，領著狼群跟在母狼身後疾奔。每當有野心勃勃的年輕公狼企圖僭越超前時，牠便大聲咆哮警告，或直接用獠牙教訓牠們。見到母狼輕巧穿越雪地的身影後，牠便加快腳步跟上。

母狼配合狼群的速度，跑在大灰狼身邊，好像那本就是牠的位置。大灰狼不容許其他公狼跑在牠前頭，但母狼偶爾縱身一躍，趕在牠前方時，大灰狼並不會齜牙咧嘴或厲聲咆哮。恰恰相反，牠對母狼十分和顏悅色——那諂媚的模樣，母狼看了就討厭。牠不停故意湊近母狼身邊，只要牠太靠近，母狼會毫不客氣地張牙舞爪、厲聲警告牠，有時甚至毫不留情地在牠肩膀狠狠咬上一口。即便如此，大灰狼依舊心平氣和，不慍不火，只像個難為情的鄉下小伙子般跳開，尷尬忸怩地跑前幾步。

母狼是大灰狼統領狼群的一大問題，不過，母狼自己還有其他麻煩。母狼的另一側跑著一匹枯瘦的老狼，毛色斑白，身上刻著許多戰役留下來的傷疤。老狼或許是因為只剩一隻左眼的關係，總是跑在母狼右側。牠跟大灰狼一樣，也中魔似地拼命擠在母狼身邊，死黏著不放，近到甚至將牠那坑坑疤疤的口鼻或碰到母狼身子或肩頸。母狼對老狼的態度，就像牠對待跑在左側的大灰狼一般，牠討厭老狼的慇勤，同樣沒給牠好臉色看。若兩方同時黏上來，衝撞到母狼，牠便左右飛快狠狠各咬一口，把兩個求愛的傢伙趕走，同時不忘留意腳下去路，保持速度，和狼群一同向前奔躍。這種時候，母狼的兩名追求者會彼此齜牙咧嘴、互相兇狠咆哮，幾乎就要大打出手。然而，解決狼群迫在眉梢的飢荒問題更為重要，愛恨情仇的糾紛得先暫時擱置一旁。

每當老狼被自己心心所念的對象以利牙拒絕、倉皇退開後，便會用肩膀衝撞跑在牠瞎眼右側的小狼。這匹小狼只有三歲大，雖然年紀尚幼，已經完全是成狼的體型，在飢餓孱弱的狼群中，牠算得上精神充沛，活力十足。儘管如此，狼群行進時，牠至多還是只能跑在獨眼長者的肩側。若牠大起膽子，想與老狼並駕齊驅（這種情形鮮少發生），老狼就會厲聲咆哮、狠狠一咬，逼牠退回原位。小狼有時還會小心翼翼、不動聲色地慢慢溜進老狼和母狼之間。老狼更痛恨這個舉動，怒火會燒得足足較先前三倍之高！一旦母狼對小狼咆哮，表示不快，老狼即轉身教訓小狼。有時，母狼也跟著老狼同時回撲，偶爾連左側的年輕灰狼首領也會一起加入懲戒小狼的行列。

同時受到三口利牙夾擊時，小狼便會猛然止步，壓低身子，僵直前腳，豎起長毛，對著牠們齜牙咧嘴。狼群前方的混亂亦屢屢造成後方騷動。後方的狼會衝撞小狼，狠咬牠的後腿或脅側出氣。狼群早因食糧的匱乏而暴躁不堪，小狼如此做無異是自找麻煩。可牠年輕氣盛，縱使屢試屢敗，除了難堪之外是一無所獲，仍三不五時便故技重施。

若有食物給牠們填飽肚子，吃飽喝足之後，那無論是求愛或戰爭這些早就展開了，狼群也會早已分崩離析。但現在事態危急，牠們因長期挨餓而個個骨瘦如柴，奔跑的速度較平時慢上許多，那些最年輕和最老邁的成員拖著虛弱的身子，一跛一跛地落在隊伍後方。最強壯的成員跑在隊伍前方，只是看上去還是不像狼，反而像具骷顱頭。即便如此，除去那些瘸腿的老弱傷殘，這群野獸仍彷彿不知疲憊般，輕輕巧巧地放足狂奔。牠們強健的體魄正是源源不竭的精力來源，鋼鐵般地肌肉不斷伸展收縮，永不停歇。

那一天，牠們跑了好幾哩，連入夜後也沒休息，隔天繼續馬不停蹄地前進。牠們翻越死寂的冰封大地，在這片了無生氣的無垠荒野上，只有牠們的身影活躍著。牠們是天地間僅存的氣息，追尋其餘能讓牠們大快朵頤的生命，好讓自己活下去。

在穿越了幾座低矮的分水嶺、跋涉低地上的十數條小溪後，牠們終於如願以償——牠們遇上了麋鹿群。牠們首先發現的是一頭大公鹿——一個活蹦亂跳的生命。活生生的鮮肉就這麼矗立於眼前，而且不受神秘的火光或亂竄的火焰保護。牠們認得那寬大的鹿蹄和樹枝狀的鹿角，立即拋開前些日子的耐心和謹慎，一湧而上。戰鬥短暫而猛烈，狼群從四面八方包圍公鹿，公鹿奮力用牠巨大的鹿蹄踢踹狼群，想粉碎牠們的頭骨。雄偉的鹿角衝撞撕殺。凡有野狼翻滾在地，牠便趁敵人掙扎之際狠狠將牠們踩進雪裡。即便如此，牠是注定要落敗的，母狼粗暴地撕裂牠的喉嚨，公鹿砰然倒地。其他野狼群起而上，在牠仍苦苦掙扎、尚未斷氣前就把牠生吞活剝、吃乾抹盡。

這對狼群是頓饗宴，大公鹿超過八百磅重，四十多匹野狼個個都能分到足足二十磅肉。但既然牠們挨餓已久，胃口自然也就好得驚人。很快地，這頭幾小時前才和狼群正面對戰的雄偉野獸，只剩下幾根骨頭。

狼群現在多了許多休息和睡覺的時間。肚子填飽了，年輕的公狼就開始逞兇鬥狠。亂象持續了幾天，狼群終於分散。飢荒已經結束，狼群現在置身於一片食物豐沛的原野，雖說牠們還是像過去一樣成群狩獵，但變得更加謹慎，僅在遇上小群的鹿群時才會動手出擊，攔截懷孕的母鹿或行動不便的老公鹿。

終於，某一天，狼群在這片豐饒的土地上分道揚鑣。母狼與隨侍兩側的年輕灰狼首領還有獨眼老狼帶領著半隊狼群往下來到麥肯錫河❶，跨越湖國向東而去。狼群的數目一天天減少。野狼一公一母、成雙成對地漸漸散離。另有些公狼是被對手的獠牙趕走，形單影隻地走開。最後，狼群只剩四匹狼：母狼、年輕灰狼首領、獨眼老狼，還有那頭野心勃勃的三歲小狼。

母狼的脾氣變得暴躁異常，三名追求者身上都少不了牠的齒痕。不過三匹公狼沒有一次以牙還牙，從不自衛反抗。牠們默默用肩膀承受母狼兇狠的撕咬，還搖尾乞憐、踩著碎步兜來兜去安撫牠。牠們將最溫柔的一面展現在母狼面前，對彼此間卻是殘暴無比。三歲的小公狼逞兇鬥狠、野心勃勃，猛撲向獨眼老狼瞎眼的右側，把牠耳朵撕得血肉模糊。這毛色斑白的老傢伙雖只剩一邊視力，卻擁有經年累月的經驗與智慧，能與小狼的年輕力盛抗衡。牠失去的右眼與傷痕累累的口鼻正是他戰功彪炳的證據。自多次的苦戰生還的牠無須猶豫，立刻就能反應攻擊。

戰鬥的開始很公平，結果卻是勝之不武。若是單挑決鬥，誰也不曉得會是誰勝出。但後來第三匹狼加入老狼的陣營，老少兩名首領聯手攻擊野心勃勃的小狼，決心要置牠於死地。小狼現在兩側分別被往日同伴的無情利齒所包圍，牠們忘了那些攜手狩獵的日子、忘了合作擊倒的獵物、更忘了一同忍受過的飢餓。那些都是過眼雲煙，現在最重要的任務是求愛——這比獵食考驗還要嚴苛、還要殘酷。

同時間，那匹母狼——引爆這場戰爭的導火線——正心滿意足地坐在一旁觀戰，甚至還一臉怡然自得的模樣。這是屬於牠的一刻——這種機會並不多——公狼們怒髮衝冠、張牙舞爪、打得皮開肉綻，這種種一切都只是為了佔有牠。

為了愛，這隻三歲的小狼展開生平頭一次冒險，也為此付出了牠的生命，作為代價。牠的屍身兩側各站著一名敵人，兩匹公狼都癡癡望著坐在雪地上微笑的母狼。但老狼的智慧深沉，無論是在求愛或戰鬥時都保持著清醒的頭腦。了結小狼之後，年輕的灰狼首領轉頭舔舐肩上的傷口，項頸就這麼大意地賣給敵人。老狼的獨眼看準了這個機會，矮身一撲，牙齒狠狠咬落，年輕灰狼的咽喉登時被扯開

---

❶麥肯錫河（Mackenzie River），加拿大西北地區的河流，由大奴湖向北流至北極圈，是加拿大境內最長的一條河流。

一道又深又長的傷口。老狼一咬開年輕灰狼喉頭的大動脈，立刻拔身跳開。

年輕的灰狼首領發出淒厲地咆哮，但沒持續多久即轉為微弱的輕咳。重傷的牠一面流血，一面咳嗽，想趁著生命完全消逝前撲向老狼。只是牠的腳愈來愈疲弱，陽光暈眩了牠的雙眼，牠的攻擊和撲躍也愈發愈無力。

從頭至尾，母狼都坐在一旁微笑，心裡隱隱很是為了這場戰鬥開心。這就是荒野世界的愛，自然界的性別悲劇——不過所謂悲劇，只是對於死者而言；對於那些活下來的勝利者來說，這是夢想的實現，是成功，沒有絲毫地悲傷。

等到年輕的灰狼首領一動不動地倒在雪地上後，獨眼老狼躡手躡腳，又是得意、又是謹慎地靠近母狼。牠原以為母狼會拒絕牠，結果看到母狼不再回以憤怒地齜牙咧嘴，牠反而十分訝異。這是母狼首次給牠好臉色看，牠不僅和牠嗅了嗅鼻子，甚至也沒擺出高高在上的姿態，還像小狗般和牠嬉笑玩鬧。老狼不顧自己年長和睿智的形象，同樣表現出幼稚地態度，甚至還帶點傻氣。

落敗的情敵，以及用鮮血在雪地上寫下的愛情故事，全都給拋到九霄雲外。唯有一次，獨眼老狼停止嬉鬧、舔起開始結痂的傷口時，突然微微掀起嘴唇發出咆哮，肩頸上的鬃毛不由自主地豎起，腳掌緊抓住雪地，站穩腳步，半蹲著準備撲擊。但一轉眼見到母狼故作嬌羞地邀牠在林間追逐嬉戲，牠又馬上把戰鬥之事拋諸腦後，追隨母狼而去。

之後，牠們便像一對知心好友般併肩奔馳。日子一天天過去，牠們依舊形影不離，一塊兒狩獵、一塊兒撲殺獵物、一塊兒分食。一段時間後，母狼開始焦躁不安，似乎要找什麼卻遍尋不著。頹圮樹身下的洞穴似乎很吸引牠，牠開始花費許多時間，在被積雪掩蓋的大石頭間隙和高聳河岸上的洞穴中聞嗅。獨眼老狼對這些一點興趣都沒有，但還是好耐性地跟著母狼。當母狼在某處逗留特別久時，牠也只是就地躺下，等母狼想動身離開後再一同啟程。

牠們沒在任何一處逗留，而是在這大塊荒野上不停遷徙，直到又回到麥肯錫河畔。母狼和獨眼老狼緩緩沿著河畔順流而下，又時常離開河畔，循著注入麥肯錫的小溪獵食；最終，總又會回到麥肯錫河。牠們有時會碰上其他野狼，對方通常也是成雙成對，不過彼此間完全沒有友善交流的打算，碰面反而引發不悅，更遑論重組狼群。好幾次，牠們也碰到形單影隻的孤狼，這種落單的孤狼一定都是公的，一隻隻像跟屁蟲般黏著獨眼老狼和母狼不放，讓獨眼老狼恨得牙癢癢。這時母狼會與老狼併肩而立，豎起長毛、咧嘴威嚇，讓那些滿心期待的孤狼敗興而歸，轉身繼續孤獨的旅程。

在一個月光皎潔的夜晚，跑在靜謐森林裡的獨眼老狼突然止步，高高舉起鼻子，尾巴也豎得僵直，像狗似地舉起一隻前腳，鼻孔用力翕張，嗅聞空氣裡的氣息。但如此牠仍不滿意，往空中又聞了聞，努力理解空氣裡夾帶的訊息。母狼不以為意地聞了一下，立刻明白。為了讓獨眼安心，牠繼續快跑前進。獨眼尾隨在後，心中仍充斥著疑慮，不時停下腳步，更謹慎地研讀警訊。

到了林間，母狼全神戒備地爬到一塊空地的邊緣，在那兒獨自佇立了一會兒。獨眼緊繃神經，提高警覺地匍匐前進，爬到母狼身邊。牠們並肩而立，凝神張望、聆聽、嗅聞。

牠們耳邊傳來狗群的打架聲、男人壓著喉嚨的喊叫聲、女人尖銳地責罵聲，還有小孩子淒厲悲嚎。除了幾座皮帳篷突出的輪廓之外，獨眼和母狼只瞧見營火的火光和穿梭其間的人影，以及在寂靜空氣中爬升的裊裊輕煙。儘管看得不真切，但印第安營地的各種氣味可一點也沒逃過牠們的鼻子。這些氣味裡包含了許多獨眼不理解的訊息，母狼卻對這一切再熟悉不過。

母狼莫名激動起來，愈聞愈是興奮，但獨眼依舊滿心疑慮。牠憂心忡忡，舉步欲離。母狼回過頭，用鼻子碰了碰獨眼的脖子，要牠安心，隨後又繼續打量營地。母狼的臉上出現一種新的渴望，那不是飢餓的渴望。這欲望使牠興奮得全身顫抖，催促牠朝火光前進，擠進人群之中，閃避人類的腳步，找狗兒打鬧。

獨眼在母狼身邊不耐煩地來回踱步，不安的感覺再度湧上母狼心頭。牠又再次急迫地覺得自己必須找到某樣東西，於是轉過身，快步奔進森林。獨眼如釋重負，快跑趕到前頭，和母狼一起跑進林間的隱蔽深處。

月光下，牠們如鬼魅般無聲無息地跑上一條小徑，兩匹狼將鼻子貼在地上，嗅聞雪地上的足跡。這些腳印非常新，獨眼小心翼翼地跑在前方，母狼尾隨在後。牠們寬大的掌墊似天鵝絨般輕輕落下，在雪地上留下斑斑足跡。獨眼在一片白茫之中，瞥見一道隱約的白影一閃而過。那白影的步伐靈巧，奔躍的速度更是快到瞧不清。這道模糊的影子就在獨眼面前蹦蹦跳跳、飛竄而過。

牠們在一條狹窄的小徑上追逐。小徑兩旁聳立著矮小的雲杉木，透過葉隙能看到小徑的路口，而路口之後是一方月光盈盈的林間空地。獨眼快步追趕逃竄的白影，幾次縱躍便給牠追上了。現在白影就在牠眼前，只要再飛身一躍，即可咬住白影。但牠連跳都來不及跳，白影就突然一飛沖天，掛在牠頭頂高空中掙扎不已。原來那白影是一隻雪鞋兔，現在掛在空中，怪模怪樣地扭來扭去，沒辦法回到地面。

獨眼大吃一驚，不由自主地噴了口氣，往後一躍，蹲伏在雪地上，對著這個彷彿外星生物般的恐怖玩意兒咆哮威嚇。但是母狼冷靜地推開牠，駐足片刻之後，縱身撲向那隻扭動的兔子。母狼跳得很高，卻仍不及獵物的高度。牠的牙齒如鋼鐵般地重重一咬，沒咬中。牠又縱身撲了一次，又一次。

獨眼緩緩起身，看向母狼，為了牠的屢試屢敗而慍怒。牠索性自己奮力一躍，一口就咬中了兔子，要把牠扯回地上。就在這時，牠身側傳來一聲可疑的清脆響聲，一根雲杉枝條彎了下來，朝牠狠狠抽去，嚇了牠好大一跳。獨眼震驚之餘，下顎一鬆，往後跳開，想閃避這個詭異的敵人。牠露出白森森的獠牙，喉嚨發出咆哮，全身上下每一根毛都因盛怒豎起。在這瞬間，那根細長的枝條又彈回樹梢，兔子也再次高掛空中，不停掙扎扭動。

母狼火冒三丈，長牙狠狠沒入獨眼的肩膀，教訓了牠一頓。驚恐的獨眼不懂母狼為何又攻擊自己，恐懼之餘便本能地凶猛反擊，抓傷母狼嘴側。母狼和獨眼自己都沒料到牠會為這一咬大動肝火。母狼暴跳如雷、厲聲咆哮，飛身撲向獨眼。獨眼這才回過了神，發現自己的錯誤。牠想要安撫母狼，而母狼仍不肯停手，直到牠試遍各種法子都沒用，才兜了個圈，別開頭，默默用肩膀承受母狼的懲罰。

同時間，那隻兔子仍不停地在牠們頭上扭動掙扎。母狼在雪地上坐了下來。比起那根神秘的枝條，老獨眼現在更怕母狼，於是又朝兔子撲去。牠咬住兔子，目光不忘留意枝條。果然，像先前一樣，枝條跟著牠垂落地面。牠豎起長毛，伏低身子準備迎接即將降臨的攻擊，但牙齒仍然緊緊咬住兔子不放。不料這次攻擊沒有落下，彎垂的枝條停在半空，只要牠一動，枝條也跟著移動。獨眼咬牙對著枝條低吼咆哮，不過既然牠靜止不動，枝條也不會再動，所以牠推斷還是別動比較安全。啊，嘴裡溢滿兔子溫暖鮮血的滋味實在太美妙了！

是母狼將牠從僵局中解救出來。牠叼走兔子，不顧枝條威脅似地在牠頭上搖搖晃晃，沉著地一口咬斷兔頭。枝條一下彈回空中，之後再也沒找過牠們麻煩，恢復它在自然界中原本筆挺地優雅姿態。就這樣，母狼和獨眼大快朵頤起那根神秘樹枝替牠們捕捉的獵物。

林間還有其他小徑裡都有兔子給懸在空中，這對狼夫妻一隻都沒放過。母狼領在前頭，老獨眼尾隨在後，細心觀察，學習該怎麼打劫被陷阱捕獲的獵物——這項知識在牠未來的日子，很是受用。

第二章　狼穴

整整兩天，母狼和獨眼都在印第安營地四周遊蕩。獨眼憂心忡忡，又懼又怕，但母狼深受營地誘惑，不願離開。直到某天早晨，一聲來福槍響劃破空氣，子彈粉碎獨眼頭頂上的一根樹幹，牠們這才不再猶豫，拔足奔離險地。

兩天以來，牠們並沒有走得太遠，母狼尋找的決心愈來愈迫切，牠的身子變得十分沉重，只能緩緩前進，跑也跑不快。追捕兔子本來輕而易舉，但有次牠追到一半竟半途而廢，直接躺下來休息。獨眼湊到牠身旁，想用鼻尖輕輕碰牠脖子，母狼卻迅雷不及掩耳地狠狠咬牠一口。獨眼大驚失色，為了閃避，狼狽地往後摔了個四腳朝天。母狼的脾氣變得前所未見的暴躁，獨眼只是一遍又一遍地耐心包容牠、關懷牠。

母狼終於找到牠苦苦尋覓的東西。那東西位於一條小溪上游，等到夏季融雪後，這條小溪將流注麥肯錫河，但此時河面一路凍結到河底岩床，從源頭到入河口都變成一片雪白的堅硬死水。獨眼遙遙領先在前，母狼困乏地尾隨在後，兩匹狼偶然走到一座高聳的土堤，母狼轉身，快步走到土堤前方，經過春季暴雨和融雪的不斷侵蝕沖刷，土堤下的一道狹縫後方出現了一座小洞穴。

母狼在洞口佇立半晌，小心翼翼地檢視土牆，然後沿著牆角，跑到一處從平緩地面上急遽隆起的圓丘。母狼接著又回到洞穴，鑽進狹小的洞口。洞口不到三呎高，牠不得不俯低身子爬進去。進入洞穴後，空間豁然開朗，洞頂也拔高許多，形成一個直徑大約六吋的小小圓室，母狼的頭幾乎可以頂到洞頂。不過洞內的空氣既乾燥又舒適，母狼仔細檢查環境，一點細節也沒遺漏。獨眼本已向前走了開去，現在又折返，站在洞口耐心觀望。母狼垂下頭，鼻子貼著地面，一路聞到自己併攏的腳邊，然後繞著定點轉了好幾圈，最後帶著疲倦、呻吟似地嘆了口氣，蜷起身子，放鬆四腳，面向洞口躺了下來。獨眼朝母狼一笑，耳朵興致高昂地挺立直豎。在白晝的陽光下，母狼看見獨眼好脾氣地搖著尾巴，便也懶懶地動了動耳朵，耳尖往後伏貼兩側，張開嘴，舌頭平靜地垂在嘴外，表示牠滿足了。

獨眼餓了。雖然牠睡在洞口，卻睡得斷斷續續。四月的陽光映在雪地上燦爛奪目，牠不時醒來，豎起耳朵，聆聽明亮世界的動靜。牠一面打盹，耳朵一面捕捉隱蔽於林間的細微聲響——那是涓涓泉流在細語呢喃。於是牠醒來，凝神細聽。太陽回歸了，甦醒的北方大地呼喚著牠。生命蠢蠢欲動，春天的氣息瀰漫空中，雪地下傳來萬物滋長的脈動，樹汁日益飽滿，新芽也衝破冰霜囚牢，恣意綻放。

獨眼焦慮地瞥向母狼，母狼卻一點起身的意思也沒有。牠看向洞外，六隻雪雀振翅飛過。牠才打算起身，可回望了母狼一眼，又再次躺下，打起盹兒來。微弱又尖銳的鳴叫不斷鑽入耳中，獨眼幾次昏昏沉沉地用腳掌抓撓鼻子，然後牠醒了，在牠鼻頭上方嗡嗡飛鳴的原來是一隻蚊子。這隻蚊子整個冬天都被冰封在一截乾木裡，直到今日陽光融化冰雪，牠才重獲自由。獨眼再也無法抗拒大地的呼嗅，而且牠也真是餓了。

獨眼爬到母狼身邊，想要說服牠起身。母狼卻對牠厲聲咆哮，牠只好獨自走出洞外。陽光燦爛，獨眼發現腳下的積雪變得鬆軟異常，牠舉步維艱，於是踏上冰凍的河床。河流因為被樹蔭所遮蔽，積雪尚未消融，河面依舊晶瑩堅硬。牠一連走了八個鐘頭，摸黑回來時，肚子比出發時來得更餓了。牠路上是發現了獵物，可讓牠給逃了。牠在消融的雪面上走得跌跌撞撞，雪兔卻若無其事，一如往常地輕盈飛掠，一次次逃離牠的利齒。

回到洞口時，牠突然感到一陣驚疑，不敢繼續前進。洞內傳來陌生的微弱聲響，那不是母狼發出的聲音，但聽起來又隱約有些熟悉。牠小心翼翼地鑽進洞內，迎接牠的是母狼警告地咆哮。獨眼沒有生氣，乖乖地與母狼保持距離，不過還是對那陌生、微弱又含糊的啜泣聲很是好奇。

母狼煩躁地警告牠，要牠離開，因此牠蜷起身子，窩在洞口睡覺。天亮了，朦朧的陽光射進洞內，獨眼再度起身，尋找那似曾相識的聲音來源。現在，母狼的警告聲中夾帶了一種新的音調——一種捍衛的音調。獨眼小心翼翼地和母狼保持距離，而牠還是看見了——藏在母狼四腿間的，是五團奇怪的小小肉團，牠們偎著母狼，看起來那麼孱弱、那麼無助，閉著眼不停發出微弱的哀鳴。獨眼震驚不已，在牠漫長的輝煌歲月中，這種事並非首次發生，牠已經經歷過非常多次，但每次都同樣新鮮驚奇。

母狼焦慮不安地望著牠，嘴裡不時發出低沉的咆哮。只要獨眼靠得太近，母狼喉間的咆哮就會轉為尖厲的嚎叫。這是母狼的第一次，不過本能告訴牠——這是所有母狼都體驗過的經歷——公狼會吃掉自己幼小無助的新生小狼。母狼體內升起一股強烈的恐懼，讓牠竭力阻擋獨眼，不讓牠上前察看自己的孩子。

可是母狼多慮了，老獨眼也感到一股強烈的衝動——同樣地，這也是所有公狼與生俱來的本能——牠毫不猶豫地轉身，離開新生子女，踏上獵食之路，彷彿這是世上再自然不過的事。

小溪在距洞穴的五、六呎處，岔開為一個直角，兩條支流分別流過山間。牠沿著左方支流，發現一個新的足跡。牠聞了聞，那腳印還很新鮮。牠迅速趴下，望向足跡消失的方向，沉吟片刻後，又轉向右方的支流，因為左方的足跡比牠自己的腳印還要大，那兒不會有多少生肉讓牠分食。

獨眼沿著右側支流走了半哩，敏銳的耳朵捕捉到啃囓的聲音。牠無聲無息地溜過去一看，發現是一頭豪豬靠著樹幹，用後腳站立，啃著樹皮磨牙。獨眼小心翼翼地靠近，但心裡清楚自己勝算渺茫。牠認得這種生物，只是過去從沒在這麼遙遠的北方遇上過，也從沒獵食過這種動物。不過牠很早以前就知道世上有「機會」或「運氣」這種事，因此繼續靠近，反正世事難料，誰也說不準會發生什麼事。

豪豬突然蜷成一顆球，朝著四面八方豎起又長又尖的針刺，擺出防禦的姿勢。獨眼年輕時有一次好奇想聞這種針球，結果靠得太近，豪豬的尾巴一下打到牠臉上，在牠嘴上釘了一根剛毛。牠還記得那傷口像火燒般灼痛，針在嘴上插了好幾周才掉落。因此牠在一旁舒舒服服地躺下，鼻子離豪豬尾巴足足有一呎遠。牠就這麼安安靜靜地等著。誰知道接下來會發生什麼事？那隻豪豬可能會伸伸身子，讓牠有機可趁，迅雷不及掩耳地用腳掌撕裂對手柔軟脆弱的腹部。

但半小時後，獨眼還是起身了。牠咬牙切齒地對著那顆紋風不動的針球咆哮幾聲，然後快步離開。牠有過太多次等待豪豬展開身子的經驗，每次都是白費力氣，現在又沒那麼多時間讓牠蹉跎，因此牠繼續沿著右溪前進，時間分分秒秒流逝，牠仍是一無所獲。

老狼體內復甦的父性十分強烈，牠知道自己一定得找到食物。下午時，牠發現一隻松雞，當時牠剛走出一座灌木叢，就迎頭撞見這隻笨鳥。那隻松雞坐在木頭上，離牠的鼻子不到一呎遠。牠們四目交會，松雞嚇得半死，振翅欲飛，但獨眼一掌撲去，將牠狠狠打回地面。松雞在雪地驚恐亂竄，想飛到空中，卻被獨眼一口咬住。獨眼一咬到柔軟的鮮肉和脆弱的骨頭，便自然而然地啃食了起來，隨即猛然回神，想起洞穴中的小狼，便叼起松雞，轉身往來時路走去。

獨眼如往常一般，像道灰影倏忽而逝，天鵝絨般地腳掌掠過雪地，並謹慎留意路上的新足跡。在距離支流分岔處的一哩開外，牠又發現早晨時看見的那個大腳印。牠循著足跡，溯溪前進，做好準備，預期自己將在某個轉彎處與腳印的主人相遇。

獨眼藏身在轉角的一塊岩石之後，探頭張望。溪流在此處繞了個大彎，牠敏銳的雙眼瞥見了影子，迅速伏低身子。是足印的主人，一隻巨大的母山貓。那隻母山貓此刻正像獨眼牠先前一樣，靜靜躺在一旁；在牠面前的，正是那顆緊緊蜷縮的針球。若說獨眼先前的身影恍若一道飄忽的灰影，那牠現在就是那影子的鬼魅。牠貼著地面爬了個圈，悄悄繞到這兩隻無聲無息、紋風不動的動物下風處。

獨眼蹲伏在雪地上，將松雞擱在身旁，目光從低矮的雲杉針葉間望出去，看到生存之戲在自己眼前上演——守候的山貓和豪豬都專心致志地捍衛自己生命。這就是獵食的奇妙之處，對一方來說，要生存就必須吃掉對方；而對另一方來說，想保命就得讓自己不被吃掉。就連藏身在隱蔽處的獨眼也在這場狩獵遊戲中扮演了一角，等待某種奇怪的機運在獵食之路上助牠一臂之力；這就是獨眼的生存之道。

半個小時過去了，接著又是一個小時。什麼也沒發生。那顆針球像塊石頭，山貓則像座大理石冰雕，而老獨眼就像死了般，三方一點動靜也沒有。但牠們其實都為了生存飽受巨大的折磨，猶如石化的身影下，個個蓄勢待發，精神從未如此抖擻過。

獨眼微微一動，更加熱切地往前窺探。有動靜了！那頭豪豬終於判定敵人已經離開，正慢慢地、小心地展開那堅不可摧的球形盔甲。周遭沒有出現預期中的騷動，豪豬於是更加緩慢地展開針球。獨眼在旁觀看，嘴裡突然感到一陣濕濡，口水不由自主淌落。看到活生生的肉塊在牠眼前如饗宴般自動鋪展，獨眼不禁亢奮不已。

豪豬還沒完全展開身子，就已經看見牠的敵人。在那瞬間，山貓發動攻擊了。攻勢疾如電光，山貓那如老鷹般地彎曲利爪撲向豪豬柔軟的腹部，飛快向後撕扯。如果豪豬已經完全展開身子，或沒有在牠遇襲前發現敵人，山貓的腳掌必可毫髮無傷地收回。但豪豬已有警覺，在山貓縮腳前，尾巴一個橫掃，在敵人腳掌上扎進好幾根剛毛。

出擊、反擊、豪豬淒厲的慘叫、大山貓猝然受傷的震驚和哀號，通通在瞬間發生。獨眼亢奮不已，情不自禁地半弓起了身，雙耳直豎，尾巴也直挺挺地在身後微微搖顫。山貓氣急敗壞，勢若猛虎地撲向刺傷牠的玩意兒。但豪豬也非善與之輩，牠一面尖叫呻吟，虛弱地想將被開膛破肚的身體縮回球狀，一面又用尾巴「啪」地打向山貓。山貓再次痛苦驚駭地連聲哀號，牠一連打了好幾個噴嚏，節節後退，鼻子上插滿剛毛，活像個針座。牠拼命用腳掌撥打鼻子，想要弄掉那些尖刺的剛毛，一下把鼻子插進雪地，一下又在樹枝上摩蹭，痛得魂飛魄散，不斷跳上跳下，左右亂竄。

山貓噴嚏打個不停，拼命揮動粗短的尾巴。終於牠停止一切滑稽的舉動，安靜了好長一段時間。獨眼依舊躲在一旁觀看，只見山貓突然毫無欲警地躍到空中，同時發出一聲摧心裂膽地長聲哀號，一旁的獨眼心裡一驚，背上鬃毛不由自主豎起。山貓隨即沿著小徑飛竄，每跨一步就發出一聲慘叫。

山貓的哀號逐漸轉弱，最後終於完全消失。獨眼等到此時才冒險上前，小心翼翼地踏出腳步，彷彿雪地上插滿了豪豬直挺挺、亮晃晃的剛毛，打算刺穿牠柔軟的腳掌肉墊。豪豬看到獨眼逼近，長牙一咬，發出一聲凶猛的尖叫。牠想再次把自己蜷成那顆堅不可摧的圓球，卻無法再像先前那樣一絲縫隙也沒有。牠的傷勢過重，身體幾乎被撕成兩半，血如泉湧，

獨眼剷起幾口浸飽鮮血的白雪，細細品嚐，然後大口吞下。鮮血的滋味如此美妙，牠餓得更加厲害了。不過老練如牠，知道此刻還不能夠掉以輕心。牠耐心守候，即便看到豪豬咬牙切齒，呻吟啜

泣，偶爾發出幾聲刺耳的尖叫，也只是躺在一旁等待。不多久，獨眼發現豪豬的剛毛漸漸垂落，還開始劇烈發起抖來。顫抖驀然停止。豪豬的獠牙最後一次不甘心地一咬，然後所有剛毛都垂了下來，身體鬆弛，一動也不動了。

獨眼戰戰兢兢、畏畏縮縮地用腳掌將豪豬的身體攤開，把牠翻了個腹部朝天。什麼也沒發生。豪豬死透了。獨眼凝神注視了豪豬好一陣子，最後才小心翼翼地用牙齒叼起豪豬，半啣半拖地沿著溪流往下游走去。行進時，牠的頭還歪向一側，以免碰到豪豬渾身是刺的身體。這時牠突然想起一件事，撇下沉甸甸的獵物，快步跑回擱下松雞的地方。牠很清楚自己該怎麼做，所以半分猶豫也沒有，立刻將松雞狼吞下肚，再回去叼起豪豬。

獨眼把這天狩獵的成果拖回洞穴，母狼先好好檢查了一番，然後回頭輕輕地舔了舔牠的脖子，接著下一秒又發出怒吼，警告牠不要靠近小狼。但這聲咆哮沒有先前那般嚴厲，與其說是威嚇，更像是道歉。牠對公狼的恐懼減輕了，不再那麼擔心牠會吃掉小狼。獨眼完全展現了父親的風範，沒有流露半點邪念，不像有要吃掉牠剛帶來世上的小生命的打算。

第三章　小灰狼

牠是與眾不同的！其他兄弟姊妹的毛色已經開始顯露從母狼那兒遺傳到的紅色色澤，只有牠遺傳到父親的毛色——牠是五隻幼狼中，唯一的灰狼。牠繼承了純正的狼族血統——事實上，牠繼承了老獨眼的一切特徵，唯獨一點除外，那就是牠父親只剩一隻眼，而牠雙眼俱全。

小灰狼的眼睛才睜開不久，已能看得清清楚楚，且在牠眼睛尚未睜開前，就會嚐、會嗅、會感覺，對自己兩個兄弟和兩個姊妹非常熟悉。牠們會笨手笨腳地玩在一塊兒，有時吵吵鬧鬧、爭執不休時，小灰狼會震動小小的喉嚨，發出一種奇怪的刺耳聲音（咆哮的前身）。早在睜開雙眼之前，牠就已經靠觸覺、味覺和嗅覺認識了母親這個帶來溫暖、慈愛以及乳汁的泉源。母親的舌頭充滿愛憐，只要牠嬌小柔軟的身軀被舔過，牠就會覺得安心無比，忍不住上前依偎，靠著牠沉沉睡去。

小灰狼生命最初的一個月幾乎都在沉睡中度過，而今牠的視線已十分清晰，清醒的時間也愈來愈長，對周遭環境愈來愈熟悉。牠的世界一片灰暗，但牠不知道這點，因為牠還不曉得外頭存在著其他世界。洞穴裡的光線幽微，不過反正牠的眼睛也無須適應其他光線。牠的世界窄小狹隘，洞穴的四壁就是天涯海角，但既然牠不曉得洞外還有一片寬廣自由的天地，也不覺得這狹小的空間有什麼壓迫感。

可是牠很早就發現，牠的世界之中有一面牆和其他三面都不相同——那就是洞口，光線的來源。早在具備思想和意志之前，牠就曉得那兒和其他洞壁都不一樣，甚至在牠能夠睜眼凝視之前，就已經感到那裡散發著一股無法抗拒的吸引力。從洞口射進的光線敲打牠緊閉的雙眼，牠的雙眼和視神經都因那火花般色澤溫暖、帶給牠莫名喜悅的細微閃光陣陣脈動。牠體內的生命力、身上的每一根纖維，還有組成牠血肉之軀及天地萬物的生命都渴求著光芒的本能，驅使牠向光芒前進，如同植物受到奇妙的化學作用影響，總是不由自主地向陽生長。

打從一開始——甚至在意識啟蒙之前——小灰狼便不斷朝洞口爬去，牠的兄弟姊妹也不例外。這段時間內，沒有一頭小狼曾爬向洞後的黑暗角落。牠們彷彿植物般深受光線吸引。陽光是構成生命的必要化學元素之一，牠們小小的身軀受到這化學作用驅使，宛若藤蔓的捲鬚般，盲目朝著光亮爬去。一段時日後，每頭小狼發展出自己獨特的個性，擁有不同的衝動和慾望，這時候，光的吸引力更加強烈了。牠們不斷朝著光亮爬呀爬，卻老是被母親叼回來。

小灰狼因此認識了母親在愛憐輕舔外的另一面。當牠執拗地要爬向亮處時，母親會用鼻子重重頂牠，以示懲戒，隨即飛快一掌拍下，用不輕不重、恰如其分的力道打得牠滿地滾。小灰狼從此懂得了什麼是傷害——更重要的是，牠學會如何避免傷害。不想受傷挨痛，第一件事就是別做出任何會招致傷害的冒險之舉。第二，假若已經做出冒險舉動，就得儘快閃避、退走。這些都是牠刻意思考而得的結論，是牠對世界有了初步認識的結果。在此之前，如同牠本能地爬向亮處般，牠也只是出於本能地去閃避傷害和疼痛，但有了意識之後，就懂得要刻意閃躲。

牠是頭凶猛的小狼，牠的兄弟姊妹也一樣。這不意外，牠本是肉食動物，牠的同類狩獵、吃肉，父母親也完全仰賴肉食維生。牠出生後第一口吸吮的奶水，便是直接從肉食轉化而來。如今，牠一個月大了，眼睛也已經睜開了一星期，就開始自己吃肉——母狼的奶水已經不夠養育五隻成長中的小狼，便先將獸肉嚼個半爛，再吐出來餵哺子女。

小灰狼不僅是個兇狠的小傢伙，還是手足間最兇的一個。牠刺耳的咆哮聲是兄弟姊妹間最響亮的，發起怒來比牠們都還要可怕。是牠第一個學會用腳掌俐落地把手足打得滿地亂滾，也是牠第一個學會咬住另一匹小狼的耳朵，又拉又扯，從緊咬的牙縫中迸出咆哮。不難想見，最讓母狼頭大的也是牠。作母親的總得時時留意，提防小狼又溜去洞口。

光線對小灰狼的魔力與日俱增。牠三番兩次試著想冒險爬到洞口，但每次才爬開一碼，就被母狼拖了回來。不過牠不知道那是洞口。牠根本不知道什麼是洞口，也不知道洞口是連接兩個地方的通道。牠壓根不曉得世上還有其他世界，更遑論如何前去。對牠來說，洞口不過是另外一面牆——一面光明之牆。就像對那些在洞外的居民而言，太陽是他們的光明來源般，這面牆就是小狼世界的太陽。牠像飛蛾撲火般深深為光芒所吸引，一心一意要朝亮處前去。生命力在牠體內迅速膨脹，驅使牠不斷朝光牆前進。牠體內的活力知道那裡就是出口，是牠命中注定要踏上的道路。只是現在的牠對這些一無所知，壓根不知還有「外界」這東西。

這面光牆有個地方很是詭異。牠父親（牠開始認可父親也是世上的居民，牠像母親一樣睡在亮處附近，並提供牠們肉食）——能夠直接走進遠方那道白牆，消失其中。小灰狼百思不解，雖然母狼從不允許牠們靠近那面光之牆，但牠接近過其他牆面，每次柔軟的鼻尖都會撞上堅硬的阻礙，痛個半死。經過幾次冒險後，牠就不敢再去招惹那些牆了。牠不假思索，立刻接受消失牆內是父親的特長，好比奶水和嚼爛的肉泥是母親的特色一樣。

事實上，小灰狼沒有思考的能力——至少沒有像人類般地思考能力。牠的腦袋只能模模糊糊地運轉，不過牠得到的結論和人類一樣清晰、敏銳。牠自有一套理解事物的方法，無須追根究底，探究背後的理由和原因——其實，這就是所謂的「分類」。牠從不花腦筋去思索事發原因，光是知道事發經過就已經足夠。因此，當牠的鼻子撞過幾次牆後，牠就接受自己無法消失牆內，但父親可以的事實。而牠完全不會去思索自己和父親為什麼不同；狼的心靈，無法理解邏輯和物理。

如同多數生長於荒野之上的動物，小灰狼早早就經歷了飢荒。有那麼一度，牠們不僅沒肉吃，連母親的乳房也不再分泌乳汁。小狼們起初不斷哭嚎，但更多時間都陷入沉睡，不多久更因為飢餓引發了昏迷，不再打鬧、不發脾氣、不嘗試咆哮，也不再冒險爬向遠處的光牆。小狼們陷入昏睡，體內的生命之火如風中殘燭，眼看就要熄滅。

獨眼急壞了。牠跑到遠方覓食，鮮少留在死氣沉沉、悽惶悲傷的洞穴睡覺。就連母狼也離開小狼，出洞覓食。小狼出生後的頭幾天，獨眼曾幾度跑回印第安營地附近，打劫落入陷阱的兔子，然而隨著冬雪消融，河川開始流動，印第安營地也跟著遷移，這個食物來源就這麼斷絕了。

等到小灰狼醒轉，又對遠處的光牆產生興趣時，牠發現牠世界的成員少了大半。牠身邊只剩下一個姊姊，其他手足都餓死了。牠逐漸恢復力氣，卻發現自己只能跟自己玩，因為姊姊一動不動，再也不曾抬起頭。現在牠又有肉可以吃，小小的身軀又開始圓潤起來，可是對牠姊姊來說為時已晚。姊姊一直睡、一直睡，薄薄的狼皮裹在細小的骨頭上，生命之火逐漸微弱，終至熄滅。

之後有一天，小灰狼再也沒見到父親進出光牆，也沒看到牠睡在洞口。這發生在第二次飢荒結束之際，但這次飢荒不如先前嚴重。母狼知道獨眼為什麼再也沒有回來，卻無法告訴小灰狼牠所看見的情景。那天，牠循著獨眼前一天留下的足跡出外獵食，沿著左側支流而上，到達山貓的棲息地。牠在足跡的盡頭發現獨眼——或該說獨眼的殘骸。現場留有許多惡鬥的痕跡，還顯示山貓在贏得勝利之後，退回了自己的巢穴。母狼離開前發現了洞穴，可種種跡象顯示山貓就在洞裡，牠不敢冒險進去。

從此之後，母狼便避免沿著左側支流獵食，因為牠知道山貓的洞穴裡有著一群小山貓，而大山貓不只暴烈兇殘，更是可怕的戰士。沒錯，六匹狼對付一隻山貓，把牠趕上枝頭、逼得牠長毛直豎、嘴裡低吼咆哮的確是綽綽有餘。但一匹狼單槍匹馬對抗山貓完全是另一回事——特別是，山貓身後還有一群嗷嗷待哺的小山貓時。

然而荒野就是荒野，母性就是母性，不論是否置身蠻荒，母親都具有保護幼子的強烈天性。總有一天，母狼會為了牠的小灰狼冒險走上左方支流，走進石頭後的洞穴，走入山貓的怒火。

第四章　世界的圍牆

當母狼開始離開洞穴、出外獵食時，小灰狼已經很清楚不能靠近洞口的禁令。不僅是因為母狼用鼻子和腳掌對牠三申五令，牠自身對於恐懼的本能也逐漸滋長。在牠短短的洞穴生涯中，尚未有機會遇上什麼值得害怕的事物。然而，恐懼是與生俱來的，從遙遠的先祖傳承給千千萬萬的後代子孫，再由母狼和獨眼傳承給小灰狼。對於母狼和老獨眼來說，這也是世世代代的狼族傳給牠們的本能。恐懼——它是所有野生動物無可避免的繼承物，就連對食物的飢渴也無法取代。

因此，雖然小灰狼不知道什麼是恐懼，但牠早已認識恐懼。或許牠是把恐懼當作生命中的一項限制，而牠也明白生於世上必定有諸多限制。牠曉得什麼是飢餓，當飢餓無法得到抒解時，牠就感到侷限。阻擋去路的堅硬穴壁、母親鼻子的重重推頂、腳掌的狠打、多次無法讓飢餓得到滿足的飢荒——都再再告訴牠這個世界並不自由，生命處處充滿限制和束縛。而這些限制和束縛就是法則，就是規矩，只要乖乖遵從即可遠離傷害，逍遙快活。

小灰狼不像人類會企圖理解這些問題，只是將這些事分門別類，哪些會讓牠受到傷害，哪些不會。此後就避開會傷害牠的事——也就是限制和束縛——以期享受生命的滿足和報酬。

於是，為了遵從母親及那些無以名之的未知事物所立下的規矩，小灰狼乖乖聽話，遠離洞口。那對牠來說，依舊只是一面白色的光牆。母親不在的時候，牠多半都在睡覺，醒來時也保持極度安靜，壓抑喉間蠢蠢欲動的嗚咽，強忍著不發出聲音。

有一回，小灰狼清醒地躺在地上，聽見光牆那兒傳來某種聲響。牠不曉得那是一隻狼獾站在洞外，正因自己的大膽渾身發抖，戰戰兢兢地想嗅出洞裡有什麼氣味。小狼只知道那聞嗅聲聽起來很奇怪，是個還沒被分類到的東西，所以不明所以，所以心驚膽戰——因為未知正是構成恐懼的主要因素之一。

小灰狼背上的鬃毛無聲豎起。牠怎麼知道要對這個在外面鬼鬼祟祟、探頭探腦的東西豎起鬃毛？牠不知道，牠沒有這項知識，豎起鬃毛只是牠內心恐懼的展現。這是牠生平第一次經歷恐懼。恐懼還另外伴隨了別項本能，那就是藏匿。小狼嚇得魂不附體，仍靜靜躺在原位，紋風不動，一點聲音也沒發出。牠像結凍、石化了般，看上去宛若屍體。母狼回來後，聞到狼獾的味道立刻厲聲咆哮，連忙衝進洞內，無限愛憐地又頂又舔小狼，小狼全然不覺有種劫後餘生的感覺。

除了恐懼外，還有其他力量在小狼體內滋長，其中最明顯的就是「成長」。本能和法則要求牠服膺，但成長卻要求他反叛。母狼和恐懼迫使牠遠離白牆，不過成長是生命的一部份，而生命注定了要不停追尋光明。因為如此，牠無法阻擋體內掀起的生命浪潮——隨著牠吞下的每一口肉、牠呼吸的每一口空氣，那股浪潮就愈顯澎湃，無可遏阻。終於有一天，生命的衝勁掃去恐懼與本能，小狼一面觀望，一面爬向洞口。

這面光牆不像牠試探過的其他堵牆，似乎會隨著牠的靠近而後退。小灰狼小心翼翼地伸出柔軟的小鼻子，往前頂一頂，可是沒有撞到什麼堅硬的障礙。這面牆的成分似乎和光一樣，是可以彎曲、穿透的。於是，牠踏進這面過去一直以為是牆的地方，沐浴在組成這面牆的物質之下。

小狼困惑不已。牠不只正在穿過本應堅硬的穴壁，光線也愈來愈明亮。恐懼催促牠掉頭，成長則推著牠繼續前進。突然間，牠發現自己置身洞口了。牠剛才還以為自己仍在牆內，但那面牆似乎一下跳到遠遠的地方。如今光線亮得刺眼，照得小灰狼頭昏眼花，頓時向四方遠遠延伸的寬闊空間也令牠暈眩不已。不過沒多久，牠的眼睛自動適應了光線，調整好焦距，看清遠處的物體。那面牆原本跳出牠的視線之外，現在牠又看到了，它看起來好遠好遠，外觀也不同了，變成一面色彩繽紛的巨牆，牆上有沿著溪流生長的樹木，樹上聳立著山陵，山上又堆疊著藍天。

無比的恐懼竄上小灰狼心頭，太多可怕的陌生東西了，牠趴在洞口，目不轉睛地看著外頭的世界。牠非常害怕，眼前充滿未知的事物，個個都是牠的敵人。牠背上的鬃毛因此豎立，嘴唇也軟弱掀起，努力想要發出兇狠的咆哮。牠不顧自身的弱小和恐懼，高聲向這片遼闊大地示威挑釁。

什麼也沒發生。小灰狼繼續凝望，看得津津有味，甚至忘了咆哮，忘了害怕。到了此時，成長披上好奇的外衣，擊敗了恐懼。牠開始注意到附近的物體——在陽光下閃閃發光的一段河流、聳立在山腳邊的枯萎松樹，還有朝著牠直衝而來，停在牠兩呎之外的斜坡。

至今為止，小灰狼都生活在平地上，從沒經歷過跌倒的傷害，根本連什麼是「跌倒」都不知道。因此，牠後腳還留在洞口，前腳就大著膽子踏前一步，結果一個倒栽蔥，鼻子重重撞在地面上，痛得牠哀哀直叫。牠隨即骨碌碌地滾下坡，嚇得牠魂飛魄散，驚慌無措。「未知」總算蠻橫地抓住了牠，眼看就將重重傷害牠。成長如今被恐懼擊潰，牠像嚇壞地小狗般不斷嗚嗚哀嚎。

小灰狼不住哀鳴，不知道未知會怎麼傷害牠。這和過去未知只是環伺在側，牠因恐懼而動彈不得的情況大不相同。現在未知緊緊抓住牠，保持靜默也於事無補。更何況，現在令牠魂飛魄散的不是恐懼，而是驚嚇，所以牠才哀嚎連連。

不過斜坡愈來愈平緩，坡底是一片柔軟的草地，小狼滾到這兒總算失去勢頭，停了下來。牠發出最後一聲痛苦地哀嚎跟一聲長長地啜泣。接著，牠就像做過無數次般，自然而然開始舔去身上沾附的乾土，將自己打理乾淨。

之後，就像未來第一個登陸火星的人類一樣，小灰狼坐了起來，東張西望。牠突破了世界的圍牆，未知也鬆開了魔掌，而牠毫髮無傷。不同的是，未來那名首位登陸火星的人類不會對那顆星球如此陌生，小灰狼沒有任何先修的知識，也沒有任何警告，就獨自在這嶄新的世界中探索。

現在，那恐怖的未知放開牠了，牠也就這麼把未知的恐怖拋到腦後，只感到無比好奇。牠細細端詳身下的綠草，身後不遠處的沼莓，還有在空地邊緣的一株枯松樹。一隻松鼠在樹底東跑西竄，突然一下子跑到小灰狼身上，把牠嚇得魂飛天外。小灰狼瑟瑟發抖，對著松鼠大聲咆哮。松鼠跟牠一樣嚇得半死，一溜煙跑上枝頭，覺得自己安全無虞後才開始狠狠回罵。

嚇跑松鼠給小狼增添了莫大勇氣，因此雖然接著又被啄木鳥嚇了一大跳，牠還是自信滿滿地繼續前進。但牠自信過了頭，看到一隻灰噪鴉放肆撲到牠身上，牠便好玩地伸出腳掌打牠，結果鼻子反被狠狠啄了一下。小狼痛得縮成一團，哀哀嚎叫。灰噪鴉被小狼的聲音嚇著，一下飛遁空中。

小狼邊走邊學，迷霧般地幼小心靈不自覺地替事物分門別類，歸納出世上有活的東西，也有沒有生命的東西。牠必須留心活的東西，因為沒有生命的東西靜止不動，但活跳跳的東西會四處亂竄，完全說不準牠們會有什麼舉動。唯一可預期的就是牠們無法預測，所以牠必須時時做好各種提防和準備。

牠笨手笨腳地前進，不斷撞上樹枝或其他東西。常常牠以為樹枝還在遠方，但下一秒立刻打中牠的鼻子或擦過牠的肋骨。地面崎嶇不平，有時候牠跨太大步，鼻子就一頭撞上地面；有時候踩太小步，四腳又絆在一起。地上還有一被踩到就骨碌碌打起滾來的鵝卵石與石頭。小灰狼因此學會沒有生命的東西也不見得都像牠的洞穴般堅固牢靠，體積小的也比體積大的容易掉落或傾覆。牠每遭殃一次，就多學到一分，走得愈久，腳步就愈穩健。牠調適自己，學習計算自己的肌肉動作，熟悉牠的體能極限，學會估量物體之間，以及自己和物體間的距離。

以一個初出茅廬的新手來說，小灰狼很是幸運。生為一名獵食者（雖然牠自己不知道），牠首次闖入世界，就糊里糊塗地在洞口找到食物。牠會沒頭沒腦撞進那隱秘的松雞窩完全是運氣——牠是無意間跌進去的。牠本來正走在頹圮的松樹樹幹上，腳下腐爛的樹皮陡然陷落，牠慘叫一聲，一路撞斷樹葉和枝條，落入樹叢中心的地面，被七隻小松雞團團圍繞。

小松雞吱吱鼓譟。小狼起初還很害怕牠們，但牠馬上就發現牠們只是群小不點，膽子也就跟著大了起來。小松雞扭來扭去，牠把腳掌壓在其中一隻身上，牠就扭得更為激烈，看得小狼樂不可支。小灰狼聞了聞，嘴巴叼了一隻起來，小松雞在牠嘴裡蠕動掙扎。就在這刻，牠發覺自己餓了，於是下頷一闔，小松雞脆弱的骨頭便「喀嗏」一聲碎裂，溫暖的鮮血充溢嘴裡。那滋味真好！這就是肉，和母親餵牠吃的肉一模一樣，唯一的差別是這塊肉還活生生的，因此嚐起來更為鮮美。牠將一整窩小松雞都吃個精光，然後學母親飽餐後總要舔舔自己的胸肋才爬出樹叢。

猛然間，一陣夾帶羽毛的旋風襲來。小灰狼被突然其來地衝撞，和怒火衝天的翅膀打得天旋地轉、一頭霧水。牠把頭埋在腳掌間大聲吠叫。松雞媽媽暴跳如雷，攻擊愈來愈猛烈。小狼也氣了，牠站起身，厲聲咆哮，腳掌揮了出去。牠用小小的牙齒咬住母松雞的一隻翅膀，用力拉扯。母松雞拼命掙扎，沒給咬住的翅膀如雨點般不停打在小灰狼身上。這是小灰狼的第一場戰役，牠情緒激昂，完全把「未知」拋到九霄雲外。牠心裡不再恐懼，只是拼命戰鬥，要狠狠撕裂攻擊牠的傢伙。更何況，對方是肉，是食物，殺戮的慾望驅使著牠。牠才剛摧毀那些小小的生命，現在就要摧毀一條大生命。牠沉溺在戰鬥和喜悅之中，甚至沒有察覺自己有多亢奮。這種狂喜是全新的感受，牠從未如此激動興奮過。

小灰狼牢牢咬住松雞的翅膀，牙縫間迸出咆哮。松雞把牠拖出樹叢，然後又一個轉身，要把牠拉回樹叢裡的藏身處。小灰狼一股腦兒把松雞拉到空地，松雞不住大聲啼叫，沒被咬住的那隻翅膀死命拍打，羽毛如雪片般落下。小灰狼的情緒亢奮到了極點，狼族驍勇善戰的血液在牠體內沸騰奔竄。這就是生存——雖然小灰狼不知道，自己正在履行誕生世間的意義，行牠當行之事——那就是獵食，仰賴戰鬥謀生。牠正在證明自己存在的意義，即便是生命本身能做的也不過如此，唯有把天賦發揮到極致時，生命才能攀上顛峰。

沒多久，松雞停止掙扎了。小灰狼依舊咬著牠的翅膀，一狼一雞躺在地上，大眼瞪小眼。小狼狠狠地威脅咆哮一聲，松雞開始啄起小狼因先前的歷險已經又痛又腫的鼻子。牠縮了一下，卻還是忍住不鬆口。松雞啄了又啄，小狼的瑟縮變成哀鳴。牠只想要閃躲，完全忘了自己的牙齒還咬著松雞的翅膀。松雞被小狼拖著走，雞喙如雨點般啄在牠傷痕累累的鼻子上。小灰狼體內的好鬥浪潮漸漸消退，牠放開獵物，轉身一溜煙穿過空地，狼狽撤逃。

小灰狼在空地另一頭靠近樹叢邊緣的地方趴下休息，舌頭垂在嘴外，氣喘吁吁。牠的鼻子還是很痛，忍不住唉唉直叫。就在此時，牠突然感到危險迫近，未知帶著滿滿的恐怖朝牠直撲而來，小灰狼本能地鑽進樹叢隱蔽處。這瞬間，一道氣流疾撲而至，一個長著翅膀的龐然大物帶著不祥氣息無聲掠過。是老鷹，牠從天空俯衝而下，差那麼幾分就攫住小狼。

趴在樹叢裡的小狼驚魂甫定，戰戰兢兢地向外窺探。空地另一頭的母松雞拍打翅膀，爬出滿目瘡瘓的窩巢。牠才剛失去小雞，大受打擊，沒留意到空中疾如閃電的猛禽。小狼目睹了一切，牠看見老鷹如落雷般俯衝而下，鷹身掠過地面，一把抓住松雞。松雞又痛又怕，放聲慘叫，老鷹又迅雷不及掩耳地抓著松雞竄回到藍天之上。小狼學到了一個警惕和教訓。

良久之後，小狼終於離開樹叢。牠學到很多——首先，活東西是肉，牠們美味無比。其次，若活東西的體型夠大，可能會帶來傷害，所以還是吃像小松雞一樣的小小生物就好，像母松雞一樣的大生物就算了。儘管如此，牠還是有著一份小小的野心，期盼能再跟母松雞戰鬥一次——只可惜母松雞已經被老鷹抓走。或許還有其他母松雞？牠再去找找看。

小灰狼沿著河岸的斜坡走到溪邊。牠以前從沒看過水，落腳處看起來似乎很穩固，表面好像也很平坦。牠大著膽子踏上去，結果一下沒入河中。牠再次跌入未知的魔掌，嚇得大聲哭嚎。溪水冰涼，牠急促呼吸，大喘了口氣，灌進肺裡的卻不是往常的空氣，而是河水。那窒息的感覺彷彿死亡——在牠心中，那就是死亡。牠對死亡一無所知，不過就像荒野裡的任何一隻動物，牠也擁有死亡的直覺。對牠而言，死亡就是最大的傷害，是未知的極致，是所有恐懼的總和，是牠可能面臨最大、最無法想像的災難。牠對死亡一無所知，而這一切都令牠驚駭不已。

小狼浮上水面，美妙的空氣灌進牠張大的口中。牠沒再沉入水裡，反而自然而然地踢起腿來。最近的河岸在一碼之外，但牠浮出水面時背對那方向，先映入眼簾的是對面的河岸，於是便立刻朝那兒游去。雖然這是條小溪，可是溪潭中央仍距河岸足足有二十呎寬。

游到一半，小狼就被急流攫獲，沖往下游。沒多久又被捲進潭底的小湍流，想在這裡游泳簡直是痴心妄想。平靜的潭水一下變得波濤洶湧，小狼載浮載沉，只覺得天旋地轉，一下在湍流中打轉，一下又撞上岩石。每撞一次就大叫一聲，一路慘叫連連，只要數牠叫了幾聲就知道牠撞上幾塊石頭。

激流過後又是另一座溪潭，牠在這兒被漩渦的水流輕輕沖上岸，悄悄擱在碎石灘上。小狼手忙腳亂地爬出水面，在岸邊躺下。牠又多瞭解了這世界一分：水雖然沒有生命，但是它會動，而且儘管水面乍看像是地面般堅實，其實一點也不穩固。小狼得到一個結論，那就是事情不總是表裡如一。小狼對未知的恐懼是源自狼族世代相傳的猜疑，而這天的經驗更加深了牠的疑心。從此之後，牠不再憑藉表象判斷事物本質，而是心存懷疑，在還沒完全瞭解事物的真實樣貌之前，絕不輕易相信。

牠那天注定還要經歷一場冒險。牠終於想起世上還有母親這樣東西，突然間，牠好想母狼，除了媽媽外，牠什麼都不要。探險了一天，不僅身體疲憊不堪，牠的小腦袋也同樣筋疲力盡。從出生到現在，牠還沒有哪天這麼疲於奔命過。濃濃的睡意襲來，牠開始出發尋找洞穴和母親，心裡油然而生一股無比的孤獨和無助感。

爬行樹叢間，牠突然聽到一聲威嚇的尖叫，一道黃影閃過，小狼看到一頭黃鼠狼迅速跳開眼前。小狼見牠體型嬌小，也就不覺得可怕。隨後，牠又在牠前腳邊看見一隻更小的動物，好小好小，是一隻只有幾吋長的小黃鼠狼。這隻小黃鼠狼跟牠一樣不聽話，擅自離巢探險。小黃鼠狼想逃走，小狼卻一掌把牠打翻。小黃鼠狼吱吱怪叫起來，轉眼間，那道黃影又躍入小狼視野，耳邊再度響起一聲威嚇的怒吼，頸間同時受到猛烈的攻擊，感覺那隻母黃鼠狼的利牙狠狠撕咬牠的咽喉。

小狼一面慘叫，一面踉蹌後退，看著母黃鼠狼撲到孩子身邊，一起消失在鄰近的樹叢之中。脖子上的傷口疼痛不堪，但是心裡受的傷更重。小狼坐在地上，小小聲哭了起來。這隻母黃鼠狼明明就好小啊，卻那麼野蠻！牠還不曉得在同樣體型與體重的動物裡，黃鼠狼是荒野上最凶狠、報復心最強、最恐怖的一種殺手。不過牠很快就會知道了。

小狼還在哀哀哭泣時，母黃鼠狼又現身了。牠沒有馬上撲向小狼，現在牠的孩子安全無虞，牠便小心翼翼地步步逼近。小狼藉著這機會，好整以暇地觀察牠像蛇一般瘦削地身子，牠那熱切昂揚的相貌也酷似長蛇。聽見黃鼠狼威嚇的尖叫，小狼感到一陣毛骨悚然。牠咆哮警告母黃鼠狼別再上前，敵人仍步步逼近。黃鼠狼縱身一躍，小狼未經鍛鍊的視力來不及捕捉牠的身影，那道瘦削的黃影神出鬼沒，瞬間消失無蹤，下一秒又出現在牠的咽喉之前，狠狠咬住小狼的狼毛和肌肉。

小狼起初還怒吼連連，奮力應戰。可是牠實在太過幼小，這僅是牠初入世界的第一天。沒多久，牠的怒吼變成了呻吟，戰鬥變成企圖逃脫的掙扎。黃鼠狼半點鬆口的意思也沒有，牠牢牢咬住小狼，拼命想把牙齒插進小狼鮮紅冒泡的大動脈裡。黃鼠狼嗜血如命，最喜歡的喝法，就是直接從喉嚨活生生地大口暢飲。

要不是母狼及時從樹叢後衝出，小灰狼必死無疑，牠的故事也將這麼嘎然而止。黃鼠狼放開小狼，朝母狼的咽喉撲去。但牠沒有撲中，反而咬到母狼下頷。母狼的頭若揚鞭似地猛力一甩，把母黃鼠狼高高拋起。黃鼠狼還在空中，母狼便咬住牠那瘦削的黃色身軀，狼牙一挫，黃鼠狼當場斷氣。

小狼再次深深感受到媽媽的母愛。母狼找到小狼的喜悅，似乎比小狼被母親找到的喜悅更甚。母狼用鼻子蹭蹭小狼，愛憐地安慰牠，幫牠舔舐被黃鼠狼咬傷的傷口，接著母子便一同吃掉那頭嗜血的動物，回去狼穴睡覺。

第五章　獵食法則

小狼發育奇速，才休息了兩天，就又大膽溜出洞外。牠看見了那隻母親被牠們吃掉的小黃鼠狼，那小黃鼠狼便也難逃如同牠母親的命運。不過這一回小狼沒有迷路，累了之後，就自己找路回洞穴睡覺。此後，牠的足跡一天走得比一天更遠。

小狼開始可以精準地估算自己的力量和弱點，知道什麼時候該大膽，什麼時候該留心。牠發現隨時保持警戒有益無害——除了少數時刻；當牠確定可以完全信賴自己的勇猛時，才會放縱心底那股小小的貪念和怒氣。

只要碰上迷路的松雞，小狼就會變身成為一個小狂魔。要是聽到先前在枯樹前遇上的那隻松鼠吱喳喳、聒噪不休，牠也必定兇狠回應。還有那些灰噪鴉，牠幾乎每看一次就會不由自主地起一把火，牠永遠忘不了初遇那隻灰鳥時，鼻子被啄得有多慘。

但有時連灰噪鴉也無法激怒他，那就是牠感到自己置身險境，察覺周遭有其他獵食者蟄伏時。牠從沒忘記那隻老鷹。一見到老鷹飛掠而過的陰影，小狼一定會立刻躲進最近的灌木叢中。牠現在不再只能匍匐爬行，步伐也不再蹣跚。牠學會母親輕巧鬼祟的姿態，輕輕鬆鬆便來去無蹤，神出鬼沒。

不過牠獵食的運氣一開始就用完了，直到現在，牠得手的獵物就只有那七隻小松雞和小黃鼠狼。小狼殺戮的渴望與日俱增，而牠最恨不得能手到擒來的獵物就是那隻松鼠。那隻松鼠的嘴沒有閉上的時候，老是吱吱喳喳地向荒野上的動物通報小狼的到來。且像鳥兒善於遨翔空中般，松鼠擅長爬樹，所以小狼只能趁這傢伙落地時，試著神不知、鬼不覺地接近牠。

小狼對母親無比尊敬。母親總是能獵到食物，從不空手而歸，讓牠餓肚子，而且母親什麼都不怕。小狼沒想過母狼的無懼是建基於經驗和知識之上，牠以為那是出於力量，母親就代表了力量。隨著小狼一天天長大，母親的申斥也益發嚴厲，不只掌擊的力道愈來愈重，譴責的方式也從用鼻子推頂，變成用利齒撕咬，但母親的嚴厲同樣讓小狼敬佩。母狼要求小狼百依百順，隨著小狼年歲漸長，母狼的脾氣也愈顯暴躁。

飢荒再度降臨，這時的小狼不像過去那般懵懂，再次體驗被飢餓啃噬的感覺。母狼為了食物疲於奔命，日漸消瘦。牠現在鮮少留在洞裡睡覺，幾乎所有時間都在外面打獵，卻總是無功而返。這次飢荒持續的時間並不長，卻很嚴重。小狼無法再從母狼那喝到任何奶水，自己也獵不到一口食物。

小狼之前的打獵不過是鬧著玩，享受其中的樂趣，現在是牠認真獵食，卻一無所獲。不過獵食的失敗加速了牠的成長，牠更仔細地觀察松鼠的習性，更有技巧地欺近對方，把對方嚇得魂飛魄散。牠還研究起土撥鼠，想把牠們從洞穴裡挖出來。除此之外，牠還學到許多關於灰噪鴉和啄木鳥的習性。終於有一天，即便見到老鷹的影子都沒讓牠立刻抱頭鼠竄，躲進樹叢。跟以前相比，牠強壯了許多、聰明許多、自信許多；而且，牠已經餓到走投無路。牠索性明目張膽地坐在空地上，公然向老鷹挑釁，要牠下來。小狼知道盤旋在頭頂藍天的老鷹就是食物，牠渴望許久的食物。但老鷹拒絕接受小狼的挑戰，所以小狼只能爬回樹叢，因失望和飢餓哀哀嚎泣。

飢荒終於暫時中止。母狼帶著食物回到洞穴。這次的食物很奇怪，和牠從前帶回來的都不一樣。那是隻跟小狼一樣年紀半大不小的小山貓，只是體型沒那麼大。這整隻小山貓都是小狼的，母狼已經在別處填飽肚子。小狼不知道母親是把其他的小貓全吃了才解飢，也不曉得母親是多逼急了才做出如此大膽舉動。小狼只知道那紅絨絨的小貓是食物，於是牠大快朵頤，愈吃愈開懷。

肚子填飽了就昏昏欲睡，小狼躺在洞裡，靠在母親身邊沉沉睡去。睡夢中，小狼被母狼的咆哮聲驚醒，牠從沒聽過母親叫得如此淒厲——這可能也是母狼這輩子發出最恐怖的一次怒吼。事出必有因，母狼很清楚，山貓的洞穴可不是白白讓人入侵的。於是，在午後燦爛的陽光下，小狼看見一隻母山貓趴在洞口。小狼背上的鬃毛一下全豎起。用不著本能提醒，牠也知道這就是恐懼。倘若眼前所見還不夠可怕，入侵者那聲陡然從低吼咆，拔尖成摧心裂膽的淒厲怒吼，也足叫牠魂飛魄散。

小狼感到體內的活力澎湃激昂，於是站起身，在母親身邊跟著英勇咆哮，母狼卻毫不留情地把小狼推到身後。因為洞口低矮，山貓撲不進來，母狼便趁著牠伏低身子，準備匍匐搶進時撲了過去，把牠壓制在地。小狼看得眼花撩亂，只聽見耳邊不斷傳來瘋狂咆哮、口沫飛濺與鬼哭神號地尖吼聲。兩隻母獸扭打成一團，山貓齒爪並用，又抓又咬，母狼只能以狼牙拼命反擊。

小狼跟著撲上前，狠狠咬住母山貓的後腿。牠死不鬆口，咬牙切齒地厲聲咆哮。牠自己也不知道自己的牽制讓母親少受了許多傷。不久後，情勢翻轉，小狼被兩隻母獸壓在身下，不得不鬆口。須臾間，兩隻母獸分開，母山貓再次襲擊母狼前，先用牠巨大的前掌狠狠抓了小狼一把。小狼的肩膀被抓出一道深及見骨的傷口，隨後又被母山貓一掌甩到牆上。小狼又痛又怕，叫得更加淒厲。但是惡鬥持續許久，足夠小狼哭完眼淚，蓄積勇氣再度爆發。牠又撲向母山貓的後腿，牙縫間迸出猙獰地怒吼，直到戰鬥結束。

母山貓死了，母狼的傷勢也很慘重，虛脫無力。起初牠還能安撫小狼，舔舔小狼受傷的肩膀。不過牠實在失血過多，欲振乏力。母狼在牠死去的敵人身邊躺了一天一夜，動也不動，氣若游絲。整整七天來，牠除了喝水，沒有踏出洞穴半步；即便離洞，也是拖著沉重的步伐痛苦前進。等到母山貓被啃食得一乾二淨時，母狼的傷勢也大致康復，能再度出外獵食。

小狼的肩膀僵硬疼痛，因為傷勢嚴重，有好段時間牠只能瘸腿跛行。這世界彷彿改變了，現在牠自信滿滿地穿梭其中，這種英勇的感受是在和母山貓戰鬥前不曾體會過的。如今，牠看待生命的眼光更為凶猛，牠戰鬥過，嚐過把狼牙插進敵人體內的滋味，並從戰役中生還。因為這一切，牠變得更加大膽，且大膽中還夾帶了些許前所未見的反叛。儘管未知依舊神秘、可怕、難以捉摸，沒有一刻停止過它的威脅，時時壓迫著牠，但小狼不再為了一點點風吹草動就膽戰心驚，懦弱也幾乎消失殆盡。

小狼開始和母親一起踏上獵食之路。牠目睹多場殺戮，也開始參與其中。牠懵懵懂懂地摸索出獵食的法則：世上的生物分成兩類——牠的同類，以及非同類。同類包括母親和牠自己；其他所有會動的生物全都是非同類。不過非同類的動物還可以再細分，其中一類是可以被牠這類生物獵食的動物，包括非殺手和小殺手兩類；另一類則會獵殺小狼的同類，或被自己的同類獵殺。如此分類之下，法則浮現了。生命的目標就是進食，且生命本身就是食物。生命仰賴其他生命而活，世上的生物不是獵人，就是獵物，由此得知，獵食的法則就是「吃，或者被吃」。小狼並沒有清楚明訂出法則，或是有條不紊地羅列各種條約及道德規範——牠甚至想都沒想過這法則，只是不加思索便仰賴這法則過活。

牠目睹法則在周遭運作：牠吃了小松雞，老鷹吃了母松雞，然後差點連牠也會被老鷹吃掉。再過一陣子，待牠更強壯凶猛了，換牠想吃了老鷹。牠還吃了小山貓；若非母山貓先送了命，就是牠被吞進肚裡。這個世界就是這樣，牠周遭所有生物都仰賴這法則維生，牠也是法則的一部份。牠是殺手，牠唯一的食物來源就是肉，活生生的肉，這些肉會在牠面前迅速逃竄、飛天遁地，爬上樹梢，或者正面迎戰，又或者扭轉情勢，反過頭來獵捕牠。

如果小狼會用人類的方式思考，牠或許會認為生命是一種貪不知厭的食慾，而這世上充滿各種不同的食慾：追捕與被追，獵殺與被獵，吃人與被吃，一切都是那麼盲目混亂，狂暴失序，放縱狼籍地貪饜和屠殺。主宰一切的是機運、是無情、是隨機應變，是永不罷休。

只是小狼不用人類的方式思考，牠看待事物的眼光並不寬廣。牠的思想單純，一次只能思考一個念頭或一種慾望。除了獵食的法則之外，還有許多其他次要的法則等著牠學習和遵從。世上充滿驚奇，牠體內的活力蠢蠢欲動，光是運動肌肉即帶給牠源源不竭的快樂。追殺食物是為了體驗刺激和狂喜，憤怒和戰鬥同樣痛快淋漓，恐怖以及未知的神秘引領著牠的生命。

當然，除了這些之外，世上也有閒逸和滿足。吃飽喝足、在陽光下慵懶打盹——這些都是牠用熱忱和辛勤換來的回報；熱忱和辛勤本身就是一種自我報酬，是生命的體現，在生命展現自我時總是快樂的。就這麼樣，小狼從此與這危機四伏的環境相安無事。牠活力充沛，非常快樂，也非常自豪。

第三部

第一章　造火者

小灰狼猝不及防遇上了一件事。是牠的錯，牠太大意了。牠離開洞穴，跑到溪邊喝水，可能因為還頭昏腦脹（牠昨晚狩了一整晚的獵，才剛睡醒），所以沒有多加留心。而牠會如此掉以輕心，也或許是因為對前往水潭的路太過熟悉，牠常常走這條路，從沒出過什麼事。

小灰狼經過一株枯松樹，穿越空地，在林間快步疾奔。然後，就在那瞬間，牠看見了，也聞到了，五個牠從未見過的生物靜悄悄地坐在面前。這是小灰狼第一次見到人類。那五名人類見到牠並沒有立刻一躍而起，也沒有對牠齜牙咧嘴、大聲咆哮。他們動也不動，只是安安靜靜地坐在原位，散發一股不祥的氣息。

小灰狼也紋風不動。所有與生俱來的本能都要牠立刻拔足狂奔，但牠體內卻突然升起一種前所未有、與過去截然不同的直覺。強烈的敬畏感如驚濤駭浪般席捲而至，牠感到自己是如此微弱、渺小。這感覺擊潰了牠，讓牠動彈不得。在牠面前的，是支配、是力量，是某種牠無法匹敵的東西。

小狼從沒見過人類，卻對人類有一種與生俱來的直覺。牠隱約知道人類是一種戰勝其他動物、更為優越的生物。牠歷代先祖的雙眼曾無數次在黑暗中圍繞冬夜的營火，從遠遠之外的樹叢中心窺探這些主宰一切的奇異兩腿動物，現在，換牠透過祖先和自己的雙眼觀察著眼前的人類。灌注在小灰狼血液中的魔咒生效了，牠心生敬畏，這份恐懼和敬意是來自於積年累月的爭鬥，以及世世代代累積而出的經驗。這份本能對小狼來說太強烈了，牠無法抵禦。如果牠已經長大，牠會轉身拔腿就跑，但牠尚且年幼，只能被恐懼癱瘓、瑟縮一旁。牠的野狼先祖第一次來到人類升起的營火旁，便被那份溫暖給收服，小狼此時也已投降了一半。

其中一名印第安人站了起來，走到小灰狼身邊，彎腰察看。小灰狼的身體幾乎都要趴到地上了。未知終於變成實實在在的血肉，俯身而下，伸手想要攫擄牠。小灰狼不由自主豎起長毛、齜牙咧嘴。印第安人的手遲疑了，停在小灰狼頭頂，小狼這下可是名符其實的「大難臨頭」。那人咧嘴大笑，說：「Wabam wabisca ip pit tah。」（你們看看牠這口白牙！）

其他印第安人哄堂大笑，鼓譟著要那人抓起小狼。眼看魔掌逐漸逼近，小灰狼體內的本能也激烈交戰。牠感到屈服和戰鬥兩種巨大的衝動同時拉扯著牠；結果牠選擇妥協，兩者都遵從。牠先屈服忍讓，直到那隻手快碰到牠才挺身反抗。牠獠牙一閃，狠狠咬住那隻手。下一瞬間，小灰狼感到頭側受到重重一擊，發覺自己被打倒在地。現在，牠滿腔鬥志已消失得無影無蹤，反被幼小的心靈和屈從的本能掌控，坐在地上哀哀哭泣。而被牠咬傷手的那名男人餘怒未消，又一拳砸在小狼另一側的臉上，小狼被打得翻了個筋斗，一起身後哭嚎得更加厲害。

另外四名印第安人笑得更開懷了，連被咬傷那人也放聲大笑。牠們圍繞在小灰狼身邊，嘲笑牠那驚惶失措、受傷哀號地模樣。在笑聲中，小灰狼聽到某種聲音，印第安人也聽到了。小灰狼知道那是什麼聲音，便發出最後長長一聲哀鳴，且哭聲裡得意之情遠勝於悲傷之意。牠安靜下來，等待母親到來。牠的母親凶猛殘暴、不撓不屈，沒有東西能擋著牠的路，沒有什麼事能叫牠害怕。母狼一面跑一面咆哮。牠聽到小狼的哭泣，急忙趕來救牠。

母狼衝進印第安人間，焦慮又強悍的母性讓牠面目份外猙獰。可在小狼眼中，母狼那亟欲保護孩子的怒容真是再賞心悅目不過的美景。小灰狼發出一聲小小的歡呼，跳上前迎接母狼，五名印第安人慌忙退開。母狼鬃毛直豎，擋在小狼身前，正對人類，喉間深處發出隆隆的咆哮，恫嚇的臉孔扭曲猙獰，顯得分外兇惡，鼻頭皺到幾乎都要碰到眼睛，咆哮聲異常駭人。

其中一名印第安人突然驚呼了一聲：「琪雪！」。小灰狼感到母親因為這呼喊一下洩了氣。

「琪雪！」那人又喊了一次，這次的語氣卻嚴厲之至，不容忤逆。

小狼看見牠向來無所畏懼的母親趴低身子，肚子貼在地上，一面哀嚎一面搖尾，發出求和的訊號。小狼呆望著看不明白，牠太驚訝了！對人類的敬畏又竄過全身，牠的直覺沒錯，牠的母親證實了這一點，就連牠都得向人類俯首稱臣。

之前說話的那人走到母狼身邊，把手放在牠頭上。母狼只是向那人爬近，沒有咬人，也沒有作勢欲咬的樣子。其他人跟著上前，圍在母狼身邊又摸又拍，母狼對這些舉動也沒有流露絲毫厭惡之意。

幾名印第安人興高彩烈，嘴裡發出許多聲音。小狼認定這些聲音不帶危險的警訊，所以雖然朝母親爬去時牠仍舊豎著長毛，還是盡力表現出歸降臣服的模樣。

「這也難怪。」一名印第安人說，「琪雪的父親是匹野狼，但母親確確實實是條狗。牠發情的時候，我哥不是把牠綁在樹林綁了三夜嗎？所以琪雪的父親肯定是匹狼。」

「從牠跑掉到現在都已經一年了啊，灰狸。」第二名印第安人說。

「這也難怪，鮭舌，」灰狸回答，「那時候鬧飢荒，根本沒肉給狗吃。」

「牠一直和野狼在一起。」第三名印第安人說。

「似乎是如此呢，三鷹。」灰狸把手擱在小灰狼身上，回答，「這小東西就是證據。」

灰狸的手一摸下來，小灰狼即輕輕咆哮了一聲。眼見那手立即縮回，準備再賞牠一拳，小灰狼便收起獠牙，順從地趴下。那手再度落下，揉揉牠的耳背，在牠背上來回撫摸。

「這小東西就是證據，」灰狸接著說，「琪雪顯然是牠的母親，而父親是狼，所以牠才像狗少、像狼多。瞧牠獠牙白晃晃的，就叫牠白牙吧！就這麼說定了。琪雪是我哥的狗，我哥又已經死了，所以牠現在自然是我的狗，是不是？」

剛在世上得到名字的小灰狼就地躺下，觀察眼前的情況。幾名印第安人的口中又發出了好一會兒聲音，接著灰狸從掛在頸間的刀鞘裡抽出一把刀，走進樹叢，砍下一截樹枝。白牙看著灰狸在樹枝兩頭各刻了一道溝槽，再在兩條溝上各綁上一條生皮索，接著將其中一條皮索綁在琪雪頸間。然後他又把琪雪帶到一株小松樹旁，把另一條皮索綁在樹上。

白牙跟上前，在母親身旁躺下。鮭舌的手朝牠伸來，把牠翻了個四腳朝天。琪雪憂心忡忡地看著他們，恐懼再次在白牙體內升起。牠忍不住咆哮一聲，但沒有作勢欲咬。那隻手的五指忽屈忽張，好玩地搔弄牠肚子，把牠翻來覆去。像這樣肚皮朝天、四條腿在空中揮舞的樣子，不僅可笑難看，而且白牙天性就抗拒這種任人宰割的姿勢——牠完全無法保護自己，倘若這人打算傷害牠，白牙知道牠絕對無法逃脫——四條腿都在半空中還能怎麼逃？不過歸降的念頭壓過了牠的恐懼，因此牠只是輕聲叫了幾聲。牠無法壓抑牠的咆哮，但那人也沒有因此不悅，再賞牠頓拳頭。且說來奇怪，那隻手來回撫摸時，牠不由得感到一陣無以名之的喜悅。翻過身後，牠停止咆哮了。那人的手接續著在牠耳根上又捏又揉，白牙覺得更開心了。最後，那人又搔了搔牠幾下便起身離開，把牠留在原地，這時白牙所有的恐懼都已消失無蹤。此後牠和人類相處，雖也曾歷經多次恐懼疑惑，而這般地經驗卻預示了牠終究能和人類建立起無須恐懼的信賴。

半晌後，白牙聽到一陣奇怪的吵雜聲靠近。牠學得很快，立刻就聽出那是人類的聲音。幾分鐘後，部落裡的其他族人魚貫走來。隊伍中男女老幼形形色色，足足有四十人之多，每個人身上都揹著沉重的裝備和工具。除了人之外，隊伍間還有許多狗，除了一些半大不小的幼犬之外，每條狗的背上都背著裝備。包袱緊緊綁在牠們背上，每隻狗都馱著二十到三十磅重的物品。

白牙過去從沒看過狗，但一看到牠們，就覺得牠們是自己的同類，只是有些不同。沒想到，那些狗發現小狼和母狼時，表現出的舉動卻和野狼相去無幾，直衝著牠們飛撲而來。看見那麼多狗張著血盆大口席捲而至，白牙豎起鬃毛、咆哮狠咬，不過立刻被對手撲倒、壓在地上。牠感到有牙齒撕裂了牠的身體，自己也對壓在身上的胸腹和大腿回以撕咬。喧鬧聲震耳欲聾，白牙聽到母親為牠奮戰的怒吼，聽到人類的喊叫，聽見棍棒打在那些狗身上的撞擊聲，還有挨打的狗的痛苦慘叫。

不過傾瞬間，白牙重新站穩腳步。牠看到人類用棍棒和石頭驅退狗群，將牠從似我族類又非我族類的野蠻獠牙中拯救而出。雖然牠的腦子對正義這種抽象又深奧的事情沒有清楚的概念，還是用自己的方式感受到了人類的正義，也明白了他們的身份——人類是法則的訂立者，也是執行者，他們執法的能力更是讓牠心悅臣服。不像牠遇過的任何一種動物，人類不靠尖牙也不靠利爪，而是利用沒有生命的東西強化他們的力量。這些沒有生命的東西任憑人類發揮，棍棒與石頭都在這些奇怪生物的指揮下，像動物般飛過空中，在狗身上造成巨大傷害。

在白牙心中，這力量非比尋常、不可思議、超乎自然、猶若天神。白牙永遠也不可能理解任何有關神的事情，至多知道有些事情是超乎牠的理解之外。但是牠對人類的那種驚奇和敬畏，就彷彿人類看見山頂上的天神雙手各持雷盾，對著錯愕的人世轟下晴天霹靂。

最後一隻狗也被趕走了，騷動總算平息。小白牙一面舔拭傷口，一面沉思。這是牠第一次認識狗群，也是第一次嚐到狗群的殘酷。牠從沒想過除了獨眼、母親和牠自己之外還有其他同類，牠一直以為牠們自成一類，沒想到自己會在這裡猝然發現許多其餘顯然跟牠是同類的動物，可這些同類一見到牠就張牙舞爪地撲上前，想置牠於死地。白牙不由下意識地憎恨起牠們，也憎恨母親被棍子所禁錮。即便綁縛母親的是優越的人類，牠也同樣憎恨。綑綁意味著陷阱，意味著束縛——即便牠對陷阱和束縛一無所知，但牠與生俱來的天性就要無拘無束地漫遊，自由自在地奔跑，隨心所欲地想躺下就躺下。可是在這裡，牠的天性卻遭到侵犯。不只牠母親的行動受到棍棒所限制，只因牠還無法離開母親身邊，自己的行動也連帶受到束縛。

牠不喜歡這樣，也不喜歡人類起身上路的時刻。因為這時候的母親會像囚犯一樣，被一名嬌小的人類動物拉著棍子的一端拖著走。白牙緊跟在琪雪身後，這嶄新的冒險讓牠心煩意亂、憂心忡忡。

隊伍沿著河谷而下，白牙從沒走到這麼遠的地方。他們一路來到河谷盡頭，小溪在此處注入麥肯錫河。在這裡，獨木舟被竿子高高掛在空中，到處還立著曬魚用的魚架。人們開始搭建帳篷，白牙則好奇地四處張望。人類的優越與時俱增：所有牙尖齒利的狗兒都受人類統治，他們身上散發著權力的氣息。但對小灰狼而言，人類偉大之處，在於能支配沒有生命的東西。他們能令不會動的東西移動，還能改變世界的樣貌。

這能力特別讓牠訝異。一根根立起的帳篷支架吸引了小白牙的目光，不過那既然是由能把棍子和石頭丟得遠遠的人類做的，也就沒什麼好驚奇。更令小白牙目瞪口呆的，是等支架上蓋上布料和獸皮，變成圓錐帳篷的那一瞬間。巨大的帳篷讓牠震撼不已。它們就像某種生長奇速的怪物，一個個在四面八方立起，佔據牠全部的視野。牠對它們恐懼萬分，帳篷陰森森地矗立在牠頭頂，只要微風吹過就激烈搖晃。小白牙害怕地瑟縮一旁，警醒地盯著它們，要是一倒下來，牠就立刻跳開。

不用多久，牠對帳篷的恐懼便消失無蹤。牠看見女人和小孩進進出出也都毫髮無傷，還常常看到有狗想要溜進去，卻都給嚴厲的斥責或飛舞的石頭趕了出來。過了會兒，牠離開琪雪身邊，小心翼翼地爬向最近的一座帳篷。驅使小白牙前進的，是成長的好奇心——經驗必須仰賴學習、生活和實戰累積而得。最後幾吋路牠爬得小心翼翼，慢得折騰。經過這一天的經歷後，牠已做好心理準備，等待未知用最驚人、最不可思議的方式現身。終於，牠的鼻頭碰到帳篷的帆布。牠等待，什麼也沒發生。然後牠聞了聞這充滿人類氣味的奇怪布料，再用牙齒咬住帆布，輕輕一拉。還是什麼事也沒有，只有帳篷的銜接處晃了晃。牠又多加了點勁兒，帳篷搖晃得更厲害了。真好玩！牠使勁兒拉個不停，整座帳篷都搖了起來。帳篷內冷不防響起一陣女人的尖叫，小白牙大吃一驚，馬上逃回琪雪身邊，從此之後，牠再也不害怕那陰森森的龐然大物了。

沒一會兒，小白牙又離開母親身邊，獨自探險去了。琪雪的棍子被綁在一根地樁上，所以無法跟著白牙。一隻年紀和體型都比小白牙大些的幼犬，一副盛氣凌人、凶神惡煞地模樣，緩緩朝牠走來。白牙後來聽到別人喊牠的名字，知道牠叫尖嘴。尖嘴是戰場老將，已和其他小狗打過許多次架，儼然是小狗群中的領頭惡霸。

尖嘴和白牙既是同類，又只是一隻小狗，看上去似乎沒什麼危險，白牙便抱著友善的態度迎接牠。但這位陌生的同類，走著走著突然僵直四腳，還掀起嘴皮，露出白森森的利牙。白牙看了也學著依樣畫葫蘆。牠們試探地踏步兜圈，聳毛咆哮，對峙了好一陣子。白牙開始以為這是一場遊戲，玩得津津有味。猛然間，尖嘴迅雷不及掩耳地撲了上來，狠狠咬了牠一口，然後迅速跳開。白牙的肩膀曾被山貓抓傷，骨子至今還在發疼，現在又被尖嘴咬到同樣的位置。白牙又驚又痛，不禁失聲慘叫。被怒氣沖昏頭的牠立即跳到尖嘴身上，窮兇惡極地啃咬敵人。

畢竟尖嘴是在營地裡長大的，不知和其他小狗打過多少場架，經驗豐富。牠尖利的小小獠牙一次次咬在初來乍到的白牙身上，直到白牙不顧羞恥地連連慘叫，逃回母親身邊尋求庇護。這是牠和尖嘴的第一場戰役，未來還有更多場等著牠們。牠們生來就是宿敵，命裡注定永無休戰之日。

琪雪溫柔地舔著白牙安慰牠，想說服牠留在牠身邊。不過小白牙的好奇心實在太過旺盛，沒過多久，牠又大起膽子，向前探索新目標。牠來到一人面前。那是灰狸，他正跪坐在地上，不知對著鋪在地上的柴枝和乾苔蘚做什麼。小白牙湊上前觀察，灰狸的嘴裡發出聲音，聽起來不像懷有敵意，所以牠又靠近了一些。

女人們和小孩帶著更多柴枝和樹枝來給灰狸，這件事顯然是當下的一樁重要任務。白牙太好奇了，好奇到忘記灰狸是個可怕的人類。牠慢慢靠近，直到碰到灰狸的膝蓋才停下。突然間，牠看到一陣像霧一樣的怪東西從灰狸手下的樹枝和苔蘚升起。接著，樹枝間出現一個生物，在空中盤旋騰繞，色澤好似天上的太陽。白牙對火一無所知，不過眼前的情景就像幼時洞口的光線那般吸引牠。牠朝著火焰爬前幾步，聽到灰狸在牠頭上咯咯竊笑；牠知道那聲音沒有惡意。然後牠的鼻頭碰著了火焰，小小的舌頭也在同時伸出。

就在這一瞬間，牠嚇得動彈不得。藏身在樹枝和苔蘚之間的未知伸出魔掌，無情地抓住牠鼻子。小白牙踉蹌後退，嚇得連聲哀嚎。一聽到孩子哭喊，琪雪立刻一躍而起，但牠被綁著，無法趕到白牙身邊，只能對著綁住牠的棍子怒聲咆哮，瘋狂掙扎。灰狸笑得樂不可支，猛拍打自己的大腿，大聲嚷嚷這情況，全營地都笑得人仰馬翻。而白牙這被眾人遺忘的可憐小傢伙，只能坐在人群間哀哀啜泣。

白牙沒受過這麼嚴重的傷，鼻子和舌頭都被灰狸製造出來的太陽色生物燒傷了。牠哀哀啼哭，可是只要牠一哀嚎，人類集體哄堂大笑。牠試著用舌頭舔舔鼻子，可舌頭也燙傷了，兩個傷口碰在一起痛上加痛，牠哭得更無助、更可憐了。

牠猛然感到一陣羞愧。牠知道什麼是嘲笑，也知道嘲笑的涵意。人們不知道有些動物能夠分辨嘲笑，也不知道牠們如何知道自己正在被人類嘲笑，但白牙就是知道。牠知道人類在嘲笑牠，覺得無地自容。牠落荒而逃，不是要逃離火焰的傷害，而是要逃離那傷害牠心靈、傷牠更深的嘲笑。牠逃回琪雪身邊，像頭發了瘋似的野獸般對被綁在棍子末端的琪雪——這世上唯一一個沒有嘲笑牠的動物——大發雷霆。

暮色籠罩大地，黑夜降臨。白牙躺在母親身邊，雖然鼻子和舌頭還隱隱作痛，然而另一件事使牠更加苦惱。牠想家，牠覺得心裡空蕩蕩地，牠渴望小溪和山洞裡的那份寂靜安寧。新生活太過擁擠，太多人——男人、女人、小孩——所有人不斷輪流製造出各種聲音和騷動，營地裡的狗也吵鬧不休，吠叫聲此起彼落，沒有片刻安寧。牠過去唯一知道的平靜而孤獨的生活已不復存在，這裡的每一分空氣都受到生命振盪而嗡鳴不絕。那嗡鳴聲時強時弱，忽高忽低，不停衝擊牠的感官和神經，讓牠坐立難安，無時無刻都擔心會發生什麼事情。

白牙看著人類在營區內來回走動。牠仰望人類的姿態，有那麼點兒類似人們仰望自己創造出來的神祇的模樣。他們高高在上的神祇地位無庸置疑，一如人類心中的神，白牙懵懵懂懂地了解人類是驚奇的創造者，他們支配一切，擁有各種未知的形式和不可思議的能力，統領著世上所有的生物和非生物——他們能讓會動的東西俯首稱臣、讓不會動的東西活蹦亂跳，還能從枯死的苔蘚和木頭中創造出那種會咬人的太陽色生命。他們是造火者！他們是神！

第二章　束縛

這些日子裡，白牙體驗了許多形形色色的新經歷。琪雪被綁在棍子上時，牠跑遍營地，四處探索、調查和學習。牠很快就學會許多人類的習性，但牠並不因熟悉而心生輕蔑，相反地，牠愈瞭解人類，就愈明白他們的優越。看到他們展現愈多不可思議的力量，就愈覺得他們像是萬能的天神。

人們看見心中的神被推翻、看見聖壇被摧毀，通常會傷心欲絕。然而來到人類身邊，匍匐在人類腳邊的野狼和野狗，永遠不會經歷這種心碎的滋味。人類信奉的神祇虛無飄渺，看不見摸不著，充滿太多揣測，隱藏在想像的迷霧裡，虛幻不實。祂們是人心渴求善良與力量的遊魂，是人類心靈國度中無法觸碰的虛無自我。來到火邊的狼與狗卻和人類不同，牠們的神是活生生的血肉之軀，伸手可及，真真切切地生存於世，需要時間完成他們的目標與存在意義。信奉這種神無須費力建立信念，沒有任何意志會讓你失去對神的信任。你無法逃脫神的手掌心，祂就站在那兒，用祂們的兩條腿巍然而立，手持棍棒，力量無遠弗屆。祂熱情洋溢，時而憤怒，時而慈愛，用層層肌肉包裹住祂們的神性、奧秘和力量。祂們的肌肉被撕裂時也會流血，嚐起來就和所有鮮肉一樣美味。

白牙也和所有狼與狗一般，認可人類就是牠的神，無庸置疑。牠的母親琪雪一聽到人類呼喚牠的名字便自動獻出忠誠，白牙也一樣，開始表現出效忠之意。在牠心中，於路上行走毫無疑問是人類的特權，只要人類走在路上，牠必定讓路；只要人類呼喚，牠就乖乖現身。受到人類威喝，牠就瑟縮趴下；人類要牠離開，牠即趕緊跑遠。牠甘心聽話是因為在人類的每一個旨意背後，擁有執行這項旨意的力量，而這力量會藉由拳頭、棍棒、飛舞的石頭和刺痛的鞭笞所展現，屢屢傷害牠。

就像世上所有的狗都屬於人類一樣，牠也屬於人類。人類掌控牠的一舉一動，牠的身體是他們毆打、踐踏、凌虐的沙包，牠很快就學會了這件事。這是個殘酷的教訓，而且違背支配著牠的強烈天性。牠痛恨這個事實，但牠不知道的是，自己已在不知不覺中喜歡上它。這代表牠把命運交到了人類手中，生存的義務不再由牠自己承擔。這教訓本身也是一種補償，因為仰賴他人永遠都比自己孤軍奮戰來得輕鬆簡單。

然而白牙並非在一天之內就把自己的身體和靈魂完全奉獻給人類。牠無法在一時三刻內拋開自己與生俱來的野性，拋開牠對荒野的記憶。有些日子裡，牠會悄悄來到森林邊緣，靜靜佇立，傾聽遠方的呼喚。但最後總會不安地轉身回到琪雪身邊，憂愁地輕聲嗚咽，用那熱切卻困惑的舌頭舔舐母親的臉。

沒多久，白牙學會營區生活的一切。牠見識到當人類拋魚、肉給牠們吃時，那些大狗有多不公和貪婪。牠發現男人比較公正，小孩比較殘酷；女人比較仁慈，比較肯丟肉或骨頭給牠吃。還有，和那些半大幼犬的母親交手幾次後，牠學到了慘痛的教訓，知道不要去招惹那些母狗，能離多遠是多遠，看到牠們出現最好三十六計走為上策。

不過白牙生活中真正的剋星是尖嘴。尖嘴體型比牠大、年紀比牠長、身材比牠壯，看到白牙比牠弱小，便選中牠當自己專屬的欺壓對象。儘管白牙巴不得能趁機教訓牠，但牠的敵人太強大了，兩者的力量實在過於懸殊。尖嘴成了白牙揮之不去的夢魘，只要牠大膽離開母親身邊，那惡霸一定會如影隨形跟在牠身後，威嚇咆哮，找牠麻煩，尋找任何四下無人的機會，撲到牠身上，逼牠應戰。尖嘴屢戰屢勝，樂在其中。和白牙打架成了牠生活中最大的樂趣，卻是白牙最大的折磨。

但白牙沒有因此變得怯懦。雖然牠的下場大多是負傷慘重，一場架都沒贏過，牠的鬥志仍舊沒被擊垮。然而這件事終究帶來了負面影響，白牙變得邪惡、陰沉、孤僻。牠本就天性殘暴，而這永無止盡地迫害只是讓牠變得更加兇殘。牠溫和、嬉鬧、孩子氣的一面鮮少有機會展現，牠沒和營地裡其他小狗一起玩耍過；因為尖嘴不允許。只要白牙一靠近其他小狗，尖嘴就會出現，不是欺負牠就是找牠打架，直到白牙落荒而逃才罷手。

這些事情奪走了白牙的童稚，使得牠的行為舉止比牠的實際年紀還要老成世故。既然不能和其他小狗玩耍，發洩精力，牠索性躲在一旁，學習察言觀色，養精蓄銳。牠變得奸詐狡猾，有大把大把的時間圖謀不軌。既然餵食期間吃不到自己的那一份魚和肉，牠便索性做賊，做個身手俐落的巧賊。牠不得不自己覓食，而成果也確實豐碩，結果就是女人常常因為牠倒楣。牠學會偷偷摸摸、詭計多端地在營地裡遊走，也學會四處打探，什麼都逃不出牠的雙眼和耳朵，然後根據收集到的情報想方設法，避開牠那積怨已深的迫害者。

被欺壓霸凌了段時間，白牙便施展了一次高明的詭計，而且一舉得手──這也是牠第一次嚐到復仇的滋味。琪雪過去和狼共同生活時，曾把狗從人類營地誘拐出去，殺了牠們。白牙也用類似的手段把尖嘴拐到琪雪的復仇獠牙之下。白牙故意從尖嘴面前節節敗退，拐彎抹角地在營地的帳篷間四處逃竄、鑽進鑽出。白牙擅長奔跑，速度比和牠同體型的小狗都快，甚至比尖嘴還快。但在這次追逐中牠留了一手，沒有全力以赴。牠放慢腳步，只領在前方一步之遙。

眼看白牙就在眼前，觸手可及，尖嘴愈追愈亢奮，全然忘了要提高警覺和留意周遭的環境。等牠想起自己身在何處時已經太晚了。牠全速繞過一頂帳篷，結果一頭撞上躺在木棍末端的琪雪。尖嘴驚恐之下發出一聲尖叫，隨即便被琪雪懲罰的獠牙狠狠咬了一口。雖然琪雪被綁著，尖嘴還是無法輕易逃脫。琪雪把尖嘴壓倒在地，尖嘴動彈不得，想跑也跑不了，只能任琪雪的獠牙一遍又一遍撕咬牠。

尖嘴最後總算從琪雪的魔掌下滾開。牠掙扎爬起，長毛凌亂不堪，被琪雪咬到的地方毛全一簇一簇翻起，身心嚴重受創。牠站在原地，張嘴發出心碎地稚嫩長嚎。但才哭到一半，白牙又飛快衝來，咬住牠的後腿。尖嘴鬥志全消，狼狽逃竄。白牙緊追不捨，尖嘴一路提心吊膽地跑回自己的帳篷。帳篷裡的女人出來幫手，化身為怒火狂魔的白牙這才被眾人齊發的石頭趕跑。

終於有一天，灰狸決定琪雪不會再逃跑，便解開牠的皮索。白牙很高興母親重獲自由，手舞足蹈地跟著牠在營區打轉。而只要白牙跟在琪雪身邊，尖嘴便很識相地避而遠之。白牙甚至會豎起長毛，耀武揚威地走過尖嘴面前。不過尖嘴對白牙的挑釁視若無睹，牠不是笨蛋，無論牠多想復仇，都會等到白牙落單時再動手。

這天稍晚，琪雪和白牙遊蕩到營地旁的樹林邊緣。白牙是刻意一步步將母親領去那兒的。琪雪停下腳步，白牙試圖誘騙牠繼續前進，那溪流、那洞穴，還有那片寧靜的森林都聲聲呼喚著牠，牠希望母親能和牠一起回去。白牙跑前幾步，然後又駐足回望了一眼。琪雪沒有動。白牙苦苦哀求，在樹叢間淘氣地鑽進鑽出。牠跑回母親身邊，舔舔牠的臉，又轉身跑開，但琪雪依舊佇立原地。白牙停下腳步，瞅向母親，牠一看到琪雪回頭凝望營地，內心的滿腔熱忱和意圖便慢慢消退。

曠野那兒有什麼呼喚著白牙。琪雪也聽到了，但牠耳邊同時也傳來另一聲更響亮的呼喚——火的呼喚、人類的呼喚——在世上所有的動物中，那呼喚獨獨召喚野狼和牠們的野狗兄弟。

琪雪轉過身，緩緩朝營地跑去。營地的羈絆遠比棍棒繩索加諸於肉體的束縛還要強烈。無形中，神還是用牠們神秘的力量緊緊抓著牠，不讓牠走。白牙坐在樺樹樹蔭下輕聲嗚咽，空中飄散著強烈的松樹氣味，瀰漫著細微的木頭香氣，提醒牠在這處處受制的生活前曾擁有的自由時光。可白牙還只是一隻半大的小狼，對牠而言，母親的呼喊遠比人類或荒野的召喚還要強烈。在牠至今為止的短短生命中，沒有一刻不仰賴母親。牠獨立的日子尚未到來，所以牠起身，傷心地跑回營地。中途牠停步了一、兩次，坐下哀哀哭泣，傾聽迴盪於樹林深處，不絕於耳的呼喚。

荒野中，母子相伴的時光匆匆飛逝，而在人類的統治下，那日子有時更加短促，白牙和琪雪正是如此。因為灰狸欠了三鷹一筆債，而三鷹正準備沿著麥肯錫河前往大奴湖，灰狸於是用一塊紅布、一張熊皮、二十發彈匣和琪雪抵銷債務。白牙看著母親被帶上三鷹的獨木舟，牠想要一起去，卻被三鷹一棒打落，打回陸地之上。獨木舟啟航了，白牙跳進水裡，游水追在船後，對灰狸的厲聲召喚充耳不聞。失去母親的恐懼如此之深，不管灰狸是人是神，白牙都顧不得了。

只是神已經習慣了臣民的百依百順，灰狸因此勃然大怒，跳進一艘獨木舟追了上去。他趕上白牙，手一撈便抓住白牙脖子，將牠拎出水面。灰狸沒有馬上把白牙放到船上，而是將牠拎在空中，另一手拳頭揮落，把牠好好揍了一頓。灰狸下手毫不留情，狠狠打了好幾下，每一下都疼痛難當。

灰狸的拳頭猶如狂風暴雨，白牙像鐘擺般不住激烈搖晃。白牙的心情五味雜陳，先是驚訝，接著是短暫的恐懼，讓牠在毆打下禁不住慘叫出聲。而恐懼旋即被憤怒取代，自由的天性再難壓抑，牠無懼地對發怒的天神齜牙咧嘴、大吼咆哮。但這只讓神更為光火，拳頭下得更快、更重、更痛。

灰狸的拳頭不停，白牙也咆哮不斷，可這一人一狗總不能如此僵持下去，總有一方要投降，而投降的那方是白牙。恐懼再一次襲上白牙心頭，這是牠第一次真真正正落在人類手中，跟此刻的毒打相比，先前偶爾被棍棒和石頭教訓的經驗簡直是愛憐的撫摸。白牙再也無法承受，開始哀哀哭泣，每挨打一下就慘叫一聲。這恐懼很快又轉為驚恐，最後牠的叫聲不再呼應懲罰的節奏，變成一長串不絕於耳的慘叫。

灰狸總算停手了。白牙無助地懸在空中，依舊哀號連連，這似乎讓牠的主人很是滿意，便粗魯地將牠扔在獨木舟上。獨木舟沿著溪水漂流而下，灰狸想拿起船槳，白牙恰巧擋在他前方，灰狸便又狠狠一腳踢去。那一瞬間，白牙野性的天性再次閃現，一口咬住灰狸穿著鹿皮靴的腳。

之前的毒打，跟現在比起來根本微不足道。灰狸大發雷霆，白牙嚇得魂飛魄散。這次不只是拳頭，堅硬的木槳也一下下落在白牙身上。等牠再次被扔到船板上時，小小的身體已是遍體鱗傷，全身上下都發疼。灰狸又故意多踢了牠一腳，但白牙不敢再造次。牠又學到束縛的一課教訓——那就是不管在什麼情況下，永遠都不能放肆去咬主宰自己的天神。主人和統治者的身體神聖無比，不是牠這等牲畜的牙齒可以褻瀆的。那行為罪大惡極，無法饒恕。

獨木舟靠岸後，白牙只能動也不動地趴在船上啜泣，等待灰狸頒諭神旨。灰狸要牠上岸，便把牠一把拋上陸地，還重重踹了牠腰側一腳，讓牠滿身的瘀傷又痛了起來。牠顫巍巍地爬起，站在原地嗚嗚啜泣。尖嘴在岸邊目睹了一切，看到白牙上岸，伺機撲上前來，將白牙撞翻在地，瘋狂亂咬。白牙虛脫乏力，無法反抗，如果不是灰狸一腳把尖嘴狠狠踢到空中，重重落到十餘呎外，白牙可有得受了。這就是人類的公正之處，這時候，儘管白牙的境遇悲慘至極，牠依舊滿心感激，微微發顫。牠乖乖跟在灰狸腳邊，一跛一跛地穿過村落，回到灰狸的帳篷。就這樣，白牙學會了「懲罰」是神專屬的權力，比神低下的動物沒有這等權力。

那一晚，當一切喧鬧平息之後，白牙想起了母親，不禁悲從中來。牠哭嚎得太大聲，吵醒了灰狸，又挨了一頓毒打。從此之後，只要在神周遭，牠只敢在心中暗暗哀悼。偶爾偶爾地，牠也會獨自遊蕩到樹林邊緣，大聲哭嚎，盡情宣洩心內的悲傷。

這些哀傷的時刻，牠大可聽從來自洞穴和小溪的往事呼喚，奔回荒野。不過對母親的記憶拉住了牠，牠心想，出外打獵的人類總會回來，那麼母親也總有一天會回到營地。所以牠甘願繼續接受束縛，等待母親的歸來。

束縛的生活並非全然愁苦不堪，還是有許多有趣的事。營地裡無時無刻都有新鮮事發生，神的奇怪舉動層出不窮，牠的好奇心也從沒消減過。除此之外，牠也漸漸學會與灰狸和平相處。只要牠乖乖聽話，不出差池，牠便不會挨打，灰狸也會容忍牠的存在。

不僅如此，灰狸有時也會丟塊肉給牠。若有別的狗敢來搶，他還會替牠阻擋。不知為何，這樣的一塊肉，比從女人手中拋出的十幾塊肉還要珍貴。灰狸從不撫摸牠、疼愛牠，也或許是因為他下手的力道，或許是因為他的公正，或許因為他擁有的絕對權力，又或者這總總一切全都影響著白牙，讓牠和粗暴的主人之間開始產生某種聯繫。

不知不覺、隱隱約約之間，棍棒、石塊和拳頭的威力，將束縛烙進白牙體內，緊緊綑綁著牠。其他同類所擁有的特質——那最初讓牠們來到人類火旁的力量——是可以培養的。這些特質在牠體內茁壯，縱然營地的生活悲慘灰暗，牠仍不由自主地與營地生活愈來愈緊密。只是白牙自己渾然不覺，牠只能感到失去琪雪的悲傷，希望母親有天能回到牠身邊，也強烈渴望回到過去那自由自在地生活。

第三章　眾矢之的

尖嘴讓白牙的日子陷入永無止盡的黑暗，白牙體內的邪惡亦隨之日漸茁壯，甚至遠超過牠天性中應有的兇殘。兇殘，本是牠的天性之一，但這些日子來牠更是變本加厲。牠的惡名在人類間遠遠傳了開去，舉凡營地出現任何騷動、混亂、打架、爭執，或女人因為肉失竊在尖叫，必定會發現白牙難辭其咎，而且罪魁禍首通常就是牠。人類懶得費心追查白牙搗亂的原因，他們只看結果，而結果往往很糟。在人類眼裡，白牙是賊、是下流的鼠輩。牠調皮搗蛋，只會惹事生非。當牠提防地瞄向女人，準備隨時閃避那些高速砸來的武器時，那些怒火中燒的女人總會指著牠的鼻子大罵，說牠是匹一文不值的野狼，注定變成壞胚。

白牙發現自己被這個擁擠的營地斥逐於外。所有幼犬都效法尖嘴，極盡所能地欺壓牠。牠們和白牙不同，或許牠們察覺到了白牙出身荒野，便本能地產生家犬對狼的敵意。總之，牠們和尖嘴一起迫害白牙，而只要找過牠一次麻煩，之後再繼續欺負牠似乎也就天經地義，不足為奇了。這群幼犬三不五時就來挑釁白牙的尖獠，必須一提的是，白牙咬人比被咬的時候多多了。假若單打獨鬥，營地多數的幼犬都不是白牙的對手；但那些小狗才不可能隻身上陣，只要戰事一起，全營地的幼犬就像收到暗號般，傾巢而出圍攻牠。

白牙從這迫害之中學到兩件重要的教訓：如何在群戰中自保，以及如何在最短時間內在一隻狗身上造成最大的傷害。想保命，就絕對不能在群敵間失足跌倒，這一點牠銘記在心。牠變得像貓一樣，隨時都能站穩腳跟。不管成犬怎麼用沉重的身軀從四面八方衝撞牠，把牠撞飛空中，牠總是能四腳著地，穩穩踩在地上。

一般狗在真正開戰前通常會先「暖身」——咆哮、豎毛、僵直四腳、趾高氣昂地來回踱步。而白牙學會了省略這些暖身動作，因為任何一點拖延，所有幼犬便一湧而上。牠必須速戰速決，一擊即退。於是，牠學會不動聲色，攻其不備，在敵人準備好迎戰前就無欲警地撲過去，張口狠咬，伸爪猛抓。牠學會在彈指間重傷對手，學會「突襲」的重要。一隻猝不及防、來不及回神，肩膀、耳朵就被撕得皮開肉綻的狗，就算輸了一半。

而且，打倒一隻毫無防備的狗會容易許多。狗只要被打翻在地，牠柔軟的脖子——也就是狗最脆弱的要害——必定會有那短暫地瞬間曝露在外。白牙深知這項弱點，這是從世世代代、狩獵維生的野狼先祖傳承於血液中的知識。因此，白牙的戰略就是：第一，找一隻落單的狗；第二，攻其不備，把對手打倒在地；第三，咬斷對手柔軟的咽喉。

因為白牙還小，上下頷還不夠大，也不夠強壯，不足以咬斷對手的咽喉，致其於死。不過，許多在營地走動的幼犬喉嚨上都帶著傷痕，標誌了白牙的意圖。有一天，白牙在樹林邊緣逮到一隻落單的敵人，牠一而再、再而三地把牠壓翻在地，攻擊牠的喉嚨，最後終於咬斷大動脈，奪走牠的性命。那一晚，營地掀起一陣軒然大波，有人目睹了這場屠殺，將消息傳回狗主人耳中。女人憶起白牙那些偷肉的先例，憤怒的群眾便爭先恐後地指責灰狸。灰狸堅決緊閉帳篷大門，把犯人藏在篷內，不讓族人復仇。

白牙的行徑天怒人怨，營地裡的人、狗莫不對牠深惡痛絕。牠在成長期間從沒感受過一刻的安全感，每一條狗的利牙、每一個人的拳頭都對牠虎視眈眈。牠的同類用咆哮迎接牠，神看見牠不是連聲咒罵就是丟擲石頭。牠無時無刻活在緊張之中，隨時隨地都要提高警覺，蓄勢攻擊或提防別人的偷襲。牠必須時時留意突如其來的石塊，準備好隨時猝不及防地冷酷出擊，縱身一躍，獠牙咬中目標後立刻兇惡咆哮跳開。

說到咆哮，白牙的咆哮聲比營地裡任何一條狗——無論老幼——都還要駭人。咆哮的目的是要警告或讓對手心生畏懼，且咆哮的時機需要經過判斷。白牙很清楚該怎麼發出駭人的咆哮，也知道該什麼時候發出咆哮。牠的怒吼兇狠、惡毒、摧心裂膽。牠的鼻孔翕張，鬃毛波波豎起，舌頭彷彿鮮紅的蛇信般吞吐，雙耳平貼腦後，目露險惡凶光，齜牙咧嘴，露出白森森的獠牙，口水滴淌。幾乎所有攻擊者看到牠這副凶神惡煞的模樣都會呆立片刻，而只要對手稍有鬆懈，便足夠白牙思考下一步行動。不過，這樣的僵局往往到最後都會演變成停戰狀態。即便在眾多大狗面前，白牙的咆哮也足以讓牠光榮撤退。

被幼犬群排擠在外的白牙，以殘暴的手段和九成精準的攻擊讓這些迫害牠的狗群付出代價。原本是狗群不准白牙和牠們一塊兒行動，但到了後來，不知不覺間，卻變成沒有一條小狗敢脫隊落單，因為白牙不允許。白牙的奇襲戰略讓幼犬不敢獨自行動。除了尖嘴之外，牠們必須成群結伴，聯手抵禦這名自己創造出來的可怕敵人。獨自在河岸徘徊的小狗不是被半路埋伏的白牙咬死，就是逃脫後沿路驚恐慘叫，跑回營地，驚動整個營區。

儘管小狗已經學到教訓，知道牠們必須時時刻刻守在一起，可是白牙的報復卻不因此停止。只要逮到有小狗落單，白牙必定出擊，狗群則是趁人多勢眾的時候聲討這名敵人。白牙不用做什麼，小狗只要看見牠，一定拔腿就追，而白牙的敏捷往往能確保自己安全脫身。不過在追逐戰中跑在最前頭的小狗可就倒楣了！白牙還學會一招，那就是半路猛然掉頭，在其他小狗還沒趕上前，先把領頭的追兵碎屍萬段。這情況屢見不鮮，因為小狗只要吠叫幾聲，開始追逐後就很容易興奮過頭，跑到渾然忘我。白牙卻從不曾激動忘形，牠總是一面跑一面留意後方動靜，準備好隨時扭頭咬掉那一馬當先、得意忘形的追兵。

小狗天性愛玩鬧，而這些模擬的戰鬥讓牠們在危險中體會玩耍的滋味。因此，獵殺白牙成為小狗最主要的遊戲——致命的遊戲。然而，白牙敏捷的腳程讓牠可以大膽放心地想去哪兒就去哪兒。在牠空等母親歸來的那段日子裡，牠一次又一次挑起狗群的瘋狂追逐，一次又一次領著狗群穿越鄰近的樹林，而狗群總是把牠追丟。牠像父母一樣踩著天鵝絨般地腳步，化為一道倏忽的魅影，無聲穿梭林間，而小狗們吵吵鬧鬧的吠叫聲卻總是自曝行蹤。更何況，比起牠們，牠與荒野的聯繫更為緊密，也更清楚荒野的秘密和詭譎。牠最愛用的招數就是用流水湮滅自己的行蹤，然後靜靜趴在附近的樹叢，聆聽狗群困惑的叫聲在牠身邊響起。

白牙同時受同類與人類所憎恨，無時無刻都被迫要挺身應戰，自己也屢屢挑起戰端。生活在這種環境之下，白牙的成長奇速卻片面。這不是一片能讓善意和情感綻放的沃土，牠從未看見任何善與愛的微光。牠只知道一條規矩，那就是「服強欺弱」，灰狸是神、是強者，所以白牙服他。但是那些比牠年幼或嬌小的狗是等著牠去殲滅的弱者。牠的成長只有一個目標，那就是變得更強。為了應付隨時可能受傷或喪命的險惡環境，牠掠奪和防衛的能力發展地異常強大。牠變得比任何一條狗都還要更機敏、快速，比牠們更狡詐、更致命。牠的肌肉更堅韌、更柔軟、也更有耐力，性情更殘酷、也更聰明。牠必須如此，否則牠無法自立，也無法在這個充滿敵意的環境中生存。

第四章　神的足跡

入秋後，白晝漸短，空氣冰寒刺骨，白牙總算得到重獲自由的機會。接連幾天來，部落內喧鬧連天，人們開始拆除夏季的營地，裝備，包袱、行李通通打包好，準備展開秋季的狩獵之旅。白牙在一旁看得急切，見到人們拆除帳篷，將行李放進岸邊的獨木舟，牠懂了。獨木舟一艘艘離岸，有些已順流而下，消失眼前。

經過一番深思熟慮後，白牙決定牠要留下。牠靜待時機，悄悄溜出營地，跑到樹林裡，利用開始結冰的流水藏匿牠的形跡，然後爬進一叢濃密的樹叢中心，靜心等待。時間一分一秒流逝，牠斷斷續續睡了幾個小時，最後被灰狸的呼喚聲吵醒。除了灰狸的聲音之外還有其他人聲，白牙可以聽見灰狸的女人和他的兒子米沙也在找牠。

白牙怕得渾身打顫，儘管牠有股衝動，差點想爬出藏身之處，但最後還是忍住了。半晌後，聲音消失了，牠又等了一會兒才爬出樹叢，沉醉於逃脫成功的喜悅之中。天色漸暗，白牙在樹林間玩了一會兒，為自己失而復得的自由興奮不已。但突然間，一陣孤獨湧上白牙心頭。白牙坐下沉思，聆聽森林的寂靜，心裡卻焦躁難安。天地間彷彿一切都靜止了，萬籟俱寂，沒有一點動靜，彷彿凶兆般陰森不祥。白牙覺得危機四伏，但究竟是什麼危險，牠看不到也猜不到，疑心每一株高聳入天的大樹和陰影中都藏著危險。

氣溫驟降，一下變得好冷。這裡沒有溫暖的帳篷可以依偎，腳下只有刺骨的寒霜，白牙的前腳交替踱步，還把毛茸茸的尾巴也向前捲上來蓋住前腳取暖。在這時候，牠眼前浮現一個幻影。這不稀奇，在牠心中烙印有太多畫面，牠看到營地、帳篷和火光，又聽見女人尖銳的嗓音、男人低沉的喉音，還有狗兒此起彼落的吠叫。牠餓了，想起了人類丟給牠的肉和魚。這裡沒有肉，除了不懷好意、不能吃進肚子裡的寂靜之外，什麼都沒有。

牠已經被過去那處處受制的生活馴化了。不需為生活負責的日子讓牠變得軟弱，牠忘了該如何謀生。睏意跟著夜色襲來，牠的感官早已習慣營地永無止休的嗡鳴和窸窣聲，習慣了時時刻刻受到各種景象和聲音衝擊，現在卻什麼也沒有。牠無事可做，周遭沒東西好看，沒東西可聽。白牙睜大眼睛、豎起耳朵、挺起鼻子，想要捕捉一些打斷死寂與凝滯的動靜，可所有感官卻被靜悄悄地空氣和大難臨頭的預感嚇得遲鈍麻木。

一個飄忽的龐然大物冷不防閃過眼前，白牙大吃一驚。結果原來是烏雲散去，月亮重新露臉，映出幢幢樹影。白牙鬆了口氣，卻忍不住放聲輕泣。但牠隨即壓抑哭聲，深怕會吸引危機的注意。

頭頂上的樹木被寒夜凍得縮了起來，發出好大聲音。白牙嚇得不住哀嚎，心慌意亂之下，忍不住拔腿朝聚落方向狂奔。牠突然無比渴望人類的陪伴和保護。牠的鼻子還可以聞到營地的煙味，耳邊也還大聲迴盪著營地的聲響和人類的喊叫。牠跑出森林，來到月光皎潔的空地上，這兒沒有陰影，沒有黑暗，也沒有聚落的影子。牠忘了，人類已經離開了。

白牙猛然停止狂奔的腳步。牠無處可逃，只能孤伶伶地悄悄穿過廢棄的營地，聞著成堆的垃圾和神遺留下來的碎布和雜物。牠多希望有女人氣沖沖地朝牠丟石頭，希望暴跳如雷的灰狸能用拳頭毒打牠，就算是看見尖嘴和那群成天鬼吼鬼叫的膽小狗，牠也會欣然向前迎接。

白牙來到灰狸帳篷矗立之處，帳篷已經不在了。牠在空地的中心坐下，仰起鼻尖，指向月亮。牠感到喉嚨陣陣痙攣，於是張開嘴，發出一聲心碎的哭喊。那哭喊中包含著牠的寂寞、牠的恐懼、失去琪雪的傷痛，還有過去種種的悲慘經歷，以及對迫近的危險和苦難的恐懼。這一聲長長地狼嚎嘹亮而悲傷，是白牙發出的第一聲狼嚎。

天邊透出曙光，驅走了白牙的恐懼，卻也加深了牠的孤獨。這片土地不久前還那麼喧鬧、那麼擁擠，如今卻空蕩蕩的什麼都沒有。光想到這點，孤獨又更狠狠地刺痛牠的心。不多久，白牙便下定決心，衝進森林，沿著河岸往下游奔去。牠跑了整整一天，不曾停下歇息，彷彿要永遠這麼跑下去。牠身子似鐵打的不知疲倦為何物，即便疲倦襲來，與生俱來的耐力也讓牠能一次次地堅持下去，驅策疲累的身軀繼續前進。

溪流沿著險峻的峽壁蜿蜒而下，白牙翻山越嶺，看見小河或小溪注入大河之處便涉水或游泳而過。牠常常踩上才剛開始結凍的薄冰，不止一次跌入河內，在冰冷的湍流中掙扎求生。牠一路留意神的足跡，深怕他們會離開河岸，朝內陸前進。

白牙比牠一般的同類來得聰明，但牠的心智仍沒有寬廣到能夠想起麥肯錫河還有對岸，從沒想過神的足跡可能出現於對岸之上。要到了晚些時候，等牠走過更多地方，增長了年歲，變得更有智慧，見識過更多路徑和河流後，才有可能領悟這種可能性。不過，牠現在還沒有這種能力，只是盲目地跑著，腦中只有自己所在的這岸。

白牙徹夜狂奔，在黑暗中撞上許多麻煩和阻礙。但是它們只是拖延牠的腳步，並沒有嚇倒牠。到了第二天中午，牠已經連續跑了三十個小時，就算是鐵打的身子也承受不住，只是牠的耐力依舊激勵牠繼續前進。牠已經四十個小時沒有進食，餓得全身乏力，而一次又一次跌入冰冷的河水更是雪上加霜。牠原本亮麗的毛皮現在又濕又髒，寬厚的腳掌鮮血淋漓、到處都是瘀青。牠愈跑，步伐就愈是蹣跚。更糟的是天色開始昏暗，天空開始飄起白雪。雪花又冰又滑又黏腳，遮蓋牠的去路和崎嶇的地面，讓牠更難行進，舉步維艱。

灰狸那晚原本打算在麥肯錫河的對岸紮營，因為那兒的路通往獵場。可在天黑前不久，灰狸的女人庫魯庫琪發現有頭麋鹿跑來這岸的岸邊喝水。如果不是那隻麋鹿跑來河邊飲水，如果不是米沙在大雪中駛偏了船，如果不是庫魯庫琪看見那隻麋鹿，如果不是灰狸手氣好，來福槍一槍就打死了麋鹿，結果將完全不同。那麼一來，灰狸不會在河岸這一側紮營，白牙就會和他們擦身而過，跑到牠虛脫而死，或者遇見牠的野狼兄弟，成為牠們的一份子，終其一生成為一匹蒼狼。

暮色籠罩大地。雪勢愈來愈猛烈。白牙一面跌跌撞撞地瘸腳前進，一面暗暗輕聲悲泣。忽然間，牠看見雪地上有嶄新的足跡，立刻察覺那是什麼腳印。牠急切地嗚嗚哀鳴，循著足跡，沿著河岸走進樹林。營區的聲響傳入牠耳裡，牠看見火光，看見庫魯庫琪在煮飯，看見灰狸蹲在地上，嘴裡嚼著一塊生牛油——營地裡有鮮肉！

白牙以為牠又少不了挨上一頓毒打，這個念頭讓牠微微豎起長毛，伏低身子，牠卻依舊邁前了幾步。雖然牠害怕，也討厭挨揍，但牠更知道在這裡，牠可以擁有溫暖的火光，擁有神的保護和同類的作伴——即便勢同水火，終究仍有同類作伴，滿足牠群居的需要。

白牙畏畏縮縮地朝著火光爬去。灰狸看到牠，嘴裡立刻停止咀嚼。白牙卑躬屈膝、畢恭畢敬地匍匐前進。牠筆直朝灰狸爬去，一步比一步緩慢，一步比一步折騰。終於，牠來到主人腳邊，心甘情願地趴在他身旁，獻出牠全部的身體和靈魂。這是牠的選擇，牠選擇來到這人的營火之旁，接受他的統治。白牙渾身發抖，等待懲罰降臨。牠頭頂上的手動了動，白牙以為自己就要挨揍，不由自主地縮了一縮身子。但那隻手沒有打下來，牠偷偷向上瞄了一眼，卻看見灰狸正把牛油分成兩塊，還把其中一塊丟給牠！牠起先還有些疑慮，輕輕聞了聞，隨即狼吞虎嚥，吃了起來。灰狸要別人拿肉過來餵牠，還保護牠不讓其他狗搶食。吃飽後，白牙心滿意足、滿心感激地躺在灰狸腳邊，凝視溫暖的火光，瞇眼打起瞌睡。牠現在覺得安心無比，因為牠知道，從明天起，牠再也不用孤伶伶地在無邊荒林裡遊蕩，而是在人類的營地裡，和牠全心奉獻、全心信賴的神在一起。

第五章　盟約

十二月即將過去，灰狸展開了一段新的旅程。他沿著麥肯錫河溯源而上，米沙和庫魯庫琪也和他同行。灰狸自己駕駛一輛雪橇，由他交易或借來的雪橇犬拉橇；米沙則駕駛另一輛小一點的雪橇，拉橇的是一隊小狗。雖然他的工作像在玩辦家家酒，但米沙還是很高興，覺得自己開始做起大人的工作，而且不只是他可以開始學習駕馭、訓練雪橇犬，這群小狗也可以開始學習拉橇。再說了，這輛雪橇載了將近兩百磅的裝備和食物，多多少少也算出了點力。

白牙看過營地的狗拉雪橇辛苦跋涉，所以不特別厭惡讓人綁上背帶。牠頸間被綁上一條填滿苔蘚的項圈，項圈上連著兩條拉繩，兩條拉繩又連著一條胸背帶，胸背帶則被綁在一條拉橇的長繩上。

隊上共有七隻小狗。其中六隻小狗都在年初出生，約九、十個月大；白牙年紀最小，只有八個月。小狗們分別用繩索綁在雪橇上，每條繩索的長度各有不同，之間至少相隔一個狗身的長度，所有繩子都繫在雪橇前端右側的一個扣環上。雪橇沒有滑橇，是一輛用樺樹樹皮製成的平底雪橇，前端的底部翹起，以免雪橇剷進積雪之中。這種結構最能分散雪橇和貨物的重量，此刻地上的積雪仍是晶狀的粉末，非常鬆軟，將重量分散，雪橇才容易前進。根據同樣的原則，雪橇前方的狗兒也呈扇狀分散，如此一來，行進時就不會踩在前一條狗走過的路上。

扇狀隊形還有另一個好處，那就是不同長度的繩子可以防止跑在後方的狗攻擊前方的狗，只有前方的狗才能攻擊後方的狗。但若前方的狗有意攻擊，牠必須轉身面對後方繫繩較短的狗，如此一來，牠不只必須和對手正面衝突，還得挨駕駛的鞭子。且扇狀隊形最大的好處，在於如果後方的狗想要攻擊前方的狗，牠就得加速奔跑；牠跑快，雪橇的速度也會跟著加快；雪橇的速度加快，前方受攻擊的狗就會跑得更快。如此一來，後方的狗永遠追不上前方的狗，牠跑快，被追的那條狗也跟著跑快，所有的狗都會跟著加速，雪橇的速度也就連帶地快了起來。人類就這麼狡猾地利用間接手段，加深對於這些牲口的支配。

米沙像他的父親，灰狸心機深沉，他也不遑多讓。他之前就發現尖嘴對於白牙的欺壓，只是那時候尖嘴是別人的狗，米沙最多只敢偶爾偷偷丟牠石頭。現在尖嘴是他的了，他能替白牙報仇了。米沙將尖嘴綁在最長的那條繩索，讓牠成為領袖犬。領袖犬表面風光，但這麼做，其實是奪走牠所有榮耀。原本尖嘴在狗群中呼風喚雨，帶頭為非作歹，現在卻成了其他小狗深惡痛絕的欺侮對象。

尖嘴往昔的光彩不再，因為牠現在跑在最長的韁繩末端，其他小狗看見的，永遠都是牠在前方飛奔的背影，是牠毛茸茸的尾巴和飛躍的後腿——這和牠鬃毛聳立、露出森森獠牙的模樣相比，實在不怎麼凶猛可怕。除此之外，一般的狗看見有其他狗跑在前方，都會忍不住要追，而且認為對方就是要逃離牠們的追捕才會拔足狂奔。

每一天，只要雪橇一出發，狗群就開始追逐尖嘴，整天緊咬著牠不放。起初，尖嘴為了捍衛自己的威嚴，還時常憤怒掉頭，懲戒後方窮追不捨的小狗。但牠一轉身，米沙就會揮舞他那條三十呎長的軟鞭，熱辣辣朝牠臉上打去，逼牠轉身繼續疾奔。尖嘴或許可以迎戰整個狗群，牠卻不敢挑戰那長鞭，牠能做的，就是拉緊自己的長繩，讓自己的胸腹遠離同伴的利齒。

不過，這名小印第安人的城府遠不只如此。為了讓那群小狗緊追尖嘴，米沙還故意處處偏心尖嘴，讓其他狗欣羨嫉妒，對尖嘴懷恨在心。米沙會故意在其他狗的面前餵尖嘴肉吃，而且只餵牠，氣得其他小狗直跳腳。當尖嘴在米沙的保護下大快朵頤時，其他小狗只能在長鞭抽不到的範圍外逕自生氣。即使沒有餵肉的時候，米沙也刻意把小狗趕開，裝裝樣子，讓牠們誤以為尖嘴有肉吃。

白牙欣然接受拉橇的工作。牠比其他狗繞了更大一圈，才臣服於神的統治之下，也比牠們清楚，違抗神的旨意完全是白費力氣。在牠心中，只有人類最重要。牠長期受到其他狗的欺壓，根本不把狗隊放在心裡，到這一刻為止，牠還沒學會依賴同類的陪伴，就連琪雪，牠也幾乎忘了。如今牠只能依賴效忠主人宣洩情感，因此白牙更加賣力工作，學習紀律，安份守紀。白牙最出色的地方，就在於牠工作時盡忠職守，而且無怨無尤。這是野狼和野狗被人類馴化的重要特徵，而白牙這項特徵更是出奇明顯。

沒錯，白牙和別的狗不是全無往來，但那是因為牠們是敵人，碰了面也只有打架的份兒。牠不知道要怎麼和牠們一起玩，只知道要怎麼戰鬥，而且下手絕不留情。其他小狗過去奉尖嘴為領袖，對白牙張牙舞爪，恨不得將牠碎屍萬段，現在白牙百倍奉還給牠們。不過尖嘴已不再是領袖——只有在被綁在長繩末端，拖著雪橇倉皇飛奔於同伴前方時，牠才是「名義」上的領袖。紮營時，尖嘴總是緊跟著米沙、灰狸或者庫魯庫琪，不敢離開神的身邊，因為現在每條狗的獠牙都對牠虎視眈眈，牠終於嚐到過去白牙被苦苦迫害的滋味。

既然尖嘴被踢下了王位，白牙大可成為新的領袖，可是牠太陰沉、太孤僻，不是愛攻擊同伴，就是無視牠們的存在。看見白牙走來，其他狗就立刻退避三舍，就算吃了熊心豹子膽也不敢搶牠的食物，相反地，牠們反而怕白牙會搶走自己的肉，莫不狼吞虎嚥吃掉自己的份。白牙很清楚「服強欺弱」這項法則，牠總是三兩下把自己的食物吃得清潔溜溜。吃完後，那些還沒吃完的小狗就倒楣了。牠只要一聲咆哮，露露獠牙，那隻狗便只能對繁星哭訴心裡的憤慨之意，眼睜睜看著白牙吃掉自己的食物。

但三不五時，還是會有狗起身反抗，只是立刻就被白牙制伏，白牙的戰力也因此不時得到磨練。牠很珍惜自己在狗群中的孤立地位，常常為了維護這份孤立而戰。不過戰事通常三兩下就結束，牠的動作實在比其他狗快太多，牠們還來不及回神，就已經被白牙撕得皮開肉綻，鮮血淋漓，還沒開戰前就已經輸了。

白牙要求同伴遵從紀律，就像神要求雪橇犬遵從的紀律一樣嚴格。牠要求牠們畢恭畢敬，不得有絲毫逾越。牠們自己在狗群間愛做什麼就做什麼，不關牠的事，牠只要求牠們不要來招惹牠，任牠獨來獨往，看到牠就自動閃避，不得有一刻質疑牠的王位。只要別的狗流露一點露齒、豎毛、僵直四腿的跡象，牠就會毫不留情撲上前，讓牠們知道自己犯了多大的錯誤。

牠是個殘暴不仁的暴君，出於復仇心理欺壓弱小，統治的手段如鋼鐵般嚴苛，毫無轉寰餘地。幼年的生活艱困無情，牠和母親必須自食其力，在殘酷的荒野中奮力求生，這段經驗對牠產生難以抹滅的影響，因此懂得當有比牠更強大的動物經過時必須放輕腳步。牠欺凌弱小，卻尊敬強者，與灰狸同行的這段漫長旅途中，只要在陌生人的營地上遇見大狗，牠一定會放輕腳步。

幾個月過去了，灰狸的旅程尚未結束。長途跋涉和拉雪橇的苦役把白牙磨練得更加強壯，牠的心智也似乎已完全發展成熟，愈來愈瞭解自己身處的世界。牠看到的，是個嚴峻又現實的世界，在牠眼中，這個世界蠻橫、殘酷，沒有半點溫情。撫慰、鍾愛與甜蜜，這些滋潤心靈的情感壓根不存在。

白牙對灰狸沒有感情。沒錯，灰狸是神，但他也很野蠻。白牙甘心承認他的統治地位，這地位是建基於優越的才智和殘酷的力量上。在白牙體內，有部份的牠渴望受到人類統治，否則牠不會從荒野歸來，對人類獻出牠的忠誠，可牠天性深處仍有些部分尚未被觸碰。只要灰狸一聲慈愛的話語，一次溫柔的撫摸，或許能觸碰到那深沉的角落。不過灰狸沒有摸過牠，也從沒說過一句慈愛的話。他不是這樣的人。他只懂得粗暴的手段，專橫地控制狗群，用棍棒執行正義，誰違規，誰就挨揍。就算表現良好，他也不會展現慈愛的一面，只是少挨頓打。

因此，白牙完全不曉得人類的手可帶給牠天堂般地快樂。牠不僅不喜歡人類的手，還十分提防。

沒錯，人類的手有時會拋肉給牠，但更多時候是來傷害牠，所以還是離它們愈遠愈好。人類用手丟石頭、扔棍棒、抽鞭子、賞拳頭、甩耳光，就連伸手摸牠時，也會偷偷擰上一把。牠在陌生的聚落中領教過小孩的手，體驗到小孩的殘酷。小孩的手可以造成恐怖的傷害，牠有一次甚至差點被一個奶娃挖出一隻眼睛。這些經驗讓牠從此不再信任小孩，牠無法忍受他們，只要他們帶著降災招禍的手靠近，牠就起身離身。

在大奴湖畔的一個聚落裡，為了報復人類的邪惡之手，牠把從灰狸那兒學到的規矩做了小小的修改，知道了咬傷神的手不一定是不可饒恕的罪行。這個聚落的習慣是讓狗自己出外覓食，白牙入境隨俗，便獨自出去找食物了。牠看見一名男孩正用斧頭劈開一塊結凍的麋鹿肉，肉末飛到雪地上，白牙便悄悄上前吃掉。隨後，牠看見男孩放下斧頭，抄起一根結實的木棍。白牙趕緊跳開，即時閃過這一棍。白牙跑開，男孩緊追在後。白牙對這個聚落不熟，只能在兩頂帳篷間死命逃竄，卻發現前方一道高高的土堤困住牠的去路。

白牙無路可逃。牠唯一的退路是兩頂帳篷間的空地，而男孩就守在那裡。他手裡提著棍子，朝著白牙步步逼近，準備好好教訓這頭困獸。白牙也氣了，牠義憤填膺，對男孩豎起一身長毛，厲聲咆哮。牠很清楚覓食的規矩，所有不要的肉末——例如結凍的肉屑——哪隻狗找到就是牠的。牠沒做錯事，沒有破壞任何規矩，但是這個男孩卻要給牠一頓好打。白牙氣到失去理智，盛怒之下也不曉得自己做了什麼。牠的動作奇速，連男孩也不知道發生了什麼事。男孩回過神後，只發現自己已莫名其妙跌倒在地，持棍的手被白牙的利齒撕裂好大一道傷口。

白牙知道牠破壞了神的規矩。牠咬傷了某個神的神聖肉體，眼前勢必有一場可怕的懲罰等著牠。牠看見被咬傷的男孩和他的家人吆喝著要來討公道，便逃到灰狸身邊，在他的腳邊趴下，尋求他的庇護。灰狸、米沙和庫魯庫琪都替白牙撐腰，那家人討不了好，便訕訕離開。白牙聽見他們唇槍舌戰，看見他們的手臂憤怒揮舞，便知道自己沒有做錯。從此之後，牠知道了神與神之間不能一概而論，而是有分別的。牠的神和其他的神不同，自己的神不管公不公正，祂們怎麼對牠，牠都只能默默承受。但是牠不用忍受其他神的不公，牠有權用尖牙表達牠對不公的憤慨和憎恨，這也是神教牠的規矩。

這天將盡之前，白牙對這項規矩又有了更深的領悟。當天稍晚，米沙獨自進入森林撿柴，遇上那名被咬傷的男孩。男孩身邊跟著一群朋友，雙方相互叫囂，接著對方群起而上，聯手圍攻米沙。米沙被打得悽慘，拳頭如雨點般落下。白牙起初只是冷眼旁觀，這是神之間的事，用不著牠插手。但是牠忽然想起眼前飽受毒打的是米沙，是牠的神之一，於是衝動之下，不加思索地便撲了上去，跳進打架的小孩之間。五分鐘後，這群男孩抱頭鼠竄，鮮血滴滴答答落在雪地上，證明了白牙的尖牙沒有閒著。米沙回到營地後說起這件事，灰狸聽了便賞給白牙滿滿一大盤肉。白牙大快朵頤了一頓之後，趴在火旁昏昏欲睡。這規矩已確認無誤。

這些經驗讓白牙學會了有關「財物」的規矩，還有牠必須保護主人的財物。從保護神的身體到保護神的財產可說是一大進步，而白牙做到了。為了保護神的東西可以不計手段，即便要咬傷其他的神也在所不惜。但這項進犯的舉動不僅瀆神，而且伴隨著危險。狗不是神的對手，然而白牙還是學會了驍勇無懼地面對他們，而那些老愛順手牽羊的神也知道最好不要去灰狸頭上動土。

很快地，白牙又學會一件事，那就是手腳不乾淨的神通常膽小怯懦，只要一聽到警告就逃之夭夭。牠還學會只要自己出聲示警，灰狸會立刻趕來幫手。白牙後來漸漸明白，小偷不是因為怕牠才逃走，他們怕的是灰狸。白牙示警的方式不是連聲狂吠——牠不吠的。牠總是直接撲向入侵者，能咬多緊就咬多緊。牠的脾氣陰沉、孤僻，不和其他狗往來，所以格外適合守護財物。灰狸也鼓勵並訓練牠看見可疑的形跡就攻擊，讓白牙變得更兇狠、更乖戾，也更孤僻。

幾個月過去，人狗之間的盟約愈來愈穩固。這是第一匹從荒野走入人群的野狼和人類立下的古老盟約，所有後繼的野狼野狗都遵行不誤。白牙也不例外，努力地想要實踐這項盟約。盟約的內容很簡單：牠用自由交換人類神祇擁有的東西，神賜給牠食物、火光、保護和陪伴；作為回報，牠對神唯命是從，盡忠效力，保護神的財物和安全。

擁有一個神，意味著奉獻。白牙的奉獻出於責任、出於敬畏，卻非出於愛。牠不知道什麼是愛。牠沒有嚐過愛或被愛的滋味，琪雪已是個遙遠的記憶，更何況，在牠把自己奉獻給人類時，就代表牠不僅從此放棄荒野和牠的同類，並且依據盟約，若是有天牠與琪雪重逢，牠也不能拋下神，跟隨母親離開。對人類的效忠似乎在無形中成為牠的戒律，而這項戒律遠比自由、同類和親人的愛都還要重要。

第六章　飢荒

春季將至，灰狸總算結束了漫長的旅程。四月時，滿周歲的白牙拉著雪橇回到家鄉，米沙替牠解下身上的背帶。雖然離成熟尚早，但白牙已是聚落裡滿周歲的小狗群中，體型僅次於尖嘴的小狗。牠從狼父親和琪雪那兒遺傳到強健的體格和力氣，身長幾乎已和成犬相當。可還不夠結實，身子瘦長，肌肉發達而不夠壯碩。牠的毛色是純正的狼灰色，外表怎麼看都是狼的模樣。儘管牠從琪雪那繼承了四分之一的狗血統，卻僅表現在個性上，外表完全看不出來。

白牙踩著沉穩的腳步，在聚落四處遊蕩，認出那些在旅行前就已認識的神和狗，心裡很是滿意。許多小狗都和牠一樣都長大了，大狗看上去也不如記憶中巨大嚇人。站在牠們之間，牠也不像過去那樣恐懼，反而帶著一種嶄新的愉悅心情，悠然自得地大步穿梭其間。

去年時，白牙只要看到一條叫做貝希克的老狗齜牙咧嘴，就會瑟縮躲到一旁。當時白牙從牠身上看見自己有多弱小；而現在，牠卻從牠身上看到發生在自己身上的改變和成長有多大。貝希克愈來愈衰老虛弱，而年輕的白牙卻是愈來愈強壯。

有一次，白牙和狗群分食一頭剛被獵殺的麋鹿。那時，牠領悟自己在狗群之中的地位改變了。牠搶到一塊連著部分腿骨的鹿蹄，骨頭上還帶有不少肉。肉一到手牠立刻抽身——事實上，牠是一溜煙就躲進樹叢後的隱密處——狼吞虎嚥牠的戰利品。突然間，貝希克冷不防撲了過來，白牙來不及回神，就先狠狠咬了入侵者兩口，並且毫髮無傷地退開。貝希克被白牙迅如閃電的攻擊嚇傻了，呆若木雞地看著白牙，鮮紅的腿骨橫在牠們之間。

貝希克老了。牠明白自己過去欺凌的小狗，現在只會愈來愈強壯。牠一次又一次地吞下這些痛苦經驗，改而運用自己經年累月的智慧迎戰。若在從前，牠早已憤怒地撲向白牙，如今日漸衰退的體力卻不允許牠這麼做。牠惡狠狠地豎起背上長毛，隔著腿骨陰森森地瞪著白牙。看見貝希克的模樣，過去對大狗的敬畏又在白牙內心復甦，牠感覺自己愈縮愈小、愈縮愈小，一心只想著要怎麼撤退看起來比較不狼狽。

在這時，貝希克卻犯了個錯。牠只要繼續維持那凶神惡煞的模樣，一切都會如牠所願。白牙已經決定將肉留給牠，也開始在撤退了，但貝希克偏偏就是等不及。牠覺得勝券在握，便朝肉靠前一步。白牙看見牠旁若無人地低頭聞嗅腿骨，背上長毛忍不住微微豎起。貝希克這時要挽回局勢都還不算太遲，牠只要站在肉旁，仰頭怒吼幾聲，白牙終究會退開。但新鮮的肉味強烈刺激著貝希克的嗅覺，牠忍不住貪心地咬上一口。

太過份了！幾個月來，隊友都對牠唯命是從，白牙再也無法忍受自己傻傻站在一旁，眼睜睜看著別的狗享受原屬於牠的食物。牠一如慣例，毫無欲警地撲向貝希克，一擊就把貝希克的右耳咬爛。貝希克被突然其來的攻擊嚇得目瞪口呆。接下來的事同樣令人吃驚，卻更為嚴重。貝希克居然被打翻在地，咽喉被白牙狠狠咬傷。牠搖搖晃晃地掙扎站起，年輕的白牙又狠狠咬了牠肩膀兩口。白牙敏捷的身影看得牠眼花撩亂，牠撲向白牙，恨不得將牠碎屍萬段，卻咬了個空。轉瞬間，牠的鼻子反而又給白牙咬個皮開肉綻，只得踉蹌退開。

情勢逆轉。白牙豎起全身長毛，惡狠狠地站在腿骨旁。貝希克稍稍退開了些，準備撤退。牠不敢冒險和這隻年輕力壯、來去無蹤的狗拼死一戰，同時也再次苦澀地體認到自己的年老體衰。但牠仍想保住最後一絲尊嚴，於是鎮定地轉過身，彷彿不把白牙和腿骨放在眼裡，抬頭挺胸地大步離開，直到走遠後，牠才停下腳步，舔起血流如注的傷口。

這件事之後，白牙變得更有自信，也更加狂傲。走在大狗之間，牠不再躡手躡腳，也不再對牠們唯唯諾諾。牠沒有從此改頭換面，不再惹事生非。不，差得遠了，牠反而要求別的大狗敬重牠。牠堅持自己優越的地位，不讓路給任何一條狗。牠唯一要求的，就是別人必須尊重牠。牠不再像其他小狗一樣任人忽略、輕蔑，也不像牠的伙伴繼續乖乖當拉橇的小狗之一。小狗們見到大狗就得讓路，在脅迫之下不得不認命交出食物。但獨來獨往、陰沉孤僻、昂首闊步、凜然可畏、不容侵犯、冷淡疏離的白牙，卻被大狗當成平輩看待。大狗們很快學會不要去招惹牠，不要大膽挑釁，也不用搖尾示好。只要牠們保持距離，牠也不會找牠們麻煩——經過幾次交手後，雙方都發現這是最好的方法。

夏天過了一半，白牙又有了個新經歷。有一天，牠偕同獵人出外獵殺麋鹿，途中，牠無聲無息跑到村落邊緣一座新架起的帳篷旁查探，結果和琪雪撞了個正著。白牙煞住腳步，睜睜望著琪雪。牠對母親只剩下模糊的記憶，但牠依舊記得牠，琪雪卻不記得。母親咧開嘴，像過去一樣厲聲咆哮。白牙的記憶一下清晰起來，那些遺忘的童年往事全隨著這熟悉的咆哮湧現腦中。在遇見神之前，母親就是牠的宇宙中心。過去熟悉的情景一下湧進心頭，牠能感覺內心的波濤洶湧。白牙開心地跑上前，琪雪卻用牙齒迎接牠，在牠臉上留下一道深及見骨的傷口。怎麼了？白牙不明所以，困惑退開。

這不是琪雪的錯。母狼記不得自己一年前生下的小狼，這是牠們的天性。琪雪不記得白牙，對牠來說，白牙現在只是一隻陌生的動物，一名入侵者，而牠有一窩剛出生的小狗，有權反擊。

其中一隻小狗爬向白牙。牠們是同母異父的兄弟，只是自己不知道。白牙好奇地聞了聞小狗，琪雪立刻撲了上來，再次狠狠地將牠的臉撕得皮開肉綻。白牙退得更遠了。剛剛復活的舊時記憶和連繫頓時消失無蹤，埋回腦海深處。牠看著琪雪舔著小狗，邊舔邊不時停下來對牠咆哮。對白牙來說，現在母親再也沒有半點價值，牠早就習慣沒有母親的生活，忘記母親的意義。牠的世界已經沒有母親存在的位置，而琪雪的生活也再容不下牠的存在。

回憶一點一滴消逝，白牙茫然呆立原地，無法理解這究竟是怎麼一回事。這時候，琪雪又發動攻擊，想把白牙趕走。白牙沒有反抗。琪雪是牠的同類，是匹母狼；而公不與母鬥是狼族的戒律之一。白牙對這條戒律一無所知，這無法由心智歸納得知，也無法從經驗中學習。牠會有這項認知，是因為受到一股神秘的催促，感到一種本能的衝動——也就是這本能驅使牠對著夜空中的月亮和繁星嚎叫，讓牠恐懼死亡和未知。

幾個月過去了。白牙愈來愈強壯，愈來愈結實，愈來愈有份量，性情也在天性和環境的影響下逐日成長。牠從父母身上遺傳到的天性就像黏土，是種可以捏塑的材料，擁有許多可能性，可以被打造成形形色色的樣貌。環境就像模型，賜予牠特定的外貌。因此，倘若白牙從來沒有來到人類的火旁，荒野會把牠塑造成一匹道道地地的野狼。但神給了牠一個截然不同的環境，牠於是被塑造成一條狗，儘管還帶有根深蒂固的狼性，但牠再也不是狼，而是狗。

無可避免地，白牙的性情便這麼依據與生俱來的可塑性和環境的揉造，被捏塑城某種特定的樣貌。牠變得愈來愈陰沉、愈來愈孤僻、也愈來愈兇殘。別的狗也愈來愈懂得最好和牠和平相處，不要與牠為敵。而隨著日子一天天過去，灰狸對白牙也愈來愈賞識。

儘管表面上看起來無所不能，白牙還是為一項弱點所苦惱，那就是牠無法忍受嘲笑。牠對人類的嘲笑深惡痛絕。他們之間愛笑什麼是他們自己的事，只要別扯上牠，牠都無所謂。但只要笑聲一轉到牠身上，牠就會立刻暴跳如雷。白牙平素嚴肅、尊貴、冷峻，可只要一聲嘲笑就能讓牠理智盡失。怒火攻心的牠，接下來幾個小時內都會像發了瘋一樣，哪隻狗遇到牠哪隻狗倒楣。深諳規矩的牠不會把氣出到灰狸身上，因為灰狸有棍棒和神性做後盾。但其他狗身後除了曠野之外，什麼靠山也沒有，若是惱羞成怒的白牙追上來，牠們只能往空地逃之夭夭。

白牙三歲那一年，麥肯錫流域的印第安人經歷了一場大飢荒。夏天補不到魚，冬天時馴鹿也不在往常的路徑上出沒。麋鹿難得一見，兔子也幾乎死絕，仰賴狩獵維生的動物接連餓死。少了平日的食物來源，牲口餓到虛脫無力，一隻隻倒下，只好自相殘殺，只有強者才得以生存。白牙的神也不例外，老的、弱的都餓死了，聚落裡哀鴻遍野，女人和小孩都強忍飢餓，不吃東西，把僅有的食物留給整天在森林裡奔波狩獵，卻徒勞無功，形銷骨立、眼神空洞的男人們。

窮途末路，神不得不靠啃食皮靴和手套上的軟皮充飢，狗兒則吃了背上的背帶和鞭繩。除此之外，狗還同類相殘，不只狗吃狗，神也吃狗。最先被吃掉的，是最虛弱或最沒用的狗。那些暫時保住小命的狗看到了，也清楚自己會有什麼下場。幾隻膽子最大、最聰明的狗拋棄神祇身旁如今已黯淡的火光，逃進森林，但最後依舊不是餓死，就是被野狼吃掉。

在這段悲慘的日子裡，白牙也曾偷偷跑回樹林。牠有童年的磨練做為指引，遠比其他狗適應這種生活。牠尤其擅長無聲無息地獵捕小動物，牠會一連埋伏上好幾個小時，緊盯謹慎的松鼠的每一個動作，用忍受飢餓的耐力靜心等候。看到松鼠終於冒險下樹，白牙還是不著急，絕不輕舉妄動，一定等到自己有把握一擊即中，松鼠沒有逃回樹上避難的機會才出手。到了那時，牠才會閃電般跳出藏身處。這道奇快無比的灰影例無虛發，倉皇逃命的松鼠沒有一次能夠逃出生天。

儘管牠獵捕松鼠從沒失敗過，但要完全仰賴松鼠維生、保持體力還是很困難，因為松鼠的數量實在不夠，白牙不得不獵食更小的動物。有時候牠餓得發慌，只好從地洞裡挖出土撥鼠來吃，有時候還得拋下尊嚴，和那些和牠一樣飢餓、卻更為兇狠的黃鼠狼決一死戰。

飢荒最嚴重的時候，牠曾偷偷溜回神的營火旁。不過牠沒有走近，只是藏身在森林裡，以免形跡敗露，偶爾看見陷阱捉到獵物牠便順手偷走。有次牠看見灰狸氣喘吁吁、搖搖晃晃地穿過森林，走沒幾步就坐下休息，看上去虛弱無力，便大膽偷走灰狸陷阱裡的兔子。

有一天，白牙遇上一匹餓到形容枯槁、瘦骨嶙峋、腳步虛浮的年輕野狼。要不是實在太餓了，白牙可能會隨他而去，和牠的野生兄弟團聚。但牠實在餓慌了，索性追上前把那匹野狼吃進肚子。

幸運之神似乎特別眷顧白牙。當牠最需要食物的時候，總是能找到什麼來吃；而當牠體弱力竭的時候，也很幸運地都沒有遇上更大的獵食者。牠曾一度被飢餓的狼群盯上，被對方緊追不放。幸好牠兩天前才吃掉一頭山貓，回復了些力氣。這是場漫長又殘忍的追逐戰，但白牙的體力比狼群好，跑得比牠們快。牠不只把追兵拋在後頭，還繞了一大圈回到原路，逮到其中一隻筋疲力盡的追兵。

之後，白牙離開那片土地，回到牠出生的山谷。牠在當年的老洞穴裡遇到琪雪。原來琪雪故技重施，也逃離了荒涼的營火，回到這個避風港生下小狗。白牙到時，只剩一隻小狗奄奄一息，怕是也活不長了。在這種飢荒下，小生命倖存的機會並不大。

琪雪見到白牙沒有半點往日情分，只是白牙也已不在意。牠已經大到不需要母親了，所以沉靜地轉過身，出了洞後沿著溪流漫步奔走。在溪流分岔處牠轉向左方支流，發現許久以前曾和母親並肩作戰過的山貓洞。牠在這個荒廢的洞穴待下來，休息了一天。

初夏時節，在飢荒即將結束之際，白牙遇見了尖嘴。尖嘴一樣逃進樹林，勉強活了下來。牠們倆不期而遇——當時白牙和尖嘴恰巧在峭壁之下沿著反方向奔跑，卻在岩石轉角處碰了個正著。兩條狗立刻警戒地停下腳步，猜疑地瞪著對方。

白牙體力充沛。牠打獵的成果豐碩，一整個星期肚子都填得飽飽的，甚至剛剛才飽餐了一頓。縱使尖嘴看來悽慘狼狽，但白牙一看到尖嘴，過去曾被牠欺負和迫害的記憶立刻浮現眼前，讓牠生理和心理同時有了反應，背上的長毛不由自主一路豎起。以前牠一看到尖嘴就會豎毛咆哮，現在也不例外。白牙片刻都不耽擱，瞬間徹底了結這樁恩怨。尖嘴想逃，白牙卻是肩對肩，勢若猛虎地向牠撞去。尖嘴被撞得四腳朝天，掀翻在地。白牙把牙齒深深埋進牠枯瘦的喉嚨。隨後，牠挺直四腳，提高警覺地繞過還在垂死掙扎的尖嘴，重拾舊路，沿著峽谷底部前進。

不久之後，有一天，白牙來到森林邊緣，看見一條狹窄的空曠斜坡，這條斜坡一路下斜至麥肯錫河。牠來過這裡，先前這兒空無一物，現在卻被聚落佔據。白牙停下腳步，藏身林間，判斷情勢。眼前的景象、聲音和味道都那麼熟悉，是牠的舊村落換了個新據點。而這些景象、聲音和味道又和牠先前逃離的村落不同，沒有遍野的哭嚎，耳邊傳來的盡是心滿意足的聲音。這時候，白牙聽到一聲女人的憤怒尖叫，聽出這是從吃飽喝足的肚子發出的聲音。空氣中瀰漫著魚的味道——聚落裡有食物，飢荒已經結束了。牠大膽走出森林，筆直朝灰狸的帳篷走去。灰狸不在，但是庫魯庫琪一見到牠就開心地連聲叫喊，還給了牠一整尾剛捉上岸的鮮魚。於是白牙靜靜趴下，等待灰狸歸來。

第四部

第一章　同類公敵

假若白牙天性裡還有那麼一絲能與同類和睦相處的可能——無論有多渺茫——也都在牠當上雪橇隊的領袖犬後摧毀殆盡了，毫無挽救的餘地。如今沒有一條狗不恨牠——恨米沙給牠那麼多肉，恨牠備受寵愛，恨牠永遠在隊伍前方飛躍。牠那毛茸茸、不停搖晃的尾巴，和不斷拉開距離的後臀無時無刻不激怒牠們。

白牙的恨意也同樣強烈。當雪隊橇的領袖犬毫無樂趣可言，整整三年來，牠欺壓、掌控這些狗，如今卻不得不在牠們的叫聲、追趕下拔足狂奔。白牙幾乎忍無可忍，但牠必須忍，否則只有死路一條，而牠可不想死。一聽到米沙下令出發，整支隊伍就瘋狂嚎吠，兇惡地朝白牙撲去。

白牙毫無還手餘地。牠只要轉身面對狗隊，米沙的鞭子就會熱辣辣甩在牠臉上，所以只能拔足狂奔，絕不能讓那些鬼叫沒完的狗群碰著牠的尾巴和後臀，那兩個部位絕不適合迎戰無情獠牙。牠只能沒命地跑，違背自己天性和驕傲，不停跨出一步又一步。

一旦做出違背本性的舉動，本性也必定會反彈。這就像毛髮本應長出體外，但若違背自然，反往體內生長，便會造成發炎潰爛的傷口。白牙也是如此。牠的每一根神經都要牠回頭撲向那些在身後狂嘯不已的狗群，而神的旨意卻不准牠這麼做；且在那旨意之後，還有三十呎長的鹿腸鞭，逼得牠不得不遵從。因此白牙只能痛苦地暗自吞淚，並在心裡滋生出與牠凶猛剛愎的天性同樣強烈的怨恨與惡意。

若說有哪隻動物是自己同類的公敵，那就是白牙。牠從不求饒，下手也從不留情。牠一遍又一遍被狗群咬傷，身上疤痕無數，狗群也因牠負傷慘重。大部分的領袖犬在搭好營、解開背帶後，就會立刻窩到神的身邊尋求保護，白牙卻不然。牠鄙視這樣的保護。牠肆無忌憚、旁若無人地在營地昂首闊步。入夜後，就換牠報復自己白天所受的苦難。在牠擔任領袖犬之前，狗群都知道見了牠要讓路，但現在不同了，一整天緊追牠不放的刺激，使得狗群腦中不斷反覆播放牠在前方沒命飛奔的畫面，牠們整個白天都在享受那強勢的地位，下意識裡哪可能還願意讓路給牠。白牙現在只要一現身，必定會引發爭吵，牠走過的地方必定響起咆哮和怒吼，撕咬更是家常便飯。牠呼吸的每一口空氣都超載著仇恨和惡意，這也使牠體內的仇恨和惡意更加高漲。

每當米沙喝令狗隊停止，白牙便立刻乖乖聽令，不過後頭的狗起初卻因為如此老是惹上麻煩。剛開始，即便聽到停止的命令，牠們照樣撲向那面目可憎的領袖犬，不料結果卻大出牠們想像之外。白牙有米沙和主人手中那根咻咻作響的長鞭撐腰，狗隊於是漸漸明白，若是是米沙下令要隊伍停止，就不要去招惹白牙；若白牙不是因為命令而止步，牠們大可放膽撲上去，咬死牠也無妨。嚐過幾次苦頭後，沒有命令白牙就絕不停止腳步。牠學得很快，這是自然的事，如果牠想在這異常嚴峻的環境下生存，就必須如此。

不過在營地就不同了，其他狗永遠學不會在營地時別去招惹白牙。白天時，一旦開始狂吠追趕白牙，狗隊便立刻忘記前一晚受到的教訓，到了夜裡又再吃上和前夜同樣的苦頭，到了第二天那慘痛的教訓又被牠們拋到九霄雲外。除此之外，狗隊會如此同仇敵慨，還有一個更重要的原因，那就是牠們不把白牙當作同類——光是這點，這足以牠們對白牙心懷濃烈的敵意。牠們跟白牙沒有不同，一樣都是人類馴養的狼，只是牠們已被馴養了好幾個世代，身上的野性多已消失無蹤。對牠們而言，荒野是可怕的未知，充滿威脅和戰爭，而白牙不論外表、舉止、情感或衝動，都還帶有濃濃的野性，牠是野性的象徵，荒野的化身。因此當狗群對著牠齜牙咧嘴時，牠們只是在保護自己，不讓潛伏在營火外的黑暗和陰暗森林中的力量摧毀自己。

不過狗群還是謹記著一件事，那就是牠們絕不能落單，必須時時聚在一起。白牙太可怕了，沒有一條狗能和牠單打獨鬥。牠們必須成群結伴，否則一個晚上內就會一個接一個死在白牙嘴下。由於狗群一直聚在一起，白牙始終沒有殲滅牠們的機會，即使牠打倒其中一隻狗，其他狗也會在牠咬斷敵手咽喉前趕到。只要一有衝突的跡象，所有的狗就會蜂擁而上，聯手對付牠。這些狗之間也有爭執，但只要一扯上白牙，就會立刻放下自己的恩怨。

另一方面，狗群再怎麼努力也無法殺死白牙。牠太快、太可怕、太聰明。牠總是避開封閉的空間，在被牠們包圍之前就先行撤退，而且沒有一隻狗可以打倒牠。牠的腳跟總是牢牢踩在地上，就像牠一直以來緊抓生命、頑強求生一樣。在這場永無止盡的戰爭中，要生存就得站穩腳步，白牙再清楚不過。

白牙就這麼成了同類的公敵。那些狗同樣是馴化了的狼，人類的營火柔軟了牠們的性格，牠們在人類力量的保護下變得軟弱。但白牙依舊剛愎、冷酷，牠天性的那塊黏土早已定型。牠誓言要向其他狗報仇雪恨，而牠的恨意如此強烈，就連灰狸這麼蠻橫的人，也為白牙的殘暴手段驚訝不已。他發誓自己從未見過像白牙一樣的生物，連同其他聚落的印第安人在聽了白牙獵殺同類的傳聞後，也如此信誓旦旦地宣稱。

白牙將滿五歲之際，灰狸又帶牠踏上另一次漫長的旅程。他們一路走過麥肯錫河沿岸，穿過落磯山脈，沿著豪豬河到達育空。每經過一座聚落，白牙就在村裡的狗群間引起混戰。多年後，人們依舊對白牙屠殺狗群的事蹟記憶猶新。白牙沉溺於復仇之中，那些陌生聚落裡的狗都是不懂猜忌的尋常家犬，對白牙神速又毫無欲警的攻擊毫無防備，不知道牠是來去無蹤的致命殺手。開戰前，牠們會豎毛、僵直四腳，擺出挑釁姿態，但白牙才不浪費時間在這些花招上，立刻像鋼鐵鑄成的彈簧般撲向牠們的喉嚨，在牠們仍錯愕困惑、痛苦掙扎時便了結了牠們。

牠變成一名戰鬥高手。牠效率奇速，從不浪費力氣和對手纏鬥——牠的速度太快了，根本不需纏鬥。若牠錯失準頭，便迅速撤退，走為上策。狼族不喜歡貼身近搏，而這習性在牠身上異常強烈。牠無法忍受與其他動物的身體有太多接觸，那很危險，會令牠發狂。牠總是離得遠遠的，保持自由和獨立，不和其他動物有任何往來。荒野的習性在牠身上根深蒂固，表現得淋漓盡致。牠童年那種以實瑪利式❶的生活更強化了這種感受。接觸中潛藏著危機，那是個陷阱，永永遠遠的陷阱。對於接觸的恐懼埋在牠心裡深處，交織在牠每一根纖維裡。

因此，碰上白牙的狗一點機會也沒有。牠靈巧閃過對手的利齒，要不一撲即中，要不立刻抽身，不管怎樣牠都能全身而退。不過事情總有例外，好幾次幾條狗同時圍攻白牙，在白牙來不及抽身前便把牠團團圍困，狠狠教訓了牠一頓。也有幾次被一些單打獨鬥的狗咬得皮開肉綻。但這些都是意外。大體來說，白牙嫻於作戰，多數時候都能毫髮無傷。

白牙還有另一項優勢，就是能夠精準地判斷時間和距離。不過牠沒有刻意計算，一切都是出於下意識的自發反應。牠的目光就是如此銳利，神經總能將影像正確無誤地傳送到腦部。牠的生理構造比一般的狗更精良，運作地更平穩。無論是反應、心智和肌肉的協調性，都比其他狗優秀太多。牠的眼睛只要把某個移動的影像傳送給大腦，大腦便能立刻不假思索地判斷出那動作的範圍和完成所需的時間。因此，白牙總是能避開其他狗的撲咬，同時抓住反擊的瞬間。牠完美的身體和頭腦配合的天衣無縫，但這沒有值得讚揚之處，說穿了，不過就是大自然對牠比其他狗慷慨，牠比較得天獨厚罷了！

---

❶以實瑪利（Ishmaelite），創世紀中記載的以實瑪利為亞伯拉罕和夏甲被驅逐的兒子，代稱流放者。

在一個夏日裡，白牙走進了育空交易站❷。去年冬天，牠和灰狸翻越麥肯錫河和育空河的大分水嶺，春天時停留在落磯山脈西側的雲杉林間打獵。等到豪豬河解凍後，灰狸造了一艘獨木舟溯溪而下，到達育空河和北極圈的交界處。這裡有個舊哈德遜灣公司的交易站，群聚了許多印第安人，食物也極為豐盛，氣氛空前熱烈。此時正值一八九八年的夏天，成千上萬的淘金客來到育空，打算前往道森和克倫代克❸。儘管其中有許多人已經上路了整整一年，但距離目的地仍有百哩之遙。這些人至少已經跋涉了五千哩，有些人甚至還是從地球的另一端來的。

灰狸在這兒落腳。他早聽聞淘金熱的消息，所以才帶上好幾捆毛皮以及腸線縫製的手套和鹿皮靴來湊熱鬧。要不是預期能大發利市，他也不會冒險踏上這麼漫長的旅途。結果他的收穫遠遠超出預期。他當初最多也只敢想像賺個一倍，結果利潤整整翻了十倍。他和其他當地的印第安人一樣，在這兒安置下來，謹慎地做起生意，慢慢來，一點也不著急，就算要花上一整個夏天和冬天才能賣完存貨也不要緊。

白牙就是在這育空交易站初次邂逅白人。和牠認識的印第安人相比，白人彷彿是種截然不同的生物，比印第安神還更優越。牠感覺祂們的力量更為強大，心裡震撼不已，而這力量也決定了神性的高低。白牙並非經由思索得知這項事實，心裡也沒有刻意地將白人神祇劃分到至高無上的地位，那純粹是一種感覺，但同樣深具說服力。童年時，牠看見人類立起高大的帳篷，深深被人類的力量震撼。如今，眼前一幢幢用巨大原木蓋出的房屋和交易站同樣讓牠激動。這就是力量。那些白人神祇偉大非凡，祂們支配事物的力量比牠所認識的神還要強大。灰狸已經是牠認識的神中權力最強大的，可在這些白皮膚的神祇面前，他卻顯得如此渺小。

當然，白牙只是心裡有這些感覺，並非經由思索而知。動物的行動都是憑藉感覺，而非思考。現在，認為白人神祇更為優越的感受支配了白牙的一舉一動。牠起初還心有疑慮，誰知道祂們身上藏有什麼恐怖的未知，會給牠帶來什麼傷害。不過牠好奇心切，忍不住想要上前觀察祂們，卻又害怕引起祂們注意。最初的幾個小時裡，牠只要能悄悄在附近徘徊、隔著安全距離觀察祂們就滿足了。但後來看到其他狗接近祂們也沒受到什麼傷害，白牙才放膽上前。

現在換白人神祉對白牙大感好奇了。牠狼一般地外表立刻吸引眾人目光，人們開始交頭接耳，對牠指指點點。白牙見狀立刻提高警覺，一看到有人靠近，便露出森森獠牙向後退開。沒有人摸到牠；幸好沒有。

白牙很快就發現沒有多少神住在這裡——頂多十幾名。這兒每兩、三天就有一艘汽船（又是神祇驚人力量的展現）靠岸，停泊數小時。幾名白人從船上走下，之後又搭船離開。白人的數量似乎不計其數，白牙在頭幾天內看到的白人就比牠這輩子看過的印第安人還要多。日子一天天過去，白人仍舊

❷育空交易站（Fort Yukon），哈德遜灣公司於一八四七年在阿拉斯加建立的交易站。
❸此處特指一八九七年至一八九九年間的淘金熱，淘金地點集中於道森市的克倫代克和育空河的交界處。

來來去去，不斷乘船而來，停駐片刻後又搭船消失河上。

儘管白人神祇無所不能，祂們的狗卻平凡無奇。白牙和那些偕同主人上岸的狗廝混一陣後，就發現牠們的外貌和體型五花八門，有些腿短——短得誇張；有些腿長——但是又長得太離譜。牠們身上的毛像頭髮一樣柔細，不若毛皮厚實，有些狗甚至沒什麼毛。最重要的是牠們沒有一個懂得打架。

身為同類的公敵，白牙的任務就是找狗打架。牠不但動手，而且很快就打從心底瞧不起牠們。那些狗孱弱無力，吵鬧不休，笨手笨腳，跌跌撞撞地努力抵抗白牙迅捷狡詐的攻擊。牠們對白牙齜牙咧嘴地連聲狂吠，白牙卻一下跳開，在牠們還搞不清楚對手的反應前，白牙便已在瞬間攻向牠們的肩膀，把敵人撞翻在地，狠狠朝咽喉咬落。

有時候白牙得手了，被擊倒的狗在地上滿地打滾，等在一旁的印第安狗群就會像餓虎撲羊般，衝上前將地上的敗將碎屍萬段。白牙很聰明，牠很早以前就明白若是殺死神的狗，神會勃然大怒，白人神祇也不例外。所以牠只要打倒對手，撕開牠們咽喉後便心滿意足地退到一旁，讓其他狗替牠完成殘酷的收拾工作。等到白人這時衝上來，怒氣沖天地痛懲狗群時，只有白牙逃過一劫。牠會站在一旁看著石頭、棍棒、斧頭以及各種武器落在牠的同伴身上。白牙非常聰明。

不過牠的同伴也慢慢學乖了。但道高一尺、魔高一丈，白牙怎麼會輸給牠們？那些狗漸漸明白只有在汽船剛靠岸時才有得玩。等兩、三條外地狗被咬死之後，白人便把自己的狗趕回船上，對兇手展開兇殘的復仇。一名白人在親眼目睹自己的獵犬被碎屍萬段後，立刻咬牙切齒地掏出手槍，六聲槍響，六條狗立刻倒地身亡，沒死的也奄奄一息——白牙再一次深深感受到神祇的力量是多麼強大。

白牙樂在其中。牠對自己的同類沒有半點情感，又精明無比，總是能全身而退。起初，撲殺白人的狗不過是個餘興節目，可不久就變成牠的正業。牠在這兒無事可做，灰狸忙著做生意、賺大錢，所以白牙和其他聲名狼籍的印第安狗就混在碼頭旁，等待汽船到來。船一靠岸，牠們的樂子就開始了。等白人從震驚中恢復已是幾分鐘後的事，那時這群狐群狗黨早已解散，等下艘船靠岸時再重新開始這消遣。

白牙其實不是這狐群狗黨中的一員。牠不和那些印第安狗廝混，依舊獨來獨往，離群索居，那些狗甚至因此對牠畏懼無比。沒錯，牠們是聯手合作，白牙向外地狗挑釁時，狗群就在一旁等著。只要白牙打倒外地狗，狗群就立刻蜂擁而上，解決敗將。但白牙老是先獨自開溜，留下牠們承擔神祇的雷霆怒火。

要挑起事端根本不費白牙吹灰之力。外地狗一靠岸，白牙要做的，就是現身。那些狗一看到牠就會立刻撲上前，這是牠們的本能。白牙就是荒野——是未知、是恐怖、是永恆的威脅；是狗瑟縮在火堆旁，步步重塑牠們的天性，學會害怕那被牠背叛、遺棄的出身時，還在原始世界的火光四周徘徊的生物。經過世世代代的傳承，對於荒野的恐懼深深刻進狗的血液之中。數百年以來，荒野已成為恐怖和毀滅的象徵。在這些漫長的歲月裡，牠們從主人手中得到撲殺野生動物的自由，這麼做不但可以保護自己，也保護了與牠們為伴的神祇。

因此，這些剛從溫煦南國來的狗兒輕快跑下跳板，踏上育空河畔，一看到白牙便興起一股無法遏制的衝動，想要撲向牠、殺死牠。牠們或許生長在城市之中，仍同樣具有對荒野的恐懼本能。光天化日之下，牠們看見一匹狼似地動物站在眼前，透過先祖的目光和世代傳承的記憶，認出白牙就是荒野中的惡狼，古老的仇恨立刻湧現腦中。

這一切讓白牙的日子過得更愉快。那些狗一看到牠就攻擊再好不過，牠求之不得。可對那些狗來說可是大錯特錯。牠們將白牙視為合法的獵物，殊不知自己在白牙眼中也一樣。

第一次在冷清的洞穴裡看見天光、第一次和松雞、黃鼠狼、山貓作戰，對白牙來說都是意義深遠的經驗。幼年時遭到尖嘴和整群幼犬的迫害對牠也影響至深。若不是有過那些遭遇，白牙或許不會變成現在這副模樣。倘若沒有尖嘴，牠會和其他小狗一起度過童年，會變得比較像隻狗，也會比較喜歡狗。如果灰狸擁有探測深情和愛意的鉛錘，或許便能探知白牙深處的天性，召喚出牠體內良善的特質。然而，現實卻偏偏不是如此。白牙體內的黏土漸漸被捏塑成牠現在的模樣——陰沉、孤僻、冷酷、殘暴。牠成了同類的公敵。

第二章　瘋神

真正住在育空交易站的白人屈指可數。這些人已在這裡住了許久，自稱「發酵麵糰」，並對這個稱呼深以為傲，十分鄙視那些新來的居民。那些從汽船上岸的人通通被他們當作新人，稱為「菜鳥」❶。初來乍到的人，聽到這名稱總覺得自己矮人一等。菜鳥們用發粉烘烤麵包，這是他們和發酵麵糰間最令人嫉恨的區別：因為發酵麵糰不用發粉，麵包是直接由發酵麵糰做出來的。

不過這些都無關緊要。在地人看不起新人，看到他們遭殃就幸災樂禍。特別是看到菜鳥的狗被白牙和牠的狐群狗黨攪得天翻地覆，更覺大快人心。只要有汽船靠岸，在地人一定會跑來岸邊看熱鬧。他們和那些印第安狗一樣興致勃勃、滿心期待，甚至對白牙的殘暴和狡詐讚譽有加。

可是，在這些人之中，有一人特別享受這消遣。汽船的第一聲船笛響起，他就立刻飛奔而至，而且會一直待到混戰結束，等白牙和狗群鳥獸散後，他才一副失魂落魄、悵然若失的樣子慢慢走回交易

❶菜鳥（Chechaquos＝New comer），充滿理想主義的新來者。是那些已經在育空待了一段時間的人稱呼新來者的貶抑詞。

站。有時候，目睹一隻嬌弱的南方狗倒下，在狗群的獠牙下垂死尖叫，這人就會無法控制自己，興高采烈地跳到空中，大聲叫好，而且他打量白牙的眼神總是射出貪婪的光芒。

交易站裡的其他人都叫他「帥哥」。沒人知道他的真名，只知道大家都叫他帥哥史密斯。不過呢，他跟帥哥一點也沾不上邊。現實恰恰相反，他奇醜無比。造物主對他十分吝嗇：首先，他十分矮小，瘦小的身材上插著個更瘦更小的腦袋，頭頂看起來簡直像個針尖。事實上，小時候同伴還沒有戲稱他為帥哥前，他的外號就是「針頭」。

他的後腦杓一路從頭頂一路往脖子斜落；前方呢，則是頑強地斜向又窄又寬到離譜的額頭。從額頭以下，造物主似乎又懊悔自己過於吝嗇，於是慷慨地大手一揮，賜予他巨大的五官。他兩顆牛鈴大眼之間的距離足足有兩隻眼睛寬，整張臉與身體其他部分相較之下顯得龐大異常。為了有足夠的空間擺放五官，造物主又給了他一個奇大無比的突下巴。這下巴又寬又重，看起來都快碰到他胸口；不過這也可能是因為他細瘦的脖子無法穩穩支撐如此沉重負荷的緣故。

他的下巴給人一種兇惡果斷的印象，卻又好像少了些什麼。或許是因為突得太離譜，也或許是因為下巴實在太大，無論如何，這印象只是騙人的，帥哥史密斯是出了名的「男兒膝下無黃金」，沒自尊又膽怯。回到他的長相：他的牙齒又大又黃，薄唇之下露出兩顆巨大的犬齒，活像野獸的獠牙；眼珠又濁又黃，彷彿造物主用完了顏料，只好每一管都硬擠一些出來混濁地顏色。他的頭髮也沒好到哪兒去，土黃色的頭髮稀稀落落、參差不齊，從頭到臉東一簇西一簇的亂生，活像一叢叢被風吹得亂七八糟的稻草。

總之，帥哥史密斯是個怪物，但錯不在他，是老天給了他這副容貌，罪責不該由他承擔。他負責替交易站裡的人做菜、洗碗和打雜。他們沒有看不起他，相反地，還十分善心地包容他，就像包容所有先天殘缺的的動物一樣。而且他們對他十分畏懼，怕他沒在他們面前發脾氣，就會在背後暗槍殺人或在他們的咖啡裡下毒。不過呢，總得有人做菜，不管帥哥史密斯有什麼缺點，他至少有份好手藝。

成天虎視眈眈、緊盯白牙的就是這個人。白牙的殘暴讓他陶醉不已，他渴望將白牙據為己有。他一開始拼命向白牙示好。白牙先是置之不理，後來看他還是鍥而不捨，愈跟愈緊，便索性豎起長毛、齜牙咧嘴地走開。牠不喜歡這傢伙，這人散發出來的氣息很糟，牠感覺得到他的邪惡。他伸出的手和口中吐出的溫言軟語也令白牙害怕。這一切的一切，都使白牙對這人深惡痛絕。

對於單純的動物而言，好壞的分別非常簡單。所謂的「好」，就是所有能帶來輕鬆、滿足，以及解除痛苦的事物，所以只要是讓人喜歡的就是好東西。所謂的「壞」，則是任何會帶來不快、威脅和傷害的事物，因此讓人心生厭惡。白牙覺得帥哥史密斯是「壞」的；他那殘缺的內在就像自沼澤升起的瘴氣，隱隱約約、神神秘密地從畸形的身體和扭曲的心靈飄散而出。白牙不是靠思考，也不是靠感官，而是用一種更遙遠、更隱密的方式，察覺這男人身上帶著不祥的邪氣，居心叵測。白牙認定了他是個討厭的壞東西。

帥哥史密斯初次造訪時，白牙正在灰狸的營地裡。還沒見到人影，光聽到那遠遠傳來的微弱腳步聲，白牙就已經認出對方是誰，不由自主地豎起長毛。牠原本舒舒服服地躺在一旁，立即一躍而起，帥哥史密斯腳要踏進之前，牠就像狼一般溜到營地邊緣。牠不知道帥哥史密斯和灰狸說了什麼，只看到兩人交談。那人一度伸手指向牠，儘管白牙和他相隔五十呎，但感覺那隻手還是像落在牠頭上般，讓牠憤怒地咆哮以對。那人見狀哈哈大笑，白牙一溜煙竄進樹林的遮蔽中，一面輕巧飛掠，一面不時回頭觀望。

灰狸不願賣掉白牙。他靠生意發了一大筆財，現在什麼都不欠。更何況白牙價值連城，是他擁有過最強壯的一隻雪橇犬，也是他最好的領袖犬。更重要的是，在麥肯錫河和育空一帶再也找不到像白牙一樣的狗了。白牙驍勇善戰，殺起狗來就像人殺蚊子一樣輕鬆簡單（帥哥史密斯聽到這句話眼睛馬上就亮了，還熱切地舔起他那薄薄的嘴唇）。不，白牙是非賣品，價錢再高都不賣。

但帥哥史密斯太了解印第安人了。他三不五時就來拜訪灰狸，每次來，外套下一定藏著個黑瓶子。威士忌其中一項威力，就是讓人忍不住一喝再喝。灰狸喝上了癮，他那炙熱的喉嚨和灼熱的胃，開始渴求愈來愈多這燙口的液體，腦袋也被這古怪的刺激攪得顛三倒四，讓他不計代價也要買酒來喝。他開始大肆揮灑靠著賣毛皮、手套和皮靴賺來的錢，錢消失得愈來愈快。隨著荷包愈來愈扁，他的脾氣也愈來愈暴躁。

到最後，灰狸的錢和貨物全沒了，理智和脾氣也一點不剩。除了酒癮外，他一無所有，這癮頭讓灰狸像著了魔似的，每呼吸一口清醒的空氣，酒癮就愈來愈強烈。這時帥哥史密斯又來跟他商量買白牙的事，不過這次他出的不是錢，而是酒。灰狸求之不得。

「只要你抓得到，牠就是你的了。」灰狸最後說。

帥哥史密斯將酒瓶交給灰狸。兩天後他又回來找這名印第安人時，卻說：「你去抓狗！」

這一晚，白牙溜回營地，滿足地吁了口氣趴下，很高興那可怕又討厭的白人神總算走了。好幾天了，那人想要伸手摸牠的企圖愈來愈明顯，白牙只好先暫時離開營地避難。牠不知道那雙窮追不捨的手懷有什麼惡意，只知道它們看上去就居心不良，最好遠遠避開。

不過牠才一趴下，灰狸就搖搖晃晃地上前，在牠脖子上綁了條皮繩。他在白牙身邊坐下，一手拎著皮繩末端，一手拿著酒瓶。白牙頭上不時傳來酒送進喉嚨的咕嚕聲。

一小時過去，地面陡然傳來微微地震動。人未至，白牙便已先聽到腳步聲。一認出來人身份，牠背上的鬃毛立刻豎起，但灰狸卻仍舊傻傻地點頭打盹兒。白牙輕手輕腳地試著把繩子從主人手上抽走，沒想到，原本放鬆的手指猛然收緊，灰狸醒了。

帥哥史密斯大搖大擺地走進營地，站在白牙面前。白牙對那可怕的東西低吼了幾聲，緊盯著敵人的雙手。史密斯伸手，朝白牙的頭頂降落。白牙的低吼愈來愈緊張、淒厲。那手繼續落下，白牙趴在地上，惡狠狠地瞪著它，咆哮聲隨著呼吸愈來愈急促，快到極點時，白牙猛然像蛇一般張嘴一咬。那隻手快速一抽，白牙咬了個空。帥哥史密斯又氣又怕，灰狸往白牙頭側狠狠揍了一拳，白牙只得畢恭畢敬地貼著地面趴下。

白牙猜忌的目光緊盯史密斯的一舉一動。牠看見帥哥史密斯走開，隨後帶著一根結實的木棍回來。灰狸遞出皮繩，帥哥史密接過後便轉身離開。白牙抵死不肯起身，繩子愈拉愈緊。灰狸對白牙飽以老拳，要牠跟史密斯走。白牙終於起身，但卻猛然一衝，撲向要把牠拖走的陌生人。帥哥史密斯沒有閃避，他一直等著這機會。他的棍子迅速一揮，半途攔下白牙的攻勢，把牠打翻在地。灰狸在旁微笑點頭嘉許。帥哥史密斯又拽緊繩子，白牙只能瘸著腿，昏昏沉沉地爬起來。

這一次，白牙不再攻擊。挨過一次棍子的毒打，牠就知道這白人神善用棍棒，聰明如牠自然知道不要多做無謂的抵抗。於是牠夾著尾巴，陰沉沉地跟在帥哥史密斯腳邊，喉間不斷發出輕聲咆哮。帥哥史密斯一路提高警覺，留意白牙動靜，手上的棍子一刻也沒放鬆，準備隨時出擊。

到了交易站，帥哥史密斯將白牙牢牢綁好後就逕自去睡了。白牙等了一個鐘頭，然後開始咬起皮繩。十秒後，牠便重獲自由。牠的牙齒一秒也沒浪費，沒有一口是白工。皮繩斜斜咬斷，斷口如同刀割般平整。白牙望向交易站，豎起長毛，低吼了幾聲，然後轉過身，輕快地跑回灰狸的營地。牠用不著效忠這個陌生又可怕的神，牠早已獻身灰狸，到現在仍認定自己是屬於灰狸的。

不過舊事再度重演——只是這次稍有不同。灰狸又把白牙牢牢綁住，天亮後交給帥哥史密斯。接著，和先前不同的是，帥哥史密斯馬上毒打了白牙一頓。因為被五花大綁，白牙無從發洩怒火，只能默默忍受懲罰。棍棒和鞭子一下下落在身上，牠這輩子還沒有被打得這麼慘過。小時候被灰狸毒打的經驗跟這頓排頭相比，不過是小巫見大巫。

帥哥史密斯十分樂在其中。他幸災樂禍、洋洋得意地看著他的受害者，每揮動一次長鞭或棍棒，聽到白牙淒厲的慘叫和無助的咆哮，眼睛就射出滯鈍的光芒。帥哥史密斯的殘酷是懦夫才有的殘酷，他被別人毒打和怒罵就畏畏縮縮、哭哭啼啼，卻把這仇報在比他弱小的動物上。所有生命都喜歡權力，帥哥史密斯也不例外。無法在同類面前耀武揚威，他就把目標轉到次等的動物上，藉此證明自己的力量。不過話說回來，是老天把他生成這副模樣，倒也不能全怪他。他帶著畸形的樣貌和野蠻的心性來到世上，這兩者就是屬於他的黏土，而這世界在形塑他時又不曾和善以待。

白牙明白自己為什麼挨打。當灰狸在牠頸間綁上皮繩，又把皮繩末端交到帥哥史密斯手中時，白牙就知道牠的神要牠跟帥哥史密斯走。而當帥哥史密斯把牠綁在交易站外時，牠也知道帥哥史密斯的旨意是要牠乖乖留在那裡。牠違逆了兩個神的旨意，這是牠自食惡果。牠過去也曾見過狗易主，見過逃兵像牠一樣挨揍。牠很聰明，只是牠的天性之中有些力量比聰明更強大——那便是忠誠。牠不愛灰狸，即便必須承受他的旨意和憤怒，牠依舊對他忠心耿耿。牠身不由己，忠誠是牠天性的一部份，是牠和同類的特質。這項特質區隔了牠們和其他動物，使野狼和野狗從荒野走入人群，成為人類的伙伴。

挨打之後，白牙被拖回交易站，這一次帥哥史密斯找了根木棍綁住牠。背棄自己全心信奉的神明並非易事，白牙也不例外。灰狸是牠獨有的神，不管灰狸的旨意為何，白牙都不願拋下他。灰狸背叛了牠、遺棄了牠，那依舊無法動搖牠半分。牠早已毫無保留地把全副身心獻給灰狸，牠和灰狸之間的束縛不是那麼輕易可以斬斷。

於是，到了夜裡，等交易站的人都沉沉睡去後，白牙便開始咬起綁住牠的木棍。那木棍又乾又硬，抵著牠的脖子，牙齒很難搆得著，牠得死命扭頭、伸長脖子才勉強咬到棍子。白牙耐心地咬了好幾個小時，終於成功把木棍咬斷。人們原以為這事天方夜譚，從來沒有狗咬斷過繫棍。但是白牙做到了，清晨時，牠脖子上掛著半截木棍，輕快跑離交易站。

牠很聰明。若是主宰牠意識的只有聰明，白牙就不會回到灰狸身邊。灰狸已出賣了牠兩次。可是白牙忠心耿耿，所以還是回去了，等著被出賣第三次。牠再次乖乖讓灰狸在牠脖子上綁上皮繩，帥哥史密斯也再次拖走牠，而且把牠打得比上次還慘。

帥哥史密斯揮舞長鞭時，灰狸只是面無表情地冷眼旁觀。他沒有出手保護白牙，白牙已經不是他的狗。挨完揍後，白牙終於不支倒地。如果換做是一隻柔弱的南方狗，牠早就被打死了，但是白牙沒有。牠在嚴酷的環境下長大，頑強堅韌。牠的生命力異常充沛，求生意志無比強烈。不過牠負傷慘重，一開始根本連拖著走都走不動。帥哥史密斯只好等上半個小時，之後白牙才頭昏眼花、連滾帶爬地跟著帥哥史密斯回到交易站。

這一次，帥哥史密斯改用鐵鍊綁住白牙，白牙不僅咬不斷，就算用力衝撞，也扯不掉釘在木樁上的鎖環。幾天之後，酒醒的灰狸一貧如洗地沿著豪豬河踏上漫長的歸程，返回麥肯錫河岸，白牙就這麼留在育空，成為一個瘋狂野蠻人的財產。可是一隻狗又怎麼知道什麼是瘋狂呢？對白牙來說，帥哥史密斯再可怕，仍舊是個真真切切的神。儘管他充其量不過是個瘋狂的神，但白牙不知道什麼是瘋狂，只知道牠必須順從新主人的旨意，服從他每一個荒誕離奇、異想天開的幻想和念頭。

第三章　心頭之恨

白牙在瘋神的監禁下變得猶如厲鬼。牠被綁在交易站後方的圍欄裡，帥哥史密斯不時用各種手段戲弄、激怒牠，讓牠耐受不了折磨，暴跳如雷。帥哥史密斯很早就發現白牙對嘲笑的反應激烈異常，他還刻意求證，在好好戲弄牠一番之後大肆嘲謔。不只狂笑聲中充滿譏誚，這個白人神還伸出手來指指點點。白牙總是被激得失去理智，而牠一暴怒起來，甚至比帥哥史密斯還要瘋狂。

過去白牙縱然兇狠，但只與同類為敵；現在卻變得前所未見的兇殘，任何事物在牠眼裡都是敵人。白牙自己同樣也飽受折磨，牠毫無來由地盲目憎恨一切。牠恨綁住牠的鐵鍊、恨從柵欄間偷看牠的群眾、恨那些跟在主人腳邊，在牠無計可施時對牠惡意咆哮的狗。牠痛恨每一根困住牠的柵欄，而牠至始至終，最恨的就是帥哥史密斯。

不過，帥哥史密斯對白牙所做的一切都是別有用心。有一天，一群民眾聚集在圍欄外，帥哥史密斯手裡提著棍子，走進柵欄，解開白牙頸間的鐵鍊。主人離開後，少了鐵鍊束縛的白牙在欄內橫衝直撞，想要攻擊欄外的人群。白牙的模樣恐怖至極，令人望而生畏。牠身長足足有五呎長，直立時光到肩膀就有兩呎半高，比和牠大小相當的狼重上許多。牠從母親那兒遺傳到犬隻較為紮實的體重，超過九十磅的身上沒有一絲多餘的脂肪，全是精壯的肌肉和骨頭——這種體格拿來戰鬥最適合不過。

圍欄的門又打開了。白牙停下動作，有什麼不尋常的事就要發生，牠耐心等待。門又打開了一點，一隻巨大無比的狗被推了進來，柵門「砰」地一聲甩上。白牙從沒見過這樣的狗（是一頭獒犬），不過牠也沒被對方龐大的體型和凶猛的入侵姿態所威懾。現在圍欄裡終於有了木頭和鋼鐵之外的東西讓牠洩恨了。白牙立刻撲上前，獠牙一閃，撕裂獒犬的脖子。獒犬甩甩頭，沉聲咆哮，朝白牙撲去。然而白牙來去無蹤，身影倏忽，不停東閃西躲，一有機會就欺上前，用獠牙撕咬獒犬，得手後立刻跳開，不給對方任何反擊的機會。

圍欄外的人大聲鼓譟，拼命拍手叫好。帥哥史密斯更是欣喜若狂，得意洋洋看著白牙將獒犬咬得遍體鱗傷。那隻獒犬太笨重也太遲緩，打從開始就毫無勝算。最後帥哥史密斯還得用棍子逼退白牙，獒犬的主人才有辦法將大狗拖出籠外。人群開始交付賭金，帥哥史密斯手中的錢幣叮噹作響。

漸漸地，白牙開始熱切期盼人群在牠的圍欄外聚集，因為那代表戰役即將展開，這是牠如今唯一能宣洩精力的管道。牠飽受凌辱，被人挑起熊熊的怨火，困在圍欄裡的牠，只有在主人放另一條狗進來時，才有機會發洩心中的恨意。帥哥史密斯對白牙的戰力評估精準，每次贏的一定都是白牙。有一天，帥哥史密斯連續放了三條狗與白牙交戰；又有一天，被推進圍欄柵門的是一頭剛從荒野抓來的成狼。還有一天，帥哥史密斯同時放進兩條狗，這是白牙最慘烈的一役，儘管最後兩名敵人都死在牠手下，牠自己也奄奄一息，幾乎去了半條命。

那年秋天，天空飄下初雪，流冰在河上漂流時，帥哥史密斯帶著白牙搭上汽船，經由育空河前往道森。白牙現在出名了，「戰狼」的聲名遠播。牠被關在甲板上的籠子裡，籠外時時圍繞著好奇的群眾。牠不是對著人群憤怒咆哮，就是心懷怨恨，冷冷地趴在地上，打量他們。牠從不自問為什麼不該恨他們，只知道自己心中充滿恨意，而且已迷失其中。生活彷彿煉獄，牠天性就不是一頭可以忍受狹隘禁錮的野獸，如今卻淪為籠中囚。人們盯著牠，將木棍伸進籠子的欄杆間戳弄牠，引牠咆哮，然後再放聲嘲笑牠。

白牙在這些人的包圍下，天性的黏土被捏成比造物者計畫中更殘暴的模樣。幸而造物者也賜予了白牙可塑性，換作其他動物，可能早已萎靡不振或死去，而白牙卻能自我調適，生存下來，精神也沒有被擊垮。帥哥史密斯這個辣手狂魔或許有朝一日終能消磨白牙的意志，但他至今仍未成功。

如果說帥哥史密斯體內住著一個惡魔，那麼白牙也是。他們沒有一刻停止憎恨對方。在這些日子前，白牙知道要臣服於手持棍棒的人類之下，而今這理智已經蕩然無存。光是看到帥哥史密斯出現，牠就暴跳如雷。且他們近身肉搏時，即便被棍子打退，白牙仍會繼續張牙舞爪、怒吼咆哮。牠從不放棄怒吼，無論被打得多慘，牠也不噤聲認輸。即便帥哥史密斯停手離去，白牙也還是繼續追著他發出惡魔般地咆哮，或是撲向牢籠的柵欄，恨恨地大聲怒吼。

汽船終於抵達道森，白牙上岸了。牠依舊被關在籠子裡，暴露在眾人的目光下，無時不被好奇的群眾圍觀。牠被冠上「戰狼」之名，像展示品般任人觀賞，想要看牠得付上價值五毛的金沙。牠不得片刻安寧，只要一躺下來睡覺，就會被尖銳的棍子戳醒——看見牠醒，觀眾才值回票價。為了要讓展覽更有趣，帥哥史密斯幾乎時時都逼著牠保持盛怒狀態。可最惡劣的，還是白牙生活周遭的氣氛，牠被人類視為世上最兇殘的野獸，這種觀感從牢籠的柵欄滲透到牠心裡。人類說的每一個字、每個小心翼翼的動作，都不停加深牠凶殘的印象。人們對牠殘暴的天性火上加油，這只會造成一種結果，那就是牠的凶焰不斷助長，愈燒愈烈。這是牠的可塑性——習性受環境壓力所影響——的另一個例證。

除了公開展示之外，白牙還成為一條職業鬥犬。只要賭局安排妥當，牠就會被不定期地帶出牢籠，來到距離鎮上幾哩遠的樹林中。為了避免警方打壞好事，他們通常會在晚上鬼鬼祟祟地溜進林間，等過了幾個小時，天亮了，觀眾和牠的對手就會到達。就這樣，白牙打遍各種體型、各種品種的狗。這是片野蠻的土地，人也同樣野蠻，戰爭一旦開始，往往是致死方休。

既然白牙仍持續接受戰鬥的磨練，那麼顯然死的、敗的都是牠的對手。牠不曾嘗過戰敗的滋味。幼年與尖嘴和小狗群的戰鬥為牠打下良好的基礎，牠的四腳總是牢牢抓緊地面，沒有一隻狗能把牠撞倒。撞倒敵人是狼最愛用的招數——筆直衝撞或急轉都無所謂，總之要狠狠衝撞對方肩膀，將敵人打翻在地。不管是麥肯錫獵犬、愛斯基摩犬、拉不拉多犬、哈士奇和阿拉斯加雪橇犬——白牙通通交手過，沒有一隻狗能贏得過牠。人們口耳相傳，說白牙從來不曾倒地。群眾每次都睜大眼睛，想看白牙失足倒地，白牙卻總讓牠們敗興而歸。

此外，閃電般地速度也讓白牙在戰鬥中佔盡優勢。無論其他狗有過什麼樣的戰鬥經驗，都沒遇過像白牙這麼來去無蹤的狗。白牙另一個殺手鐗，是牠迅雷不及掩耳的攻勢。一般的狗已經習慣了打架前要先咆哮、豎毛、怒吼，但現在，還沒正式開戰，或才剛從震驚中恢復，牠們就發現自己已經被白牙打倒在地、收拾乾淨。因為這種情況一而再、再而三地發生，後來還得先把白牙拉住，直到對手做完暖身動作，準備好出擊，甚至先發動攻勢後才放開白牙。

不過白牙最大的優勢還是牠的作戰經驗。牠比任何一名敵手都還要瞭解戰鬥。牠經歷過的戰鬥比牠們多，知道更多伎倆，戰略也更豐富。牠的作戰技巧幾乎已達爐火純青的地步。

日子一天天過去，戰事愈來愈少。人們已經不抱任何希望能找到可以和牠匹敵的對手，帥哥史密斯迫不得已，只好找野狼來與牠對戰。這些狼是印第安人特地設陷阱抓來的，只要與野狼對戰，必能吸引大批群眾。甚至有一次，他們還找來一頭成年的母山貓。母山貓的身手和白牙同樣敏捷，兇殘程度更是不相上下，白牙必須拼死力戰。牠的武器只有獠牙，而母山貓除了獠牙之外，還有尖銳的利爪。

山貓一役後，白牙的戰鬥便完全終止。沒有動物可以應戰了——至少人們找不到值得對戰的動物。因此，直到春天之前，牠只是關在籠裡，供人觀賞。到了春天，一名法羅牌戲的莊家提姆·奇南踏上這片土地，帶來一頭克倫代克從沒見過的鬥牛犬。這條狗和白牙對戰是遲早之事，整整一週，鎮上各個角落議論紛紛的，盡是這場萬眾矚目的戰爭。

第四章　甩不掉的死神

帥哥史密斯解開白牙脖子上的鐵鍊，退出場外。

這一次，白牙終於沒有立即發動攻勢。牠站在原地，紋風不動，兩隻耳朵向前傾豎，好奇又警醒地打量眼前這隻奇怪的動物，牠以前從沒見過這種狗。提姆．奇南喃喃喊了聲：「上吧！」說完，便把鬥牛犬往前一推。這隻又矮又胖又醜的鬥牛犬，搖搖晃晃走到場地中央，停下腳步，對白牙眨了眨眼。

人群開始鼓譟起來：「給牠好看，奇洛基！」「宰了牠，奇洛基！」「吃了牠！」

但是，奇洛基看上去仍是一副好整以暇的模樣，彷彿一點也不急著出招。牠轉頭對大吼大叫的人們眨了眨眼，還好脾氣地搖了搖短短的尾巴。牠不怕白牙，只是懶得動手，而且也不認為眼前這條狗是自己要交手的對象。牠不習慣和白牙這種狗打，等著人們帶條真正的狗來。

提姆．奇南走進場內，彎下腰來，逆毛撫摸奇洛基的肩膀兩側。這動作中似乎隱含許多暗示，而且奇洛基似乎著惱了起來，喉間深處開始發出輕聲咆哮。牠的咆哮和男人手部動作的韻律相呼應，手每推前一下，咆哮聲就跟著響起，然後漸漸安靜。手再動，咆哮便再次響起。如果停止動作，咆哮聲就變得更大聲；如果猝然停止，吠聲就會一下拔尖。

白牙受到影響，脖子上的鬃毛也開始豎起，一路蔓延到雙肩。提姆．奇南最後一推，把奇洛基往前推去，接著退出場外。推進的力量消失後，奇洛基仍繼續彎著腿快跑前進。這時候，白牙出擊了，人群中發出一陣讚嘆的驚呼。白牙縱身一躍就到了奇洛基面前，動作靈巧的反倒像貓不像狗。牠狠狠咬了奇洛基一口後，又像貓般敏捷跳開。

鬥牛犬的粗頸上劃開一道傷口，鮮血從耳朵後滴落。可是牠一點反應都沒有，甚至連咆哮都沒咆哮，只是轉身緊跟白牙。兩方一個迅捷、一個沉穩，讓各自的擁戴者激動不已。群眾開始改變心意，提高原本的賭注。白牙一遍一遍撲上前，咬得奇洛基皮開肉綻，每次都毫髮無傷地退開。但牠那古怪的敵人依舊不疾不徐，踩著沉穩的腳步，鍥而不捨地緊跟著牠。奇洛基這麼做是有目的的——而牠現在正為了那目的熱身，沒有事情能讓牠分心。

牠的一舉一動都是為了這個目的。白牙滿心困惑，牠從沒見過這樣的狗，身上沒有長毛保護，身體又那麼柔軟，那麼容易流血。和白牙同種的狗，身上都有厚厚一層長毛，可以阻礙白牙的利齒進攻，這條狗卻沒有，牠彷彿毫無自衛能力，白牙的牙齒一咬，輕而易舉就可以陷進牠肉裡。還有另一件事令白牙困窘不已，敵人一聲不吭，不像過去的對手一樣老是鬼吼鬼叫個不停。就算被攻擊了，這條狗還是無聲無息，一點低吼或呻吟也沒有，只是毫不鬆懈地緊跟白牙。

奇洛基的動作並不慢。牠掉頭和轉彎的速度夠快了，卻還是一轉向就失去白牙蹤影。奇洛基也滿腹疑問，牠從未跟自己無法近身的狗交戰過。打鬥的雙方通常都會想接近對方，這條狗卻始終和牠保持距離，東閃西竄，而且咬到自己時也不會死咬不放，反而馬上鬆口，迅速跳開。

不過，白牙也咬不到奇洛基柔軟的咽喉。鬥牛犬太矮了，又有巨大的下巴保護喉嚨。白牙不停撲前、退開，撲前、退開。牠毫髮無傷，奇洛基身上的傷口則愈來愈多，脖子兩側和頭顱都已體無完膚。縱使血流如注，牠仍舊半點慌亂的跡象也沒有。牠緊追白牙不放，中途還一度停下腳步，對著圍觀的群眾眨眨眼，搖動那截短尾巴，表示牠很樂意打上這一仗。

就在此時，白牙又趁機撲上前，錯身之際，再次撕咬奇洛基牠已皮開肉綻的耳朵。奇洛基略顯懊惱，重新追了上去，跑在白牙的內側，一心要朝白牙的喉嚨發出致命的攻擊。他差點就得手了。千鈞一髮之際，白牙突然往反方向一竄，現場揚起一片讚嘆的呼聲。

時間一分一秒過去，白牙依舊滿場飛舞，朝著奇洛基衝進衝出，一面閃避一面攻擊，不停在敵人身上留下新的傷口。奇洛基也同樣不屈不撓，篤定地緊追不放。牠遲早會達成目標，一擊得勝，而在得手前，牠甘心接受對方所有施加在牠身上的傷害。牠那對小小的耳朵被撕得血肉模糊，脖子和肩膀傷痕累累，連嘴唇也汩汩冒著鮮血——這些全來自白牙閃電般地攻勢，奇洛基猝不及防。

白牙一次又一次嘗試要撞倒奇洛基，只是牠們的高度實在過於懸殊。奇洛基太矮了，身子幾乎緊貼著地面。白牙試了無數遍，終於在幾次迅速轉身兜圈後逮到一次機會。奇洛基在放慢速度、轉彎掉頭時別開了頭，一邊的肩膀就這麼賣給白牙。白牙對著肩膀撞過去，可是牠的肩膀實在高出太多，力道過大，牠反而一下從對手身上翻過。在白牙的戰史上，這是人們第一次看見牠摔倒。牠在空中半翻了個筋斗，像貓一樣扭身，讓雙腳先行落地，避免摔個四腳朝天。但即便扭身也挽回不了跌勢，白牙側身重重摔在地上。牠在電光火石間立刻站了起來，在這同時，奇洛基的牙齒已咬在牠喉前。

奇洛基沒有咬準。牠咬得太低了，幾乎是接近胸口的位置。但奇洛基死咬不放。白牙橫衝直撞，瘋狂甩動身體，想擺脫這條鬥牛犬。這個硬咬著牠、打死不鬆口的累贅讓牠氣瘋了。對手現在就像陷阱般箝制牠的行動、牠的自由，牠體內一切的本能都對這種束縛深惡痛絕。白牙拼死反抗，一時之間，牠完全喪失理智，生存的意志奔騰洶湧，體內的求生意志接掌所有行為。對生命的熱愛支配了牠，牠彷彿失去頭腦，理智盡失，滿腦子只有活下去的盲目渴望。牠拼死掙扎，因為掙扎就是還存活於世的表現。

牠轉了一圈又一圈，不斷旋繞、轉身，想甩掉掛在牠喉嚨上的五十磅重量。而那隻鬥牛犬只是咬緊牙根，什麼也沒多做。有時候，偶爾偶爾，牠的四腳難得有機會著地片刻，便蓄勢待發要重新撲咬白牙。但沒多久四腳就又離開地面，任白牙瘋狂地拖著牠橫衝直撞。奇洛基打鬥全憑直覺，牠知道死咬不放是正確的招數，不禁得意地微微發抖。牠甚至閉上眼，任由自己被甩得天旋地轉，不顧可能隨之而來的傷害。那全都無所謂，牠只要咬住就對了。牠繼續咬緊牙根。

等到自己累了，白牙才終於停止旋轉。牠一籌莫展，也不明白事情怎麼會搞到如此地步。牠歷經過大大小小的戰役，卻從來沒有遇過這種事。牠沒碰過這樣戰鬥的狗。和狗打架，不就是先咬再撕，得手跳開，然後不斷重複這循環。牠現在氣喘吁吁地半躺在地上，奇洛基還死纏著緊咬著牠不放，用力衝撞牠，企圖要讓白牙完全趴倒。白牙奮力抵抗，牠可以感到奇洛基的下巴隨著牙齒的咬放而移動，牠每動一次，就更逼近牠喉頭一分。這頭鬥牛犬的戰略就是死守現有的戰果，等機會來了再進攻。而現在，白牙靜止不動就是牠的機會；如果白牙開始掙扎，奇洛基只要牢牢咬住就滿足。

白牙的牙齒唯一搆得著奇洛基的部分，就是那頭鬥牛犬突起的後頸。白牙朝牠肩頸相接的部位咬去，咬住牠脖子底部。可是白牙不諳死咬不放的招數，嘴巴也不習慣這種戰略，只能不斷用獠牙撕扯，咬得奇洛基皮開肉綻。情勢扭轉直下，奇洛基終於把白牙打翻在地。牠壓在白牙身上，仍舊咬住白牙的喉嚨。白牙像貓一樣弓起後腿，伸爪刨進敵人腹部，抓出一道道傷口。要不是奇洛基趕緊以嘴作圓心，身體趕緊繞到白牙右上方，牠當場就要開膛破肚。

白牙擺脫不了敵人，緊咬不放的尖牙，它像命運般冷酷無情。奇洛基的牙齒慢慢沿著頸靜脈往上爬，是白牙頸間鬆垮的皮膚和濃密的長毛讓牠還不至於落入死神手中。那些鬆垂的皮膚在奇洛基嘴裡塞成一大球，濃密的長毛也阻擋了牙齒陷入肉中。但凡有一絲機會，奇洛基就會張嘴，咬進更多皮肉和長毛，一點一滴扼緊白牙的咽喉。時間分分秒秒過去，白牙的呼吸愈來愈困難。

戰事眼看就要結束。奇洛基的擁護者樂不可支，欣喜若狂，把賭注追加到荒謬的高。相形之下，白牙的支持者垂頭喪氣，拒絕接受十比一，甚至二十比一的賭盤。只有一個人熱血充腦，衝動地買下五十比一的賭注。這個人就是帥哥史密斯。他踏進場中，伸手指向白牙，開始對牠冷嘲熱諷。這一招果然奏效，白牙急怒攻心，集中僅剩的力量站了起來。牠掙扎著在場中胡亂打轉，卻始終擺脫不了脖子上那五十磅的敵人。牠的憤怒逐漸化為恐慌。求生的本能再次支配了牠，理智在求生意志下蕩然無存。牠跌跌撞撞、一圈一圈不停打轉，摔倒了再爬起來。牠甚至幾次直立站起，把敵人高高舉離地面，徒勞無功地想要掙扎甩開這個揮之不去的死神。

最後，白牙終於筋疲力盡，搖搖晃晃地向後一跌，重重摔倒在地。奇洛基迅速改變牙齒的位置，朝咽喉逼去，咬進更多長毛底下的肌肉，使白牙更難呼吸。群眾歡聲雷動，為勝利者大聲喝采。許多人大喊：「奇洛基！」「奇洛基！」奇洛基也瘋狂搖動短短的尾巴回應。不過牠沒有因為人群的呼聲分心，牠的尾巴和大嘴毫不相干，尾巴搖歸搖，牙齒同樣死死咬住白牙的咽喉不放。

此時，群眾卻分心了。附近響起一陣鈴聲，趕狗人的吆喝聲傳入耳中。除了帥哥史密斯之外，所有人紛紛憂心張望，害怕來的會是警方。他們看到了，兩人駕著雪橇和狗隊朝他們奔來，顯然是因探勘之旅來到溪旁。兩名男子看見圍觀群眾便停下狗隊，好奇地上前察看，想知道是什麼讓人群這麼亢奮。趕狗人的臉上蓄著鬍鬚，另一人臉上剃得乾乾淨淨，身材較高，也比較年輕，雙頰因血脈賁張和在寒風中奔跑而一片通紅。

白牙幾乎已經停止掙扎，只是不時茫然地抗拒一下。牠呼吸不到空氣，隨著奇洛基無情的牙齒愈咬愈緊，牠能呼吸到空氣也愈來愈稀薄。儘管有著濃密的毛皮盔甲，但若不是鬥牛犬的第一口咬得太低，過於接近胸口，白牙頸間的大動脈早就被咬斷。奇洛基花了好長一段時間才把咬住的部位一寸一寸往上挪，嘴裡也因此塞滿大團的皮肉和長毛。

這一刻，帥哥史密斯深不可測的殘酷獸性再次升起，他僅有的一點理智此時已蕩然無存。他見到白牙的目光呆滯，就知道這一戰他是必輸無疑，因此獸性大發，衝到白牙身前，兇狠地又踢又踹。群眾間噓聲、抗議聲四起，但僅此而已，沒有人真的出面阻止。帥哥史密斯繼續踢踹白牙，這時候，人群眾間起了一陣騷動，那名高個子的年輕人毫不客氣地用雙肩頂開左右人群。他擠進場內時，帥哥史密斯正要再踢上另一腳，此時他所有的重量都集中那腳上，搖搖晃晃，重心不穩。年輕人狠狠一拳往他臉上打去，帥哥史密斯站在地上的那隻腳便也離了地，整個人飛到半空中，後翻了一圈，重重摔在雪地。年輕人轉身面對人群。

「你們這群懦夫！」他怒吼，「你們這些禽獸！」

他怒不可遏——但未失去理智。他灰色的眼珠如鋼鐵般冷冷掃過群眾。帥哥史密斯爬起來，抽著鼻子，怯生生地朝他走去。年輕人不認識他，不曉得對方是個多麼可悲的懦夫，還以為他是要來報仇算帳，所以大喊一聲：「你這禽獸！」，然後又是一拳打在帥哥史密斯臉上，把他打翻在地。帥哥史密斯盤算現在最安全的地方就是雪地，便索性倒地不起。

「麥特，過來幫我個忙。」年輕人呼喊那名趕狗人，趕狗人便跟著他走進場內。

兩人彎腰察看兩條狗的情況。麥特抓住白牙，準備等奇洛基鬆口時把牠拉走。年輕人用手抓住鬥牛犬的下顎，使勁要掰，卻沒有成功。他又拉又扯又扭，每次使勁，嘴裡就喊一聲：「你這畜生！」

群眾開始鼓譟，有些人忿忿不平地抗議他們壞了大家興頭。但是年輕人一抬頭，怒目瞪去，他們馬上噤若寒蟬。

「你們這群該死的禽獸！」他怒罵一聲，又繼續手上未完的任務。

「沒用的，史考特先生，您這樣是沒辦法分開牠們的。」麥特終於開口。

兩人暫停手中工作，打量起這兩隻難分難捨的鬥犬。

「沒有流太多血。」麥特宣布，「表示還沒完全咬進去。」

「但牠隨時都會咬到。」史考特回答，「那裡，看到了嗎？牠又上移了一點。」

年輕人非常擔心白牙，情緒跟著愈來愈激動。他一拳拳狠狠打向奇洛基的腦袋，但奇洛基就是怎樣都不肯鬆口。奇洛基搖搖短短的尾巴，表示牠知道自己為什麼挨揍。可牠也知道死咬不放是自己的職責，牠沒做錯什麼。

「你們不會幫忙嗎？」史考特朝著人群情急大吼。

不過沒有人伸出援手。相反地，人群開始冷嘲熱諷，出言譏誚，故意提出各種荒謬的建議。

「得用東西撬開才行。」麥特提議。

年輕人的手探進屁股後方的皮套，抽出手槍，要把槍管塞進鬥牛犬的嘴裡。他推了又推，拼命用力塞，鋼鐵撞在緊咬的牙齒上的摩擦聲清晰可聞。兩個人俯身跪在地上，提姆・奇南大搖大擺地走進場中，停在史考特身旁，拍拍他的肩膀，不懷好意地說：「你可別弄斷牠的牙齒啊，陌生人。」

「那我就扭斷牠的脖子。」史考特回答，繼續拿著槍管又推又頂。

「我說了不要弄斷牠的牙齒。」莊家的口氣又陰沉幾分。

不過若他是想出言恫赫，這一招可沒奏效。史考特不停手，只是冷冷地抬起頭，問：「你的狗？」

提姆．奇南咕噥了一聲。

「是的話就給我過來，把牠的嘴撬開。」

「這個嘛，陌生人，」提姆．奇南一字一字忿忿地說，「我坦白告訴你，我做不到。我也不知道要怎麼讓牠鬆口。」

「那就閃遠一點，」史考特說，「別在這礙眼。我很忙！」

提姆．奇南站著沒動，但史考特也懶得理會他。費盡千辛萬苦後，他終於把槍管塞進奇洛基嘴巴一側，從另一邊穿出去。槍管塞進嘴裡後，他輕輕地、小心地，一次撬開一點，同時間麥特慢慢將白牙血肉模糊的脖子拉開。

「準備好拉走你的狗！」史考特蠻橫地命令奇洛基的主人。

牌戲莊家乖乖彎下腰，牢牢抓緊奇洛基。

「就是現在！」史考特吆喝，槍管最後一撬。

兩隻狗被拉開了，鬥牛犬還拼命掙扎不休。

「把牠帶走。」史考特斥喝。提姆．奇南便把奇洛基拖回群眾之中。

白牙試了幾次想爬起來，都沒有成功。牠的四條腿虛脫無力，無法支撐牠的重量，一站起來就又慢慢軟倒，沉入雪地之中。牠的眼睛半睜半閉，眼神渙散，張嘴吐舌，怎麼看都像隻被勒死的狗。麥特仔細檢查牠。

「差點就沒命了！」他說，「不過現在呼吸還正常。」

帥哥史密斯早已從雪地上爬起，這時才敢上前察看白牙。

「麥特，一隻優秀的雪橇犬值上多少錢？」史考特問。

還跪在地上檢查白牙的趕狗人算了一下。

「三百元。」他回答。

「那像這種被咬個半死的狗呢？」史考特用腳頂了頂白牙，問。

「只值一半。」趕狗人斷然回答。

史考特轉頭看向帥哥史密斯。

「聽到了嗎？畜生。我給你一百五十塊，狗歸我。」

史考特打開皮夾，開始數起鈔票。

帥哥史密斯把手縮到背後，不願接下史考特遞出的鈔票。

「我不賣。」他說。

「喔，你會賣的。」史考特說得斬釘截鐵，「因為我要買。這是你的錢，狗是我的了。」

帥哥史密斯的手依舊藏在身後，向後退開。

史考特撲向他，拳頭往後一拉，眼看又是一拳。帥哥史密斯想到又要挨揍，立刻縮成一團。

「我有我的權利。」他哀嚎。

「你已經喪失擁有那條狗的權利。」史考特說，「錢你到底拿不拿？還是你想我再揍你？」

「好吧！」帥哥史密斯魂飛魄散地飛快回答，「但我是被逼著才收下這錢的。」他又說，「這狗是搖錢樹，我才不任人宰割。每個人都有他的權利。」

「你說的沒錯。」史考特一面回答，一面把錢交給他，「每個人都有他的權利，但你不是人，你是畜生！」

「等我回道森，我就要你好看，」帥哥史密斯恫聲恐嚇，「我會去告你！」

「如果你回道森後敢多話半句，我就把你趕出城，聽到了嗎？」

帥哥史密斯咕噥了一聲。

「明白嗎？」史考特突然一聲喝問。

「明白！」帥哥史密斯嚇了一跳，畏畏縮縮地回答。

「我聽不到？」

「明白了，先生。」帥哥史密斯咆哮。

「小心，他要咬人了！」有人高喊，引起一陣哄堂大笑。

史考特轉身背向帥哥史密斯，回頭幫忙照料白牙的趕狗人。

有些人見沒趣便走了，其他人還成群圍觀，交頭接耳，議論紛紛。提姆．奇南加入其中一群。

「這傢伙是誰？」他問。

「韋登．史考特。」有人回答。

「韋登．史考特又是哪門子傢伙？」牌戲莊家問。

「喔，就最頂尖的採礦專家之一。他和所有大人物都有交情，如果你不想自找麻煩，就離他遠一點，這是我給你的忠告。他跟官方的關係好的很，金礦局局長還是他的好朋友。」

「我就知道他大有來頭，」牌戲莊家說，「所以我打從一開始就沒打算招惹他。」

第五章　桀傲不馴

「沒用的。」韋登．史考特認輸。

他坐在小屋的臺階上，注視趕狗人。趕狗人聳聳肩，表示他也絕望了。

他們一起看向把鐵鍊扯得直挺挺的白牙。牠全身上下的長毛根根直豎，不住咆哮，惡狠狠地要撲向其他雪橇犬。那些雪橇犬從麥特那領教過各式各樣的棍棒教訓，知道不要去招惹白牙。牠們躲得遠遠的，當作白牙不存在。

「牠是匹狼，不可能馴服的。」韋登．史考特說。

「喔，那可未必。」麥特反對，「不管你怎麼說，牠還是有很多地方像狗。不過嘛，有一件事我倒是很確定，嗯，不會錯的。」

趕狗人說到一半就住口，神秘地朝鹿皮山方向努了努下巴。

「知道就別小氣不說呀！」史考特等了一段時間後，提高音調問，「快說！什麼事？」

趕狗人用拇指往後指指白牙。

「不管牠是狼是狗都一樣——牠是被馴養過的。」

「不會吧？」

「就是。而且牠還當過雪橇犬。您仔細看看這兒，看到牠胸前那些痕跡了嗎？」

「你說的對，麥特，在成為帥哥史密斯禁臠前牠是一隻雪橇犬沒錯。」

「所以要牠再重操舊業也無不可。」

「你是說……」史考特熱切地問。不過期望沒多久再次消退了，他搖搖頭，又說：「牠來這兒都整整兩週了，只是變得比以前更野蠻。」

「給牠個機會。」麥特提議，「把牠鬆開一會兒。」

史考特不可置信地瞪著他。

「沒錯。」麥特又說，「我知道您試過了，但那時您手裡沒有棍子。」

「那你就試吧！」

趕狗人手裡緊握一根棍子，走向被鐵鍊拴住的白牙。白牙緊盯棍子的模樣，就像牢籠裡的獅子看著馴獸師手裡的鞭子一樣。

「您看，牠眼光死盯著棍子看。」麥特說，「這是個好跡象。牠不笨，只要我手上有棍子，牠就不會攻擊我。牠沒瘋，我敢保證。」

麥特的手朝白牙的脖子伸去，白牙立刻豎毛咆哮、壓低身子。牠一面注視步步逼近的手，一面留意不懷好意懸在牠頭上的棍子。麥特解開白牙項圈上的鐵鍊，立刻後退。

白牙沒察覺自己已經自由了。牠被帥哥史密斯囚禁了幾個月，那段日子裡，除了鬥狗時會被放出牢籠之外，其他時間沒有片刻自由。戰事一結束，牠就又立即被囚禁起來。

牠不曉得會發生什麼事，神或許又要對牠施加什麼不同的暴行。牠小心翼翼，踏著緩慢的步伐，準備隨時挨揍。這種情況史無前例，牠不知所措，只能戰戰兢兢走向屋角，提高警覺，準備隨時閃避兩名緊盯牠不放的神。什麼事也沒發生。牠困惑了，完全摸不著頭腦，只好又走了回來，停在十幾呎外，專注打量兩名人類。

「牠不會逃走嗎？」他的新主人問。

麥特聳聳肩：「我們得賭一賭，只有試過才知道。」

「可憐的傢伙。」史考特同情地喃喃道，「牠需要的只是人類一點友善的表示。」說著，他便轉身走回小屋。

回來時他手上多了一塊肉。他將肉扔給白牙，白牙一把跳開，站在一旁懷疑地打量那塊肉。

「嘿，你！少校！」麥特大聲警告，不過還是晚了一步。

少校已經朝那塊肉撲去。在牠要咬上肉的瞬間，白牙攻擊了。少校被撞倒在地，麥特一個箭步衝上前，但白牙的速度比他更快。少校跌跌撞撞地爬了起來，不過喉頭噴出的鮮血瞬間染紅一大塊雪地。

「可憐啊！不過牠活該。」史考特急忙說。

但麥特的腳已經踢向白牙。接下來灰影一閃，白森森的獠牙閃現，尖叫聲緊接響起。白牙惡狠狠地放聲咆哮，跌到好幾碼外。麥特彎下腰查看他的腳。

「牠咬得還真準。」麥特指著被咬裂的褲管和內襯，以及一塊逐漸蔓延的血污說。

「我說過沒用的，麥特。」史考特沮喪地說，「儘管我不願這麼想，但這念頭就是揮之不去。現在都走到這地步了，這是我們唯一的選擇。」

史考特一面說，一面無可奈何地掏出手槍，打開槍膛，檢查裡面有沒有子彈。

「聽著，史考特先生，」麥特阻止，「這隻狗才剛離開煉獄，你不能期望牠馬上變成個純潔善良的聖光天使。給牠點時間。」

「但是你看看少校。」史考特不以為然。

趕狗人端詳傷勢慘重的少校，牠躺在雪地的血泊裡，氣若游絲。

「是牠活該，這可是您自己說的，史考特先生。牠想要搶白牙的肉，卻丟了自己的小命，這是意料中的事。不為自己食物奮戰的狗，我連看都懶得多看兩眼。」

「可是看看你自己，麥特，牠攻擊其他狗就算了，但也不能太放肆吧！」

「我也是活該，」麥特固執己見，「我何必踢牠呢？您不是也說牠沒錯嗎，那我當然也無權踢牠。」

「殺了牠是做好事。」史考特堅持，「牠無法被馴服。」

「聽我說，史考特先生，給這可憐的傢伙一個努力的機會。牠不曾有過任何機會，牠在地獄轉了一遭，這還是牠第一次鬆綁。給牠個公平機會，如果牠做不到，我會親手殺了牠。就這麼辦！」

「天曉得我根本不想殺牠，也不想看牠被殺。」史考特收起手槍，回答，「那我們就放牠自由行動，看看善意會在牠身上起什麼作用。試試吧！」

他走到白牙面前，好聲好氣地安撫白牙。

「您手上最好拿著棍子。」麥特提醒他。

史考特搖搖頭，繼續嘗試博取白牙的信任。

白牙仍滿心疑慮，肯定有什麼事就要發生。牠殺了這個神的狗，還咬傷他的神同伴，除了嚴厲的懲罰外牠還能期待什麼？就算要面對懲罰，牠依舊桀傲不馴，豎起長毛、齜牙咧嘴、全神戒備，做好萬全的應戰準備。這神的手上沒有棍子，所以牠容許祂靠近。神伸出手，筆直朝牠頭頂落下。白牙縮成一團，緊張不安地伏低身子。牠有危險了——這手中一定包藏禍心。牠了解神的手，神用它們施展統治的權力，還擅長帶來傷害，更不用說牠本來就十分討厭被摸。白牙伏得更低，咆哮地更加兇惡，但手依然不斷降下。牠不想咬那隻手，只好強忍這迫近的危險，直到本能在牠體內爆發，求生的慾望再度支配牠。

韋登．史考特對自己的靈敏很有信心，相信自己可以閃避任何攻擊。不過那是因為他還沒領教過白牙出乎異常的神速。白牙就像條蜷曲的蛇，又快又準，一擊即中。

史考特驚駭地一聲大叫，一手緊握住被咬傷的手。麥特口中爆出一連串咒罵，衝到他身邊。白牙趴下，匍匐退後，仍保持豎毛齜牙，目露兇光。現在牠鐵定會受到和帥哥史密斯先前對牠那樣恐怖的一頓毒打。

「慢著！你要做什麼？」史考特驚呼。

麥特衝進小屋內，帶著一把來福槍出來。

「沒什麼。」麥特故作冷漠，淡淡地說，「我只是要實踐承諾。我說過我會親手殺了牠。」

「不，你不會動手的！」

「我會。看著吧！」

正如方才被咬傷的麥特替白牙求情，現在換韋登．史考特替白牙討饒。

「你說要給牠一個機會，那就給牠一個機會。我們才剛開始而已，不能這麼快放棄。這次是我活該，而且你看看牠！」

白牙站在四十呎外的屋角，發瘋似地厲聲咆哮，但咆哮的對象不是史考特，而是趕狗人。

「天啊，我真不敢相信！」趕狗人震驚不已。

「你看牠多聰明，」史考特趕緊說，「牠跟你一樣清楚槍的意義。牠很聰明，我們得給這份聰明一個機會。把槍收起來吧！」

「好，樂意之至。」麥特同意，把來福槍靠著柴堆放好。

但他隨即又叫道：「您快來看看！」

白牙看槍擱下，便安靜下來，停止咆哮。

「這值得好好研究啊。看著！」

麥特的手朝來福槍伸去，白牙立刻發出怒吼。麥特一退開，白牙就閉上嘴巴。

「現在，我們來玩玩。」

麥特拿起來福槍，開始慢慢往肩上扛去。白牙跟著他的動作大肆咆哮。槍愈往上，白牙就叫得愈兇。且在來福槍瞄準牠前，白牙已遠遠跳開，跑到小屋的轉角後躲起來。麥特瞪大雙眼，站在原地，白牙方才所站之處，現在只剩一片空蕩蕩的雪地。

趕狗人鄭重地放下來福槍，轉頭看向他的雇主。

「我同意，史考特先生。這隻狗太聰明了，殺了可惜。」

第六章　慈愛的主人

白牙看到韋登·史考特步步逼近，便豎起長毛、高聲咆哮，宣告自己不會乖乖接受懲罰。自從史考特被白牙咬傷，包紮好傷口、繫上吊腕止血到現在，已經過了二十四個小時。白牙以前也曾經歷過延遲執行的懲罰，牠擔心這就是即將發生的事。否則還有什麼可能呢？牠犯下大逆不道的滔天大罪，咬傷神祇神聖的血肉——而且還是高人一等的白人神祇！依據牠過去和神打交道的經驗，大難臨頭是再自然不過的推論。

神在幾呎外坐下。白牙看不出目前有什麼危險，因為牠知道神實行懲罰時一定是站著。除此之外，神的手上現在也沒有任何棍、鞭或槍。更重要的是，牠是自由之身，沒有鐵鍊或木棍困著牠，大可趁神起身時逃到安全的地方。在那之前，牠就先靜心等待吧！

神依舊一語不發，沒有半點動靜。白牙的咆哮慢慢減弱為低吼，聲音漸漸縮回喉間，終於完全安靜。這時候，神開口了。他的聲音一響起，白牙脖子上的毛就豎了起來，喉頭衝出低吼。可是神還是沒表現出什麼敵意的舉動，只是繼續平心靜氣地說著。有一段時間，白牙的低吼跟神的說話聲同聲響起，兩種聲音韻律呼應著。神說得滔滔不絕，從來沒有人這樣跟白牙說過話。祂的聲音既溫和又安慰，那溫柔不知怎地觸碰了白牙的內心一角。牠陶然忘我，不顧本能的嚴厲警告，開始對眼前這名神祇心生信任。牠感到一種安全感，這是牠和人相處以來從沒有過的感受。

過了許久，神起身走進小屋內，出來時白牙擔憂地審視他全身上下，但他手裡仍然沒有鞭、棍或任何武器。他沒受傷的那隻手背在身後，也沒藏著什麼東西。他像先前一樣，在同一個位置坐下，離牠好幾呎遠。神拿出一小塊肉，白牙豎起耳朵，猜疑地打量肉塊，一下看看肉，一下又看看神，提防任何突如其來的動作。牠繃緊全身肌肉、準備一察覺任何敵意就遠遠跳開。

不過懲罰還是遲遲沒有降臨，神只是把肉塊湊到牠的鼻子前。肉看起來沒什麼問題，白牙仍是滿腹疑慮。儘管神不斷把肉往牠面前推，牠還是碰也不肯碰。神聰明絕頂，誰知道那塊看起來無害的肉塊後面藏著什麼詭計。過去的經驗告訴牠——特別是和女人打交道的經驗——非常不幸地，肉和懲罰往往是連在一起。

最後，神把肉丟到白牙腳邊的雪地上。白牙小心翼翼地嗅著肉，但是眼光卻不在肉上。牠鼻子聞著，視線卻仍緊盯著神。仍然什麼事也沒發生。白牙叼起肉，狼吞虎嚥地吃進肚子。還是什麼事也沒發生。事實上，神又給了牠另一塊肉。白牙一樣拒絕從神的手上接過肉塊，肉再度被拋在地上。這樣重複了幾次，終於，神拒絕拋肉給牠，祂把肉穩穩放在手上，等白牙自己過來。

肉塊鮮嫩，白牙也真是餓了。牠一步一步、異常謹慎地接近那隻手，最後終於下定決心要從神的手上吃掉肉。牠的眼光片刻不離開神祇，探長脖子，耳朵往後平貼，不由自主地豎起頸間鬃毛，喉間滾著低吼，警告對方牠可不是好惹的懦夫。肉塊吞進肚裡，什麼事也沒發生。於是牠一塊接著一塊，把肉吃個精光。依舊風平浪靜，懲罰未曾降臨。

白牙舔舔胸肋，耐心等待，而神又繼續自顧自地說著。他的聲音中帶有慈愛——白牙從未有過這樣的經驗。牠心裡同時湧現一陣陣前所未有的感受。牠感到一種陌生的愉悅，彷彿某種需求被滿足了，心中的某個空洞被填滿了。但是本能的刺激和過去的警告又再次響起，提醒牠神詭計多端，擁有各種意想不到的手段達成他們的目的。

啊，牠就知道！現在來了吧，神那擅長傷害的手正朝牠伸來，往牠頭頂落下。可是神依舊滔滔不絕，他的語調輕柔又安慰，儘管有手的威脅，他的聲音仍激起白牙的信任；但縱然那聲音令牠安心，牠依舊無法信任那隻手。矛盾的情感與衝動拉扯著白牙，牠覺得自己就要被撕成碎片。牠得耗盡心力，才終於藉著鮮見的遲疑，把體內兩種爭相出頭的相反力量統合一起。

最後，白牙妥協了。牠高聲咆哮、豎起長毛，耳朵平貼，但是沒咬人也沒有避開。手不斷降落，愈來愈近、愈來愈近，最後終於碰到聳立的長毛末端。白牙縮得更緊，那手卻跟著牠繼續下降，堅決壓落。牠瑟縮一團，幾乎都要發起抖來，但牠仍竭力控制自己。這隻想要觸摸牠、逼迫牠違抗本能的手是個殘酷的折磨。過去人類的手帶來的種種傷害牠仍歷歷在目，不過這是神的旨意，不得違逆。手提起又放下，輕輕拍打、撫摸牠。這動作不斷重複，每次只要抬起手，白牙的毛也跟著豎起；而手一落下，雙耳又會平貼，喉間發出空洞的低吼。白牙吼了又吼，一遍又一遍警告神牠已做好準備，如果受到任何傷害，牠會立刻奉還。誰也不知道神在什麼時候會揭露包藏的禍心，那輕柔、信賴的聲音隨時可能變成憤怒地咆哮，那隻溫柔撫慰的手也可能突然緊緊扼住牠，施予懲罰，而牠只能默默承受。

而神始終不改溫柔的口氣，手也只是不斷起起落落，友善地撫摸牠。白牙心裡湧現兩種截然不同的感受：討厭手是牠的本能，它違反牠的意志，限制牠的人身自由，但是牠的肉體並不因此承受任何痛苦；相反的，牠甚至感到愉快。那撫摸的動作，謹慎而緩慢地變成輕搔牠的耳根，牠覺得更舒暢了。然而牠的恐懼未曾稍減，白牙依舊保持戒心，等著出人意表的災禍降臨。折磨和享受兩種情緒起伏迭盪，輪流支配著牠。

「天啊！我眼花了嗎？」

走出小屋的麥特驚呼。他捲著袖子，手裡拿著一鍋髒洗碗水正要往外潑，但一看到韋登．史考特在撫摸白牙，手不由僵在空中。

他的聲音一劃破寂靜，白牙立刻跳開，惡狠狠地對他咆哮。

麥特望著老闆，臉上神色頗不以為然。

「史考特先生，恕我直言，您小把戲還真多，花招百出啊！」

韋登．史考特露出優越的笑容，起身走到白牙身邊，說話安慰牠。說沒幾句，又慢慢將手放到白牙頭上，重新開始摸牠。白牙忍受史考特的手，猜忌的眼光並非盯著正在摸牠的男人，而是站在門口的麥特。

「您或許是頂尖的採礦專家，沒錯，您是。」趕狗人一副高深莫測的樣子說，「但是您小時候沒逃家參加馬戲團實在太可惜了。」

白牙一聽到麥特的聲音就咆哮，不過這次並沒有從手下跳開，繼續舒舒服服地享受史考特撫摸牠的頭和頸背。

這是白牙結束的開端——結束往日的生活和滿腔的仇恨。一種不可思議的美好嶄新生活，剛剛展開；是韋登·史考特殫思竭慮，花費無比耐心才做到的，而這同時也需白牙決心洗心革面才能完成。牠必須漠視本能和理性的衝動與慫恿，反抗經驗，用當今的生活證實過去的謊言。

牠過去所知的生活不僅無法見容於現在的生活，而且兩者完全背道而馳。總而言之，考量種種因素，牠如今所需要適應的規模，遠比牠當初自願從荒野歸來，接受灰狸成為牠的主人時還要龐大。那時牠還小，可塑性還高，心智也尚未定型，可以任由環境之手揉捏、形塑。可是現在不一樣了，環境做得太好，牠已被捏塑成形，經過千錘百鍊後，成為一隻冷血無情的殘暴戰狼，無法付出愛，也無法接受愛，要改變牠如同要長河逆流。更何況，牠現在已不再年輕，不再具有過去的可塑性。如今，牠身體的纖維已經僵硬糾結，經緯已被織成堅硬粗糙的布料，精神也如鋼鐵般堅硬。一切本能和原則都已定型為固定的法則，牠已養成根深蒂固的謹慎、厭惡和慾望。

然而在這新生活中，環境之手再次揉捏，把牠的堅硬軟化了，重新捏塑成更好的樣貌。韋登·史考特就是這根捏塑牠的手指，他深入白牙天性的根源，用慈愛觸碰那已衰敗腐爛的潛力——而這潛力就是愛。白牙過去與神來往的經驗中，感受過最震撼的情感是「喜歡」，如今已被「愛」所取代。

這份愛並非一蹴可幾，是先從「喜歡」開始，後來才慢慢發展成愛。白牙現在可以自由來去，但牠沒有逃開，因為牠喜歡這個新的神。現在的日子無疑比過去受制於帥哥史密斯的禁錮下好過太多，而且牠也需要有個神。需要主人是牠的天性。早年牠離開荒野，爬回灰狸腳邊，接受意料之中的毒打時，仰賴人類的印記便已烙在牠身上。而當漫長的飢荒結束，灰狸的村中又有魚吃後，牠二度從荒野歸來，這印記再次深深烙印，無法抹滅。

就這麼樣，因為牠需要神，因為比起帥哥史密斯，牠更喜歡韋登．史考特，所以白牙留下了。為了表示牠的忠誠，牠扛起守護主人財產的職責。當其他雪橇犬沉睡時，牠便在小屋四周巡視，第一個趁夜造訪的訪客還得因此用棍子打退牠，等韋登．史考特出來解危。不過白牙很快便學會從腳步聲和來人的舉止分辨宵小與好人。來人若是腳步響亮，筆直走向小屋門口，牠便不會去找他們麻煩——但牠依舊會警戒地盯著他，直到主人將門打開，招呼寒暄，證明對方確實是訪客。至於那些鬼鬼祟祟、東躲西藏，四處張望、遮遮掩掩的傢伙，白牙必定毫不猶豫地出手懲戒，把對方逼得落荒而逃。

韋登．史考特一肩挑起彌補白牙的責任——或該說是彌補過去人類對白牙做的錯事。這關乎原則和良知，他認為白牙過去所受的折磨，是人類對牠的虧欠，必須償還。所以他對這匹戰狼特別關愛，每天都一定會好好拍拍牠，關心牠。

白牙起初仍多有疑慮，無法完全放下戒心，但漸漸地，牠愈來愈喜歡這愛撫。不過有個習慣牠始終無法戒除——那便是牠的低吼。從撫摸開始到結束，牠的低吼不曾停歇。不過這低吼聲中帶有新的音調，陌生人聽不出來，他們只認為白牙的低吼代表了原始的兇殘，令人心跳為之停止，血液為之凝結。從白牙在狼穴發出第一聲刺耳的怒吼以來，已經過了許多年，白牙的喉嚨因無數次凶猛的咆哮而變得嘶啞粗糙。如今牠已無法軟化從喉嚨發出的聲音，好表達牠感受到的溫柔。儘管如此，對牠無比憐愛的韋登．史考特聽力敏銳，能夠從兇狠的低吼聲中捕捉到新的聲調——除了他，沒有人聽得出隱約其中的滿足輕吟。

日子一天天過去，喜歡一下就進化成了愛。雖然白牙不曉得什麼是愛，但牠還是感受到愛的存在。它在牠心裡形成一個洞——一個盼望飢餓、疼痛與渴望能夠被安慰、被滿足的洞。那種痛苦和不安只有在接受新神的撫摸時才能舒緩。在這種時候，愛就是喜悅，一種欣喜欲狂的滿足。但一和神分開，那痛苦和不安又再次歸返，體內的空洞又被挖開。空虛感壓迫著牠，飢餓感不停嚙食牠。

白牙正在尋找自我。儘管牠早已成熟，也早就被形塑出一副殘暴嚴酷的模樣，但牠的天性正在綻放。牠體內各種不知名的情感和不尋常的衝動正在勃發，過去的行為準則也不斷變化。過去的牠好逸惡勞，討厭不適和痛苦，並據此調整自己的行為。但現在不同了，因為這份新情感，牠常常為了牠的神主動選擇不適和痛苦。每天一大清早，牠不再四處遊蕩、覓食，或躲在遮風蔽雪的角落，而是在陰冷的屋前臺階等上好幾個小時，只為了見神一面。入夜後，只要聽到神回家，白牙就會離開牠在雪地裡挖好的溫暖床鋪，只為了迎接神友善的撫摸和歡迎的招呼。為了跟神在一起、為了被他撫摸或伴隨他進城，即便是肉牠也甘心放棄。

愛不僅取代了喜歡，更墜入牠心靈最深的角落，那是喜歡從沒到達之處。牠的心底深處也跟著出現了新的感受——是愛。牠接受了愛，也付出回報。這是個真真切切的神，溫暖明亮的神。在祂的光芒之下，白牙的天性猶若陽光下的花朵盛放。

但是白牙並沒有表現出牠的情感。牠太老了，性格也已定型僵化，無法自然地用新方法表達內心感受。牠太內斂、太習慣孤僻，牠已經沉默、孤獨和陰鬱太久。這一生中，牠還沒吠叫過，現在也無法學會用吠叫歡迎主人。牠從不攔在主人身前，為了表達愛意而做出任何誇大可笑的舉動。牠從不跑上前迎接神，牠只等在遠處——牠永遠都會等在那兒，一定會。牠的愛中帶有崇拜，是一種安靜而且無法言喻的無聲敬愛。牠只會用凝望來傳達內心感受，用目光追隨神的每一個動作。有時當神看著牠、和牠說話時，牠會因為無法透過身體表現愛意而顯得忸怩不安。

白牙在許多方面都學會了自我改變，好適應新的生活。牠學會不能去找主人的狗麻煩，不過牠的天性還是凌駕於理智之上，仍忍不住要先讓牠們承認牠高高在上的領導地位，但達成目的後就不再惹是生非。現在只要牠現身、走過狗群之間時，牠們一定會乖乖讓路。牠宣示旨意時，牠們也會乖乖遵從。

同樣地，牠也開始容忍麥特——因為他是主人的所有物之一。主人鮮少餵牠，大多是麥特負責餵食，那是他的工作。但白牙知道牠吃的是主人的食物，麥特不過是受主人之託。麥特嘗試要在白牙身上綁上背帶，讓牠和其他狗一起拉雪橇，卻始終無法成功。一直要韋登．史考特親自替白牙繫背帶，發號施令，白牙才明白這原來是主人的旨意，是主人要麥特駕駛牠、指揮牠工作，如同他駕駛、指揮主人的其他狗一樣。

克倫代克的雪橇底部有滑橇，和麥肯錫的平底雪橇不一樣，兩者駕馭狗隊的方法也不同。在這兒，狗隊不呈扇形奔跑，而是每條狗拖著兩條轠繩，一隻接著一隻，排成直線奔馳。此外，在克倫代克這兒，領袖就是領袖，必須是最聰明、最強壯的狗才能坐上領袖寶座，而且整個狗隊都畏懼牠、服從牠。不難想見，白牙很快取得領袖地位——牠不可能屈從於別的狗之下。麥特在領教過諸多麻煩和不便後也明白了這點。白牙自己選定了這個位置，在經過幾次實際考驗後，麥特也用強烈的語言支持牠的判斷。儘管白天得拉雪橇，白牙夜晚依舊沒有放棄守衛主人財產的職責。牠就這麼樣日夜工作，比過去更警醒、更忠心，所有狗之中最有價值的非牠莫屬。

「我不吐不快啊！」麥特有天說，「我得說，當初您花錢買下這條狗實在太明智了！用拳頭嚇唬帥哥史密斯這招也漂亮至極！」

韋登．史密斯聽到帥哥史密斯的名字，灰色眼珠又燃起熊熊怒火，他忿忿地嘀咕一聲：「那個畜生！」

春末之際，出現了一件令白牙憂心忡忡的事。親愛的主人毫無欲警地消失了。不過事前並非毫無徵兆，只是白牙對於那些跡象還不熟悉，也不明白打包行李的意義。事後牠才想起，打包就是主人消失的前兆，不過那時候牠毫不起疑。那一晚，牠照舊等候主人歸來。午夜時，刺骨寒風把牠趕去小屋後方，牠在那兒打起瞌睡，半夢半醒間，耳朵仍留意等待熟悉的腳步聲響起，不敢稍有鬆懈。到了凌晨兩點，牠焦慮地再也顧不得寒冷，跑到屋前，蜷在臺階上等候。

但主人始終沒有出現。天亮後，門打開了，麥特走了出來，看見白牙一臉憂愁地望著他。他們之間無法用言語交談，麥特無法告訴白牙牠迫切想知道的消息。日子一天天過去，主人依然不見蹤影。從來不曾生病的白牙病倒了，嚴重到麥特後來不得不把牠帶進小屋，在給老闆的信裡提起白牙。

人在瑟科市的韋登．史考特在信末讀到：

「那該死的狼不肯工作、不肯吃東西，一點精神都沒有。所有狗都欺負牠。牠想知道您怎麼了，可是我不知道要怎麼告訴牠，再這樣下去牠八成就快沒命了。」

正如麥特所言，白牙不肯進食，無精打采，其他狗攻擊牠也無動於衷。牠躺在屋內的爐火旁，對食物、麥特或生存都意興闌珊，連求生的意志也沒了。麥特不管輕聲細語或大聲咒罵都沒用，白牙通通不為所動。牠最多只是將呆滯的目光移向他，然後又習慣性地把頭枕回前腳上。

終於有一晚，麥特正喃喃讀書時，突然聽到白牙發出一聲低低的嗚咽。他嚇了一跳，站起身，耳朵朝大門留神豎起，凝神傾聽。不多久，麥特聽見腳步聲響。門打開，韋登．史考特走了進來。兩人握了握手，然後史考特環顧屋內。

「那匹狼呢？」史考特問。

他看見牠了。壁爐旁，白牙就站在牠原先躺著的地方。牠不像其他狗一樣激動地朝他撲去，只是站著那兒凝望牠，靜靜等待。

「見鬼了！」麥特驚呼，「您看，牠居然在搖尾巴！」

韋登．史考特一面呼喚白牙，一面大步朝牠走去。儘管不是飛身撲躍，白牙還是快步迎上前去。牠依舊顯得扭扭捏捏，但是靠近時，眼裡流露出一種奇異的神采，湧現一種無法言喻的充沛情感，光芒四射。

「你不在的時候牠從沒這樣看過我。」麥特說。

韋登．史考特恍若未聞。他蹲下，面對白牙，愛憐地伸手摸牠——先是搔搔牠的耳根，好好從脖子一路摸到肩膀，再用指尖輕輕撫摸白牙的背脊。白牙也低吼回應，吼聲中的輕吟比過去都還要清晰。

不只如此，過去白牙再怎麼掙扎，也無法表達牠體內的喜悅和強烈的愛意，現在終於成功找到傳達的方法。牠突然伸長脖子，把頭鑽進在主人的手臂和身體間頂來頂去。牠不再低吼，除了兩隻耳朵外，整顆頭都藏在主人的臂彎裡又頂又蹭。

兩名男子四目交接，史考特的眼裡閃耀著淚光。

「天啊！」麥特的語氣充滿敬畏。

片刻後，麥特恢復鎮定，說：「我就說這匹狼其實是條狗，你看看牠！」

現在，親愛的主人回來了，白牙康復神速，在小屋內休養了一天兩夜就回到屋外。其他雪橇犬已經忘記牠有多威猛，只記得牠近來病懨懨的虛弱模樣，牠一出現在門外，牠們就立刻蜂擁而上。

「給牠們見識見識吧！」麥特站在門邊觀看，開懷地咕噥，「你這匹狼，給牠們好看！給牠們好看！」

白牙用不著人鼓勵，光是親愛的主人回來就夠了。牠體內再次充滿光彩奪目、洶湧澎湃的活力。牠戰鬥純粹是為了喜悅。牠無法用言語表達，只有依靠戰鬥，才能傳達出內心的強烈無比感受。結局當然只有一種，就是狗群被打得潰不成軍，狼狽逃竄，一直到天黑後才一隻接著一隻偷偷溜回來，謙卑地表示願意效忠白牙。

自從學會和主人磨蹭撒嬌後，白牙便常常這麼做。這是牠最終的誓言，牠無法有更進一步的表示。牠的頭一直是自己最小心守護的部位，向來討厭別人碰牠的頭。體內的野性使牠依舊對傷害和陷阱深懷恐懼，那種要牠避免接觸的驚慌衝動依舊揮之不去。本能強硬地要牠絕不能讓別人碰牠的頭，但如今，在親愛的主人面前，牠卻主動把頭鑽進主人的臂彎裡，任人宰割。這表達了牠對主人全心全意的歸順與信賴，彷彿是在說：「我把自己交給您，任憑您吩咐。」

史考特回來不久後的一晚，和麥特在睡前玩起克里比奇牌戲。「十五比二、十五比四，所以加起來是六分。」麥特在計分時，外面突然接連響起驚呼和咆哮。兩人相視一眼，紛紛起身。

「有人被那匹狼逮到啦！」麥特說。

一聲夾雜恐懼和痛苦的瘋狂尖叫讓兩人加快動作。

「帶上燈！」史考特衝出屋外，嘴裡大吼著。

麥特拎了燈跟上。藉著燈火，他們看見有個人仰躺在雪地上。那人的手臂交疊，一手上、一手下地護在面孔和喉嚨前，擋避白牙的獠牙。他非得如此，因為白牙暴跳如雷，正張牙舞爪地瘋狂攻擊他的脆弱部位。那人從肩膀一路到手腕的外套衣袖、藍色的法蘭絨襯衫和內衣都被撕成碎片，手臂也皮開肉綻、鮮血淋漓。

這是兩人出門後第一眼見到的景象。韋登．史考特立刻扼住白牙咽喉，把牠拖開。白牙還在掙扎咆哮，但不再有要咬人的意思，聽到主人怒斥，牠很快安靜下來。

麥特攙扶那人起身。那人一面站起，一面放下手臂，露出帥哥史密斯那張野獸般地面孔。趕狗人見景，彷彿像抓了塊燃燒的炭火般，忙不迭鬆手。帥哥史密斯朝光線眨了眨眼，環顧四周，看見白牙，一陣驚怖竄上他的臉。

在此同時，麥特發現雪地上躺著兩件東西，他把燈拿近，用腳指給老闆看——是一根鐵鍊和一根結實的木棍。

韋登．史考特看到後點點頭，一語不發。趕狗人按住帥哥史密斯的肩頭，把臉湊近。他不需要開口，帥哥史密斯就已經嚇得屁滾尿流。

這時候，親愛的主人拍拍白牙，對牠說：「他想要把你偷走，是不是？而你不肯！嗯，他犯了個大錯，是不是？」

「他肯定是自以為惡魔上身了，居然有這膽子！」趕狗人竊笑。

白牙的情緒依舊高亢，長毛豎得筆直，止不住地咆哮。但漸漸地，牠的長毛慢慢落下，喉嚨間遙遠又微弱的輕吟愈來愈高昂。

第五部

第一章　漫長的歸途

大難臨頭。即便尚未有明確的證據，白牙仍察覺出空氣中瀰漫著不祥的徵兆。牠模模糊糊地感應到有種改變即將發生，牠不曉得原因，也不曉得自己是怎麼察覺，總之牠從兩名神身上感覺出即將發生的事。他們在不知不覺中，微妙地將意圖洩露給在臺階上來回徘徊的狼。白牙不用進入屋內，也能得知他們心中所想。

「你聽聽！」有天共進晚餐時，趕狗人這麼嚷嚷。

韋登．史考特側耳凝聽。門邊傳來一聲低低地焦慮哀鳴，彷彿掩飾在呼吸之下，傳來依稀可辨的啜泣聲。白牙接著用鼻子長長吸了口氣，好確定祂的神還在屋內，仍未拋下牠，獨自展開神秘的旅程。

「我一點也不懷疑那隻狗知道您的打算。」趕狗人說。

韋登．史考特望向同伴，目光幾近懇求，卻言不由衷：「我怎麼能把一匹狼帶回加州？」他質問。

「這就是我的意思。」麥特回答，「你把牠帶回加州後打算怎麼處置牠？」

但韋登．史考特不滿意這個回答，麥特似乎是在若無其事地評判他。

「白人的狗絕對不是牠的對手，」史考特又說，「牠們只會被當場格殺。就算我沒有因為牠被人告到破產，牠也會被當局帶走處死。」

「牠是個不折不扣的殺手，我知道。」趕狗人說。

韋登．史考特狐疑地看著他，隨即斷然道：「行不通的。」

「是行不通。」麥特也同意，「何必麻煩呢？難道您要專門雇一個人照顧牠？」

史考特的疑慮消失了，輕鬆地點點頭。兩人陷入沉默，那彷彿啜泣的低聲哀鳴又從門口傳來，緊接著是試探般的長長吸鼻聲。

「不可否認牠心裡只有你。」麥特說。

史考特突然一把火起，忿忿地瞪著麥特：「該死的！我很清楚自己的打算，知道該怎麼做最好！」

「我同意，只是……」

「只是什麼？」史考特厲聲問。

「只是……」趕狗人原本溫和的語氣陡然一變，掩飾不住上漲的怒意，「唉，您不用這麼火大，從您的樣子看來，誰都會覺得您拿不定主意。」

韋登．史考特天人交戰，開口時語氣溫和些了：「你說得沒錯，麥特，我拿不定主意，這就是問題所在。」

沉默片刻後，史考特又說：「唉，帶白牙一起走實在荒謬至極。」

「是啊！」麥特回答。但是老闆一樣不滿意他的答案。

「不過啊，以偉大的薩達那培拉斯❶之名，牠到底是怎麼知道您要離開的？我實在想不透。」趕狗人不解地問。

「我也不知道，麥特。」史考特悲傷地搖搖頭。

終於來到這一天，白牙從敞開的小屋大門看見那要命的旅行袋，而親愛的主人正在收拾行李。屋裡屋外人們進進出出，向來平靜的小屋現在因這奇異的騷動忙得翻天覆地。鐵證如山了。白牙先前就已經有所察覺，現在只是證明牠的預感沒有錯。牠的神正準備踏上另一次旅程，而既然祂先前沒有帶牠同行，這次想來也不會。

那一晚，白牙發出長長地狼嚎，就像童年時牠從荒野逃回村莊，卻發現村莊已不復存在，看見灰狸帳篷的所在之處只剩一堆垃圾殘骸時一樣的悲鳴。牠昂首向著淒冷的寒星長嚎，傾訴心中的悲痛。

小屋內，兩名男人剛就寢。

「牠又不肯吃東西了。」麥特躺在床鋪上說。

韋登・史考特的床鋪傳來一聲咕噥，毛毯動了一下。

「從您上次離開的那副樣子看來，我肯定牠這次必死無疑。」

另一張床鋪的毛毯煩躁地翻來覆去。

「喔，閉嘴！」史考特在黑暗中怒斥，「你比女人還嘮叨。」

「您說得沒錯。」趕狗人回答，而韋登・史考特不確定他是否在竊笑。

隔天，白牙的焦慮更加明顯。只要主人一離開小屋，牠便如影隨形地跟在主人腳邊，主人一進屋，牠就死守在屋前臺階。從敞開的門口，牠可以瞥見地上的行李，旅行袋旁又多了兩個大帆布袋，另外還有一只箱子。麥特正在用一塊小防水布將主人的毛毯和皮衣包起。白牙看著，忍不住哀泣。

過了一會兒，來了兩名印第安人，白牙目不轉睛地看著他們把行李扛到肩上，跟著麥特下山，麥特手裡則提著寢具和那只旅行袋。但是白牙沒有跟著他們，主人還在小屋裡。過了一會兒，麥特回來了。主人來到門邊，呼喚白牙進屋。

「你這個可憐的傢伙。」他搔搔白牙耳朵、拍拍牠的背，柔聲道，「我要去很遠的地方，老傢伙，你不能跟我去。低吼一聲吧——最後一次，好好地低吼一聲，跟我說再見。」

可是白牙不肯出聲。相反地，在哀愁又殷切地望了一眼後，牠蹭了蹭史考特，把頭埋進主人的臂彎與身體之間。

「汽笛響了！」聽到育空河畔傳來汽船刺耳的船笛，麥特高喊，「您得快些！記得鎖上前門，我從後門出去。快！」

---

❶薩達那培拉斯（Sardanapalus），傳說中的亞述末代國王，生活極其奢華。

前後兩扇門同時甩上。韋登・史考特等待麥特繞到屋前。門內傳來一陣低低的哀鳴和啜泣，緊接著又是長長的吸鼻聲。

「你一定要好好照顧牠，麥特。」兩人下山時，史考特交代道，「寫信告訴我牠過得怎樣。」

「一定。」趕狗人回答，「但是您聽聽。」

兩人停下腳步。是白牙，牠正像忠犬死了主人般悲聲長嚎，那是最深刻的悲痛，先是爆發令人心碎的尖聲哭泣，而後又消退成悲涼的顫音，一遍一遍傾洩牠的悲傷。

「極光號」是今年第一艘開往外地的汽船，甲板上擠滿致富的探險家和破產的淘金客，每個人當初有多急著趕來北國，現在就有多急著想回外地。跳板旁，史考特和準備登岸的麥特握手道別，但麥特的手突然軟了下來。他看見了什麼，目光定定停在史考特身後。史考特轉頭去瞧，看見甲板的幾呎外坐著一條狗，憂愁又殷切地看著他。是白牙。

趕狗人輕聲詛咒，語氣中滿是敬畏。史考特只是瞠目結舌地呆立原地。

「您有鎖上前門嗎？」麥特詰問。

史考特點頭，反問：「後門呢？」

「我鎖了！」麥特激動地說。

白牙搖尾乞憐地平貼耳朵，只是仍坐在原地，沒有上前的意思。

「我得把牠帶上岸。」麥特說。

麥特朝白牙走近幾步，白牙卻一溜煙地逃開。趕狗人撲上前，白牙在人群腳下鑽來鑽去，左拐右閃。牠在甲板上團團打轉，奮力躲避麥特的追捕。

不過親愛的主人才一呼喚，白牙立刻順從地來到他身邊。

「哼，幾個月來餵牠的是誰啊？就偏不肯接近我是怎樣？」趕狗人忿忿不平地嘀咕，「還有您——您也只有在頭幾天為了培養感情才餵牠。我實在想不透，牠是怎麼知道您是老闆的？」

本來正在輕撫白牙的史考特突然彎下身子，指向牠鼻子上幾道新出現的傷口，和雙眼之間一道深深的裂口。

麥特俯身，探手摸遍白牙腹部。

「我們忘記窗戶了。牠的肚子被割得傷痕累累。這傢伙肯定是破窗而出，我的天啊！」

韋登．史考特對麥特的話充耳不聞，思緒飛快轉動。極光號響起最後一聲啟航的船笛聲，送行的人匆匆跑下跳板，回到岸上。麥特解下頸間的領巾，準備兜上白牙脖子。史考特一把抓住趕狗人的手。

「再見了，麥特，我的老兄弟。至於這匹狼——你不用寫信了，懂嗎？我……」

「什麼！」趕狗人驚呼，「別告訴我……」

「沒錯。你的領巾，喏，拿去吧！我會寫信跟你說牠的情況的。」

麥特走下跳板，半途又停下腳步。

「牠適應不了那邊的天氣的！」他掉頭大喊，「除非天暖的時候您給牠剃毛！」

跳板收起，極光號離岸了。韋登．史考特最後一次揮手道別，然後轉過身，俯身凝視佇立腳邊的白牙。

「現在可以吼了吧，你這傢伙！吼吧！」他說著，拍了拍白牙敏感的腦袋，搔搔牠平貼的耳朵。

第二章　南國

白牙在舊金山登陸。牠嚇傻了。一直以來，牠無須思考、無須經由意識察覺，在牠內心深處，牠知道力量始終與神性相連，從沒有過一絲懷疑。但當牠走在舊金山黏膩骯髒的人行道上時，牠才明白，人神的神奇遠非牠能想像。在這裡，牠過去熟知的小木屋被巍峨的高樓取代，街上充斥許多危險的東西——馬車、貨車、汽車。高大壯碩的駿馬拉著龐大的貨車，怪物般地纜車和汽車呼嘯穿梭其中，如同牠在北國森林熟悉的那些山貓，不停發出駭人的尖叫。

這些全都是力量的展現，而藏身於這些力量之後的就是人類。如同過去一樣，人類發號施令、操縱萬物，從中展現自我。一切是多麼偉大、多麼驚人啊！白牙感到無比敬畏。恐懼在牠心頭徘徊不去，小時候初次從荒野踏進灰狸的村落時，牠便感到無比的渺小和脆弱；而現在，即便牠已經長大成熟，也對自己的力量無比自豪，卻又再次興起同樣的感受。而且，這裡好多神啊！人來人往，看得牠眼花撩亂。街道上傳來的種種巨響震耳欲聾，景物飛快變換，彷彿沒有停下來的一刻，這一切都令牠茫然失措。牠從沒這麼依賴親愛的主人過，牠緊緊跟在主人腳邊，不管發生什麼事都不讓他離開視野。

幸而這城市景色不過是惡夢一場——就像場惡夢般，既虛幻又恐怖，久久之後仍在牠夢境徘徊不去。牠被主人放進一輛行李車中，綁在角落，置身於成堆的貨物和手提箱之間。這裡有個身材結實粗壯的神祇在發號施令，將皮箱和箱子四處亂扔，製造許多噪音，一下拖進車內，疊成一堆，一下又乒乒乓乓扔出門外，丟給等在車外的神。

白牙就這樣被主人遺棄在這個行李煉獄裡——至少白牙以為自己被遺棄了。直到牠聞出主人的帆布袋就在身邊，才定下神來守衛它們。

「你也該來了！」一個鐘頭後，韋登．史考特出現門邊，行李車大神一見到他就大喊：「你的狗連碰都不讓我碰一下你的東西！」

白牙從車中探頭張望，眼前所見卻令牠震驚無比。那惡夢般地城市不見了！牠原先把行李車當作屋子裡的一個房間，牠進去之後，城市就包圍在屋外四周。但在這段期間內，城市消失了，牠的雙耳不再被城市的喧鬧震得隱隱作痛。現在，在牠面前是片歡愉的鄉村景致，陽光灑落一地，慵懶寧靜。而牠的驚訝稍縱即逝，如過去毫不保留就接受了神的種種作為和展現一般，白牙立刻接受了這轉變；神本就如此強大，無需意外。

有輛馬車等著他們。一男一女人朝主人走來。女人伸出手臂，圈住主人的脖子——這是敵意的展現！白牙轉眼化身為殘暴的惡魔，韋登．史考特急忙鬆開婦人的擁抱，站到咆哮不斷地白牙身邊。

「沒事，母親。」史考特一面說，一面緊拉住白牙安撫牠，「牠以為您要傷害我，而牠不容許這種事發生。沒事，沒事，牠很快就會知道這沒什麼。」

「那我想在這段期間內，我就只能趁我兒子的狗不在的時候，才能表達對兒子的關愛囉。」雖然被嚇得臉色發白、虛脫無力，婦人臉上還是露出了笑容。

她望向白牙，白牙依舊豎著鬃毛，目露兇光，高聲咆哮。

「牠得學好規矩，而且刻不容緩。」史考特說。

他輕聲對白牙說話，直到白牙平靜下來。接著語氣陡變，堅定地命令道：「趴下！馬上趴下！」這是主人教過牠的事情之一，因此儘管心裡不情願，白牙還是悻悻然地遵從聽話。

「可以了，母親。」

史考特張開雙臂，但視線還是緊盯著白牙。

「趴著！」他警告，「趴著！」

聽到主人命令，原本無聲無息、長毛怒豎、半跪半立的白牙只好趴回地上，看著那敵意的行為再次上演。不過那動作沒有造成任何傷害，另一名陌生的男神也沒有接著擁抱主人。行李被搬上馬車，兩名陌生的神和慈愛的主人也跟著上車。白牙追了上去，時而警戒地跟在馬車後方，時而衝到奔馳的馬旁，豎起長毛警告牠們自己就在旁邊盯著，絕不容許牠們在急奔間傷害到牠的神。

十五分鐘後，馬車顛簸進入一道石門，行進在兩排枝葉成蔭的胡桃樹之間。兩側的胡桃樹後各是一片寬闊的草坪，草坪上零星聳立著高大結實的橡樹。不遠處，被陽光曬得棕褐金黃的乾草場與精心照料的綠茵成形成鮮明對比。乾草場後是黃褐色的山丘和一片高地牧場。草坪盡頭，在從谷底緩緩隆起的第一段斜坡上，聳立著一座門廊深闊的多窗宅邸。

白牙沒來得及瞧清四周景物，馬車才進門，一條雙眼晶亮的尖鼻牧羊犬便義憤填膺地撲向牠，飛身擋在白牙和主人之間。白牙沒有發出任何警告，長毛一豎，立刻發出致命的無聲撲擊。不過牠沒有成功，半途中牠便猛然收勢。為了避免和敵人接觸，牠繃緊前腿，煞住衝力，差點一屁股坐下。對方是條母狗，狼族的法則在牠面前豎起一堵高牆，阻止牠進攻。若要攻擊那條母狗，牠就必須違背自己的天性。

但對那條牧羊犬來說卻完全是另一回事。母狗不具有如此本能。更何況，做為一頭牧羊犬，牠天生就對荒野心懷恐懼，對狼的懼意更是異常強烈。在牠眼裡，白牙就是一匹狼，世世代代的掠奪者，從牠遙遠的先祖開始成為牧羊犬以來，便不斷獵殺羊群的侵略者。因此，儘管白牙已停止攻擊、避免與牠接觸，牠依舊飛身撲去。白牙感到對方的牙齒埋進牠肩膀，不由自主地放聲咆哮，除此之外沒有任何要傷害對方的舉動。白牙節節敗退，困窘地繃緊四肢，嘗試要繞道而行。牠東閃西躲，團團打轉，卻始終無法成功。那頭牧羊犬牢牢擋住去路，不肯放行。

「過來，可麗！」馬車的上陌生男子喊道。

韋登．史考特大笑：「沒關係，父親，這是好訓練，白牙有很多事要學，現在開始也好。牠會適應的。」

馬車繼續前進，可麗依舊擋著白牙的去路。牠想離開車道，繞過草坪跑到牠前頭，不過牧羊犬跑在裡頭，距離較短，總是攔在牠前方，用兩排白森森的利齒威嚇牠。白牙掉頭轉身，穿過車道，衝到另一片草坪上，而那頭牧羊犬依舊陰魂不散。

白牙瞥見馬車消失在樹林間，主人就要被帶走了！情勢緊迫，牠又試著繞了一圈，但可麗飛快趕上。就在這時，白牙猛然掉頭，正對牧羊犬——這是牠慣用的伎倆。牠肩對準肩，筆直撞去。可麗不僅被撞倒在地，而且因為速度正快，一個收勢不住，一路側滾而下。自尊受傷的牠奮力掙扎，想用腳抓住碎石路，止住跌勢，一面怒不可遏地厲聲咆哮。

白牙等也沒等，拔腿就跑。路面現在清空了，這正是牠所要的。可麗緊追在後，死咬不放，一刻也沒停止怒吼。現在牠們跑在路上，白牙可以好好讓牠見識一下什麼才叫真正的奔跑。可麗歇斯底里地放足狂奔，卯盡全力邁出每一步，白牙卻始終領先前方，輕盈無聲，絲毫不費吹灰之力，彷彿魅影般掠過地面。

白牙繞過宅邸，來到供馬車暫停的門廊。牠追上馬車了，馬車已然停止，主人正要下車。就在這時，還在全速奔跑的白牙突然查覺有東西從側邊襲來；是一頭獵鹿犬。白牙原本打算正面衝撞敵人，只是牠的速度太快，獵犬又離牠太近，結果反被攔腰撞倒。而且因為牠的衝力過於猛烈，又被攻得措手不及，白牙還在地上滾了一圈。牠翻身而起，耳朵向後平貼、齜牙咧嘴、面目猙獰，有如地獄惡鬼。牠牙齒狠狠一咬，獠牙差點就埋入獵犬柔軟的咽喉。

主人趕緊跑上前，但他距離太遠，是可麗救了獵犬。白牙原本正要撲上前發出致命的一擊，在牠正要發動攻勢時，可麗趕上了。牠先是敗在白牙的詭計，之後跑又跑不過牠，更別說還被粗魯地撞倒在碎石路上。牠怒不可遏，如龍捲風般席捲而至。那是一道由受創的自尊、義憤填膺的怒火，以及對出身荒野的掠奪者的本能恨意所形成的暴風。可麗攔腰一撞，半途阻擋了白牙的撲擊。白牙再次被撞倒在地，又滾了一圈。

主人趕到了。他一手拉住白牙，他的父親則大聲喝阻另外兩條狗。

「我說啊，對一匹從北極來的孤狼來說，這算是熱情迎接了吧！」主人一面說，一面用手輕撫白牙，讓牠冷靜下來。「據說牠這輩子只被打倒過一次，而現在在短短三十秒內牠就滾了兩次啦！」

馬車駛離，屋內走出其他陌生的神祇，有些恭敬地站在一旁，但其中兩個女人又做出扼住主人脖子的危險舉動。然而白牙開始容忍這個行為，因為這舉動似乎不會造成傷害，那些神發出的聲音也沒有絲毫威脅之意。這些神祇也對白牙示好，牠卻反用咆哮嚇退他們。主人同樣告訴她們先別靠近牠。這些時候白牙總會緊靠在主人腳邊，接受主人在牠頭上輕拍安撫。

「狄克，躺下！」那頭獵犬一聽到命令，立刻跑上臺階，在門廊一側躺下，一面低吼，一面惱怒地瞪著入侵者。可麗則由其中一名女神照料。女神摟著牠脖子，輕撫安慰。可麗仍舊憂心忡忡，不安地連連哀鳴，惱怒主人允許這匹狼存在，深信祂們犯了大錯。

所有神都走上臺階，進入屋內。白牙緊跟在主人腳邊。狄克在門廊上低吼，臺階上的白牙也豎起長毛，低吼回敬。

「可麗帶進屋，這兩隻就留在外面，讓牠們自己打出個勝負。」史考特的父親提議，「不打不相識，打完牠們就會變成朋友了。」

「那麼白牙為了展現牠的友誼，一定會在喪禮上深表哀悼的。」主人笑答。

老史考特不可置信地先看看白牙，然後望向狄克，最後是他的兒子。

「你是說……？」

韋登點點頭：「沒錯。狄克在一分鐘內就會變成一具屍體——最多兩分鐘。」

他轉頭對白牙說：「來吧，你這頭野狼，該進屋的是你。」

白牙繃緊四肢，走上臺階。穿過門廊時牠尾巴豎得筆直，雙眼死盯著狄克，以防牠又從側面偷襲，同時準備好要應付任何可能從屋內猛然攻擊牠的恐怖未知。不過什麼可怕的東西也沒出現。牠走進屋裡，小心翼翼地四處探查，什麼也沒發現。於是牠心滿意足地咕噥一聲，在主人腳邊躺下，觀察周遭動靜。牠深信這座屋簷下必定藏著什麼恐怖的事物，準備隨時一躍而起，為了生存奮力搏鬥。

第三章　神的國度

白牙不僅天生善於適應，而且走過許多地方，見多識廣，明白適應的意義和必要。白牙很快就把「山嶺遠景」——也就是史考特法官的宅邸——當作自己家。牠和那兩條狗再也沒起過嚴重的衝突，牠們比牠更瞭解南國的神，打從白牙跟著神進入屋內的那一刻，牠們就接納白牙成為家中一員。儘管牠是狼，但既然神破例准牠留下，身為神的狗的牠們，也只能贊同這項裁決。

起初，狄克仍不免有些排外，可不久後便平心靜氣地接受白牙是附屬於這片領地的一部份。若依狄克所願，牠們倆原可以結為好友。只是白牙嫌惡友誼，牠只求其他狗不要來招惹牠。這一生中，牠都孤立於同類之外，也希望能一直這樣孤立下去。狄克的示好只讓牠厭煩，一上前便咆哮將牠趕開。在北方，白牙學會不要找主人的狗麻煩，牠至今都沒忘了這個教訓。不過牠堅持離群索居、獨來獨往，好脾氣的狄克終於也受不了牠的冷淡，放棄與牠交好。跟白牙相比，牠現在還對馬廄附近的拴柱比較有興趣呢！

但可麗就不同了。因為神的命令，牠不得不接受白牙，可牠沒有理由就這麼白白放過這匹野狼。白牙和牠的同類曾對牠的先祖犯下無數罪行，那些野狼蹂躪、踐踏羊圈，這記憶交織於牠的血肉之中，這仇恨牠們牧羊犬沒有一世忘記過。這一切都讓可麗有若芒刺在背，挑動牠的復仇之心。牠不能當著神的面攻擊白牙，畢竟是神讓牠留下的，卻不阻止牠用其他伎倆折磨白牙，讓牠的日子苦不堪言。牠們之間橫著永世難解的宿怨，而牠——可麗——將時時提醒對方這深仇大恨。

因此，可麗利用牠的性別優勢佔盡白牙便宜、欺凌白牙，不給牠好日子過。白牙的天性不允許牠攻擊可麗，可麗卻死咬不放，牠無法置身事外。每當可麗攻擊牠，牠只能用受濃密長毛保護的肩膀承受牠的利齒，然後繃緊四肢，昂首莊嚴地走開。如果可麗逼得太緊，牠便繞圈對峙，將頭別開，把肩膀朝向牠，臉上和眼裡盡是百般聊賴與容忍的神情。有時候後臀被咬中了，白牙也只能狼狽地落荒而逃。不過大多時候，牠都盡力維持高貴肅穆的尊嚴，盡可能地無視可麗的存在，能避多遠就多遠。一看見或聽到可麗靠近，白牙就先起身離開。

還有其他許多事等著白牙學習。北方的生活很單純，相形之下，山嶺遠景這兒的生活複雜許多。首先，牠必須學會辨認主人的家人。這方面牠多少已經有了準備，就像過去米沙和庫魯庫琪屬於灰狸，分享他的食物、營火和毛毯一樣，現在山嶺遠景內的所有居民都屬於主人。

而兩者間仍是不全然相同——事實上是大相逕庭。跟灰狸的帳篷比起來，山嶺遠景大上許多，要考慮在內的人也多了許多：有史考特法官、法官的妻子、主人的兩個妹妹貝絲和瑪麗，還有主人的妻子愛麗絲，以及他的小孩，四歲的小韋登和六歲的茉德。沒有人能告訴白牙這些事，而牠對血緣和親屬關係不僅一無所知，也沒有能力理解。不過牠仍迅速學會宅邸裡的所有人都屬於主人，一有機會便仔細觀察、研究他們的動作、言語和語氣，慢慢了解他們和主人之間的關係，以及主人珍愛他們的程度。之後白牙便根據這套明確的準則對待他們，主人重視的，牠就重視；主人寵愛的，牠就珍惜守護。

比如那兩個小孩。白牙這一生從沒喜歡幼童過，牠憎恨並且畏懼小孩的手。過去在印第安村落生活的日子，牠就已經領教過他們的專橫、兇暴和殘酷，這教訓牠謹記在心。小韋登和茱德第一次靠近牠時，白牙目露兇光，低吼著警告他們不准接近。是主人一掌打下、厲聲喝令，牠才不得不容忍他們的撫摸。但牠依舊在他們小小的手下不住低吼，那低吼裡聲可沒有一點輕吟的音調。過了一段時間後，牠發現主人十分珍視這對男孩和女孩。自此之後，用不著掌摑或斥責，牠便任他們撫摸。

白牙從未流露任何熱切的情感。牠用無禮而直率的態度屈從於主人的小孩之下，像人類忍受痛苦的手術般忍受他們的嬉鬧。忍無可忍時，牠便毅然起身離開。只是漸漸地，牠也喜歡起兩個孩子，不過依舊沒有表現出來。牠不會主動去找他們，但也不再看到他們便掉頭離開，而是等著他們上前。再過一段時間，人們注意到牠一旦看見兩個孩子接近，眼中竟會綻放喜悅的光芒；等他們離開去找別的事玩時，牠目送他們離去的眼神反顯得悵然若失。

這些都是循序漸進的，曠時費日。除了孩子以外，白牙最在意的就是史考特法官。牠特別在意法官的可能有兩個原因：第一，他顯然是主人非常珍視的所有物；第二，史考特法官是個內斂的人。當史考特法官在寬闊的門廊上讀報時，白牙喜歡躺在他腳邊，接受他不時投來的眼光或招呼——顯示他認可白牙的存在和陪伴。不過只有主人不在時白牙才會這樣，主人一出現，白牙眼中就容不下其他事物。

白牙允許家中所有成員把牠當作寵物、誇獎牠，然而，牠從未給予他們牠對主人的付出。除了主人之外，沒有一個人的撫摸可以讓牠的喉嚨發出愛的輕吟，不論他們怎麼嘗試，也無法說服牠和他們磨蹭撒嬌。這動作代表牠完全拋棄自我、徹底歸降，得到牠全心的信賴。這動作牠只保留給主人一人——事實上，家中所有成員在牠眼中看來，從來都只是親愛的主人的所有物。

除此之外，白牙也很快便分辨出家人和僕人間的差別。僕人懼怕牠，牠也只是克制住自己不去攻擊他們——因為牠也把他們視為主人的所有物。白牙和他們之間是一種中立的關係，僅此而已。就像麥特在克倫代克的工作一樣，他們替主人做飯、洗碗，打理其他諸多雜事。簡而言之，他們只是這個家的附屬物。

在宅邸之外，還有更多事等著白牙學習。縱使主人的領土再遼闊，終究有其界線，到了郡道就是領地的盡頭，郡道之外的馬路和街道便是眾神的共有領地，而在別的籬笆之後的土地是其他神祇的私地。所有一切都受到無數法則所規範，由法則決定應有的行為。白牙不懂神的語言，除了親身經驗之外，牠無從學習這些規範。牠只能遵從天性的衝動，壞了規矩後才曉得自己犯錯。幾次之後，牠漸漸學會了那些法則，從此便按著規矩行事。

但是，在牠所有受過的教育中，成效最大的還是主人的掌摑和斥責。因為白牙深愛著主人，所以主人的掌摑比灰狸或帥哥史密斯的毒打都要傷害牠得更深。灰狸和帥哥史密斯只能帶給牠皮肉之苦，可在表面的軀殼之下，牠依舊憤怒乖戾、鬥志高昂。而儘管主人總是捨不得用力，打得牠不痛不癢，卻令牠更加傷痛。因為那是主人責難的表現，只要一掌，就足夠白牙沮喪不已。

其實主人很少打牠，只要出聲就夠了。光從主人的語氣，白牙就能分辨自己做對做錯，並據此修正、調整自己的行為。主人的聲音就是牠的羅盤，引領他學習新土地和新生活的規矩。

在北方，狗是唯一接受人類馴養的動物，其他動物全生活於荒野之中。只要好對付，荒野上所有動物都是狗合法虐殺的對象。白牙一直以來都是以獵食動物維生，從沒想過南國的情況有所不同，不過牠到聖克拉拉谷後，很快就學會這裡的差異。一天清早，白牙在宅邸外一角溜達，碰上一隻從雞籠裡逃出來的雞。出於天性，白牙自然立刻湧現一股吃掉雞的衝動。於是牠縱躍兩步，獠牙一閃，慘叫聲響，這隻逃家冒險的家禽就被牠生吞下肚了。這雞從小在農場飼養長大，又肥又嫩，白牙舔舔胸肋，覺得這玩意兒美味至極。

當天稍晚牠又在馬廄附近遇上一隻迷路的雞。一名馬伕跑出來搭救，他不知道白牙的出身，所以只拿了根輕巧的鞭子當武器。鞭稍一落，白牙立刻拋下獵物，改而對付他。一根棍子或許可以阻止白牙，但鞭子絕無可能。白牙毫不退縮，默默挨下第二記鞭子，接著朝著馬伕的喉嚨直撲而去。馬伕大叫一聲：「天啊！」踉蹌後閈。他拋下鞭子，用手臂護在頸前，結果手臂被白牙撕開一道深及見骨的裂口。

馬伕嚇得魂飛魄散。比起那兇神惡煞的模樣，白牙的靜默更讓馬伕腿軟。他舉著血肉模糊的手臂保護咽喉，想往馬房撤退。要不是可麗趕在這時出現，他還不知要吃多少苦頭。如同先前救了狄克一命，可麗再次及時救了馬伕。牠怒氣騰騰地撲向白牙——牠才是對的！牠比那些愚昧的神祇更了解白牙。牠所有的疑慮如今都已得到證實，這個古老的掠奪者又故技重施！

馬伕逃進馬廄，白牙在可麗的森森獠牙前節節後退，要不就是繞著圈子，將肩膀賣給可麗。但可麗不像往常一樣，懲戒白牙幾次，出了氣後就善罷甘休。相反地，牠情緒愈來愈激動，愈鬥愈兇狠。白牙最後只得拋下尊嚴，狼狽地跑過原野，落荒而逃。

「牠得學會別去碰那些雞，」主人說，「不過，除非我當場逮個正著，沒辦法教會牠這件事。」

兩天後，機會來了，而且是比主人想像中更好的機會。白牙早已摸透雞舍和雞的習性，晚上，當雞群安棲後，白牙爬上一堆剛運到的木頭堆頂端，從那兒溜上雞舍屋頂，越過橫樑，跳進雞舍內。不過眨眼功夫，牠就已經潛入雞舍，大開殺戒。

隔天清晨，主人一走出門廊，就看到五十隻被馬伕排在地上的白來亨雞屍體。他輕吹了聲口哨，聲音裡先是驚訝，後來甚至帶著欽佩之意。在門廊上等著他的還有白牙。這條狗沒有半點羞愧或內疚之情，牠傲然而立，彷彿完成了一件值得褒揚的豐功偉業，一點罪惡感都沒有。主人不想懲罰牠，卻依舊緊抿雙唇，厲聲斥責這名無心的罪犯。他的語氣裡只有天神的憤怒，沒有半點慈愛。除了訓斥外，他還壓著白牙的頭，把牠的鼻子湊到母雞的屍體前，狠狠責打牠。

從此之後，白牙再也沒有突襲過雞舍，牠現在明白這是忤逆的行為。之後主人又把牠帶到雞舍，看見活生生的食物在身邊活蹦亂跳，白牙出於本能，忍不住就要撲上前。牠遵循本性的衝動，卻被主人的聲音喝止。一人一狗在雞舍裡待了半個小時，衝動一次又一次上湧，舉凡牠屈服於衝動之下，主人的聲音就會響起，制止牠行動。牠就這麼學會了這項規矩，在離開雞舍前，牠學會了無視雞群的存在。

「殺雞犯就是殺雞犯，你不可能讓牠轉性的。」午餐桌上，史考特法官聽完兒子講述教訓白牙的經過，哀戚地搖搖頭，「牠們只要嚐過一次鮮血的滋味，養成習慣……」說著，他又傷心地搖搖頭。

但是韋登．史考特不贊同父親：「我告訴您我的打算吧！」最後他挑戰似地說，「我把白牙鎖在雞舍，把牠和雞群關在一起，關上一整個下午。」

「你也替那些雞想想！」法官反對。

「還有，」兒子又說，「只要白牙咬死一隻雞，我就給您一塊全國通行的金幣。」

「那父親輸了也要受罰。」貝絲插口道。

妹妹瑪麗也連聲附和。桌邊響起一陣贊同之聲，史考特法官也點頭同意。

「好！」韋登．史考特考慮片刻，「這樣吧，如果在下午結束之時，白牙一隻雞都沒傷，那麼以十分鐘為計，牠在雞舍待多久，您就得像您在法庭上宣布判決一般，莊嚴正色地對牠說幾次：『白牙，你比我想像中更聰明！』」

全家人找了個視野清楚的位置，藏身在那兒觀看這場賭局。結果根本沒什麼看頭，白牙眼看自己被主人孤伶伶地反鎖在雞舍裡，便倒頭呼呼大睡。牠一度起身走到水槽邊喝水，但對那些雞視若無睹，把牠們當作不存在。下午四點，牠挺身一躍，竄上雞舍的屋頂，跳到雞舍外，俐落落地，再莊嚴地闊步走到屋前。不能碰雞的規矩牠早已瞭然於心。門廊上，史考特一家歡欣鼓舞，看著法官史考特和白牙面對面，鄭重其事地說了十六遍：「白牙，你比我想像中更聰明。」

然而規矩多如繁星，白牙被搞得頭昏腦長，還因此時常出醜。除了神的雞外，貓、兔子和火雞等，這些動物牠也通通都不能去招惹——事實上，牠學到一半時，還以為所有生物牠都不能接近。因此，屋後的牧場上，一隻鵪鶉就算在牠鼻子下振翅亂竄也能全身而退。不管牠有多飢渴、多衝動、多心癢難耐，都能駕馭自己的本能，什麼也不做，還以為自己這樣是在遵從神的旨意。

直到有一天，同樣在屋後的牧場上，牠看見狄克追趕一隻長耳野兔。主人在旁觀看，並沒有阻止狄克——不，他甚至還鼓勵白牙也加入追逐，於是白牙了解，關於野兔沒有任何禁令。最後，牠總算搞懂全部的規矩：牠和所有的家畜、家禽間不能存有任何敵意，即便無法和平相處，也至少要保持中立。至於其他動物——像是松鼠、鵪鶉和白尾灰兔等等——都是屬於荒野的動物，不曾對人類效忠，任何一條狗都可以獵殺牠們。神只保護歸順的動物，而且絕不允許馴養的動物間爆發致命衝突。神掌控著臣民的生殺大權，並且非常珍視這份權力。

過慣了北方的簡單生活，聖克拉拉谷的生活顯得複雜異常。文明世界的規矩盤根錯節，最講究的就是控制與約束——那份自我平衡如蟬翼般精巧，又如鋼鐵般堅定。生活有千百種樣貌，白牙發現牠每一種都得面對——因此，當牠追在馬車後方前往聖荷西鎮，或馬車停下後在街上閒晃時，各式各樣形形色色、變化無窮的生活就這麼不斷從牠身邊經過，刺激牠的感官，不停要求牠調適與回應，隨時隨地逼迫牠壓抑牠天性的衝動。

肉舖裡的肉就掛在牠伸手可及的地方，但牠絕對不能碰。主人造訪的對象家裡如果有養貓，牠也不能招惹。無論牠走到哪兒，都有狗對牠吠叫，但牠不能攻擊。熙來攘往的街道上，牠吸引了無數人的目光，人們會停下腳步注視牠，對牠指指點點，打量牠，對牠說話，最糟的是還會有人動手摸牠，而牠卻必須忍受所有陌生手掌的危險接觸。牠忍住了，不但忍住，還總算不再感到扭捏困窘，可以傲然地接受陌生眾神的關注，降尊紆貴地接受祂們屈尊的巴結。另一方面，牠身上也散發著某種令人不敢過份親近的氣息，因此人們大多拍拍牠的頭、順勢往下摸一把就會心滿意足地離開，為自己的大膽雀躍不已。

但這一切對白牙一點也不容易。當牠追著馬車，跑在聖荷西近郊時，時常有小男孩朝牠丟石頭。不過牠知道牠不能追他們、把他們撞倒，只能壓抑自我防衛的本能。牠做到了，牠漸漸變得溫馴、變得愈來愈文明。

儘管如此，白牙還是不太滿意這規矩。牠不懂公理正義這些抽象概念，卻仍能感受到公平與不公。就是這種感覺使牠心生不滿：為什麼牠不能抵抗丟石頭的孩童？直到有一天，主人手裡拿著鞭子，跳下馬車賞了那些丟石頭的小鬼一頓排頭後，牠才想起在與神訂立的盟約中，寫明了神會照顧牠、保護牠。白牙知道從此之後不會再有小男孩對牠丟石頭，牠滿意了。

白牙還有一次類似的經驗。進城途中有家酒店，這家酒店位於十字路口，門口總有三條狗在那兒閒晃，每次白牙經過，牠們就會撲到牠身上。主人了解牠那種致命的打法，總是再三告誡牠不許打架。白牙被教得很好，因此每當牠經過路口的酒店時，總不免受些苦頭。被攻擊一次之後，牠每次總會咆哮嚇退那些狗。那些狗雖然暫時不敢靠近，卻還老是在後方窮追不捨，又叫又吠地羞辱牠。白牙忍耐了一段時間，後來甚至連酒店裡的人都開始煽動那些狗攻擊白牙。有一天，他們公然要那三隻狗圍攻白牙，主人終於停下馬車。

「去吧！」他對白牙說。

白牙不可置信。牠瞧瞧主人，又看看那三條狗，然後帶著詢問的眼神熱切回望主人。

主人點點頭：「上吧，兄弟，給牠們好看。」

白牙再不猶豫。牠無聲無息，一個轉身跳進敵人之間，和三條狗正面相對。一時間，咆哮聲震耳欲聾，清脆的咬嚙聲不絕於耳。四條狗的身影疾如閃電，路上塵土飛揚，像灰雲般遮蔽了戰況。不過戰況持續沒多久，不到幾分鐘後，兩條狗就已在塵土中垂死掙扎，第三條狗則夾著尾巴沒命逃竄。牠跳過溝渠、鑽過一道鐵絲網，逃到田野上。白牙如狼一般無聲無息地迅速追趕，在田野中心撲倒對方，趕盡殺絕。

殺了這三條狗後，牠和狗之間再也沒有任何麻煩。消息在谷區傳開，人們都知道得小心不讓自己的狗去招惹這匹戰狼。

第四章　同類的呼喚

日子一天天過去。在南方，食物豐沛又無須勞動，白牙自然心寬體胖，活力充沛，過得極為愜意。牠不只住在南國，心裡也接受了南國的生活。人類的關愛如陽光般照耀，牠宛如得到沃土滋潤般的花朵盛放。

但是，牠和其他狗還是有所不同，甚至比那些自小便生長此地的狗還熟悉規矩，觀察也更入微。牠體內依舊潛伏著凶猛的本性，如同荒野仍在心底徘徊不去，牠的狼性只是暫時沉睡。

從小到大，牠不曾與其他狗交好。在同類之中，牠向來是獨來獨往，而且會一直這麼孤獨下去。小時候受到尖嘴和其他小狗的迫害，長大後又成為帥哥史密斯的鬥犬，這一切都使牠對狗只有無法泯滅的仇恨。牠走偏了路，遠離自己的同類，反而依附在人類腳邊。

除了白牙對狗深惡痛絕外，南方狗對牠也是處處提防。牠激起牠們恐懼荒野的本能，總是用咆哮以及挑釁的敵意迎接牠的出現。另一方面，白牙知道對付牠們沒必要動用到牙齒，牠只要咧咧嘴、露露牙，就夠將一條吠叫前衝的狗嚇得乖乖坐下，而且幾乎是屢試不爽。

不過，白牙的生活中還有個考驗——可麗，牠沒給過白牙片刻安寧。可麗不像白牙一樣服從人類的規矩，主人費盡心思要牠和白牙交好，牠完全聽不進去。白牙的耳邊不斷迴盪可麗緊張的咆哮。可麗無法原諒牠先前屠殺雞隻的惡行，認定白牙就是居心不良。現在，白牙就算什麼也沒做，可麗心裡仍先判了牠有罪，把牠當罪犯一樣對待。可麗成天陰魂不散，只要白牙在馬廄或庭院間走動，可麗就像警察般緊迫盯人。只要牠對鴿子或雞流露一點好奇的神色，可麗就會立刻暴跳如雷、高聲咆哮。白牙最常用來漠視可麗的方法，就是靜靜躺下，把頭擱在前腳上假寐。這總是讓可麗啞口失聲，安靜下來。

除去可麗不談，白牙的日子十分順遂。牠學會控制自己，脾氣也平和許多，對種種規矩都瞭若指掌。牠終於可以沉著冷靜、泰然自若地包容一切。牠不再生活於充滿敵意的環境之下，身邊不再環繞著危險、傷害和死亡。即便可怕的未知又突然來犯，也總在瞬間消失無蹤。生活輕鬆寫意，風平浪靜，沒有恐懼也沒有仇敵潛伏在側。

白牙想念雪，只是牠自己不曾察覺。倘若白牙會思考，牠會想：「多漫長的夏天啊！這炎熱似乎沒有結束的一天。」但牠不會思考，只是下意識中模模糊糊地想念下雪天。特別在夏季的熱浪來襲，被烈日曬得頭昏腦脹時，牠就會隱隱思念起北方。然而，這份想念最多只是讓牠不知不覺中感到些許不安和焦躁。

白牙向來內斂，不懂如何表達情感，除了磨蹭和發出輕吟愛吼外，沒有其他方法可以表達牠的愛意。但牠終於又學會了第三種方法。牠一向對神的笑聲很是猜忌，總是會讓牠氣急敗壞、失去理智。

只是牠對親愛的主人生不了氣，因此當神友善、戲謔地笑牠時，牠就會困窘得不知所措。牠可以感覺到往昔的怒氣在牠體內湧現，一波波錐刺著牠，可那偏偏又和愛意違背。牠無法生氣，又總得有所表示。牠起初先是裝出莊嚴的模樣，誰知道主人卻笑得更厲害。最後，主人把牠的尊嚴都笑光了，白牙的嘴巴微微張開，嘴唇微掀，眼中流露充滿愛意的滑稽表情。終於，白牙會笑了。

牠還學會了和主人嬉鬧，任由主人將牠推倒、在地上翻來滾去，充當作主人惡作劇的對象。牠會又是豎毛又是怒吼地佯裝憤怒，牙齒咬得喀喀作響，表現出一副準備大開殺戒的模樣，但牠從未玩到忘形，總記著要對著空氣空咬。嬉鬧到最後，打、毆、咬、吠的速度愈來愈快、愈來愈猛烈，一人一狗這時突然分開，相隔幾呎遠，彼此怒目而視。然後就像狂風暴雨的海上陡然撥雲見日般，他們突然相對大笑。最後，主人用雙臂摟住白牙脖子，白牙則輕哼低吼出牠的愛曲。

除了主人外，沒有任何人可以和白牙嬉鬧。白牙不允許。為了維護尊嚴，牠從不對其他人放下身段，只要他們企圖和牠玩鬧，牠就會毫不留情地豎起鬃毛，咆哮嚇阻。牠給予主人這些特權，不代表牠就成了一般的狗，見人就愛，任誰都可以和牠嬉戲。牠只忠於一人，絕不廉價出賣牠的靈魂和感情。

主人時常出外騎馬，隨侍在側於是成了白牙生活中最重要的任務之一。在北方，牠靠套上背帶、賣力工作展現牠的忠誠，但是南方沒有雪橇，狗也不需要當馱獸。因此，白牙有了新的示忠方法，就是和主人的坐騎並肩奔馳，不論跑得再遠牠也不會疲倦。牠跑起來像狼一樣行雲流水，輕盈敏捷，更不知疲憊，五十哩後便已輕輕鬆鬆領先馬前。

因為主人騎馬，白牙又有了另一種表達情感的方法——特別的是，這方法牠一生中只用過兩次。第一次是主人嘗試要訓練一匹毛躁的純種馬，讓騎士不用下馬，就可直接開關籬笆門。主人騎著馬，一遍又一遍把馬趕到門邊，想要關門，但馬一靠近門就怕得不住後退，扭頭就跑，而且一次比一次緊張，甚至嚇得前腳懸空站起。主人馬刺一踢，要牠放下前腳，馬的後腿卻又開始亂踢。白牙在一旁愈看愈焦慮，終於忍無可忍，衝到馬前，惡狠狠地狂吠警告這頭畜生。

雖然白牙之後常試著吠叫，主人也為牠打氣，但牠只再成功過一次，而且還是主人不在場的時候。有一回主人在牧場上縱馬奔馳，一隻長耳野兔突然從馬腳下竄出。馬兒一驚之下猛然轉向，腳步一個踉蹌，把主人摔落地上。主人跌斷了腿，白牙盛怒之下飛身撲向馬匹的咽喉，但主人喝止了牠。

「回家，快回家！」主人確定自己的傷勢後命令道。

白牙不願拋下他。主人原想寫張紙條，可摸遍口袋都找不到任何紙筆，只好再次命令白牙回家。

白牙殷切地看著他，終於踏出腳步，卻不久又折回原地，輕聲哀鳴。主人溫和且嚴肅地吩咐牠。

白牙豎起耳朵，凝神細聽。

「沒關係，老伙伴，你快回家就是了。」史考特說，「回家告訴他們我出了什麼事。回家吧，狼兒。快回家！」

白牙聽得懂「家」這個字。雖然不懂主人其他的話，但知道主人是要牠趕快回家。牠背轉身，依依不捨地跑開，卻隨即又停下腳步，舉棋不定，轉頭回望主人。

「回家！」主人厲聲喝令，白牙這次乖乖聽從了。

白牙回家時，全家人正聚在門廊上，享受午後的涼爽。牠氣喘吁吁、一身泥沙衝進他們之間。

「韋登回來了！」韋登的母親說。

小孩興奮地大聲尖叫，衝去迎接牠。白牙避開他們，直奔門廊，卻被小孩困在一張搖椅和欄杆之間。牠低聲咆哮，想要擠過去，孩子的母親憂心忡忡地看著他們。

「我得承認看到牠在小孩身邊我就緊張，」她說，「我總怕牠哪天會突然攻擊他們。」

白牙兇狠地低吼幾聲，竄出角落，兩個孩子被牠撞倒。母親把他們叫到身邊，軟語安慰，叫他們別去煩白牙。

「狼就是狼。」史考特法官批評，「一點也不能信任。」

「但牠不全然是狼。」貝絲插口，替不在場的哥哥發聲。

「只有你和韋登這麼認為。」法官說，「他也只是猜測白牙身上有狗的血統，實情究竟如何他也不知。至於牠的外型……」

史考特法官話還沒說完，就看見白牙站在他面前死命咆哮。

「走開！躺下！」史考特法官命令。

白牙轉向親愛主人的妻子，咬住她的裙擺猛扯。脆弱的布料被牠扯破，女主人害怕地尖叫起來，這下大家的注意力都集中到牠身上了。白牙停止低吼，立定腳跟，仰頭注視他們。牠的喉嚨陣陣振動，卻出不了聲，牠卯足全力卻還是無法表達，急得渾身發抖。

「牠別要是瘋了。」韋登的母親說，「我跟韋登說過，溫暖的氣候恐怕不適合北極來的動物。」

「牠一定是有話要說。」貝絲說。

這時候，白牙開口了，從喉間爆出一聲吠叫。

「韋登出事了。」他的妻子斷言。

全家人霍然站起。白牙跑下臺階，回頭看去，要他們跟上。這是牠這輩子第二次，也是最後一次用吠叫傳達心意。

經過這件事後，白牙發現山嶺遠景的人對牠親切熱情許多，就連那名手臂被牠咬傷的馬伕也承認就算白牙是狼，也同時是條聰明的狗。只有史考特法官固執己見，還找百科全書和自然歷史的研究著作做佐證，堅稱白牙是狼非狗，惹得人人不快。

時光流轉，陽光日復一日照耀著聖克拉拉谷，只是白晝愈來愈短，白牙在南國的第二個冬天到來之際，發現了一件奇怪的事：可麗的牙齒不再凌厲了。現在可麗咬牠的時候，只是像玩鬧般輕輕嚙咬，輕柔地就像怕咬傷了牠一般。白牙忘了可麗曾是牠生活的重擔，當牠在牠身邊嬉鬧時，白牙也會認真回應，努力表現出樂在其中的樣子，結果卻顯得滑稽好笑。

有一天，可麗領著牠跑了好長一段路，一路穿越屋後的牧場，跑進樹林。那天下午主人要去騎馬，白牙也知道。馬已經上好鞍，等在門邊，但白牙猶豫了，牠體內有個東西，那東西比牠學過的規矩、形塑牠的習性、對主人的愛，甚至牠的求生意志都還要深沉。就當牠猶豫不決時，可麗輕咬了牠一下，然後一溜煙跑開。白牙轉身跟上。主人那天獨自出外騎馬。樹林裡，白牙和可麗並肩奔馳，如同多年前母親琪雪和老獨眼在寂靜的北國森林並肩馳騁一樣。

第五章　沉睡的狼性

大約此時，報上大幅報導一名囚犯大膽從聖昆汀監獄❶逃獄的消息。這名囚犯窮兇惡極，生性殘暴，環境也不曾導正他。社會之手嚴酷苛刻，而這名男子就是它的一件驚世巨作。他是頭禽獸——沒錯，他是個人面獸心的傢伙，恐怕只有「殺人成性」才足以形容他手段之兇殘。

即便囚禁在聖昆汀監獄，他也依舊作惡多端，司法的制裁並無法使他洗心革面。他可以一聲不吭地受死，也可以力戰到最後一口氣，但就是不能活活被打敗。他愈是逞兇鬥狠，社會就對他愈嚴厲，而社會對他愈嚴厲，他就只有變得更兇殘。對吉姆．霍爾而言，約束衣、飢餓、拳頭和棍擊都是錯誤的處罰，偏偏從他還是個生活在舊金山貧民窟的小男孩、還是塊等著被社會之手捏塑的柔軟黏土時，受到的就是這種待遇。

吉姆．霍爾第三次入獄時，遇上一名和他同樣兇殘成性的獄卒。獄卒對他極為不公，向典獄長栽贓誣告、破壞他的名聲，還處處迫害他。他們兩人之間唯一的差別，就是獄卒身上帶著一大串鑰匙和一把手槍，而吉姆．霍爾只有赤手空拳和他的牙齒。即便如此，有一天他還是撲到獄卒身上，像頭叢林野獸般狠狠咬住對方的咽喉。

之後，吉姆・霍爾被打入一間暗房。這間牢房是專門監禁積惡難改的囚犯，地板、牆面到屋頂全是鐵鑄的。他在那裡關了三年，三年來，他不曾踏出牢房一步，不曾看過天空或太陽。白天牢裡一片昏暗，夜晚更是漆黑死寂。他就這麼被活埋在這座鐵墳裡，見不到一張人類面孔，無法與人交談半句。食物一送進來，他就像野獸般兇狠咆哮。他痛恨世上所有一切，日日夜夜對宇宙怒吼他滿腹的怨恨。他也可以一連幾個星期、幾個月一聲不吭，獨自在黑暗與死寂中啃食自己的靈魂。他是人，也是怪物——從某種發狂的頭腦之中幻想而出，滿嘴胡言囈語的可怕生物。

終於，一天夜裡，他逃獄了。典獄長說不可能，但是牢房就是少了囚犯，只剩一名獄卒的屍體半在牢內，半在牢外。另外兩名獄卒的屍首顯示他從監獄逃到外牆的途中，又赤手空拳打死了兩人，以免製造聲響，引人注意。

他搶走獄卒屍體上的武器——一座活生生的軍火庫就這麼逃進山裡。社會動員了龐大的力量追捕，當局出了高額賞金懸賞他的項上人頭。貪婪的農夫帶著獵槍四處搜捕，他的鮮血足以以還清貸款，或送個兒子進入大學。古道熱腸的公民也提著來福槍幫忙追捕，獵犬用鼻子追蹤他血跡斑斑的足跡，而領人奉祿的警方和偵探也用電話、電報和特快車日夜追緝他的行蹤。

有時候，還真有人追上吉姆。但一正面交鋒，這些人不是像英雄般英勇面對他，就是鑽過帶刺鐵

❶加州的一座舊監獄，位於舊金山北區。

絲網落荒而逃。這些消息透過報紙報導，讓早餐桌邊的讀者看得津津有味。和吉姆交手後的死者、傷者被送回鎮上，騰出的空缺很快被熱心緝兇的人補上。

然後，吉姆・霍爾消失了。獵犬徒勞無功地追尋消失的足跡。偏遠的山谷裡，純樸的牧場工人被武裝人士攔截質問，強迫他們證明自己身份。同時間，許多貪婪的民眾分別聲稱在十幾座不同的山腰上發現吉姆・霍爾的屍體，向當局索求賞金。

這段期間，山嶺遠景人心惶惶，日日看報，渾然不覺此事有什麼有趣。女人們提心吊膽，忐忑不安，史考特法官對此嗤之以鼻，只是冷笑以對。史考特法官的反應並非全無來由，在他退休前不久，吉姆・便是站在他面前，聆聽他的判決。公開法庭上，吉姆・霍爾在眾目睽睽之下揚言遲早有天會向將他打入大牢的法官復仇。

總算有次不是吉姆的錯。這件案子他其實是無辜的。套句小偷和警方間的行話，史考特法官這是「草率結案」。吉姆・霍爾因為一件自己沒犯下的罪行被草草送進監獄；因為他已經有過兩次前科，史考特法官判了他五十年徒刑。

不過，史考特法官也是被蒙在鼓裡，不知道自己成了警方陰謀的共犯，不曉得證物是捏造出來的偽證，吉姆・霍爾其實是被栽贓的。另一方面，吉姆・霍爾也不知道史考特法官對內情一無所知，他相信法官對一切知道的清清楚楚，卻和警方聯手共謀，陷害他入獄。於是，當史考特法官宣判他將在監獄度過五十年活死人的生活時，蒙受不白之冤的吉姆・霍爾霍然站起，在法庭裡大發雷霆，最後被六名藍衣敵人拖走。在他心中，史考特法官是這場不公審判的關鍵人物，因此滿腔怒火都直衝史考特法官而去，揚言他有天一定會報仇。吉姆．霍爾便這麼鋃鐺入獄……然後逃了出來。

白牙對這一切一無所知。不過牠和主人的妻子愛麗絲之間存在一個秘密。每一晚，當山嶺遠景沉沉入睡後，她便下床放白牙進大廳睡覺。因為白牙不是寵物，也不准在屋內睡覺，所以每天清晨時分，愛麗絲還得趕在家人甦醒前溜下床，放白牙出去。

一天晚上，全屋子睡得正熟，白牙卻醒了。牠靜靜地躺著，一聲不出，悄悄嗅著空氣中的訊息，察覺屋內出現一個陌生神祇。牠聽見這名陌生神祇移動的聲音，卻沒有惡狠狠地大聲威嚇，這不是牠的作風。那陌生神祇躡手躡腳地走著，而白牙身上不會發出衣物摩擦身體的聲音，因此行動起來比他更加無聲無息。牠悄悄尾隨在後，在荒野，牠曾狩獵各種膽小怯懦的動物，深諳攻其不備的好處。

那名陌生神祇停在堂皇的樓梯底部，凝神細聽，白牙像屍體般動也不動在旁監視。樓梯上就是親愛的主人和主人最最心愛的所有物。白牙豎起長毛，仍是按兵不動。陌生神祇的腳抬了起來，開始往樓上走去。

就在這時，白牙出擊了。牠毫無欲警，甚至一聲咆哮也沒有便凌空一躍，撲到陌生神祇的背上。白牙的前爪抓住男人肩膀，獠牙狠狠紮進男人後頸。牠緊緊抓住對方，猛力把他往後拖倒，一人一狗雙雙墜倒地上。白牙一躍而起，趁那人掙扎起身時，獠牙又再次搶攻。

整個山嶺遠景都驚醒了。樓下的騷動彷彿惡鬼出巢；有人開槍，槍響間夾雜一聲男人的淒厲慘叫，咆哮和怒吼不絕於耳，到處傳來家具和玻璃碰撞碎裂的聲音。

這場混亂來得快，去得也快，過程持續不到三分鐘。大驚之色的家人群聚在樓梯頂，聽到樓下黑暗地深淵之中，傳來一陣像水裡冒泡的咕嚕輕響，這聲音有時又會變成口哨般地吁吁聲，隨即便漸減弱，終至停止。黑暗中除了某種生物痛苦掙扎的沉重喘息聲外，鴉雀無聲。

韋登．史考特按下開關，樓梯和樓下的大廳頓時大放光明。他和史考特法官手裡拿著槍，小心翼翼地下樓。但他們無須如此謹慎，白牙已經完成任務。在滿地狼籍的家具殘骸中，一名男人手掩著臉，半側躺在地上。韋登．史考特俯身移開手臂，把男人的臉轉向正面，喉嚨上那道撕裂的傷口解釋了他的死因。

「吉姆．霍爾。」史考特法官說。父子倆意味深長地相視一眼。

兩人隨後轉向白牙，牠也和那人一樣側躺在地。牠的雙眼緊閉，但當史考特父子俯身查探時，白牙的眼皮微微抬了一下，想要睜眼看看他們、搖搖尾巴，卻心有餘而力不足。韋登．史考特拍拍牠，牠的喉嚨震動了一下，想要低吼，可是聲音異常微弱，一下便停止了。牠的眼皮漸漸垂下，最後終於閉上雙眼，全身鬆懈下來，癱平在地。

「牠不行了，可憐的傢伙。」主人喃喃道。

「那可不一定。」法官一面說，一面走向電話。

「我就坦白說了吧，牠只有千分之一的機會。」替白牙治療了一個半小時後，醫生如此宣布。

清晨的曙光灑進窗內，電燈黯然失色。除了兩名小孩外，全家人都聚在醫生身邊聆聽判決。

「一條後腿骨折，」醫生又說，「斷了三根肋骨，至少有一根刺穿肺葉。牠失血過多，內傷的可能極大。牠一定是被狠狠踢過，更別說那三顆射穿牠的子彈。我說千分之一恐怕還是樂觀了，只怕牠連萬分之一的機會也沒有。」

「即使只有一絲機會，我們也不能放棄。」史考特法官大聲道，「別擔心錢的問題，給牠照X光——所有檢查都做。韋登，馬上給舊金山的尼古斯醫生發電報——醫生，請你諒解，我不是不相信你，但我們一線機會都不能放過。」

外科醫生大方地笑了笑：「我當然明白。那是牠應得的。你們得像照顧病人——不，像照顧病童一樣照顧牠。還有別忘記保持溫度的事。十點的時候我會再回來一趟。」

白牙受到細心照料。史考特法官原本說要找個受過專業訓練的護士，不過女孩們忿忿不平地駁回了這項提議。她們主動接下這工作，而白牙竟然也贏得連醫生都不敢指望的萬分之一機會。

這並非醫生診斷錯誤。在他的行醫生涯中，他的病人向來是柔弱的文明人，世世代代都過著溫室般地生活。和白牙相比，他們脆弱、單薄，沒有任何求生的力量。而白牙來自荒野。荒野中，弱者沒有保護，很快就會被淘汰。牠的父母親中沒有弱者，沒有任何一個世代的祖先是弱者。白牙繼承的，是鋼鐵般地體格，是荒野頑強的生命力。牠用盡全身力氣，用所有動物與生俱來的韌性緊抓住生命。

好幾個星期，白牙全身裹滿石膏和繃帶，像囚犯般動彈不得。牠大多時間都在沉睡，睡中充滿各種夢境。北方的壯麗風景一幅幅無止盡地掠過心頭，往日的魅影一一浮現，圍繞在牠身旁。牠重回和琪雪一起住在洞穴的日子、顫抖著爬到灰狸的膝邊歸降、在尖嘴和整群狂吠不停的小狗面前逃命求生。

牠再次經歷那持續數月的飢荒，在死寂中追捕獵物。牠再次飛奔在狗隊前方，行經狹隘的山道時，隊伍得像闔起扇子般緊密收攏。米沙和灰狸的鞭子在身後獵獵呼嘯，他們嘴裡大喊：「啦！啦！」。牠再次回到成為帥哥史密斯禁臠的生活，再次經歷那些廝殺過的戰鬥。這些時候，牠會在睡夢中哀鳴咆哮，守在牠身旁的人說牠一定是做了惡夢。

有一個惡夢特別折磨——就是那些像大山貓般尖叫連連、轟然作響的汽車怪物。夢是這樣的：牠趴在樹叢裡，盯著一隻松鼠大膽從樹上的藏身處跑到地面。牠朝松鼠撲去，松鼠卻突然變成一輛發出怪叫的汽車，像山一樣壓在他頭上威脅恫嚇，朝牠噴出熊熊火焰。松鼠有時會換成老鷹，牠向空中的老鷹挑釁，老鷹從藍天俯衝而下，就在快撲到牠身上時陡然搖身一變，變成無所不在的汽車。或者，牠又回到帥哥史密斯的獸欄裡。獸欄外，人潮湧現，牠知道戰鬥即將展開。牠盯著入口，等著敵人走進。門打開了，直撲而來的卻是一輛可怕的汽車。這樣的夢魘重複了上千遍，每次都一樣恐怖、一樣鮮明、一樣震懾。

終於，最後一條繃帶和最後一塊石膏都拆了。這是個值得慶祝的一天，所有山嶺遠景的人都聚集在牠身邊，主人揉揉牠的耳朵，牠則輕哼著那充滿愛意的低吼。主人的妻子喚牠做「福狼」，大家為這個名字喝采歡呼，女人們紛紛高喊：「福狼！」、「福狼！」。

牠試著站起，可是試了幾回都因為虛弱摔倒在地。牠在病榻上躺了太久，肌肉失去力量，不再靈活。牠為自己的虛弱感到微微困窘，好像他虧欠了他們什麼。牠使盡力氣，英勇地再次站起，最後終於站穩腳步，搖搖晃晃地來回走動。

「福狼！」女人們齊聲歡呼。

史考特法官得意洋洋地看著她們。

「看吧，妳們自己也這麼說了！」他說，「我一直都是對的。沒有一條狗可以像牠一樣，牠是狼。」

「一匹福狼。」法官的妻子糾正牠。

「是的，牠是福狼。」法官同意，「從此之後我會都這麼叫牠。」

「牠得重新學習走路。」醫生說，「不如就從現在開始吧！這不會造成什麼傷害，帶牠出去吧！」

白牙像個國王般，在山嶺遠景所有的居民簇擁下來到屋外。牠非常虛弱，走到草坪時躺下休息了一會兒。

隊伍又接著前進。開始運動後，白牙稍稍回復了些體力，血液也開始湧進肌肉。牠走到馬廄前，可麗躺在門口，陽光下，六隻小小胖胖的小狗圍繞在牠身邊嬉戲。

白牙驚奇地看著小狗，但可麗卻厲聲咆哮，警告牠不許靠近。白牙小心翼翼地保持一段距離。主人用腳把一隻滿地亂爬的小狗撥到牠面前。白牙狐疑地豎起長毛，主人告訴牠沒關係，不過被女眷摟住的可麗卻提防地緊盯著牠，咆哮一聲，警告牠關係可大著，牠最好小心一些。

小狗爬到白牙面前。白牙豎起耳朵，好奇地看著這個小傢伙。然後牠們的鼻子碰在一塊兒，牠感覺小狗小小的舌頭暖呼呼地舔在牠臉上。白牙自己也不明所以，不由自主地跟著伸出舌頭，舔起小狗的臉。

眾神又是鼓掌又是歡呼。白牙嚇了一跳，困惑地看向他們。這時虛弱又襲上四肢，牠豎起耳朵，就地趴下，偏頭注視小狗。其他小狗紛紛朝牠爬去，惹得可麗十分不快。白牙一臉莊嚴，默許牠們在牠身上爬上爬下。起初，在眾神的聲聲歡呼之中，牠還有那麼點忸怩，但在小狗笨手笨腳的胡鬧下，那些忸怩和困窘漸漸消失。白牙容忍地半闔上眼，在陽光下打起盹兒來。

熱愛生命

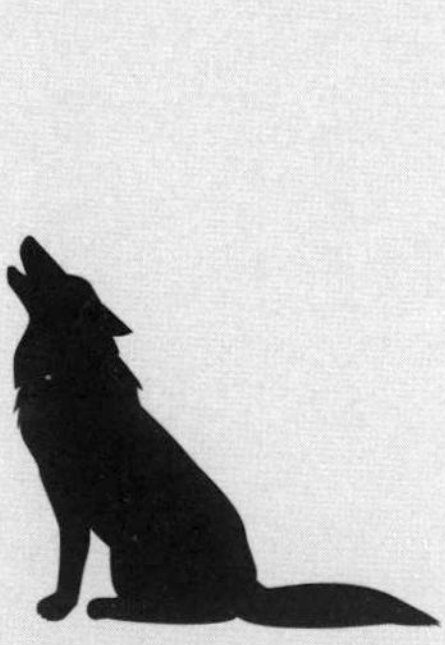

「最後只餘下這些——

他們活過、賭過：

收穫不可謂不豐，

只是輸掉了那只金骰子。」

他們跛著腳，痛苦地走下河岸。走在前方那人在亂石間蹣跚前進，身子搖搖欲墜。兩人都已筋疲力盡、虛脫乏力，因為長時間飽受風霜折磨，臉上都是按捺強忍的神情。他們用毛毯包好自己的裝備，綁在肩上。行囊很沉，所以特別用頭帶勒在額頭上，幫忙支撐；除此之外，兩人都還各自有把來福槍。他們駝著背，弓著肩，引頸垂首，視線注視地面，一步步前進。

「真希望現在身上還有些我們藏在地洞裡的彈匣，就算兩枚也好。」走在後方的人說。他的語氣呆板沉悶，沒有半點抑揚頓挫。奶白色的溪流穿過嶙峋亂石，激起無數泡沫。前方的男人逕自走在岩石上，悶不吭聲，沒有答腔。

另一人就跟在他的身後走。他們腳上穿著鞋具，溪水很冰，冰到他們的腳踝都痛了，腳掌也都凍得失去知覺。有些地方水深及膝，他們被激流沖得搖搖晃晃，幾乎站不穩。

後方那人在滑溜的岩石上滑了一跤，差點摔倒，但在猛烈掙扎後又站穩腳步，同時間慘叫了一聲。他感到天旋地轉，搖搖晃晃伸出空著的那隻手，像是想在空氣中抓住什麼可以支撐的東西。他站穩後又踏前一步，可是暈眩感再次襲來，差點昏倒，只好站定不動，望向前方的男人，那人卻始終沒有回頭。

男人整整站了一分鐘，彷彿陷入天人交戰，最後高喊：「我說比爾啊！我扭傷腳踝了。」比爾在白茫茫的溪水中踉蹌前進，仍舊沒有回頭。男人看著他漸行漸遠，臉上表情雖然如往常般木然，眼神卻像受傷的鹿。

比爾一跛一跛爬上河岸，絲毫沒有駐足的打算，連視線也不曾回望過。站在溪流裡的男人看著比爾，嘴唇微微發抖，覆蓋在唇上的粗硬棕鬍也明顯跟著顫抖。他伸出舌頭，舔了舔嘴唇。

「比爾！」他大喊。

這一聲是硬漢身陷危難時才會發出的哀求，可比爾還是不為所動。男人看著同伴離去，他滑稽地拖著腳，搖搖晃晃、東倒西歪地爬上矮山的緩坡，朝山上迷茫的地平線前進。男人看著比爾一路向前翻山越嶺，最後消失不見，然後轉開目光，緩緩打量這片已經不見比爾身影的荒土。

太陽黯淡地垂掛天際，幾乎被蒼茫的霧氣和水氣所遮掩。儘管感覺得到太陽的存在，卻輪廓朦朧、飄渺無蹤。男人用一隻腳穩住自己，拿出手錶來看。現在是下午四點，依照目前七月底八月初的季節判斷——他不知道確切日期，可能誤差一、兩個星期——他知道太陽目前所在位置大約是西北方。他望向南方，知道大熊湖就在那幾座荒山之後，再過去一點，北極圈那條禁線切穿了加拿大的極區荒地。他腳下的溪流流向銅礦河，銅礦河又向北流入科羅內灣和北冰洋。他從沒去過那兒，但是他看過，在哈德遜灣公司的航海圖上見過那麼一次。

他再次環顧周遭的環境，這可不是什麼令人歡欣鼓舞的奇景。地平線迷茫地向四面八方展開，彷彿沒有盡頭。放眼所及，盡是低矮的山丘，沒有樹、沒有灌木、沒有野草——什麼都沒有，只有一片可怕的無垠荒野。恐懼迅速湧現眼底。

「比爾！」他喃喃喚了一聲，然後又喊了一次：「比爾！」

他在白茫茫的溪水裡驚懼瑟縮，彷彿這片無邊無際的曠野挾萬鈞之勢從四面八方朝他收攏，得意洋洋地要用它威怖的力量將他壓個粉身碎骨。他開始像得了瘧疾般瑟瑟發抖，槍從他手中滑落，濺起點點水花。他回過神，奮力甩開恐懼，打起精神，伸手從河裡撈出槍。他把左肩上的包袱往上推了一點，好減輕傷踝的負擔，然後邁開腳步，繼續前進。他慢慢地、小心翼翼地爬上河岸，面孔不時因痛楚扭曲。

他途中完全不停留，不顧傷痛，拼命發了瘋似地加緊腳步爬上斜坡，循著同伴消失的身影翻越山頂——姿勢比跛腿的比爾還滑稽。但到了山頂後，他只看見一座死氣沉沉的淺谷，那兒一點生命跡象也沒有。他再次提起精神與恐懼奮戰，克服心魔後，把包袱又往上頂了頂，蹣跚走下山坡。

谷底因積水潮濕陰冷，厚厚一層苔蘚像吸飽水的海綿般浮在地上，每踩一步，水就從他腳下噴射四濺；一抬腳，腳下就會發出「嘶」的一聲，彷彿苔蘚牢牢吸住，不願放開他一樣。他從一處沼地走到另一處沼地，一塊塊的礁石宛如小島似地突出於這片苔蘚海，男人循著比爾的腳印踏過一座又一座小島。

雖然形單影隻，但他沒有迷失方向。他知道再走遠一點，就會走到當地人稱為「提奇—尼其利」的「小枝地」，那裡有座小湖，湖岸散落許多雲杉和冷杉的細枯枝，還有一條非奶白色的小溪注入這湖裡。他記得很清楚，溪裡長著水草，但是沒有木料。他將沿著這條小溪，一路走到湧出第一滴溪水的分水嶺，然後翻越分水嶺，會到達另一條溪流的源頭。那條溪往西流，他將沿著溪流繼續前進，直到小溪注入迪斯河。在那兒有一艘傾覆的獨木舟，獨木舟下有個被許多石頭蓋住的地洞，而洞裡有他那把空槍所需的彈匣，還有獵食所需的工具：魚鉤、魚線和一張小網。此外還有一點為數不多的麵粉，以及一塊培根和一些豆子。

比爾會在那兒等他，他們會沿著迪斯河向下划船到大熊湖，然後朝南穿越湖泊；過了湖後繼續往南方前進，直到抵達麥肯錫河。接著他們會繼續往南前進，儘管嚴冬緊追在後，漩渦處開始結冰，天氣一天比一天寒冷，但他們不會被追上。再往南到了哈德遜灣公司溫暖的哨站後，就會有高大蔥鬱的樹木，還有源源不絕的食物。

男人一面前進，腦中一面想著這些事。不只他的身體在奮力前行，心裡也同樣在奮戰。他一直努力想要趕走比爾棄他不顧的念頭——他確信比爾會在地洞那兒等他——他非得這麼想，否則就會失去奮戰的理由，乾脆躺下等死算了。黯淡的夕陽慢慢沉入西北方的天際，他細數自己與比爾即將逃離嚴冬的每一吋腳步，一遍又一遍想著地洞和哈德遜灣公司哨站裡的食物。他已經兩天沒吃東西了，更不用說多久沒吃到他想吃的美食。多數時候他只能彎腰撿拾灰白色的沼莓，把它們放進嘴裡嚼一嚼，硬吞下肚。沼莓裡只有少量水分和一顆小種子，水在嘴裡化開，種子嚐起來又嗆又苦。男人知道沼莓毫無營養，仍耐心地細細咀嚼，即使常識和經驗都告訴他這填飽不了肚子，他還是滿懷希望地吃了。

九點時，他的腳趾踢到一塊礁石，可是實在過於虛弱，所以踉蹌一陣後還是沒能站穩，跌倒在地。他側身在地上躺了一會兒，動也不動。然後把手從背帶中滑出來，笨拙地撐起身子坐直。天還沒暗，暮色仍在天際徘徊。他在岩石間抓起一把把乾苔蘚，收集到足夠分量後，便生了個火——一團冒著黑煙的小火——再將錫壺裝滿水來燒開。

他打開包袱，首要之務就是檢查火柴還剩幾根。還有六十七根，他數了三次，以免數錯。他把火柴分成三小堆，分別用油紙包好，一包放進空煙草袋，一包夾在破帽的帽帶裡，第三包則藏在襯衫下，貼胸收著。收好後，突然一陣恐慌襲來，他又打開油紙，重新數過一遍。同樣是六十七根。

他就著火將濕掉的鞋具烤乾。莫卡尼靴又濕又爛，毛襪也破了好幾個洞。他的腳血肉模糊，腳踝傳來陣陣刺痛。檢查傷勢，他發現腳踝已腫得跟膝蓋一樣大，便從毛毯撕下一條布條，緊緊繫在腳踝上，接著又撕了幾條綁在腳上，充作靴襪。然後喝下熱騰騰的水，上緊手錶的發條後便鑽進毛毯裡。

他睡得像死人一樣沉。短暫的黑夜在午夜時分來了又去，太陽從東北方昇起——雖然烏雲遮蔽了陽光，但至少部分的天色是亮的。

男人在六點醒轉，但他靜靜躺著，仰望頭頂灰色的天空，感受肚子傳來的陣陣飢餓。他手肘撐地，正準備要翻身時，突然被一聲響亮的噴氣聲嚇到。他看到一頭公馴鹿警戒地盯著他，眼裡流露好奇的神色。那動物離他不到五十呎，男人腦海立刻浮現出鹿排在火上烤得嘶嘶作響的香氣與畫面。他的手臂如機械反應般拿起空槍，瞄準，扣下扳機。公鹿又噴了聲氣，向後躍去，鹿蹄達達作響，轉眼便踩著石頭逃得無影無蹤。

男人咒罵一聲，把槍丟開。他一邊掙扎站起，一邊大聲呻吟。這是一項緩慢又艱鉅的工作，他的關節好比生鏽的絞鍊，骨頭和骨頭間大力摩擦、嘎吱作響，每一下的動作都得靠意志力完成。他終於站起，又多花了幾分鐘才挺直背脊，終於像個正常人般挺立。

他爬上一座小丘觀察地形。沒有樹、沒有灌木叢，放眼望去盡是一片灰濛：灰色的岩石、灰色的小湖、灰色的溪流，還有零星散落其間的灰色苔蘚海。除此之外，什麼也沒有，連天空也是灰的，抬頭不見天日，沒有太陽的影蹤。對於北方在哪兒，他毫無頭緒，也忘了自己昨晚是從哪條路過來。不過他沒有迷路，他知道。他很快就會到達小枝地。他覺得小枝地應該在左方某處，不會很遠——可能就在前面那座緩丘之後。

他回到野宿的地方收拾行囊，確認三包火柴還在它們該在的位置，不過這次沒有停下來數。可那只鹿皮袋著實讓他掙扎了會，心裡有兩個聲音在大聲激辯：袋子不大，他兩手就可以蓋住；但小歸小，也清楚那袋子足足有十五磅重——其他裝備加起來也不過這麼重——他憂心忡忡，不知道自己能不能負荷。最後，他把袋子擱在一旁，先開始打包別的，但沒多久又停下動作，直勾勾地望著鹿皮袋，隨即匆匆拿起，還滿懷敵意地瞄了四周一眼，好像害怕這片荒野會搶走鹿皮袋一樣。最終他踉蹌地站起身，踏上旅程，鹿皮袋也安安穩穩地躺在背後的包袱中。

他轉身向左走，不時停下來撿沼莓吃。他的腳踝僵硬無比，腳也瘸得愈來愈嚴重。只是腳痛遠遠比不上胃痛的折磨。他餓得難受，飢餓感不斷啃食他，他再也無法將心思放在前往小枝地的路線上。吃進去的沼莓沒有減緩這折磨，它苦澀的滋味只讓他的舌頭和嘴巴更加刺痛。

他行經一座山谷，一群松雞振翅從礁石和青苔上撲起，一面發出「喀兒、喀兒、喀兒」的聲音。他朝牠們丟石頭，但沒打中。他先把行囊放下，像貓跟蹤麻雀般潛伏在後。尖銳的岩石割破褲管，劃傷皮膚，從膝蓋流下的鮮血在地上留下一道血痕。不過傷口的疼痛完全被飢餓的痛苦淹沒，他在潮濕的苔蘚中蠕動，衣服全浸濕了，渾身的冰涼，他卻完全感覺不到。他光想食物就想瘋了。偏偏他就是一隻松雞也抓不著，老給牠們逃脫。松雞「喀兒、喀兒、喀兒」的叫聲聽起來彷彿是嘲笑，他生氣地咒罵，學牠們的叫聲大聲叫回去。

有一次，他爬到一隻松雞旁。那松雞原本肯定是睡著了，本來他沒看到牠，是那隻松雞從石頭上的藏身處一把跳到他面前，他反被松雞嚇了一跳，但震驚之下還是不忘伸手一撈，可惜只抓到三根尾巴的羽毛。他看著松雞飛走，心裡升起一股怨恨之意，好像那隻松雞做了什麼對不起他的事一樣。然後他又回到擱下包袱的地方，背上行囊，繼續前進。

分秒流逝，他走進山谷和沼地，那兒的獵物比較豐富。一群馴鹿群經過，眼看二十多頭馴鹿就在來福槍的射程內，他不禁心癢難耐。他感到一股瘋狂的衝動想要上前追趕，他有信心能逮住牠們。突然，一隻黑色的狐狸出現眼前，嘴裡還叼著一隻松雞。男人惡狠狠地大叫一聲，狐狸雖然嚇得立即跳開，松雞卻還是牢牢叼在嘴裡。

傍晚時分，他沿著一條溪流前進，溪水因為石灰顯得灰撲撲，水流經過一簇又一簇的水草。他緊緊抓住水草近根部的部位，拉出一顆像洋蔥嫩芽的玩意兒，只是大小還沒一根釘子大。植物很軟，他一口咬下，期待再次嚐到食物的鮮味，結果水草纖維粗糙，像沼莓一樣只有水分和硬梗，沒有半點養分。他扔下行囊，四肢跪地爬進草叢裡，像牛一樣又咬又嚼地吃起草來。

他非常、非常疲憊，走沒多久就想休息，想著躺下好好睡上一覺。但他仍馬不停蹄地趕路——與其說他想早點趕到小枝地，不如說是飢餓驅使他前進。他在小池塘裡尋找青蛙的蹤影，用指甲在土裡挖蟲，雖然他再清楚不過，在這樣的極北之地不會有青蛙，也不會有蟲。

每經過一個水坑，他一定都會探頭察看，卻是毫無斬獲。直到漫長的黃昏降臨，才終於在一處水坑發現一尾約為釣餌魚大小的小魚。他一把將手臂插入水裡，直沒入肩，可是魚躲開了。他兩手都伸進水裡，在水底激起奶白色的泥漿，結果興奮過頭，一頭栽進水裡，腰部以下全濕了，水也變得混濁不堪。他看不見魚，只好等沉澱物沉回水底再說。

水清了之後，他又開始捉魚。水又濁了，可這回他等不了，直接解下錫桶往池子裡撈去。起初大桶大桶地舀，不只把自己濺得一身濕，而且水倒得太近，以至於魚又被他倒回了水坑裡。於是他小心翼翼放慢動作，儘管心臟噗通狂跳，雙手不住發抖，他還是努力保持鎮定。半小時後，水坑幾乎乾了，只剩不到一杯水，裡頭卻一條魚也沒有。他這才發現石頭間有個小縫，那尾魚就從那個裂縫逃到隔壁另個更大的水坑——那是個不可能在一天之內舀乾的水坑。要是他知道有縫隙，一開始就會先用石頭擋住，那條魚就是他的囊中物了。

一念及此，他不禁跌坐在地，一屁股沉入濕地裡。他先是暗自低聲哭泣，然後開始對身邊這片殘酷的荒野大聲哭嚎，哭了好一陣子，等眼淚乾了後還止不住地劇烈發抖啜泣。

他生了個火，喝了好幾夸脫的熱水暖和身子。跟前晚一樣，他在礁石上野宿，最後做的一件事是檢查火柴有沒有受潮，並替手錶上緊發條。毛毯又濕又黏，腳踝不停傳來陣陣抽痛，但他只能意識到強烈的飢餓感。他睡得極不安穩，夢到一頓豐盛的大餐，各種想像得到的山珍海味都攤在他眼前。

他醒來時又病又冷。這一天同樣不見太陽蹤影，天地變得更加灰暗。強風呼嘯，初雪染白了山頭。他生火燒水時，空氣變得愈來愈悶、愈來愈白。開始下起雪雨了，又大又濕的雪花夾雜著雨點落下。起初雪花一落到地面就融化，而隨著雪愈落愈多，不久地面便積了一整層雪，掩熄了他的營火，連生火用的苔蘚也濕了。

這是個信號，提醒他該背上行囊前進了。可他不知道該往哪走，他再也不管什麼小枝地、什麼比爾，或是迪斯河畔那個傾覆獨木舟下的地洞。他一心只想要「吃」，這個念頭支配了他現在所有一舉一動。他餓瘋了，根本不管自己往哪個方向前進，只要能帶他走出沼澤就好。他在雨雪中摸索前進，找到沼莓、憑感覺拉出水草根來吃。只是水草根一點味道都沒有，完全吃不飽。他還找到一種雜草，吃起來很酸，他找到多少就吃多少，但找到的不多就是，因為雜草貼著地面生長，很容易就被積雪掩蓋。

那一晚，男人沒生火也沒喝熱水就直接鑽進毛毯，抱著飢餓入睡。白雪變成冰冷的雨點，他好幾次都被落在臉上的雨滴打醒。又是另一個早晨，又是個沒有陽光的陰暗日子。雨已經停了，他劇烈的飢餓感也消失了。他的感覺——至少對食物的渴望已經消磨殆盡。他的肚子傳來一陣陣麻木又沉重的痛楚，但是沒有太難受。他現在比較理智了，又再次想起小枝地和迪斯河畔的地洞。

他將其中一條破爛的毛毯撕成條狀，包紮好鮮血淋漓的雙腳，重新固定受傷的腳踝，準備走上一整天。打包時他再度為了那個鹿皮袋猶豫好陣子，最後還是帶走了。

積雪被雨水融光，只剩山頂還露出白頭。太陽出來了，他終於可以確定方位。現在他知道自己迷路了，或許他昨天遊蕩時走得太偏左，所以現在要往右行，把方向矯正，返回正確的道路。

雖然飢餓造成的劇痛不再強烈，他感到自己很虛弱。他得常常停下休息，摘沼莓和水草來吃。他的舌頭又乾又腫，像是蓋了層細毛，嚐起來苦澀異常。心臟更是棘手，只要走上幾分鐘，就會開始不停地怦怦狂跳，愈跳愈激烈，接著開始不規則地亂跳，令他痛苦不已。他喘不過氣，只覺得天旋地轉，整個人暈眩得像在飄一樣。

中午時，他在一座大水坑裡發現兩條魚。把水舀乾不是不可能，只是他現在冷靜了下來，便試著改用桶子捉魚。這兩尾魚還沒他的小指大，但反正他不是特別餓，他的胃痛愈來愈微輕微、愈來愈麻木，就像肚子打起了瞌睡一樣。他將魚生吃下肚，痛苦地細細咀嚼。他其實一點胃口也沒有，現在進食完全是出於理性，他知道為了求生，自己一定得吃。

傍晚時他又捉到三條小魚，他吃了兩條，一條留著當早餐。陽光曬乾了幾撮苔蘚，他總算可以生火燒水，用熱水暖和身子。他那天走不到十哩，隔天只要心臟負荷得了就繼續走，但也走不到五哩。不過他的腸胃倒是沒有任何不適，看來器官都睡著了。他來到一個奇異又陌生的地方，馴鹿愈來愈多，狼也是，常常可以聽見牠們的嗥叫穿越荒野，有一次還看見三匹狼在他面前溜走。

夜晚再次降臨。隔天清晨，他趁著自己較為理智時解開鹿皮袋的繩子，袋口流洩出一道金黃細流，是粗金沙和金塊。他將金子大致分成兩堆，一半用毛毯包著，藏在一塊大礁石下；另一半則裝回袋裡。接續，他將剩下來的毛毯撕成布條，包紮雙腳。因為迪斯河畔的地洞裡藏有彈匣，所以他繼續背著槍，沒有將槍留下。

這天大霧瀰漫，飢餓感從他體內復甦。他虛脫乏力，暈眩苦苦折磨著他，眼前時常一片模糊，什麼也看不見，絆倒、跌倒已變成家常便飯。有一次他跌進一個松雞窩，窩裡有四隻剛孵出來的小雞，才出生一天而已——小小的生命還不到一口大，他狼吞虎嚥地將小雞塞進嘴裡，像咬蛋殼般把牠們活活咬碎。母松雞在他身邊激烈抗議，死命攻擊。他想拿槍充當棍子將母雞打昏，但母雞躲開了，閃得老遠。他朝母雞丟石頭，他砸傷了牠一邊翅膀。母雞跌跌撞撞拖著翅膀逃走，他緊追在後。

那幾隻只夠塞牙縫的小雞，不只沒有填飽他的肚子，反而挑起了他的食慾。他拖著受傷的腳踝搖搖晃晃，緊追在後。有時丟石頭，有時發出嘶啞的叫喊，有時則無聲無息地追趕。摔倒了就不屈不撓重新爬起，一感到天旋地轉時就用手揉揉眼睛，趕走暈眩。

他追著母雞穿過谷底的沼澤地區，看見潮濕的苔蘚上留著兩行足跡。那不是他的腳印，他看得出來，一定是比爾的！但他不能停，那隻母雞就快逃走了，他得先抓住她，然後再回來好好勘查一番。

不只母雞被他搞得筋疲力竭，他自己也快累死了。母雞側躺在地，不住大口喘息，他自己也氣喘吁吁地側躺在十幾呎外，沒有力氣爬向牠。終於，他逐漸恢復力氣，但那隻母雞也是，一見他伸出飢餓的魔掌，立刻跌跌撞撞逃開，一人一雞又開始你追我躲。夜幕低垂，最後還是讓母雞給逃了。他虛弱無力，一個踉蹌，便倒頭栽在地上，臉頰也劃傷了。他的行囊還在背上，就這麼躺在那兒，好一陣子沒有動靜。終於，他一個翻身，側躺著替手錶上好發條，然後躺到天亮。

隔天又起了大霧。他將最後一條毛毯的一半撕成布條，用來包紮雙腳。他沒能找到比爾的腳印，無所謂，他現在又完全為飢餓所操控——只是，他猜想比爾會不會也迷路了？到了中午，背上的重擔實在沉到他難以負荷，他便再將金子分裝，這次再倒出一半，直接就灑在地上不要了。下午時他乾脆把剩下的一半也扔了。現在他身上只留著半條毛毯、錫桶和那把來福槍。

他開始出現幻覺，搞得他心煩意亂。他突然信心滿滿，肯定身上還有一個彈匣。彈匣就在槍膛裡，他只是漏掉沒看到罷了！另一方面，他又心知肚明槍膛是空的，可那個幻覺就是揮之不去。他跟幻覺奮戰了好幾個小時，最後乾脆將槍拆開，發現裡頭確實空空如也。失望襲捲而至，一陣苦澀爬上心頭，他還真希望會發現彈匣啊！

他拖著沉重的腳步緩緩走了半小時。幻覺又出現了，他再次抵抗，但就是怎麼也趕不走，只好又打開槍膛察看，喚醒自己。好幾次他的心思都飄到其他不相干的地方，仍照舊無意識地繼續緩緩前進。各種稀奇古怪、荒誕離奇的幻覺像蟲子般嚙食他的頭腦，而這些超乎常理的幻想只持續短短時間，飢餓的劇痛不時把他拉回現實。有一回，他突然被眼前的景象驚醒，差點嚇昏。他踉蹌後退了幾步，如醉漢前後搖晃試著站穩不讓自己跌倒。在他眼前居然站著一匹馬？馬！他無法置信。他們之間隔著一道濃霧，霧中閃耀著間歇地光芒。他粗魯地揉揉眼睛，弄清視線，才發現自己瞪著的不是一匹馬，而是頭巨大無比的棕熊。那隻野獸目露凶光，好奇地上下打量他。

在還沒回神前，男人已將槍從肩膀卸下。但動作到一半，他隨即想起槍裡沒有子彈，便放下槍，從屁股後的鑲珠刀鞘裡抽出獵刀。面前可是活生生的食物！他的拇指順著刀鋒滑下，刀很利，刀鋒也依舊尖銳。他打算撲上前，殺了牠，可是他的心臟又像警告似地「怦怦怦」跳了起來，愈跳愈激烈，開始不規則亂跳。他頭上像箍了個鐵箍，暈眩又鑽進他腦子。

一陣強烈的恐懼襲來，他在絕望下生出的勇氣突然全煙消雲散。他目前虛弱地不堪一擊，若是那頭熊攻擊他怎麼辦？他硬擺出一個自以為最嚇人的姿勢，緊緊抓住獵刀，狠狠地瞪著熊。棕熊笨拙地前進幾步，用後腳直立站起，發出一聲試探的咆哮。如果男人跑了，牠自然會在後面追捕，但哪知這人類動也不動。男人又被恐懼反逼出了勇氣，再度復活。他也極盡野蠻和恐怖地怒吼一聲，宣洩糾結在生命深處的恐懼。

熊舉起一隻腳，身體傾斜一邊，發出駭人的咆哮。牠也被眼前這個神秘的東西嚇到。這玩意兒看起來像牠一樣直立站著，好像一點也不怕牠。男人依舊不動如山，像雕像般入定站立，直到危機解除後才開始發抖，一屁股跌坐潮濕的苔蘚上。

他振作精神，繼續往前走。現在的恐懼不同了。如今他怕的不是因為缺糧活活餓死，而是在飢餓搾乾他最後一絲求生的勇氣前，就先慘遭屠殺。荒野上的野狼很多，四處都迴盪著牠們的嗥叫。叫聲在空氣中織成一張凶網，那威脅如此逼真，以至於他真的伸出手，推拒著空氣，像在營帳裡抵著棚面，阻攔狂風侵襲一樣。

野狼三兩成群，不時從他面前經過，不過一看到他立刻閃避。牠們的數目不夠，而且狩獵的對象是不懂戰鬥的馴鹿，眼前這隻用兩腳站立行走的怪東西，可能會又抓又咬，掙扎反擊。

傍晚時分，他到了一個地方，有一頭被野狼殺死的動物，骨頭散了一地。屍骨的主人，在半小時前還是一頭活生生、會跑會叫的小鹿。他望著骨頭沉思，這些骨頭被啃得乾乾淨淨、閃閃發亮，裡頭殘餘的骨髓透著粉紅。也許在這天結束之前他也會變成這番模樣吧！生命就是這樣，不是嗎？徒勞無功、倉促短暫，只有活著才受罪，死亡一點都不痛苦。死亡跟睡著沒有兩樣，代表一切都終結了，可以好好休息。既然如此，為什麼他還是不想死？

不過他並沒有沉溺於人生哲理太久。他蹲在在苔蘚上，啃著骨頭，吸吮還帶有淡淡粉紅色生命的屑末。肉味的鮮美彷彿模糊的記憶，既隱約又飄渺，誘得他快要發狂。他用力啃噬骨頭，狠狠將骨頭咬碎，只是有時碎的是骨頭，有時卻是他自己的牙齒。他將骨頭往石頭上猛力砸去，把骨頭摔得黏呼呼再大口吞下。情急間他還敲到自己手指，卻訝然發現打到石頭的那瞬間，他的手居然一點也不會痛了！

接下來的幾天都是可怕的天氣，不是下雨就是下雪。他再也不知道自己是什麼時候落腳、什麼時候動身。他日夜趕路，只要一跌倒便就地休息，等到體內殘存的生命之火又閃耀些許微光便起身。他，做為一個人類，已經完全放棄努力了。現在奮鬥的，是他體內的求生意志，它仍不肯屈服於死神手下，逼他繼續前進。他沒有感到痛苦，他的神經已全然麻痺，心裡充滿各種奇異的畫面和美味的夢境。

只是一個勁兒地不停啃著小鹿的碎骨，那是他收集起來帶在身上的。他再也不翻山越嶺，只是無意識地沿著一條大溪前進。溪流最後流向一座寬闊的淺谷，但他既沒注意到溪流，也沒看見山谷，除了幻覺外他什麼也看不見。他的靈魂已經出竅，只剩一條細如蠶絲的線綁住靈魂和軀體，兩者才繼續連結著，肩並著肩地或爬或走。

他甦醒時神智倒是清明了起來。他仰躺在一塊礁石上，陽光在頭頂閃耀，既明亮又溫暖。他聽到遠處傳來小鹿的叫聲，依稀記得颳過風、下過雨、飄過雪，但搞不清楚暴風雨究竟是侵襲了兩天還是兩週。

有時候他就靜靜躺著，動也不動。和煦的陽光灑在身上，讓他殘破的身軀吸飽暖意。多美的日子啊！他想。或許他可以試著辨識一下目前的所在位置。他痛苦掙扎了一番，轉身翻成側躺。在他身下是一條寬廣緩慢的河流，眼前陌生的景象讓他不禁迷惘了起來。他的目光慢慢順著水流而下，河流在荒蕪貧瘠的山丘間蜿蜒曲折，這些山丘比他見過的任何一座山都還要低平、還要荒涼。他慢慢地、從容地維持平淡的情緒，毫無激動地瞥向這條陌生的河流流向天際，看著它注入金黃燦爛的海面。他的心情依舊沉穩，一點也不興奮。嗯，這倒特別，他想，可能是幻覺或海市蜃樓吧——嗯，比較可能是他的幻覺，是他混亂的心智在作怪。另一個景象讓他更確信這是自己的幻覺，因為他居然看見一艘船停泊在閃耀的海面上。他閉上眼一會兒，然後睜開。怪了？幻覺還在！不過這沒什麼好大驚小怪，他知道在荒野中心不可能有海或船，就像他知道他的空槍裡沒有彈匣一樣。

他聽到後方傳來一聲抽鼻子的聲音——像吸氣吸到一半被嗆到或咳嗽的聲音。由於他實在太過虛弱，身子又僵硬無比，只能非常緩慢地翻身再滾到另一側。方圓幾呎內什麼也沒有，不過他耐心等候。果然，又傳來一聲抽鼻子聲和咳嗽聲，然後他看見不到二十呎外，在兩顆尖突的石頭間，有個像是灰狼狼頭的輪廓。不過那對直豎的耳朵不像他看過的其他狼耳那樣尖挺，而且牠的雙眼濕潤通紅，腦袋也軟弱無力地低垂著。那隻動物在陽光下不停眨眼，看起來病了。他打量時牠又抽了下鼻子，咳嗽一聲。

起碼這是真的，他心想。他轉身翻回另一側，看向之前被幻覺蒙蔽的真實世界，海洋卻依舊在遠方生輝，船隻仍然清晰可見。所以那是真的？他閉上眼睛思索良久，然後想到了。他本來該往北走，但方向太偏東，所以反而愈走離迪斯河分水嶺愈遠，進入銅礦谷。這條寬廣緩緩的河便是銅礦河，這片閃閃發亮的海洋是北冰洋。海面上的船是艘捕鯨船，本該前往麥肯錫河，但航線太過偏東，因此才停駐於科羅內灣。他想起很久以前看過的哈德遜灣公司航海圖，現在一切都弄明白了。

他翻身坐起，注意力轉向眼前的要務。他腳上的布條全都磨破了，雙腳已經不成腳形，只剩一團爛肉。他最後一條毛毯沒了，來福槍和獵刀不見了，帽子也不知掉在哪，帽帶上裡還夾藏著許多火柴呢！幸好胸前的火柴依舊乾燥，安安穩穩躺在煙草盒和油紙裡。他看向手錶，上面標示十一點整，而且指針還在走，顯然他即便意識不清，也沒忘了上發條。

他現在十分冷靜，而且神智非常清醒。雖然身體猶如風中殘燭，但一點也感覺不到痛苦。他不餓，甚至連想到食物也沒有特別開心。現在他的一切行為都是出於理智。他把膝蓋以下的褲子撕開，纏在腳上。那個錫桶不知為何居然還在，他打算出發前先喝個熱水，然後再踏上旅途，朝那艘捕鯨船前進。他已經預見這條路將十分艱困。

他的動作十分緩慢，像中風了般不停發抖。想收集乾苔蘚時，他才發現自己根本抬不起腿。他試了又試，最後乾脆手腳並用在地上爬行。他一度爬近那頭生病的狼，那畜生不甘不願地拖著病軀讓路，還用那條幾乎連捲舌都沒力氣捲的舌頭舔舔自己的肋骨。男人注意到牠的舌頭不是一般健康的鮮紅色，而是黃棕色，看起來像覆蓋了一層粗糙地半乾黏液。

喝了一夸脫的熱水後，男人發現他又可以站起來了，甚至可以邁開腳步，只不過走起路來半死不活，像快斷氣一樣。他每走幾分鐘就得停下來休息片刻。他的腳步軟弱無力，搖搖欲墜，就像跟在他後面的那匹狼一樣，每一步都跌跌撞撞、欲振乏力。那一晚，當那片耀眼的海洋被黑暗吞沒時，他知道自己只走了不到四哩。

他一整晚不斷聽到那隻病狼的咳嗽聲，其間不時還夾雜著小鹿的鳴叫。他四周充斥著生命力——強壯的生命，精神奕奕，生龍活虎。他知道那隻病狼緊跟在他這個病人身後，是希望這個男人會比牠早死。早上他一睜開眼睛，就看到牠用水汪汪的飢渴雙眼瞪著他。牠臥躺在地，尾巴夾在兩腿之間，活像一條可憐兮兮的野狗。早晨刺骨的寒風吹得牠直發抖，聽見男人想跟牠說話，結果只發出粗啞的低語時，也只是無精打采地咧一咧嘴笑。

這一天豔陽高照，整個早晨男人只是跌跌撞撞朝著那金黃色的海面和捕鯨船前進，跌倒就再爬起來，一遍一遍，反覆不停。天氣風和日麗，在冬季來臨前，秋老虎總會發作一陣，可能持續一個星期，也可能明天或後天就消失了。

下午時，男人發現一條新踩出來的小路，是另一個人的足跡；那人不是用走的，而是手腳並用在地上爬行，拖著身體前進。男人猜想可能是比爾，但他其實根本不在乎對方是誰，他一點也不好奇；事實上，各種感覺和情感都已離他遠去，他再也感受不到疼痛，胃口和神經也都陷入沉睡，是他體內的求生意志驅使他繼續前進。他虛脫乏力，筋疲力竭，卻仍不願赴死——是求生意志還不肯放棄，他才繼續吃沼莓和小魚、喝熱水，並小心提防著那匹病狼。

他循著男人爬行的痕跡前進，很快就走到盡頭——潮濕的苔蘚上散落著幾根新鮮的骨頭，以及許多野狼的腳印。他看到一只被尖牙撕破的鹿皮袋，和他的正是一對兒。他撿起鹿皮袋，袋子重到他孱弱的手幾乎拿不動。比爾居然一路帶到最後。哈哈！他大可嘲笑比爾，因為他會活下來，帶著金子踏上那艘停泊在閃亮海上的捕鯨船。他的笑聲粗啞可怕，簡直和烏鴉的叫聲沒有兩樣，那頭病狼也跟著在一旁傷心長嚎。男人突然住口。如果對方真是比爾，他怎麼能大笑？那些粉紅淨白的骨頭，真的是比爾的嗎？

他轉身離去。雖然是比爾先拋棄他沒錯，但他不會帶走金子，也不會吸吮比爾的骨頭。可他一面蹣跚前進時，一面又想：如果他們倆的處境對調，比爾一定會那麼做的！

他經過一座水坑，彎腰察看坑裡有沒有小魚，然而頭才低下就覺得像被什麼東西刺到，又猛然抬起頭來。他瞥見自己臉孔的倒影，那影像太可怕了。他的感官受到刺激，感覺一下又回到他身上。水坑裡有三條小魚，只是坑太大，不可能舀乾。他幾次嘗試要用桶子抓魚，最後還是放棄，因為他太虛弱，很怕自己會一個不穩就栽進坑裡，活活淹死。正因如此，他也不敢靠近河邊，儘管沙洲旁的漂流木可以帶著他順流而下。

這一天他和捕鯨船之間的距離縮短了三哩，隔天只有兩哩——現在他也和比爾一樣，用四肢在地上爬行。第五天結束之際，他發現船還在前方七哩遠，只是這天他甚至連一哩都走不到。天氣依舊暖和，他繼續爬爬昏昏，在地上翻來滾去，那頭病狼也始終在他腳邊咳嗽、大口喘息。他的膝蓋現在也像他的腳一樣鮮血淋漓，雖然他用了衣背的布料墊在膝蓋下，但是爬過苔蘚和石頭時，還是在地上留下一道鮮紅的痕跡。他有次回頭時。看見那匹狼飢渴地舔著那道血痕，當時他彷彿受到當頭棒喝，猛然驚覺自己可能會有什麼下場——除非——除非他能抓住那匹狼。這簡直就是一齣殘忍的生命悲劇——一個奄奄一息、用四肢爬行的人類，一隻瘸了腳的病狼，兩條生命拖著垂死的身軀穿越荒野，虎視眈眈對方的性命。

如果那隻狼健康的話，男人不會如此不甘心。但一想到要被那面目可憎、隨時都會斷氣的東西吞下肚，他就覺得作噁。哼，他還真是挑剔啊！他的心神又開始遊蕩，幻覺也開始糾纏，他神智清明的時間愈來愈短、愈來愈少。

他有一次昏倒後，還是因為聽見耳邊的喘息才醒轉。那匹狼一見他睜眼便有氣無力地跳開，但沒站穩，軟趴趴地摔倒了。這太荒謬了，但他不覺得好笑，甚至不再害怕，恐懼對他現在來說太遙不可及。不過，他的心智在那瞬間突然清明起來，他躺在那兒，思緒飛轉。船離他不到四哩，他只要揉去眼中的濕氣，就可以清楚看見那艘船就在眼前，也可以看見一艘小船的白帆劃破晶亮的海面。可是他永遠也爬不完那四哩，他知道，他很冷靜地承認這點。他知道自己現在連半哩都爬不到，但他不想死，他辛苦熬到這一步，如果還無法活下來實在太沒天理！命運對他太苛刻了！雖然已在垂死邊緣，他仍拒絕死去。這除了瘋狂，還能是什麼？或許吧！雖然死神把他緊緊抓在手中，他還是要反抗！他不肯就這麼死去！

他閉上眼，小心翼翼地讓自己冷靜下來。他打起精神，窒人的倦怠感如潮水般要將他淹沒，他努力抬起頭，讓自己漂浮於水上。這致命的疲倦的確很像海，海面不斷攀升，一點一滴淹沒他的意識。他有時給滅頂，在模糊的意識中掙扎泅泳；有時又有某種奇怪的精神力量，讓他找到一絲殘存的意志，用力多划一下。

他仰躺地上，動也不動，耳邊可以聽見病狼氣喘吁吁的呼吸聲逐漸逼近。他靜靜躺在那兒，宛如已在那兒躺了一輩子。狼最後終於來到男人耳邊，粗糙乾燥的舌頭像砂紙般磨著他臉頰。男人的手突然一伸——至少他的意志力是這麼命令它們——手指像鷹爪般猛然一抓，卻只抓到空氣。敏捷和準確度都需要力量，而男人虛脫無力，一點力氣也擠不出來。

狼的耐心是很可怕的，但人的也不遑多讓。男人整整半天躺在那兒紋風不動，努力保持清醒。牠是他的獵物，牠也等著要吃掉他。有時候他再度被那片倦怠之海所淹沒，進入漫長的夢境，而在如此忽夢忽醒之際，他依然沒忘了要等著那喘息聲逼近，等著那粗糙的舌頭舔上他的臉。

他沒有聽見呼吸聲。他的意識從某個夢境慢慢滑動，突然感覺到有舌頭在舔他的手。他等著。狼牙先是輕輕囓咬，然後愈咬愈大力。那匹狼努力擠出最後一分力氣，要把牙齒埋進牠等待已久的食物之中。男人耐心等了許久，突然用被咬傷的手一把扣住狼的下頷。狼有氣無力地掙扎，男人的手軟趴趴地抓著牠，另一隻手慢慢地要繞過狼身，想要抱住牠。五分鐘後，男人爬到狼身上，用全身的重量把獵物壓在地上。他的手不夠力氣把狼掐死，於是將臉緊緊壓在狼喉上，吃了一嘴毛。半小時後，男人感到喉嚨流過一道溫暖的泉湧，那可不是什麼愉快的經驗，反而像被人強灌溶化的鉛汁，他只是被意志所迫才會這麼做。之後男人一個滾身，翻成仰躺，倒頭就睡。

＊＊＊＊＊

那艘「貝德福號」捕鯨船上有幾名科學探險隊的隊員，他們從甲板上看到岸上有個奇怪的東西，正從海灘往海裡移動。他們無法辨識那是什麼，而身為科學家，當然是要發揮探索的精神，於是爬上捕鯨船旁的小艇，前往岸上察看。他們看到一個活著的東西，不過不太能稱之為「人」。它的雙眼看不見，沒有意識，像某種巨蟲怪獸般在地上蠕動，只是大多的辛苦都是白費力氣。不過它沒有放棄，堅持不停扭動，一個小時大概只能前進二十呎。

＊＊＊＊＊

三星期後，男人躺在貝德福號的床上說出自己的身份和遭遇，一面說，眼淚一面不停滑下枯槁的臉龐。他還語無倫次地喃喃說到自己的母親、陽光普照的南加州，和他位於橘子林和花叢間的家園。

又過沒幾天，他已經可以和科學家和船員一起同桌共食了。他心滿意足地注視眼前豐盛的菜餚，但一看到它們被其他人吞下肚便不禁焦躁。每消失一口食物，他眼裡就流露深深的悔恨。他的神智很清醒，只是在用餐時間，他就是忍不住痛恨那些人。斷糧的恐懼仍在他腦中徘徊不去。他問過廚師、問過僕役、問過船長，他們向他擔保過無數次船上絕對有足夠的食物，但他就是不肯相信。他躡手躡腳地溜到儲藏室窺探，要用自己的眼睛確認才能安心。

男人的身材明顯發福。他像吹氣球般一天比一天胖，科學家搖頭嘆氣，試著提出理論解釋。他們限制他的食量，可是他的腰圍還是不斷擴張，襯衫下的肚子突得驚人。

水手們在一旁竊笑，箇中原因他們再清楚不過，科學家也在監視男人後才恍然大悟。他們看見他在早餐後像乞丐般四處遊蕩，無賴似地伸出掌心向水手乞食。水手們咧嘴一笑，塞給他一些硬麵包。他貪婪地一把抓過，好似守財奴看到金子般雙眼發直，看著麵包，然後一把將麵包塞進衣服下。其他水手也跟著笑嘻嘻地依樣畫葫蘆。

科學家也不張揚，放任他去乞食。後來他們偷偷檢查他的床位，發現床上和床墊內都塞滿了硬麵包，每一個裂縫和角落都沒放過。不過男人的神智再正常不過，他只是為了可能的飢荒未雨綢繆——僅此而已。科學家說他會好起來，而在貝德福號的船錨隆隆沉入舊金山灣之前，他也的確痊癒了。

生火

即便到了早晨，天色依舊灰暗，寒意逼人，陰冷異常。男人離開育空的主要路徑，轉身爬上高聳的河堤。那裡有條陰暗荒涼的路徑，往東直通一片茂密的雲杉林。河堤陡峭，他在堤頂藉著看手錶的動作稍事休息，歇了口氣。現在是早上九點整，雖然萬里無雲，但天色依舊漆黑，太陽也毫無昇起的跡象。儘管無雲無雨，大地仍像蒙了層灰布般，一種隱隱約約的陰鬱氣氛讓周遭景物顯得灰暗昏沉。這一切都是因為沒有太陽的關係。不過這件事沒讓男人太擔心，他早已習慣抬頭不見日光。太陽已經好幾天沒露臉，還要再過幾日，那顆振奮人心的火球才會從南方天際探頭出來；依舊是晝短夜長，才昇起又隨即落下。

男人回頭往來時路瞄了一眼。足足一哩寬的育空河被藏在三呎厚的冰層下，上方還有三呎深的積雪，積冰處波浪起伏，放眼所及盡是一片白茫。從南到北，冰雪連天，只有一條黑色細線從雲杉林島的邊緣一路朝南綿延，劃破一望無垠的白。這條黑線同時也蜿蜒曲折向北，直到消失在另一座雲杉林立的小島之後。這條黑線是此區的主要路徑，往南五百哩直通奇爾庫特山隘❶、岱牙❷和鹽水；往北七十哩到道森，從道森往北一千哩至努拉托❸，最後從努拉托延伸一千五百多哩到白令海邊的聖邁可市❹。

可這所有的一切——無邊無際的神秘路徑、少了太陽的天空，刺骨的嚴寒，以及這片土地散發的陌生感和奇異感——都絲毫震撼不了這男人。並非他早就習慣這片景色，他才初來乍到，是個奇查寇❺，這是他在這兒的第一個冬天。他的木然是源於想像力的缺乏。沒錯，他警覺心強、反應機敏，但僅限事物本身，他完全不在乎事物背後所代表的意義。華氏負五十度意謂冰點下八十二度，這個溫度會讓他覺得很冷、很不舒服，不過也只是這樣。對他而言，溫度的意義僅止於此，不會讓他開始思索身為恆溫動物的脆弱——或說明確一點，人類只能忍受極小冷熱溫差的弱點；也不會讓他開始思考「永生」或「人類在宇宙的位置」之類的問題。華氏負五十度代表會凍傷，所以一定要戴手套、耳罩，穿上溫暖的莫卡尼靴和厚襪禦寒。對他來說，華氏負五十度就只是華氏負五十度，從來沒什麼好多想。

男人轉身準備離開，順口吐了口唾沫。一聲尖銳的爆裂聲冷不防嚇了他一跳。他又啐了一口。這一次他看見了，口水還沒落到雪地上，便在半空中爆裂。他知道華氏負五十度時口水會結凍，落地即碎，但這口唾液在半空中就爆開，以此推論，現在的溫度毫無疑問低於華氏負五十度——可是究竟低多少他不曉得。然而氣溫不是問題，他要去韓德森溪左側支流的一座老營地，同伴們已準備就緒，在

---

❶ 奇爾庫特山隘（Chilcot Pass），奇爾庫特族印第安人原用此通道來往太平洋沿岸和育空河谷，後被淘金客做為進入阿拉斯加中部尋找黃金的路線。

❷ 岱牙（Dyea），阿拉斯加奇爾庫特山隘附近的一個荒涼小鎮。

❸ 努拉托（Nulato），阿拉斯加一處人口稀少的小鎮。

❹ 聖邁可市（St. Michael），阿拉斯加白令海沿岸的小城市。

❺ 奇查寇（Chechaquo），契努克族語，意指「初來者」。契努克族人為阿拉斯加地區之印第安原住民。

那兒等他。他們翻越分水嶺，從印第安溪出發前往營地，他則繞了個路，拐去察看環境，看春天後有沒有可能將木柴從育空地區的島上運出去。他預計在晚上六點抵達營地，沒錯，那時天色是已經黑了，但同伴們已經到達，他們會先將火生好，煮好熱騰騰的晚餐等他。至於午餐呢？他的手壓了壓夾克下突起的一個包裹。麵包用手帕包好，藏在他的襯衫下，貼身收著，這是唯一可以不讓麵包結凍的方法。一想到先浸過培根油又夾著肥厚炸培根的麵包，他便忍不住開心地笑了起來。

他投身進入巍峨的雲杉林。路徑難以辨認，最後一輛雪橇經過後又落了一吋的積雪，掩蓋了路徑。他很高興自己行裝簡便，沒有駕乘雪橇。實際上，除了那袋用手帕包著的麵包外，他什麼也沒帶。不過他倒是沒料到天氣會嚴寒到這地步，他邊用戴著手套的手摩擦鼻子和臉頰，心裡邊想：「真的是很冷啊！」他留著一把大鬍子，但是鬍子卻保護不了臉頰和突出於冰冷空氣中的高鼻子。

一條狗跑在男人腳邊。牠是一隻當地的大型哈士奇狼犬，一身灰毛，無論外型和脾氣都和他的野狼兄弟無異。嚴寒令這條狗也不禁垂頭喪氣，牠的動物本能比人類的判斷更準確，牠很清楚在如此低溫下，他們不該在路徑上旅行。事實是，現在的氣溫不僅低於華氏負五十度，甚至比華氏負六、七十度還低。目前溫度是華氏負七十五度；冰點是華氏三十二度，代表此刻的氣溫比冰點還低了一百零七度。狗當然不懂溫度，牠的腦袋或許也不像人類一樣，對酷寒有深刻的感受，但這頭野獸有牠自己的本能，牠感到一陣模糊的恐懼正威脅、壓迫著牠，所以牠亦步亦趨地跟在男人腳邊，期待男人能去找個營地，或找個遮風擋雪的地方，生火取暖。同時，只要男人一有不尋常的舉動牠便激動質疑。這隻狗已從人類那兒體會到了火的好處，牠想要溫暖的火光，要不能在雪下挖個洞也好，把自己埋在暖和的洞穴裡，遠離外頭冷冽的空氣。

牠呼出的濕氣在毛上結了一層細末般的粉霜，特別是臉頰兩側和嘴部，連睫毛都被冰凍的氣息染白。男人的紅鬍也結了一層冰，而且凍得硬梆梆的；他每呼一口氣，溫暖潮濕的空氣就讓鬍子上的冰又厚上一層。除此之外，男人口中還嚼著菸草，只是嘴巴附近的結冰硬到他嘴巴無法完全張開，以至於吐汁時吐不遠，菸草的汁液便順著下巴滴落，結成一道如琥珀般透明堅硬的鬍子，而且愈來愈長。如果他跌倒，那道鬍子就會像玻璃一樣碎成碎片。不過他一點也不在意這個附加物，他已經在這種嚴寒下出門旅行兩次了，知道這是所有在極北之地嚼煙草的人要付出的代價。可是前兩次沒有這麼冷，根據六十哩河那兒的酒精溫度計顯示，上兩次的氣溫分別為華氏負五十和負五十五度。

他沿著樹林走了好幾哩，穿過一片寬廣低平的黑色植被，之後沿著河岸來到一條已結凍的小溪河床。這兒便是韓德森溪，他知道這裡離支流分叉處還有十哩遠。他看了看手錶，現在是早上十點，他一個小時可以走上四哩，所以估計會在中午十二點半到達岔口。他決定到了那兒後要吃麵包來慶祝一番。

男人沿著河床悠悠哉哉地前進，狗兒夾著尾巴，洩氣地跟在他腳邊。路徑老歸老，仍清晰可見，只是被十幾吋深的積雪蓋住了最後一批雪橇隊的行跡，這條安靜的小溪已經足足有一個月沒有任何隊伍經過。男人踏著穩定的步伐前進，什麼也沒多想。除了在溪流岔口吃午餐和六點時就可到達營地和同伴們會合外，沒什麼值得特別去想。他身旁沒有人可以聊天，就算有，嘴上的冰也讓他無法開口交談，所以他繼續單調地嚼著煙草，下巴上那道條琥珀鬍子也愈來愈長。

「好冷，真是有夠冷！我從來不知道天氣可以冷到這種程度！」這個念頭三不五時就浮現腦海，他邊走邊用戴著手套的手背搓揉臉頰和鼻子，兩手不自覺地輪流交替。儘管他不停摩擦取暖，但只要一停止動作，臉頰便又瞬間凍得發麻，鼻子也馬上淪陷。他確定自己的臉已經凍傷了，他心裡有數。他很後悔沒有發明一個像他朋友在冷天時帶的那種鼻罩，鼻罩的帶子可以繞過兩頰，保護雙頰不被凍傷。不過說來這也無關緊要，臉頰凍傷會怎樣？一點痛，就這樣，沒什麼大不了！

雖然男人頭腦簡單，但他對周遭環境觀察入微，時時留意溪裡的改變，每一道轉彎、每一處凹陷、木頭聚積的情況，他一樣也沒放過，路上也非常留心自己的腳步。有一次拐了個彎後，他突然像匹受驚的馬❻，猛地跳離開路面，沿著路徑後退好幾步。他知道在這種季節裡溪流會從河面一路結凍到河床底——沒有一條溪流能在北極的冬季裡流動——但他也知道有些泉水會從山腰湧現，在積雪和底下結凍的河面間流動，即使是最低溫的寒流也無法讓這些泉水凍結。他明白這種湧泉的危險；它們是陷阱，藏在積雪下方，形成一池池水窪，可能三吋深，也可能有三呎深。有時水窪上頭又會覆蓋半吋厚的冰殼，冰殼再被積雪掩蓋，如此層層堆疊，有時可以疊上好幾層。如果有人破冰陷落，他會一路摔到堅實的冰面才停止跌勢，腰部以下全給浸濕。

這就是他如此驚慌的原因。他感到腳下的雪地鬆軟，也聽到被積雪掩蓋的冰殼碎裂聲。在如此低溫下，腳濕了麻煩就大了，說不定會有性命之憂，或至少代表行程會有所延誤，因為他一定得停下來生火，用火將襪子和莫卡尼靴烤乾。他佇立原地，仔細打量河床和河岸，最後判定水流是從右方而來。他考慮了一會兒，揉揉鼻子和臉頰，然後轉向左方，謹慎地踏出腳步，戰戰兢兢地試探前進。危機解除後，他又開始嚼起一根新的菸草，繼續以時速四英哩的步伐大步前行。

接下來的兩小時，他數次遇上幾個類似的陷阱。通常下方有水窪的積雪，表面都會較為凹陷，且質地類似結晶，這些表徵都是危險的警訊。縱使他清楚這些危險的訊號，有一回還是有驚無險，差點踩了上去。還有一次，他懷疑前方可能有危險，便叫狗先走。狗不願意向前，一個勁兒往後躲，等到男人硬把牠往前推，牠才拔腿跑過那片潔白完整的冰面。但冰層突然破裂，牠身子一斜，趕緊掙扎爬到堅硬的冰面上。牠的兩條前腿都濕透了，水幾乎是在瞬間凍結成冰。牠趕緊將腿上的冰舔掉，然後躺在雪地上將趾頭間的積冰咬乾淨。這是牠的本能反應，其實牠不知道冰留在腳上會造成疼痛，只是受到一種自體內深處升起的神秘衝動驅使而這麼做。可是男人知道這種情況有多危急，他當機立斷，把右手的手套拿下，幫忙狗去除積冰。他的手指在空氣中曝露不到一分鐘隨刻發麻了，速度之快讓他驚訝不已。天氣真的很冷，他趕緊將手套戴回去，在胸膛上用力來回摩擦。

正午十二點是一天中最明亮的時刻。但現在是冬天，太陽還在遙遠的南方徘徊，照亮不了天際。

---

❻儘管男人用頭腦判斷事物，可在這個情況下，他也與狗一樣用天生的動物直覺做出下意識的反應。

遠處地平線的那緣擋在太陽和韓德森溪之間，男人走在正午清朗的天空下，卻連個作伴的影子也沒有。他在十二點半抵達溪流的分岔處，對於自己的旅程速度很是滿意；如果繼續維持這個速度，一定可以在傍晚六點和同伴們會合。他解開夾克和襯衫的鈕釦，拿出午餐。這個動作花不到十五秒，不過就這麼短短的時間內，他曝露在空氣中的手指依舊給凍到失去知覺。他沒有戴回手套，反而用力拍打大腿，然後坐在一段被積雪覆蓋的木頭上吃午餐。手指拍打大腿造成的刺痛感一下消失無蹤，快到他瞠目結舌，連咬下麵包的機會都沒有。他又反覆拍打了幾下手，然後戴上手套，但為了吃東西還是留一隻沒戴。他試著要咬下一大口麵包，可嘴上的冰讓他無法張嘴。啊，他忘了生火化冰！想到自己的愚蠢，他忍不住笑了一下，只是在笑的時候又發現麻木感再度爬上裸露的手指，而且原本坐下時腳趾感到了一陣刺痛，現在連刺痛感也消失了。他納悶著，腳趾是暖了還是麻了？他試著在靴裡動了動腳趾。嗯，是麻了！

他趕緊將手套戴回手上，站了起來。他現在有些害怕，開始大力踱步，直到腳上又傳來刺痛感。此時他腦中唯一的念頭是：「真的好冷啊！」在硫磺溪遇到的那位前輩所言不假。他說這裡有時候會變得極為嚴寒，而他當時居然還笑他！現在他知道做人還是不要太鐵齒，真的是冷得不得了，他無法否認。他走來走去，一邊大力踱步，一邊揮舞手臂，直到手腳又恢復暖和才放心。接著他拿出火柴，準備生火。春季的漲潮帶了許多樹枝上來，堆積在樹叢邊。他從樹叢那撿了一些柴薪，小心翼翼地先點起零星火花，火花很快轉為熊熊烈火。他就著火烤，將臉上的積冰融去，並在溫暖的火光保護下吃起他的麵包。這一刻，他的智慧戰勝了此地的酷寒。狗也很滿意男人生起了火，盡可能地貼著火取暖，不過，當然也不至於近到把自己的毛烤焦。

男人吃完後，將煙斗填滿，好好吞雲吐霧了一番。接著又戴上手套，將帽子兩側的耳罩好好蓋在耳朵上，繼續沿著河床上的路徑朝左側的支流方向前進。狗很失望，牠想留在火堆旁。這個男人不知道寒冷的可怕，或許他的列祖列宗都不把寒冷放在眼裡，但這裡的冷可是真正的寒冷，是冰點下一百零七度的冷。牠知道這樣的寒冷有多危險，牠所有的祖先都曉得，牠也從祖先那兒繼承了這項知識。牠還曉得在這種可怕的寒冷裡到處亂走，不是一件明智之舉；最好是躺在雪洞裡，耐心等待宇宙拉起一道簾幕，阻擋起冰冷，不讓嚴寒入侵地球。但偏偏牠與男人之間的關係緊密，牠是他這嚴酷旅程上的奴隸，牠能得到的唯一憐惜就是鞭打，和威脅要鞭打牠的粗啞喉音，因此狗完全懶得和男人溝通牠的怨恨和恐懼。牠才一點都不關心男人的死活，是為了自己的安危才想回到火堆旁。可這時男人吹了聲口哨，低著嗓子地喝令，狗只好回到男人腳邊。

男人又開始嚼起煙草，一道新的琥珀鬍子又開始在下巴出現。他呼出的濕氣，也迅速地在他鬍子、眉毛和睫毛上形成白色粉末。韓德森溪的左側支流似乎沒有那麼多湧泉，走了半個小時，男人一個都沒見到。就在這時，意外發生了。雪地上一點跡象都沒有，積雪柔軟、完整，看上去底下應該是堅實的冰面，可男人卻一腳踩了個空，直往下墜。洞不深，寒水只淹到他小腿一半，他趕緊七手八腳地從堅硬的冰洞邊緣爬上陸地。

他氣炸了，破口大罵自己走這什麼楣運。他本來希望能在傍晚六點趕到營地和同伴們會合，但現在他必須生火，把鞋具烤乾，而這起碼會延誤他一個小時。在這樣的低溫下他不這麼做都不行——他起碼清楚這點。他掉頭往河岸爬去。河岸上，雲杉的樹幹附近圍了一叢灌木叢，漲潮時帶來的枝條糾纏在樹叢裡——多是粗細不一的樹枝，不過也有一大部分是樹木的枝幹和去年的乾枯雜草。他在雪地上鋪了一堆粗厚的樹枝，充當是火堆的底座，好避免下方的積雪被火燒融，反倒澆熄火焰。他從口袋裡拿出火柴，在樺樹樹皮的碎屑上點火。樹皮比紙燒得穩定，較不易熄滅。他把著火的樹皮放到柴薪上，接著用乾草和細枝將火餵旺。

他很清楚自己現在的處境有多危險，所以生火時格外謹慎、步步為營。火焰愈來愈旺，他丟進火裡的樹枝也愈來愈粗。他蹲在雪上，火堆就生在樹叢旁，好方便他從糾結的樹叢裡拉出樹枝，添加柴火。他知道自己一定不能有任何失誤，在華氏負七十五度的低溫下，一定要一次就把火生起來，絕不能失敗——因為他的腳已經濕了。如果他的腳是乾的、火又沒生起來的話，他大可沿著路徑，跑上半哩，恢復血液循環。但現在他的腳又濕又凍，在華氏負七十五度下，就算跑步也恢復不了血液循環，無論他跑多快，濕透的腳只會愈凍愈嚴重。

這一切男人都瞭然於心。去年秋天時，硫磺溪的前輩就提醒過他，現在他非常感謝前輩給了自己這個忠告。他的腳已經完全失去知覺，而為了要生火，他還必須將手套摘掉，只是手指一曝露在空氣中又立刻凍到發麻。先前他用時速四英哩的速度前進時，受到運動的刺激，心臟持續把血液打到體表和四肢，但他只要一停下，幫浦的動作也會跟著停止。嚴寒毫不留情地攻擊地表上所有赤裸地偏遠角落，而現在的他，正是站在毫無防禦的開闊土地上，接受寒流的猛烈攻勢。他身體裡的血液急速撤退。血液像狗一樣，是有生命的，也像狗一樣想要躲起來，隱藏自己，遠離這可怕的寒冷。雖然他用時速四英哩的速度走了許久，強迫心臟將血液打到身體表面，可他一旦靜止不動，血液又急速退回體內深處，而第一個感到血液流失的便是四肢。雖然手腳都還沒被凍傷，不過濕透的腳就像被急速冷凍般，連同曝露在空氣中的指頭也瞬間凍僵。凍瘡開始爬上他的鼻子和臉頰，全身上下的皮膚都因失去血液而發起抖來。

他目前仍是安全無虞。腳趾、鼻子和臉頰只是輕微凍傷，而火已經旺起來了。他將手指粗的樹枝丟進火裡，等一下就可以用手腕粗的樹枝來餵火，接著他就可以脫下浸濕的鞋具，一面烤火，一面用火保持腳的溫暖——當然，他不會忘了還得先用雪按摩才行。他成功將火生了起來，他安全了！他想起硫磺溪那位前輩的建議，臉上忍不住浮現微笑。那名前輩還嚴令華氏負五十度時絕對不可以單獨在克倫代克旅行，但他還不是來了。雖然遇到些小意外，又孤軍無援，不過他還是救了自己。「那些老鳥都像個娘兒們！」他想，「至少其中部分人是。」只要保持頭腦清醒就好了嘛，他現在不就沒事了嗎？隻身旅行對真正的男子漢來說根本不成問題。他也必須承認，臉頰和鼻子凍傷的速度確實快得驚人！他沒想過手指可以在那麼短的時間內失去知覺，現在已經僵硬到只能勉強握住樹枝，而且那觸感離他好遙遠。當他伸手要拿樹枝時，他必須用眼睛監視，才能確定自己到底有沒有抓住；這條連結手指和大腦的線路是完全失效了。

不過這一切算得了什麼！現在有火了！樹枝劈哩啪啦地燒著，跳動的火焰確保了他的生命安全。他開始脫下莫卡尼靴，靴子上結了一層冰，德國厚襪硬得像鐵鞘般包住他的小腿，靴子的鞋帶也跟被烈火燒過的鐵線般，硬梆梆地結成一塊。他用僵硬的手指努力了好一會兒，然後才驚覺自己的愚蠢，應該拿鐵刀出來用才對。

就在他割斷繩子前，慘劇發生了。是他的錯，或該說他失策了。他不該把火生在雲杉樹下，應該在空地上生火才對，只是在樹下撿拾樹枝比較方便，順手一拉就可以扔進火裡，所以他才一時偷懶。雲杉樹上滿是積雪，幾個星期以來一絲風也沒有，於是每根樹枝上都堆著厚厚一層雪。他每拉出一根樹枝，就造成樹上一陣輕微的振動。雖然對他來說，這擾動細不可覺，卻足以釀成災禍。高處一根樹枝上的積雪傾倒，掉落到下方的樹枝；下方樹枝的積雪又跟著落到再下方的樹枝。雪，一路直落，彷彿雪崩似地自樹頂一路落下，愈滾愈大，最後毫無欲警地砸在男人和火堆上。火，噗地一下熄滅！前一刻還燒著熊熊烈火的地方，如今僅蓋著一大片新鮮的亂雪。

男人目瞪口呆地望著眼前景象，活像聽見自己被宣判死刑一樣。一時間，他只能坐在原地，傻傻地盯著火堆的遺跡。隨即，他冷靜下來。或許，硫磺溪的前輩是對的？倘若有同伴的話，他現在的處境也不至於那麼危險，同伴可以幫他生火。不過嘛，他也可以再生一次火，第二次就肯定不會出差錯了！但即便成功，他也可能會損失幾根腳趾頭——現在腳的凍傷肯定很嚴重了，而在生起第二堆火之前還需要些時間。

不過，他可不是傻傻地坐在原地思考這些事。這段時間以來，他一面動腦，手裡也一刻不得閒。他又重新做了個火堆底座，這一次搭在空地上，就不怕再被樹打亂計畫。接著，他又從漲潮帶來的枯枝堆那兒收集了一些乾草和細枝。他的手指已經凍到無法將樹枝拉出來，但還能用手掌大把大把地劑，只是這麼一來，他也抓了許多不適合生火的腐爛樹枝跟一些綠色苔蘚。可是他別無他法，只能將就。他有條不紊地一步一步來，甚至還收集了一大捆粗枝，準備在火勢旺起來之後添火。這段時間裡，那條狗只是坐在一旁，急切地看著男人。牠等著男人提供火光，火卻來得很慢很慢。

一切都準備就緒後，男人的手伸向口袋，想拿出第二塊樺樹樹皮。他知道樹皮就在口袋，雖然手指失去知覺，但他能聽見手指翻找時傳來的窸窣聲響。他抓了又抓，就是抓不起樹皮。他手指的動作沒停，腦海裡卻不停想到，隨著時間一分一秒過去，他腳上的凍傷就愈來愈嚴重。這念頭讓他差點恐慌起來，可是他壓抑自己驚慌的心情，努力保持冷靜。他用牙齒將手套戴回手上，手臂前後來回揮動，用力拍打身體兩側。他起先是坐著，後來又站起來繼續這些動作。狗始終坐在雪上，像狼似的尾巴暖洋洋地繞在前腳邊，如同狼般尖挺的耳朵專注而熱切地微微向前傾豎，雙眼注視著男人的舉動。男人揮舞手臂拍打身體兩側，突然對那條狗湧現一陣強烈的羨慕之意，他羨慕狗生來就有毛茸茸的毛皮可以禦寒，不怕受凍。

過了好一會，他終於感覺到互擊的雙掌開始恢復知覺。那感覺一開始還很遙遠、微弱，跟著愈來愈強烈，最後變得椎心刺骨，但男人欣然接受這痛苦。他脫掉右手的手套，伸手去拿樹皮，曝露在外的手指即刻又被凍僵。他將一整捆的硫磺火柴都拿出來，只是這時他的手指已因為酷寒失去知覺，他努力想掰開一根火柴，卻不小心將整捆火柴弄掉在地。他試著要從雪地上撿起火柴，苦無其法，手指像死了般彎也彎不了，完全失去觸覺。他小心翼翼，將腳、鼻子、臉頰凍傷的念頭趕出腦海，把全部心神都集中在火柴上。他死盯著火柴，用視覺引導觸覺，看見手指放到火柴捆的兩側後便將手指收攏——全得憑意志力才能控制手指動作，因為那邊的神經已全然不管用，手指不聽使喚。他戴回右手的手套，瘋狂地用力拍打膝蓋，然後用戴著手套的兩隻手，連著雪捧起整捆火柴，放到大腿上。成功了！不過還不能高興的太早，事情還不算有進展。

經過一番努力後，他用戴著手套的掌心底部夾起火柴，將火柴放進嘴裡。他用力張開嘴，嘴邊的積冰紛紛碎裂掉落。他縮起下巴，抿起上唇，打算用上排牙齒咬開一根火柴。他成功了，火柴掉到大腿上，即便如此，離成功還是很遙遠——因為他無法將火柴撿起來。接著，他想到個方法，用牙齒咬起火柴，劃過大腿。他試了二十次才成功點燃火柴。他咬著燃燒中的火柴，將火柴送到樹皮前，可是冷不防地一股強烈硫磺味竄進鼻孔和肺葉，讓他忍不住咳起嗽來，火柴又掉回雪地上，熄了。

絕望、打擊接踵而至，他不禁心想：「硫磺溪的前輩說的沒錯，我實在不該在華氏負五十度單獨旅行。」他繼續拍打手掌，手還是一點感覺都沒有。突然間，他用牙齒將兩隻手的手套都脫掉，他手臂的肌肉還沒被凍僵，所以還可以用掌心底部用力夾住火柴，一整捆狠很劃過大腿。火柴「砰」地燒起，七十根硫磺火柴同時發出熊熊火焰！現在一點風也沒有，不用擔心火會被吹熄。他將頭歪向一側，以免被嗆人的煙薰到，一面將火勢旺盛的火柴拿到樹皮旁。拿著火柴的時候，他感到手又開始恢復知覺。他聞到自己的皮膚在燒，皮膚深處也意識得到那分灼熱，痛楚愈來愈強烈，但他忍了下來，笨拙地握著熾熱的火柴，送到樹皮前，卻因為自己燒焦的手擋在中間，吸收了大部分的火焰，結果火始終點不著。

男人他終於受不了，兩手猛然甩開，燃燒的火柴掉到雪地上，嘶嘶幾聲後便熄了。幸好樹皮已經點著，他將乾草和細枝放到火上。因為手指凍僵了，他無法挑出合用的乾草和細枝，只能用掌心底部一把捧起柴枝。樹枝上摻雜著腐爛的樹枝和綠色苔蘚，他盡可能地用牙齒將它們咬掉，小心翼翼、笨手笨腳地保護火光，它照亮的可是自己的生路，萬萬不能熄滅啊！這時血液從他體表褪去，他開始發抖，愈來愈難做事。突然，一大塊綠色苔蘚直直落在微弱的火焰上，他試著用手指把它挑掉，可是手指不停發抖，他一個控制不好，戳得太深，反而不小心打散乾草和細枝。他努力試著想把它們撥回去，但不管他怎麼努力，手指實在抖得太厲害，遲遲無法成功，只能無助地看著樹枝愈散愈開。樹枝一根根「噗」地冒了陣煙後，熄滅了。供火者失敗了，狗漠然地看著男人。男人和狗四目相接，他看到狗坐在餘燼對面，在雪地上不時拱背，兩隻前腳輪流抬起，急急地踏來踏去，左右交換重心。

一見到狗，他腦中就興起一個瘋狂的念頭。他想起那則傳說，說有個男人被困在暴風雪裡，他殺了一頭小牛，爬進屍體中取暖才得以獲救。他想到他也可以殺了眼前這條狗，將他的手埋進溫暖的狗屍中，直到手暖和起來，那他就可以再生一次火。他開始跟那隻狗喊話、呼喚牠，不過他的口氣裡透出一種陌生的恐懼，讓那隻動物不禁寒毛直豎。狗以前從來沒聽過男人這樣說話，事有蹊蹺。牠多疑的天性察覺到有危險迫近，雖然還不曉得是什麼危險，但牠腦中總之就是升起了對男人的恐懼。聽著男人的聲音，牠垂下耳朵，愈來愈坐立不安，拱背和前腳踩踏的動作跟著愈來愈大、愈來愈急，就是不肯靠近男人。男人四肢跪地，朝狗爬去。這個不尋常的姿勢更加重狗的疑心，狗小步小步向後退開。

男人在雪地上坐了一會兒，努力想恢復冷靜。接著又用牙齒戴上手套，站了起來。因為雙腳也失去知覺，他感覺不到自己究竟有沒有踩在地面上，所以起身之後還向下瞄了一眼，確定他是真的有站起來。男人起立的姿勢讓狗消了疑慮，所以當他用平常威脅著要用鞭子抽牠的口氣發令時，狗又恢復過往的忠誠，朝男人走去。狗一進入觸手可及的範圍內，男人便再也控制不住自己，手臂一長，向狗探去。可就在此時，他卻驚覺自己的五指無法伸屈動作，嚇得他魂飛魄散。他的手指頭不只彎不起來，還毫無知覺。那一瞬間，他忘記自己的手指已經完全凍僵，奮力一撲，狗來不及逃開便被男人的手臂緊緊箍住。男人在雪地上坐下，死命抱住狗，狗又是咆哮又是哀嚎地不斷掙扎。

但這是他的極限了，他只能坐在那兒，用手臂牢牢箍住狗。他這才知道自己殺不了這條狗，他做不到，他的手指已經報廢了，既無法抽出刀子，也無法握住鐵刀，更甭說將刀插進狗的身體裡。他放開狗，狗一下跳得老遠，尾巴夾在兩腿之間，嘴裡不住咆哮。牠站在在四十呎外，好奇地觀察男人，尖耳直挺挺地向前傾豎。男人低頭看去，想要確定自己的手還在，然後看到兩隻手都還好好垂在手臂末端。他突然覺得妙不可言，一個人居然要用眼睛才能找到手的位置。他又開始揮舞手臂，用戴著手套的手大力拍打身體兩側。他就這樣瘋狂地不停做了五分鐘，直到心臟又打出足夠的血液，送至體表，讓他不再發抖。只是手仍是一點知覺也沒有，僅感覺得到有兩個沉甸甸的東西垂在手臂末端；但當他想順著感覺向下追尋時，依舊怎樣都找不到手的存在。

恐懼感——對死亡的恐懼——油然而生。他的腦筋一片空白，彷彿有隻看不見得手掐住他的脖子，讓他無法呼吸。恐懼一下膨脹，重重戳刺著他。他領悟到，現在已經不僅僅是要擔心手指、腳趾的凍傷，甚至不止於失去手腳，而是所有條件都不利於他，生與死只在一線。心裡一慌，他猛然掉頭，沿著河床上灰濛濛的老路徑拔足狂奔，狗也跟在他腳邊沒命衝刺。他漫無目的地的盲目逃竄，這輩子從來沒有這麼害怕過。他在雪地裡跌跌撞撞，慢慢地，他終於又恢復神智，開始看見周遭景物——小溪的河岸、一堆堆的舊木料、光禿禿的山楊樹，還有頭頂上的天空。跑步讓他心神鎮定了許多，他不再發抖，或許，如果他繼續跑，結凍的腳就會暖和起來；而且若是他跑得夠遠，說不定能一路跑到營地和同伴們會合。雖然他肯定會少一些腳趾、手指和臉上某些部位，不過同伴們會照顧他，保住他的命。他心裡是這麼想著，另一個聲音卻同時響起，告訴他，自己是永遠也到不了營地和同伴會合。太遠了，他身上的凍傷遙遙領先腳步，他很快就會凍死。他把這個念頭推到腦海深處，置之不理，不過有時候它又會自己浮現、強迫他聽，他只好再把它推開，逼自己去想別的事。

這時候，他又莫名想到，沒想到腳都凍成那樣還可以跑步。他根本感覺不到自己雙腳踏在地上，也訝異它們還能支撐他的重量。他覺得自己只是掠過地面，而非結結實實地踩在地上。他曾在某處看過長著翅膀的墨邱利❼，不知道這名神的使者在飛掠而過之時，是不是也有跟他一樣的感受？他想。

他打算一路跑到營地和同伴們會合，但這計畫有個紕漏，就是他跑不了多久。好幾次他的腳步一絆，搖搖晃晃一陣後便跌倒。他試著爬起來，最後仍是失敗。他一定得坐著休息片刻，心裡決定等一下只要用走的走到營地就好。他坐下大口喘氣，發現自己好像還挺溫暖舒適的。他不再發抖，甚至連胸膛和軀幹都感到一陣暖意。可是，當他伸手觸碰鼻子和臉頰時，那兒還是毫無知覺，怎麼跑步也溫暖不了那些部位，手腳也一樣。接續，他忽然又想起，自己身上凍傷的面積一定正在逐漸擴張。他試著不去想，試著擺脫那個念頭，改想別的事情。他感到那念頭再度引發內心的恐慌，而他，害怕恐慌。不過那念頭就是頑固地徘徊不去，直到他腦中浮現自己全身都被凍傷的畫面。太恐怖了，他無法承受，他又開始沿著路徑瘋狂疾奔。過程中，他一度慢下來用走的，但是那凍傷蔓延全身的畫面讓他再次拔足狂奔。

他跑，狗也跟著他跑。男人第二次跌倒時，牠在他身前坐下，尾巴繞住前腳，眼巴巴地望著他。狗一副溫暖又安全的模樣激怒了男人，男人開始連連咒罵，罵到狗的耳朵喪氣垂下。這一次男人更快就開始發抖，眼看他跟冰雪的戰爭即將落敗，寒氣從四面八方爬上身體。這個念頭讓他繼續奔跑，只是他才跑不到一百呎，就搖搖晃晃地一個倒栽蔥，跌倒在地。他不再恐慌了。他調整好呼吸，挺背坐起，準備莊嚴地迎接死亡到來。他原想用這個念頭娛樂自己，卻沒有成功。他滿腦子只想著自己有多蠢，洋相出盡，像隻腦袋被砍掉的雞一樣橫衝直撞——他腦中倏忽浮現這個比喻。好吧，反正他橫豎都要凍死了，不如坦然接受。他的心情終於平靜下來，睏意也跟著席捲而至。好主意，他想，在睡眠中迎接死亡，就像打麻醉一樣。原來凍死不像人們想得那麼糟糕，更恐怖的死法比比皆是。

他想像同伴們隔天找到他的屍體的場景。剎那間，他發現自己竟跟著他們一塊兒尋著路徑來找他。他跟著他們轉了個彎，發現自己躺在雪地上。他不再屬於他自己，他的靈魂離軀體遠去，站在同伴身邊，看著躺在雪地裡的自己。「真的好冷啊！」他腦中只有這個念頭。回去美國本土後他可以告訴朋友，什麼才是真正的寒冷。他的思緒接著飄到硫磺溪那位前輩的臉孔。老前輩正悠哉悠哉地抽著煙斗，一副暖呼呼的模樣，他看得清清楚楚。

「你說得沒錯！老頭，你說得沒錯！」男人對硫磺溪的前輩咕噥道。

男人打起瞌睡，不久後便沉沉睡去。他一輩子從來沒有睡得這麼舒服、這麼滿足過。狗坐在他對面，巴巴地望著他。眼看短暫的白晝就要消失在漫長的薄暮裡，火卻一點也沒有要生起來的跡象；在牠過往的經驗裡，從沒見過有人類會這樣坐著卻不生火的。夜色愈來愈濃，對火的渴望佔據了牠全心，牠兩隻前腳踩來踩去，輕聲哀嚎，然後垂下耳朵，等著被男人責罵。但是男人依舊無聲無息，一

---

❼墨邱利（Mercury），羅馬神話中眾神的使者。

點聲音也沒有。狗又更大聲地哀鳴一聲，爬近男人身邊。牠一上前就聞到死亡的氣息，身上的長毛不由得豎起，向後退開。牠又在那兒待了一陣子，繁星在冷冽的天空閃耀，牠在星空下發出一聲長嚎，然後掉頭離去，沿著路徑朝營地大步前進，那兒還有其他人可以給牠食物，給牠火光。

野性的呼喚——傑克・倫敦小說選

The call of the wild：the selected stories of Jack London

作　　者　傑克・倫敦 (Jack London)
譯　　者　劉曉樺
封面設計　蔡南昇
責任編輯　張海靜、黃鈺茹
行銷業務　王綬晨、邱紹溢、劉文雅
行銷企劃　黃羿潔
副總編輯　張海靜
總 編 輯　王思迅
發 行 人　蘇拾平
出　　版　如果出版
發　　行　大雁出版基地
地址　231030 新北市新店區北新路三段 207-3 號 5 樓
電話　（02）8913-1005
傳真　（02）8913-1056
讀者傳真服務（02）8913-1056
讀者服務信箱 E-mail　andbooks@andbooks.com.tw
劃撥帳號　19983379
戶名　大雁文化事業股份有限公司
出版日期　2024 年 6 月 二版
定價　420 元
ISBN　978-626-7334-96-6（平裝）

歡迎光臨大雁出版基地官網
www.andbooks.com.tw
訂閱電子報並填寫回函卡

國家圖書館出版品預行編目(CIP)資料

野性的呼喚：傑克.倫敦小說選 / 傑克.倫敦(Jack London)著；劉曉樺譯. -- 二版. -- 新北市：如果出版：大雁出版基地發行, 2024.06
面；　　公分
譯自：The call of the wild : the selected stories of Jack London
ISBN 978-626-7334-96-6(平裝)

874.57　　113007150